दसासमेध

(लहरतारा से आगे की कथा)

दसासमेध

विमल चन्द्र पाण्डेय

हिन्द युग्म

ISBN : 978-81-19555-65-9

प्रकाशक :
हिंद युग्म
सी-31, सेक्टर-20, नोएडा (उ.प्र.)-201301
फ़ोन- +91-120-4374046

मुद्रक : मनीपाल टेक्नोलॉजीज लिमिटेड
कला-निर्देशन : विजेन्द्र एस विज

पहला संस्करण : 2024
मूल्य : ₹349

Dasasmedh
A novel by *Vimal Chandra Pandey*

Published By
Hind Yugm
C-31, Sector-20, Noida (UP)-201301
Phone: +91-120-4374046
Email: sampadak@hindyugm.com
Website: www.hindyugm.com

First Edition: 2024
Price: ₹349

हिंदी के आख़िरी ओरिजिनल लेखक
स्वदेश दीपक के लिए

मूर्ख होना दुष्ट होने से बेहतर है

ख़ुद को फाँसी के फंदे पर झूलता देख उसके भीतर डर की एक लहर कौंधी और वह चौंककर उठ गया। वह दूसरा पेग पीता हुआ टेबल पर सिर रखकर सो गया था। उसने सामने देखा। अभी जहाँ उसने फंदे और ख़ुद को लटकता हुआ देखा था वो जगह ख़ाली थी। फंदा खुल चुका था और रस्सी एक तरफ़ कोने में पड़ी थी लेकिन अब भी हवा में मौत का उकसावा था। उसे मौत चाहिए थी लेकिन उसे ज़िंदगी से भी प्यार था। उसे समझ में आया कि उसका फाँसी न लगाने का विचार सही था। उसने आख़िरी बार मन को दृढ़ किया और सल्फ़ास वाले नुस्ख़े पर वापस चला आया। उसने तीसरा और आख़िरी पेग बनाया और आख़िरी सिगरेट जलाई। उसने काँपते हाथों से सल्फ़ास वाला ठोंगा खोला।

सल्फ़ास का पैकेट जिस पन्ने में लिपटा था उस पर एक कहानी छपी हुई थी जिसका शीर्षक था 'एक अवसाद भरी...'। चतुर ने जल्दी से पैकेट पलटा तो कहानी का पूरा नाम दिखाई दिया- 'एक अवसाद भरी शाम'। उसे शीर्षक दिलचस्प लगा। उसने कहानी पढ़नी शुरू कर दी। कहानी वाक़ई दिलचस्प थी, उसमें उसके जैसा ही एक नौकरी न मिलने से निराश लड़का था जिसे उसकी प्रेमिका ने धोखा दिया था। वो मरने के बारे में सोचता है। चतुर की धड़कन हर लाइन के बाद बढ़ती जा रही थी। लड़का प्यार में चोट खाने के बाद पूरे शहर में भटकता है और आख़िर-कार एक स्टेशन के पास पहुँचता है। वहाँ जाकर वो दूर सुनसान एक पटरी पर लेट जाता है जिस पर एक ट्रेन आने की उद्घोषणा उसने सुनी होती है। ट्रेन आने की आवाज़ पर वो आँखें बंदकर लेता है। ट्रेन की आवाज़ जैसे-जैसे पास आ रही थी, चतुर की धड़कनें भी तेज़ होती जा रही थीं। चतुर को यह

देखकर अच्छा लगा कि जैसा उसके साथ हुआ है वैसा उसके पहले भी कम-से-कम किसी एक के साथ तो हो चुका है। अब चतुर को उत्सुकता होने लगी थी कि अगर ये लड़का आत्महत्या करता है तो उसके बाद क्या होगा। वो जल्दी-से-जल्दी कहानी के अंत तक पहुँचना चाहता था। पढ़ते-पढ़ते वो वहाँ तक पहुँच गया जहाँ लड़के को पटरी पर लेटे हुए ट्रेन की आवाज़ सुनाई देने लगी थी। वो ट्रेन की आवाज़ अब चतुर को भी आने लगी थी। ट्रेन जैसे ही एकदम क़रीब आई, लड़के ने सोचा मरने के बारे में एक बार और सोच लेते हैं और उठकर जाने की कोशिश की। वो जैसे ही पटरी से पूरी तरह हटने वाला था, ट्रेन उसके दोनों पाँवों से गुज़र गई और वो दो कटी टाँगों के साथ चीख़ने लगा। अब आत्महत्या का विचार पूरी तरह से निकल चुका था क्योंकि जो दर्द था वो कहीं और ध्यान जाने ही नहीं दे रहा था। उसे बचाने आए लोगों में से एकाध उसे पहचान लेते हैं और एक परिचित कहता है कि अब विकलांग कोटा में निश्चित रूप से उसकी नौकरी लग जाएगी।

चतुर को कहानी ख़त्म करते-करते अचानक समझ आया कि अब तक जो कहानियाँ उसने लिखी हैं उनमें उसकी कल्पनाशक्ति ने तो ख़ूब काम किया है लेकिन उसका ख़ुद का कोई अनुभव उसमें नहीं था। इस कहानी में सबसे ख़ास बात उसे यही समझ में आई कि उसे कहानी एकदम अपनी सी लगी, क्योंकि लेखक कमलेश अवस्थी ने जो लिखा था वो इतना विश्वसनीय था जैसे ख़ुद उनके साथ गुज़रा हो। चतुर ने जल्दी से अपनी डायरी उठाई और बैठ गया। उसकी क़लम चलना शुरू हुई तो वो लगातार लिखता रहा। बीच में वो केवल दो बार पेशाब करने और तीन बार सिगरेट पीने के लिए रुका।

बिन्नू कमरे में घुसा तो चतुर कुर्सी के ऊपर पैर रखे हुए बैठा था और धकाधक लिखता जा रहा था। कमरे में कई पन्ने फाड़कर गेंद बनाकर फेंके हुए थे और चतुर इतना व्यस्त नज़र आ रहा था जैसे आस-पास

देखने की भी फ़ुर्सत नहीं हो। बिन्नू बिखरे काग़ज़ों को देखता हुआ कपड़े बदलने लगा। कपड़े बदलते हुए उसकी नज़र कोने में रखी मोटी रस्सी पर पड़ी।

"रस्सी कौन लाया बे?" बिन्नू ने तौलिया उठाते हुए पूछा।

"हम लाए थे।" चतुर ने बिना उसकी ओर देखे लिखते-लिखते कहा।

"आत्महत्या का सोच रहे थे क्या?" बिन्नू ने इतने आराम से पूछा जैसे उसके आस-पास रोज़ चार-पाँच लोग करते हों।

'हाँ!" चतुर ने भी इतने आराम से कहा जैसे इसके पहले वो कई बार चुका हो। बिन्नू को मज़ा आया।

"गँड़फट स्साले।" बिन्नू हँसता हुआ तौलिया लेकर बाथरुम में घुस गया। चतुर लिखता रहा, लिखता रहा और लिखता रहा।

ये जो काग़ज़ पर छपे शब्द हैं यही मेरे आराध्य हैं

चतुर ने कहानी लिखने तक, न कुछ सोचा न कुछ देखा न कुछ किया। कहानी ख़त्म करने के बाद जब वो बिन्नू को जगाने लगा तो बिन्नू चौंककर उठा।

रात के डेढ़ बजे थे।

"क्या हुआ बे?" उसने अधखुली आँखों से चौंककर चतुर को देखा जो उसके सामने मुस्कुराता खड़ा था।

"कहानी कम्प्लीट हो गई।" चतुर के चेहरे पर जो ख़ुशी थी वो ऐसी नहीं थी कि कोई इग्नोर कर सके। बिन्नू भी मुस्कुराया।

"स्साले पहले भी तो कितना लिखे हो, कोई छपी?" बिन्नू ने मज़ा लेते हुए कहा।

"छपेगी!" बिन्नू चतुर के चेहरे का आत्मविश्वास देखकर आगे कुछ कह नहीं सका और हाथ बढ़ाकर चतुर के बाल भर सहला दिए। ये

सीनियर होने का उसका फ़र्ज़ था।

"सुनाओ।" बिन्नू सीधा हो कर बैठने का उपक्रम करने लगा तो चतुर ने उसे रोक दिया।

"आराम से कल सुनाएँगे, अभी एक बार और बैठना है थोड़ी देर।"

"ठीक है रजा, अब मरोगे नहीं तो रस्सी लौटा देना कल। क्लोज़िंग चल रहा, क्वाटर का पैसा आ जाएगा।" बिन्नू फिर से लेट गया।

चतुर ने अगले दिन उस दुकान वाले से पूछा कि ये पत्रिका कहाँ से मिली। दुकान वाले ने बताया कि गली के मोड़ पर एक रद्दी वाला है जो उसे चौड़े पन्नों वाली पत्रिकाएँ दे जाता है। ये बीज वग़ैरह लपेटने के काम आती हैं। चतुर ने उसके घर के दो चक्कर मारकर रात रद्दी वाले को पकड़ा और उससे भी वही सवाल पूछा। रद्दी वाले ने बताया कि संत नगर में एक पुस्तकालय है जहाँ हर तीन-चार महीने पर ढेर सारी किताबें बेची जाती हैं जिनकी अतिरिक्त प्रतियाँ वहाँ बची रहती हैं। चतुर खोजते-खोजते उस पुस्तकालय पहुँचा तो वो कई छोटे ऑफ़िसों के बीच में एक तीन-मंज़िला मकान के बेसमेंट में था जहाँ सौ रुपये में सदस्यता ली जा सकती थी। इसके बाद दो किताबें साथ ले जाने और जितनी चाहें वहाँ बैठकर पढ़ने की इजाज़त थी।

यहाँ से चतुर की ज़िंदगी का दूसरा अध्याय शुरू हुआ। कुछ पत्रिकाएँ, कुछ कहानियाँ, कुछ पल उसके जीवन में आए थे जब उसे महसूस होता था कि ऐसी दुनिया में लंबे समय तक खोए रहना चाहिए। लेकिन वक़्त भरपूर जवानी का था जब करने को बहुत कुछ होता है और सोचने को वक़्त नहीं होता, ठहराव की बात कायरता लगती है और कहीं डूबने की योजना अनिश्चितकाल के लिए मुल्तवी रहती है। उसने जिन पत्रिकाओं में कहानियाँ पढ़ी थीं, उनमें कुछ अच्छी होती थीं, कुछ औसत और कुछ बेहद बुरी जिन्हें पढ़ते हुए साहित्य की दुनिया की कोई ठोस सूरत आँखों में बन नहीं पाती थी। अब जो किताबें चतुर के सामने थीं उनमें एक पूरा समय साँस ले रहा था और चतुर को अपने अनुभवों में शामिल होने को

आमंत्रित कर रहा था। चतुर ने कहानी दिल्ली से ही छपने वाली एक प्रतिष्ठित पत्रिका में छपने को भेज दी थी और निश्चिंत होकर बैठ गया था। अब उसे अपनी तरफ़ से कोई काम नहीं करना था, अगर इस पत्रिका में नहीं छपी तो वो किसी दूसरी पत्रिका में इसे भेजेगा। कहीं नहीं छपी तो दोस्तों को सुनाएगा और दूसरी कहानी पर काम करेगा। लेखक का आत्मविश्वास क्या होता है, इसकी छोटी सी झलक उसे ख़ुद के भीतर दिखी थी।

आस-पास बिखरे किताबों के इस संसार में उसने साहित्य में प्रवेश करने का सबसे सुरक्षित रास्ता चुना और रैक से ढेर सारे लेखकों की प्रतिनिधि कहानियाँ निकाल लाया। सबसे पहले उसने कमलेश अवस्थी की प्रतिनिधि कहानियाँ पढ़नी शुरू कीं। उनमें से एक कहानी उसे मौत के मुँह से निकाल लाई थी और वो भी किसी निवेदन या कातरता की बात करते हुए नहीं बल्कि उस पर हँसते हुए, उसका मज़ाक़ उड़ाते हुए और उसकी समस्या को बेहद टुच्ची बताते हुए। कमलेश अवस्थी की कहानियाँ पढ़ते हुए वो उनके और क़रीब होता गया। प्रेम में नाकाम होकर मरने वालों के लिए उनकी कहानियों में सिर्फ़ उपहास था। उनकी कहानियों से गुज़रते हुए उसने देश के युवाओं के सामने खड़ी उन बड़ी समस्याओं को देखा और महसूस किया जो वैसे भी उसे दिखती थीं लेकिन अपनी समस्याओं में डूबा हुआ वो उन पर कभी ठहरकर सोच नहीं सका था। धर्म की राजनीति और युवाओं का भटकाव उनकी कहानियों का मुख्य मुद्दा था और किस तरह युवाओं की ताक़त को ग़लत दिशा में मोड़कर शर्म की बात को गौरव की बात बताया जा रहा है, ये उनकी कहानियों की सबसे बड़ी चिंता थी। उनकी प्रतिनिधि कहानियों का संग्रह ख़त्म करते-करते चतुर एक अलग ही इंसान बन गया था। उसे लगने लगा था कि वो एक तय पैटर्न में आगे बढ़ रहा है, दोस्तों के साथ एक ख़ास तरह की चिंता, फिर किसी से प्रेम, फिर उस प्रेम में अलगाव, फिर दिल टूटने के बाद अवसाद, ये सब कितना तय और बोरिंग है। कुछ ऐसा नहीं है जो सबके

साथ नहीं होता। जो सबके साथ नहीं होता वो आकर्षक होता है। सबके साथ ये नहीं होता कि मरने के ऐन पल में कोई आपका हाथ पकड़ ले और कहे कि थोड़ा समय और बिताओ फिर मरना। मरना तो हर किसी को है और अक्सर जीवन में ऐसे पल आते रहते हैं जब लगता है कि आज-के-आज, अभी-के-अभी मर जाने पर जीवन की सभी बद्जातियों से मुक्ति मिल जाएगी, लेकिन हर कोई नहीं मरता, बहुत इसे टाले रखते हैं। उसके साथ जो हुआ है और उसके बाद एक काग़ज़ का टुकड़ा जहाँ तक उसका हाथ पकड़कर उसे ले आया है, ये साबित करता है कि उसकी ज़िंदगी इतनी भी सस्ती नहीं। उसे जीवन में कोई असाधारण काम नहीं करना, पैसों की कोई मीनार खड़ी करने का उसका लक्ष्य नहीं, नाम कमाकर दूसरों को चकाचौंध कर देने का कोई स्वप्न नहीं, लेकिन उसे पढ़ना अच्छा लगता है, उसे लिखने को एक स्वप्न की तरह बरतना अच्छा लगता है। इस बात के लिए उसे ज़िंदा रहना चाहिए। उनकी किताब ख़त्म होते-होते चतुर को ये भी समझ आया कि उसका जीवन उसके लिए महत्त्वपूर्ण होना चाहिए, भले दुनिया में किसी एक भी इंसान के लिए उसकी कोई क़ीमत न हो।

किताबें आपकी सबसे अच्छी दोस्त होती हैं, ये बात सुनते और इधर-उधर पढ़ते हुए हम बड़े होते हैं और बिना इसके आगे-पीछे सोचे, गाहे-बगाहे इसे दोहराते रहते हैं। दरअसल इसके पीछे समझने वाली बात ये होती है कि सभी दोस्त हमेशा आपको अच्छी सलाह ही नहीं देते, सभी दोस्त आपको अँधेरे से उजाले की तरफ़ ही नहीं ले जाते, सभी दोस्त आपके जीवन में बुद्ध बनकर नहीं आते। कुछ दोस्त ऐसे भी होते हैं जिनका हाथ पकड़कर आप चलना शुरू करते हैं तो आँखें वहीं खुलती हैं जहाँ मौत होती है, यातना होती है। कुछ दोस्त आपको अपने अँधेरे में ऐसी डुबकी लगवाते हैं कि बाहर का उजाला आपको चौंधियाने लगता है। कुछ दोस्त आपकी ज़िंदगी में अंगुलिमाल बनकर आते हैं और आपकी अच्छाइयों के सिर काटकर आपको अपने गिरोह में शामिल कर लेते हैं। किताबें भी ऐसी ही होती हैं। जो आपको मरने से बचा लें, जो आपको अपने भीतर झाँकना

सिखा दें और जो आपको हमेशा से सामने मौजूद चीज़ों को समझने की एक नई नज़र दे दें, वे किताबें आसानी से आपके पास नहीं पहुँचतीं। आसानी से आप तक पहुँचने वाली किताबें पढ़ते वक़्त संतुलन के बारीक़ अभ्यास की आकांक्षी होती हैं जिनसे फिसलकर आप कुंठा के सागर में भी गिर सकते हैं और लालच की खाई में भी। अच्छी किताबों तक पहुँचने के लिए मेहनत की जानी चाहिए क्योंकि कोई भी खजाना गुफ़ाओं की गहराई में ही दबा होता है और उस पर हमेशा विपरीत परिस्थितियों के साँप फुफकारते रहते हैं। चतुर इस बात को समझ चुका था कि उसके साथ जो घटना हुई है वो सबके साथ नहीं होती। वो एक चमत्कार की तरह थी और उसने देखा कि ऐसे चमत्कार उन्हीं के साथ हो सकते हैं जो चमत्कारों में विश्वास रखते हैं। वो न जाने कितने सालों से एक चमत्कार करना चाहता है कि उसका नाम और कहानियाँ लोगों तक पहुँचें लेकिन इसे पूर्ण करने का तरीक़ा उसे पता नहीं था। अब धीरे-धीरे रास्ता खुलता हुआ दिख रहा था। चतुर ने अगले कुछ महीने ऐसी ही किताबों के साथ बिताए जिन्हें खोजना, उन तक पहुँचना मुश्किल था लेकिन उनसे जीवन आसान होता था। किताबों का सबसे बड़ा योगदान यही था कि वे जीवन की समस्याओं को दूर कर सकें या नहीं, पढ़ने वाले का हाथ पकड़कर उसे समस्याओं से काफ़ी दूर ले जाती थीं। वहाँ पहुँचकर जब वो पलटकर पीछे देखता तो उसे पहले बड़ी लग रही समस्या काफ़ी छोटी दिखाई देती थी।

अगले महीने उसे संपादक की चिट्ठी आई कि जल्दी-से-जल्दी अपना चित्र भेजिए जो आपने कहानी के साथ नहीं भेजा है, क्योंकि कहानी अगले ही महीने प्रकाशित होनी है। चतुर ने संपादक के लेटरहेड पर उस तीन पंक्तियों वाले हस्तलिखित पत्र को शाम तक सैकड़ों बार पढ़ा। 'प्रिय चतुर्भुज, आपकी कहानी पत्रिका में 'नवांकुर' स्तंभ के लिए स्वीकृत है। कृपया जल्दी-से-जल्दी अपना एक नवीनतम छायाचित्र और संक्षिप्त परिचय भेजें क्योंकि कहानी को अगले महीने के अंक में प्रकाशित करने की योजना बन रही है। आशा है आप स्वस्थ और सानंद होंगे, आपका...'

उसे संपादक का ये संदेश शाम तक ज़बानी याद हो गया और उसके दिमाग़ में पत्र के वो शब्द सजीव बनकर नाचने लगे जिनमें द अक्षर की किनारी को बाईं तरफ़ हल्का-सा घुमाया गया था और र अक्षर लिखते हुए उसकी नोक दाहिनी तरफ़ को मुड़ी हुई थी। उससे आँखें मूँद के उस पत्र की छायाप्रति बनाने को कहा जाता तो वो हूबहू वही चीज़ वैसे ही लिख सकता था।

चतुर्भुज ने अपने सारे सामान को खँगाल डाला लेकिन उसके पास उसकी कोई तस्वीर नहीं थी। आख़िर-कार वो भागता हुआ गली के बाहर एक सस्ते स्टूडियो में गया ज़हाँ बीस रुपये में बीस पासपोर्ट साइज़ की फ़ोटो एक घंटे में बन जाती थी। रात हो जाने की वजह से उसने अगले दिन अपना छायाचित्र और परिचय पोस्ट किया। परिचय लिखते हुए उसे बहुत झिझक हुई कि उसके परिचय में कुछ लिखने लायक़ है ही नहीं। फिर भी उसकी पहली कहानी दिल्ली से प्रकाशित होने वाली एक बड़ी पत्रिका में प्रकाशित हो रही है, ये ख़याल एक नशे की तरह गुदगुदी कर रहा था।

अब इंतज़ार था, वो था और दिल्ली नाम का एक बड़ा शहर था जिसकी सर्दी इतनी मशहूर थी कि गीतकार उस पर गीत बनाया करते और जहाँ इतनी गर्मी पड़ती कि सारे गीत पसीने के नमक में घुल जाते। जहाँ सड़क पर गाड़ियों का ऐसा जाल बिछा होता कि ये इंसानों की नहीं गाड़ियों की राजधानी लगती। जहाँ मुग़ल बादशाहों ने पतंगें और गर्दनें एक जैसी शान से उड़ाई थीं और जहाँ देश के इतने ख़ास लोग रहते थे कि किसी का ख़ास होना दिल्ली के लिए कोई मायने नहीं रखता था। चतुर को इससे मतलब नहीं था, वो हर पल ख़ास बनने के उस मौक़े का इंतज़ार कर रहा था जो उसके ख़यालों में दसियों साल से फल-फूल रहा था।

वह रोज़ सुबह कालकाजी डीटीसी के स्टैंड पर किताबों के स्टॉल तक जाता और अख़बार ख़रीदता, फिर वहीं खोखे पर रमेश भाई की चाय पी के लौट आता। वहाँ गिनी-चुनी साहित्यिक पत्रिकाएँ आती थीं जिनमें दरियागंज से प्रकाशित होने वाले एक बड़े प्रकाशन संस्थान की ये मासिक

पत्रिका भी थी जिसका संपादक उसे सभी संपादकों में सबसे दरियादिल लग रहा था। अब दरियागंज का नाम हमेशा से उसके मन में उसकी पहली कहानी के खाँचे में क़ैद रह जाने वाला था। इसके पहले वो बिना दिल्ली आए दरियागंज को बचपन में देखे गुमशुदा की तलाश वाले विज्ञापनों से पहचानता था, जिसके बारे में कोई उदास प्रस्तोता ऐसे बताया करता था जैसे गुमशुदा उसका कोई बहुत ख़ास था। रंग गेहुँआँ, क़द दरमयाना और अटक कर बोलते हैं, चेहरे पर कटे का निशान है। इनके बारे में कोई जानकारी कृपया इस पते पर दें, गुमशुदा तलाश केंद्र, नई कोतवाली, दरियागंज, दिल्ली (110002)। स्टॉल पर खड़े अख़बार पलटते चतुर ने सोचा कि उसने कभी इन गुमशुदा लोगों में से किसी के मिलने की ख़बर दूरदर्शन पर नहीं सुनी। ऐसे हुलिए से कैसे किसी को पहचाना जा सकता है, ये तो हर औसत भारतीय का चेहरा है। तो क्या हर औसत भारतीय कहीं खोया हुआ है? उसके दिमाग़ में एक कहानी का ख़ाका बनने लगा। रमेश भाई की चाय में इलायची थी जिसकी गंध में खोया चतुर धीरे-धीरे चाय सिप कर रहा था। अचानक उसके दिमाग़ में कहानी का धुँधला चेहरा साफ़ होने लगा। उसने आधी बची चाय वहीं पटक दी और तेज़ क़दमों से गली की तरफ़ बढ़ने लगा। रमेश भाई ने उसके क़दमों की तेज़ी भाँप ली।

"के होया भाई चुतर?"

"पैसे कल रमेश भाई, जल्दी में हूँ।"

"रे पेसे कोण माँग रा, मैं यो बोल रा तेरा प्रेस्सर इतनी जड़दी केस्से बणगा?"

"कल बताऊँगा रमेश भाई।"

चतुर कमरे पर पहुँचा और डायरी-पेन लेकर जो बैठा तो फिर समाधि में ही चला गया। जिस देश में रक्षा का बजट शिक्षा से ज़्यादा हो और आधे से ज़्यादा क़ानून अँग्रेज़ों के ज़माने के हों, वहाँ ग़रीब का और ज़्यादा ग़रीब होते जाना कोई आश्चर्य नहीं है। हर ग़रीब की शक्ल एक-दूसरे से मिलती है और उनका खो जाना इस देश में एक सरकारी सूचना भर है।

चतुर की कहानी का नायक एक गुमशुदा किरदार था जो हर बार एक नए रूप में मिलता था और कोई कारनामा करके फिर से ग़ायब हो जाता था। उसने अपने नायक को देश के सबसे ग़रीब लेकिन मज़बूत मेहनतकश का प्रतीक बनाया था। जब कहानी ख़त्म होने के कगार पर पहुँची तो चतुर को पूरी तरह विश्वास था कि कहानी में वो जो कहना चाहता था और जैसे कहना चाहता था, वो उसकी उम्मीदों से कहीं ज़्यादा ही मुखर होकर आया है। इस कहानी को दुनिया का कोई संपादक छापने से मना नहीं कर सकता। ये भाव आते ही चतुर के होंठों पर अपने आप मुस्कान आ गई और उसे एक चाय पीने की तलब हुई तो उसे रमेश भाई का खोखा फिर से याद आया।

सुबह जो पत्रिका नहीं आई थी, दोपहर बाद जब चतुर पहुँचा, आ चुकी थी। पत्रिकाओं का बंडल तुरंत आया था और दुकानदार ने अभी उसे खोला नहीं था। उसमें दुकान पर आने वाली सभी पत्रिकाओं की दस-दस प्रतियाँ थीं। चतुर रस्सियों से बँधे उस बंडल में से पत्रिकाओं को अलगाकर देखने की कोशिश करने लगा। दुकानदार ने थोड़ी देर देखा, फिर प्यार से उसे एक झिड़की दी।

"क्या कर रहे हैं भैया, छोड़ दीजिए न अभी खोलेंगे।"

"तो खोलिए न।" चतुर ने देख लिया था सभी पत्रिकाओं के साथ वो पत्रिका भी है।

"अरे खोलते हैं भाई इतनी जल्दी क्या है?" एकाध लोग जो पत्रिकाएँ पलट रहे थे या ख़रीदी पत्रिकाओं के पैसे दे रहे थे, टेढ़ी निगाहों से दुकानदार को देखने लगे। चतुर को अजीब लगा।

"मुझे ख़रीदनी है खोलिए तो।" चतुर ने अंदाज़ से बताना चाहा कि वो वहाँ का नियमित ग्राहक है।

"अरे भाई साहब खुल जाएगी आप तो रोज़ के हैं। ज़रा इनको निपटा लूँ।" दुकानदार कुछ लड़कियों से मुख़ातिब था जिन्होंने फ़ैशन की चार-पाँच महँगी पत्रिकाएँ ख़रीदी थीं। चतुर की तरफ़ से उसने ध्यान हटाया

तो बाक़ी ग्राहक भी अपनी पत्रिकाओं में मसरूफ़ हो गए। चतुर ने देखा रस्सियाँ काटने वाला छोटा चाकू दुकानदार की दाहिनी ओर रखा है। उसने हाथ बढ़ाया।

"वो चाकू बढ़ा दीजिए मैं काट देता दूँ पैकेट।" दुकानदार ने अब चतुर की ओर देखा तो उसकी आँखों में हल्की-सी चिढ़ थी।

"आपको इतनी जल्दी क्यों है? दस मिनट रुक जाएँगे तो क्या बिगड़ जाएगा?"

"मेरी कहानी छपी है न, इसलिए जल्दी है।" चतुर ने कहा। उसके कहते ही जैसे वो दृश्य का मुख्य कलाकार हो गया, सब बारी-बारी उसकी ओर पलटकर देखने लगे। लड़कियाँ देखना नहीं चाहती थीं लेकिन सब पलटे तो उन्होंने भी कनखियों से चतुर की ओर देखा। इतनी कम उम्र का लड़का और बोलता है कहानी छपी है! दिल्ली में सब स्साले पैंतरेबाज़ ही हैं। दुकानदार के चेहरे पर हँसी आ गई।

"अरे आप तो ग़ुस्सा हो गए। लीजिए काटिए और निकाल लीजिए जो लेनी है।"

चतुर ने पैकेट काटा। सब अपनी पत्रिकाएँ पसंद कर रहे थे और दुकानदार से हिसाब कर रहे थे। जिन कानों में चतुर की बात पड़ी थी वो इस बात के मुंतज़िर थे कि घटना पूरी पता चल सके तो वे इसे अपने ऑफ़िस और दोस्तों में नमक-मिर्च लगाकर सुना पाएँ। वे चाहते थे कि दुकानदार सिर्फ़ एक लाइन का ताना मारकर न रह जाए बल्कि थोड़ी बेइज़्ज़ती इस लड़के की और करे। चतुर ने पत्रिका निकाली और धड़कते दिल से पन्ना पलटा। सामने इंडेक्स था। उसने इंडेक्स पढ़ा। दो-तीन कहानियों, स्तंभों और कविताओं के बाद इस स्तंभ का नाम लिखा था– 'नवांकुर कहानी– चतुर्भुज शास्त्री'। चतुर्भुज ने काँपते हाथों से वो पन्ना खोला जो आधी पत्रिका के बाद था। पृष्ठ संख्या उनचास। वहाँ पन्ना खोलते ही जैसे चतुर्भुज का एक नया जन्म हुआ। ऊपर नवांकुर स्तंभ सुंदर कैलीग्राफ़ी में लिखा था, बाईं ओर बॉक्स में चतुर्भुज की तस्वीर, उसके

नीचे उसका छोटा-सा परिचय और सबसे नीचे फोन नंबर। उसकी साँसें थोड़ी देर से अनियंत्रित चल रही थीं इसलिए उसने एक लंबी साँस ली। उस साँस में ही उसने देखा कि दुकानदार और कुछेक ग्राहक उसकी ही ओर देख रहे हैं। उसके होंठों पर मुस्कराहट आ गई। उसने खुला हुआ पन्ना दुकानदार की ओर बढ़ा दिया। दुकानदार ने जल्दी से बाईं तरफ़ रखी अलमारी से अपना पुराना चश्मा उठाया और आँखों पर चढ़ा लिया। उसने आँखें फाड़कर चतुर्भुज की तस्वीर देखी और फिर चतुर्भुज के चेहरे की तरफ़। चतुर्भुज के होंठों पर जो मुस्कान आई थी वो जाने को तैयार नहीं हो रही थी। वो चाह रहा था कि इतना गंभीर रहे जितना तस्वीर में है ताकि दुकानदार उसे पहचान सके, लेकिन ये मुस्कराहट इतने अपमान और अकेली रुलाइयों के बाद आई थी कि इतनी जल्दी जाने वाली नहीं थी। कुछ ग्राहक भी दुकानदार के पास बढ़ आए थे और एकाध अंकलों ने तो हाथ भी बढ़ा दिया था। दुकानदार ने पत्रिका एक बुज़ुर्ग को दे दी। उन्होंने चतुर की तस्वीर देखी और फिर उसे देखा।

"तुम बनारस से हो?" उन्होंने आत्मीयता से पूछा।

"जी अंकल।" चतुर ने विनम्रता से जवाब दिया।

"बहुत बढ़िया बेटा। इसके पहले भी कहानी छपी है?"

"ये पहली है अंकल।" चतुर ने हल्का-सा शरमाते हुए जवाब दिया।

"बधाई हो बेटे, ख़ूब तरक़्क़ी करो, एक कॉपी मुझे भी दे दो भाई।" उन्होंने अपनी पत्रिकाओं के साथ इस पत्रिका की भी एक प्रति ख़रीदी और चले गए। कुछ और ग्राहकों ने भी देखा और जब तक चतुर्भुज तीन प्रतियाँ इस पत्रिका की ख़रीदकर पैसे देकर चाय की टपरी की ओर बढ़ नहीं गया, सब उसे देखते रहे। चतुर को लग ही नहीं रहा था ये वही दिल्ली है जिसे वो बेरहम समझता आया है और जिसने उसके सभी सपनों को तोड़ दिया है। ये दिल्ली अब हमेशा के लिए उसके जीवन का सबसे प्यारा और ख़ास शहर रहेगा क्योंकि यहाँ रहते हुए उसने लेखक बनने की दिशा में पहला क़दम रखा। हमेशा ठुकराए जाने के बाद इसी शहर ने उसकी कहानी को

सम्मान दिया और उसके मन के पन्नों से उन पन्नों तक पहुँचाया जहाँ उसे एक साथ कितने ही लोग पढ़ सकते हैं। 'कितना प्यारा है सब कुछ', उसने सोचा और जिस सिगरेट की दुकान से दो गोल्ड फ़्लेक ख़रीदता था, वहाँ से एक पैकेट ले लिया।

रमेश भाई मस्त आदमी थे। चाय बनाते हुए इधर-उधर की कहानियाँ और गप्पें सुनाना उनका शौक़ था और इसीलिए उनकी चतुर से बनने लगी थी। चतुर को देखते ही उन्होंने उसके लिए चाय छानी और उसके सामने रख दी। साथ ही माचिस भी जिससे चतुर अपना रोज़ का कोटा, एक चाय के साथ एक सिगरेट पीता था। चतुर ने सिगरेट जलाई और पत्रिकाएँ टपरी पर एक तरफ़ रख दीं। फिर उसने एक पत्रिका का पृष्ठ उनचास खोला और रमेश भाई के सामने कर दिया। रमेश भाई ने पहले ध्यान नहीं दिया, फिर उन्होंने प्रश्नवाचक निगाहों से चतुर की ओर देखा कि वो उनको काम के बीच में क्यों डिस्टर्ब कर रहा है। अचानक उनकी नज़र चतुर की तस्वीर पर पड़ी, "ओ बैंणचो ये तो तू है शास्त्री!" रमेश भाई ने तस्वीर और परिचय को देर तक पढ़ा कि उन्हें पूरा यक़ीन हो जाए। कहानी से उन्हें कोई मतलब नहीं था। उनके चेहरे पे भाव एकदम से बदल गए। उन्होंने अपने हाथ में पकड़ा बड़ा छन्ना एक तरफ़ रखा और लपककर चतुर्भुज के पास आए। चतुर को लगा वो उसे गले लगाने आ रहे हैं इसलिए उसने चाय का गिलास एक तरफ़ रखना चाहा, तब तक वो चतुर को अपनी गोद में उठा चुके थे। चाय का गिलास चतुर के हाथ में ही रह गया था और उसका पूरा ध्यान था कि कहीं गरम चाय की बूँदें उसके या रमेश भाई के ऊपर न छलकें। "अरे रमेश भाई चाय है ध्यान से।"

रमेश भाई का उत्साह कालका जी से पलवल तक की छलाँग मार चुका था। उन्होंने चतुर को तीन-चार गोल चक्कर घुमाए और फिर ज़मीन पर रख दिया। वो बेतहाशा हँस रहे थे। चतुर भी हँसने लगा हालाँकि उसकी हथेली गरम चाय के छलकने से पूरी तरह भीग चुकी थी।

"मन्ने बेरा ना था भाई एक राइटर मेरी दुकाण पे चा पीरा रोज़।"

"अरे रमेश भाई..."

"अरे हाँ भाई, अब से तेरा महीने भर का चाय का बिल मेरी तरफ़ से, बस एक काम करना होगा तने।" चतुर उनकी ओर हैरत से देखने लगा।

"रे यूँ डर के क्यों देखरा बस मन्ने यो कहाणी तू ख़ुद सुणा देना मारी पढ़न की सपीड ठीक ना सै।"

चतुर मुस्कराने लगा। उसने टपरी पर रखा पानी का जग उठाया और हथेली पर छलकी चाय साफ़ करने लगा।

लिखने से पहले एक पंक्ति में जवाब दो, क्यों लिखना चाहते हो

चतुर अपने जीवन के इन दिनों के बारे में जब भी लिखना या सोचना चाहता तो हर तरफ़ से घूमकर वो जहाँ पहुँचता था वो यही दिन थे। यहाँ से आगे का भविष्य इतना चमकदार दिखता था कि आँखें चौंधिया जातीं और चमक से मुँद जातीं। वो सुबह उठने के बाद एक बार पत्रिका खोलता और पन्नों पर हाथ फिराता। दिन में कई-कई बार उसे पढ़ता। अपने नाम पर उँगली रखता। कभी काग़ज़ पर ऑटोग्राफ़ देने की प्रैक्टिस करने लगता और सोचता उसे अँग्रेज़ी में ही दस्तख़त करना जारी रखना चाहिए या फिर हिंदी में शुरू कर देना चाहिए। बिन्नू उसे कहानी की ख़ुशख़बरी में हफ़्ते में तीन बार दारू पिला चुका था। वो पत्रिका की एक प्रति अपने सूटकेस में सुरक्षित रख चुका था और एक प्रति कमरे में एकदम सामने रखता जिससे बिन्नू का कोई दोस्त आए तो तुरंत उसकी नज़र पड़ जाए और वो उठा ले।

एक ऐसी दुनिया में उसने पाँव रखा था जिसके बारे में उसे कुछ नहीं पता था। जो कुछ उसे पता चला था वो इधर महीनों के अंदर का ही खेल था। अब वो एक लेखक था। उसे बिन्नू की बात याद आई जो उसने दारू पीने के बाद बोली थी। बिन्नू ने उसके मरने के बारे में कहा था कि वो

अगर अभी भी मर जाएगा तो उसकी मौत जायज़ है। उसे बिन्नू की बात हल्की सी चुभी थी कि अभी तो कुछ भी नहीं किया है। अब अगर उसकी मौत हो जाएगी तो उसके पीछे ये कहानी रहेगी जो दुनिया को बताएगी कि चतुर्भुज शास्त्री नाम का एक लड़का था जो बहुत प्यार से भरा हुआ था और चाहता था कि दुनिया में सब एक-दूसरे से प्यार करें। प्यार की बात पर उसे फिर रिंकी याद आने लगी। रिंकी की याद आते ही वो उदास हो गया और अपनी नई कहानी भेजने के लिए लिफ़ाफ़े पर पता लिखने लगा।

जब उसे एक पत्रिका में संपादक के रूप में कमलेश अवस्थी का नाम मिला तो वो ख़ुशी से मलंग हो गया। उसे लगा अब उसका अच्छा वक़्त शुरू हो चुका है। जहाँ उसके साथ इतनी अच्छी-अच्छी बातें ख़ुद हो रही हैं जितना वो किसी वरदान में माँग के नहीं करवा पाता। क्योंकि उसे पता ही नहीं था कि कमलेश अवस्थी बाक़ी लेखकों की तरह दिवंगत नहीं हैं। वो अभी मात्र बावन साल के हैं जिन्हें पूरी गंभीरता से साहित्य में युवा लेखक कहा जाता है। उनको लिखते पचीस-तीस साल हुए हैं और आधुनिक लेखकों में उनका नाम सबसे आदर के साथ लिया जाता है। यहीं दिल्ली में दिलशाद गार्डन में रहते हैं और ख़ुद अपने दम पर ये पत्रिका निकालते हैं। हिंदी साहित्य को जानने के लिए अकादमिक और साहित्यिक दुनिया जिन पत्रिकाओं पर निर्भर रहती हैं, उनमें ये अग्रणी पंक्ति में है। उसने कहानी के साथ कमलेश जी को एक चिट्ठी भी लिखी थी जिनमें उनकी कुछ कहानियों की बाबत कुछ सवाल पूछे थे।

उसे आश्चर्य हुआ जब तीसरे ही दिन उसके मोबाइल पर कमलेश जी का फोन आ गया। उन्होंने उसे अपने ऑफ़िस आने के लिए कहा। चतुर को लग रहा था जैसे उसके लिए अचानक किसी दूसरी दुनिया का दरवाज़ा खुल गया है और उसे इसमें ख़ूब घूमना चाहिए, दौड़ना चाहिए, चिल्लाना चाहिए।

डीटीसी की बस में खचाखच भीड़ थी। चतुर एक तरफ़ दबा हुआ सबके चेहरे देखता रहा और पसीने की बदबू में दबा सोचता रहा कि इस

भीड़ से कहीं उसकी साँस न रुक जाए। एक बूढ़ा लगातार किसी अदृश्य इंसान को गालियाँ दिए जा रहा था और बस में बैठे लोग अपनी तकलीफ़ भूलकर उसका मज़ा ले रहे थे। रास्ते भर का सफ़र उसने अपनी बोतल में भरा पानी पी-पी कर काटा।

कमलेश जी बावन के थे लेकिन पैंतालीस से ज़्यादा के नहीं दिखते थे। उनका ऑफ़िस भी घर जैसा आरामदेह और सुरुचिपूर्ण ढंग से सजा हुआ था। दीवार पर कुछ बड़े लेखकों जैसे प्रेमचंद, यशपाल, जयशंकर प्रसाद आदि के तैलचित्र थे और टेबल के पास एक बड़ा आरामदायक सोफ़ा। चतुर को हैरानी हुई। उसने सुना था कमलेश जी ने चालीस की ही उम्र में सरकारी नौकरी छोड़ दी थी और इस पत्रिका को निकालना शुरू किया था। इसमें उन्हें अच्छे विज्ञापन और प्रायोजक मिलते हैं और इसी से उनका घर-परिवार भी चलता है। उसे अच्छा लगा। एक लेखक का सब कुछ इतना ही शानदार होना चाहिए। कमलेश जी ने उसकी नई कहानी की काफ़ी तारीफ़ की और ये भी कहा कि वो चतुर की पहली कहानी भी खोजकर पढ़ेंगे। उन्होंने चतुर से दुनिया-जहान की बातें कीं और ज़्यादातर बातों में वो चतुर की बातों को काटते रहे। जब चतुर ने आने की यात्रा के बारे में बताया कि भीड़ बहुत थी और कुछ दिहाड़ी मज़दूर बस में चढ़ गए थे जिनकी वजह से रास्ता दूभर हो गया तो कमलेश जी ने तुरंत हल्की नाराज़गी से कहा कि उन मज़दूरों का पसीना इतना ज़रूरी है कि वो नहीं निकला होता तो हम लोग इस समय ग्राउंड फ़्लोर में जिस फ़्लैट में बैठे हैं वहाँ एक नाला होता और हम उसके किनारे बैठे होते। उनसे बातें करने में जैसे चतुर पाँच किताब प्रति घंटा की रफ़्तार से चीज़ें सीख रहा था और दुनिया को देखने की अपनी नज़र साफ़ कर रहा था। चतुर ने उनसे उनकी कहानियों के बारे में कुछ गहरी बातें कीं। ऐसा बिल्कुल नहीं लग रहा था कि ये दो लोग आज पहली बार मिले हैं और जहाँ एक जो कहानी की दुनिया का दिग्गज है तो दूसरा नया छौना। चाय आई और अब तक आराम से बैठे कमलेश जी चाय लेकर सोफ़े पर अधलेटी मुद्रा में आ गए। चतुर

उनसे इस बीच कई बार पूछ चुका था कि अच्छी कहानी लिखने के लिए क्या सबसे ज़रूरी है। वो चतुर को जवाब देने की मुद्रा में आ गए और विष्णु भगवान वाले पोज़ में सोफ़े पर लेटे हुए चाय पीने लगे।

"बहुत अच्छी बातें हुईं। अब मुझे एक बात बताओ।" कमलेश जी चाय सिप करते हुए बोले।

"जी! पूछिए।" चतुर ने भी चाय पीते हुए कहा।

"एक लाइन में बताओ कहानी क्यों लिखना चाहते हो?" कमलेश जी के होंठों पर मुस्कराहट थी।

"अम्म...कहानी...जो मैं आस-पास देखता हूँ वो मुझे..." चतुर ने अपनी भावनाओं को स्वर देने की कोशिश की लेकिन कमलेश जी ने टोक दिया।

"एक लाइन में बताओ भाई। एक पंक्ति का जवाब चाहिए मुझे, तुम कहानी लिखना चाहते हो, अच्छी कहानी लिखी भी है ये तुमने लेकिन कहानी क्यों लिखना चाहते हो?" इस बार उन्होंने क्यों पर ज़ोर दिया था।

चतुर ने एक पल सोचा और अपनी समझ से वही जवाब दिया जो वो महसूस करता था।

"अपने अंदर की बेचैनी निकालने के लिए लिखना चाहता हूँ।"

कमलेश जी हँसने लगे।

"अरे कौन-सी बेचैनी है तुमको भाई, दो टाइम खा रहे हो, माँ-बाप ज़िंदा हैं, घर-परिवार है, दोस्त-मित्र हैं। मैं तुम्हारा अख़बार में इंटरव्यू थोड़ी छाप रहा हूँ यार। एकदम सच बताओ।"

चतुर को थोड़ा अपमानबोध हुआ। उसे कमलेश जी का तरीक़ा कुछ ठीक नहीं लगा। उसने फिर एक कोशिश की।

"जो मुझे अच्छा लगता है और जो मुझे ख़राब लगता है दोनों को दर्ज करने के लिए।" कमलेश जी इस बार ज़ोर से हँसने लगे। उन्होंने चाय का आख़िरी लंबा घूँट मारा और चाय का कप टेबल पर रख दिया। फिर वो अचानक उठकर सीधे बैठ गए।

"लग रहा है तुम समझ नहीं पा रहे हो। अच्छा छोड़ो, मैं बताता हूँ। तुम सोच कर हाँ या ना में बताना कि सच है या नहीं।" चतुर ने उनकी बात पर सहमति में सिर हिलाया।

"तुम अपने दोस्तों से अलग और ख़ास दिखना चाहते हो और सबकी तारीफ़ें बटोरना चाहते हो। हाँ या नहीं?" कमलेश जी अब भी मुस्करा रहे थे। चतुर ने अपने भीतर एक फ़ौरी नज़र मारी और सोचा, हाँ यार ये तो है ही। ये कौन नहीं चाहता।

"हाँ! ये तो ठीक बात है।"

"है न! बहुत बढ़िया। अच्छा लगा तुमने ईमानदारी से मान लिया। अच्छी कहानी लिखने का पहला सबक़ है, तुम्हारी भाषा जैसी हो, शैली जो भी हो लेकिन तुम्हें ईमानदार रहना पड़ेगा। अपने प्रति, अपने समाज के प्रति, अपने समय के प्रति। अच्छी कहानी सिर्फ़ अच्छी भाषा से कभी नहीं आती। शब्द सबका सब कुछ उघाड़ देते हैं। शब्दों की ताक़त के प्रति हमेशा सजग रहना।"

चतुर उनकी बातें ध्यान से सुन रहा था। ये ख़ुशक़िस्मती जैसी ही कोई बात है कि पंद्रह दिन पहले तक वो जिस लेखक की कहानियों और किरदारों में डूब-उतर रहा था, आज वो सामने बैठ के उसके साथ चाय पी रहा है और उसे अच्छी कहानियों के गुरुमंत्र भी दे रहा है।

निकलते वक़्त उसने कमलेश जी से हाथ मिलाया। वो जाने के लिए पलटा तो कमलेश जी की आवाज़ आई। "इस कहानी पर एक लेख लिखूँगा, ऐसी कहानी लंबे अरसे के बाद पढ़ी है। इसमें देर तक उबलने के बाद जो स्वाद आता है वो है। कोई दिक़्क़त हो, कैसी भी तो मुझे फोन करना।"

चतुर रास्ते भर डीटीसी की बस में खिड़की पर बैठा ठंडी हवा खाता रहा और कमलेश जी की बातों के बारे में सोचता रहा। एक बुढ़िया उसके सामने वाली सीट पर बैठी कुछ भुनभुना रही थी। उसे लगा बुढ़िया का पति नहीं होगा और इसका बेटा इसको छोड़कर कहीं चला गया होगा। उसने

धीरे से बुढ़िया के सामने अपनी पानी की बोतल बढ़ाई। बुढ़िया ने उसे एक नज़र देखा और फिर बोतल लेकर गटागट पानी पीने लगी।

कंडक्टर अगले स्टॉप वालों के लिए चिल्ला रहा था, "आ जाओ सारे गोविंदपुरी वाले गेट पे आ जाओ... आ जाओ गोविंदपुरी वाले, आ जाओ..."

आधी ज़िंदगी तक जिन्हें मैं अपनी ख़ूबियाँ मानता था, वो मेरी उम्र की ख़ूबियाँ निकलीं

चिट्ठियों का ज़माना आख़िरी साँसें गिन रहा था और मोबाइल फोन का लोगों के जीवन में सहज प्रवेश हो चुका था। इनकमिंग का पैसा कटने वाला दौर अब समाप्त हो चुका था और धीरे-धीरे वो दौर आ रहा था जहाँ लोग कहने लगे थे कि जल्दी ही कोई ऐसा रिचार्ज भी आएगा जो थोड़ा महँगा ज़रूर होगा लेकिन जिससे महीने भर चाहे जितनी बात की जा सकेगी।

पहली कहानी पर चतुर को जितने प्यारे-प्यारे पत्र मिले उनसे उसे लेखक से पाठकों के अदृश्य रिश्ते और पाठकों से मिलने वाली ताक़त का पता चला। उसके मोबाइल पर रोज़ एक-दो संदेश कहानी की तारीफ़ में आते और हर तीन-चार दिन पर एक प्यार से भरी चिट्ठी। पत्रिका की एक प्रति उसने घर भेज दी थी। माँ से बात करने पर पता चला था कि पापा ने कहानी पढ़ के पत्रिका को एक ओर रख दिया और उसके बारे में एक भी शब्द, अच्छा या बुरा, कुछ भी नहीं कहा।

कमलेश जी की पत्रिका में जब दूसरी कहानी प्रकाशित हुई तो उसके साथ उनकी एक सुदीर्घ और सुचिंतित टिप्पणी समकालीन परिदृश्य और इस कहानी पर भी थी। इस कहानी ने साहित्य बिरादरी के साथ पाठक बिरादरी का भी ध्यान अपनी ओर खींचा क्योंकि इसमें पाठकों को कोई

बेवक़ूफ़ या सामान्य पाठक न समझकर उन्हें आस-पास की जानकारियों से लैस बेहद परिपक्व और जागरूक पाठक समझा गया था। लोग पढ़ते, पसंद करते, कहानी में कहीं कुछ समझ न आने पर इसके बारे में सोचते और अगर सोचते हुए उस सूत्र को सुलझा लेते तो चतुर्भुज शास्त्री अपने आप उनके पसंदीदा लेखकों की सूची में शुमार हो जाते। कहानी के साथ टिप्पणी का असर कहानियों के दिग-दिगंत में ये हुआ था कि इस नए लेखक चतुर्भुज शास्त्री को लेकर इतनी उत्सुकता और स्वागत भाव था जितना एक किताब के आने के बाद होता है। कई संपादक चतुर को फोन कर अपनी पत्रिका के लिए कहानी माँगते और वो धर्मसंकट में फँस जाता। कई संपादकों को उसने कहानी देने का वायदा किया और कुछ महीने भर में हालत ये हो गई कि चतुर एक साथ पाँच कहानियों पर काम कर रहा था।

बनारस में बिसारिया काका के बाद कमलेश जी उसके जीवन में आए दूसरे आदमी थे जिनसे वह कभी भी कुछ भी पूछ सकता था। एक दिन उनका फोन आने पर उन्होंने उसके हालचाल के साथ कहानियों की खोज-ख़बर ली तो चतुर ने बताया कि वो संपादकों की कॉल आने पर उन्हें हाँ बोल देता है और फँस जाता है, वो उन्हें मना करना चाहता है लेकिन कैसे करे समझ नहीं पाता।

"ये बताओ तुम बनारस में जब घाट पे जाते होगे तो तुम्हारे इर्द-गिर्द भी मल्लाह बोटिंग-बोटिंग करके पीछे लगते हैं कि आइए साहब गंगा पार ले चलें या तुमको पहचान जाते हैं कि लोकल हो?" कमलेश जी ने पूछा।

"अरे दादा मेरे चेहरे पे थोड़ी लिखा है बनारसी हूँ, लगते ही हैं पीछे।" चतुर ने सोचा और जवाब दिया।

"तो तुम सबकी नाव पे बैठ जाते हो?" कमलेश जी ने सवाल किया।

"नहीं।" चतुर कुछ-कुछ समझ रहा था कमलेश जी क्या कहना चाहते हैं।

"तो देखो मेन बात गंगा पार करना है, किसकी नाव पे बैठ के करते

हो कोई फ़र्क़ नहीं पड़ता। एक बार में तुम एक कहानी लिखते हो या पाँच, ये तो तुम्हारे फ़ोकस और ध्यान पर निर्भर करता है। मैं उस विषय में कुछ नहीं कहूँगा लेकिन ये ज़रूर कहूँगा कि कहानियाँ पूरी करना गंगा पार करने से कम नहीं है। तुम अपने हिसाब से पार करो, अपनी चुनी नाव पर, अपने चुने समय पर और अपने चुने तरीक़े से। मल्लाहों को ख़ुद को डिस्टर्ब मत करने दो बनारसी, गंगा पे ध्यान दो नाव पे नहीं।"

उन्होंने चतुर को जो नया संबोधन दिया था वो उसे बेहद भला लगता। कमलेश जी से बात करके इतना मज़ा आता था कि हर बार उसे अपनी अज्ञानता और अपरिपक्वता का बोध होता। वो सोचता कि उनकी उम्र में जाकर उसे उन जैसा ही बनना है। बिन्नू कमरे पर आने वाले अपने कई दोस्तों को ये कहानी पढ़वा चुका था और अब उसने चतुर को बोल दिया था कि वो जब तक चाहे उसके कमरे में रह सकता है। हालाँकि चतुर की पहले महीने की मिली तनख़्वाह कब की ख़त्म हो चुकी थी और अब वो कहानियों से मिले पैसे ख़र्च कर रहा था। ये पैसे ख़र्च करने में उसे एक अजीब-सी ख़ुशनुमा और गौरवान्वित करने वाली अनुभूति होती। अब इस पैसे के ख़त्म होने के दिन नज़दीक थे।

कुछ मुलाक़ातों के बाद चतुर ने एक बार कमलेश जी से पैसों की समस्या का ज़िक्र किया तो उसे पता चला कि ये बात उनसे जल्दी ही बाँट लेनी चाहिए थी। उन्होंने उसे कई हिंदी अख़बारों के पते और वहाँ काम कर रहे अपने मित्रों और साहित्य की दुनिया के कुछ जानकारों के नंबर दिए। चतुर एक हफ़्ते तक अलग-अलग लोगों से मिलता रहा और कई अख़बारों में उसे फ़्रीलांस करने का काम मिलने लगा। हालाँकि शुरू में उसे 'कैसे छुड़ाएँ तेल-हल्दी के दाग़' और 'टीवी सितारे कैसे मनाते हैं होली' जैसे फ़ीचर लिखने पड़े लेकिन कमलेश जी ने उसे समझा दिया था कि दो-तीन साल वो जम के लेख, फ़ीचर और स्टोरी कर लेगा तो उसके लिए किसी अख़बार में नौकरी की व्यवस्था भी की जा सकती है।

अब लिखना चतुर के जीवन का एक अनिवार्य हिस्सा बन गया था।

जब वो कहानियाँ सोचता, उन्हें पन्नों पर उतारने की कोशिश करता, वो पल अलग उत्साह से भरे होते थे। जब वो किसी विषय पर लेख लिख रहा होता तो उस दौरान वो कहानी से इतर विधाओं के बारे में सीख रहा होता था। हालाँकि फ्रीलांसिंग करने वालों के काम में फ्री शब्द लगा होने की वजह से उन्हें अपने पैसे वसूलने में बेहद परेशानियाँ उठानी पड़तीं। अख़बार वालों को लगता कि फ्रीलांसर है तो इसका पेट अख़बार में अपना छपा नाम देखकर भर जाता होगा। उनकी राय होती कि अख़बार के उस हिस्से को खाकर इन एहसान-फ़रामोशों को अपना पेट भरना चाहिए। फ्रीलांसर्स के पैसे देने में अक्सर अख़बारों को देर या काफ़ी देर हो जाया करती। वे बेहद भरे दिल से उनके लेखों का भुगतान करते और उत्साह से इस क्षेत्र में आए फ्रीलांसर्स का हौसला धीरे-धीरे कम होने लगता। वे धीरे-धीरे आधे-अधूरे मन से काम करने लगते और देखते-देखते अख़बारों में होने वाली लिखाई की गुणवत्ता गिरती जाती। चतुर को हालाँकि ऐसी स्थितियों का सामना कम करना पड़ा क्योंकि कमलेश जी का नाम उसकी मदद के लिए हर जगह मौजूद रहता।

तीन-चार साल तक चतुर लगातार लिखने के नशे में रहा। एक के बाद एक कहानियाँ अलग-अलग पत्रिकाओं में प्रकाशित होती रहीं और उसके नाम की गूँज साहित्य के लोकप्रिय तहख़ानों से लेकर प्रबुद्ध गलियारों तक फैलती रही। दिल्ली विश्वविद्यालय के विभिन्न कॉलेजों के हिंदी विभागों में शोध छात्र-छात्राएँ उसकी कहानियों पर चर्चा करते और इनमें से कई जगहों पर जाकर वो आधुनिक कहानी और पत्रकारिता पर व्याख्यान वग़ैरह भी दे आया था। हाल फ़िलहाल तक बिन्नू के साथ रहने के बाद अब चतुर ने गोविंदपुरी से थोड़ा आगे बढ़ के डीडीए फ़्लैट में अपने लिए एक वन बीएचके जुगड़िया लिया था। कहने की ज़रूरत नहीं कि इसमें भी कमलेश जी का हाथ था। कमलेश जी उसे अपने बेटे की तरह मानते हैं, ये वो नहीं कह सकता था क्योंकि वो हमेशा उससे दोस्त जैसा व्यवहार करते। वह अपने छोटे शहर और ग़ैर-साहित्यिक संस्कारों

की वजह से शुरू-शुरू में उन्हें एक सीनियर वाला सम्मान देता था और बात-बात में सर कह बैठता था। कमलेश जी इस बात से चिढ़ते थे।

एक बार चतुर कमलेश जी के साथ दोपहर से ही बैठा रहा और वापस निकलने को देर हो गई। जब वह उठने लगा तो कमलेश जी ने उसे रात ऑफ़िस में ही रुकने को कहा कि वो आज रात ऑफ़िस में ही सोएँगे। उन्होंने ऑफ़िस बॉय को भेजकर बाहर से खाना और व्हिस्की की एक बोतल मँगवा ली। चतुर बोतल को देखकर थोड़ा चौंका, क्योंकि आज तक उसने अपने उम्र वाले दोस्तों के साथ ही पी थी। कमलेश जी ने उसकी हिचकिचाहट भाँप ली।

"पीते हो न?"

"हाँ कभी-कभी।" उसने हड़बड़ाकर जवाब दिया।

"अरे तो मैं कौन-सा रोज़ पीता हूँ। आज दो हफ़्ते बाद फ़ुर्सत मिली है इसके बारे में सोचने की। कल संडे है, आज आराम से पीते हैं। कल कोई काम नहीं है। तुम्हें क्या करना है कल?"

"कुछ ख़ास नहीं, एकाध फ़ीचर लिखने हैं।"

"वो तो मेरे डेस्कटॉप से भी कर सकते हो। लैपटॉप नहीं लाए हो न?"

चतुर ने हाल ही में लैपटॉप ख़रीदा था क्योंकि हाथ से लिखने पर अख़बार के ऑफ़िस तक जाना पड़ता था और फ़ीचर-हेड एक बार पढ़ ले, तब तक रुके रहना होता था। ठीक-ठाक पैसे आते ही चतुर ने पहला काम लैपटॉप ख़रीदने का किया था और अब लिखने की गति और तेज़ हो गई थी।

"नहीं, मैंने सोचा शाम तक निकल लूँगा।"

"कोई बात नहीं। अभी माहौल बनाते हैं।"

कमलेश जी ने किताबों की अलमारी में हाथ डाला और अचानक हवा से दो-तीन कटोरियों में दो-तीन तरह के नमकीन सजा दिए। फिर उन्होंने एक दराज़ में हाथ डाला और उसमें से शीशे के दो सुंदर गिलास

प्रकट हो गए।

पेग बनने लगे, खींचे जाने लगे। कमलेश जी पोज़ जल्दी-जल्दी बदलते थे। कभी दाईं करवट लेकर बैठते कभी बाईं और कभी गिलास हाथ में लेकर टहलने लगते। जब कमलेश जी खड़े होते तो चतुर को असहज लगने लगता और वो भी खड़ा होने की कोशिश करता। कमलेश जी उसे बैठे रहने का इशारा करते और ख़ुद भी थोड़ी देर टहलने के बाद उसको सहज बनाने के लिए बैठ जाते।

माहौल में हल्का-हल्का नशा घुलने लगा था। कमलेश जी चतुर को घूर रहे थे, ये उसने अचानक नोट किया।

"क्या हुआ सर?" चतुर ने मुस्कराते हुए पूछा।

कमलेश जी ने मुस्कराहट के साथ उसके हाथ से पेग लिया और सामने टेबल पर रख दिया। चतुर को अजीब लगा।

"ये बताओ ये सर क्या होता है?" वो उसकी आँखों में आँखें डाले देख रहे थे। चतुर थोड़ा हड़बड़ा गया।

"अरे आप बड़े हैं तो... सम्मान है इसमें इतना लोड क्यों लेते हैं आप?" चतुर ने अपना पेग उठाया। कमलेश जी ने उसे रोकने के लिए जैसे ही हाथ बढ़ाया, चतुर थोड़ा पीछे को झुका और होंठों से लगाकर एक बार में पूरा गिलास ख़ाली कर दिया। उसकी आँखों में शरारत की चमक थी और ये देखकर कमलेश जी को भी मज़ा आ गया। उन्होंने चतुर का नया पेग बनाया और ख़ुद उसके हाथ में दिया।

"देखो बनारसी, तुम लेखक हो, तुम्हारा सबसे बेसिक काम है लिखना। है कि नहीं?" अब वो आराम से अपना पेग सिप कर रहे थे। उनके शरीर की लय से शराब की पर्याप्त मात्रा भीतर चले जाने का पता चल रहा था। उनकी आवाज़ में हल्का सुरूर आना शुरू हो गया था और इस तरह कमलेश जी को देखना चतुर के लिए एक नया और मज़ेदार अनुभव था।

"हाँ ठीक बात।" उसने जवाब दिया।

"और तुम हिंदी के लेखक हो इसका मतलब तुम किसी लक्ज़री के लिए लेखक नहीं बने हो क्योंकि वो मिलती नहीं। तो आख़िर तुम लेखक क्यों हो?" चतुर इस सवाल का जवाब सोच पाता, इसके पहले ही कमलेश जी ने ख़ुद जवाब भी दे दिया।

"क्योंकि तुम अपने आस-पास की नाक़ाबिल-ए-बर्दाश्त चीज़ों को बर्दाश्त करने की कोशिश करते हो। क्योंकि तुम, जो जैसा है उससे संतुष्ट नहीं हो। क्योंकि तुम इस दुनिया से निकलकर अपनी एक नई दुनिया बनाना चाहते हो। है कि नहीं?" चतुर ने हाँ में सिर हिलाया।

"तो तुम चौबीस घंटे में चार घंटे लेखक नहीं हो, तुम हमेशा लेखक हो, चौबीस घंटे, सातों दिन। इसलिए तुम्हारे आस-पास कोई उतने ही सम्मान का हक़दार है जितना वो इस दुनिया को दे रहा है। तुम्हारा कोई चाचा, मामा यहाँ नहीं है वैसे ही यहाँ तुम्हारा कोई सर भी नहीं है। सब तुम्हारे बराबर हैं। मैं तुम्हारे बराबर हूँ, फ़र्क़ इतना है मैं तुमसे थोड़ा पहले इस दुनिया में आ गया इसलिए यहाँ भी तुमसे पहले पहुँचा। इस बात को हमेशा याद रखना कि साहित्य में रिश्ते नहीं दोस्तियाँ मिलती हैं। मैं तुम्हारा दोस्त हूँ, तुमसे 20-22 साल बड़ा दोस्त। है कि नहीं?" कमलेश जी जिस अंदाज़ में ज्ञान दे रहे थे, चतुर को अब मज़ा आने लगा था। एक तो उसके ऊपर भी शराब का पर्याप्त असर था, दूसरा अपने पसंदीदा लेखक के साथ दोस्त बनकर पीने से एहसास में मज़ा दुगना हो रहा था। साथ ही, उसने अचानक ग़ौर किया था कि 'है कि नहीं' कमलेश जी का तकिया-कलाम था। उसने भी अब अपने शरीर और मन को ढीला छोड़ दिया।

"एकदम है, आप मेरे दोस्त हैं तो दोस्त के एक सवाल का जवाब दीजिए।" चतुर की इस मुद्रा पर कमलेश जी को एकदम से मज़ा आ गया।

"अब लग रहा है कोई भौकाली लेखक है। पूछ भाई।" कमलेश जी ने मुस्कराते हुए कहा। चतुर थोड़ा-सा उनकी ओर झुका।

"आपने किसकी मुहब्बत में शादी नहीं की?" इस सवाल पर कमलेश जी ने तुरंत चतुर की आँखों में देखा। वहाँ शरारत और सहजता

कूट-कूटकर भरी हुई थी जिसे देखकर कमलेश जी आश्वस्त हुए और सोफ़े की पीठ से अपनी पीठ मिलाने लगे। उनकी आँखें सीलिंग में देखने लगीं। चतुर को लगा उसने कहीं कोई असहज करने वाला सवाल तो नहीं पूछ लिया? लेकिन तभी उसने कमलेश जी के होंठों पर मुस्कराहट देखी।

"दोस्त बनते ही सबसे पहले छक्का ही मार दिया बिरादर। है कोई जिसके प्रेम में पूरा जीवन बिताने का प्रण लिया था और देखो लगभग बीत ही गया।" कमलेश जी कहीं खो गए थे।

"अभी तो आधा बीता है।" चतुर ने हस्तक्षेप किया। कमलेश जी मुस्कराने लगे।

"मतलब तुम्हारे हिसाब से एक सौ चार साल उम्र है मेरी, अबे हटाओ।" कमलेश जी फिर से पीने लगे, फिर अचानक उन्हें कुछ याद आया।

"तुम बताओ, जीवन में कोई नई आमद?" उनका इशारा रिंकी के बाद मिले झटके से उबरने के बारे में था। चतुर थोड़ा गंभीर हो गया।

"न हुई न होगी।"

"क्यों भई!"

"बस ऐसे ही।"

"कैसे ही?"

"ऐसे ही। न कोई उस जैसा मिलेगा न फिर से दिल में वो आग जलेगी। सब कुछ बुझ गया है अंदर। वो गई तो मेरा जोश, मेरी हिम्मत, मेरी ख़ुशी सब में सेंध लग गई है। लगता है जैसे अंदर से कभी उतना ख़ुश हो ही नहीं सकता जितना पहले होता था।" चतुर की आवाज़ संजीदा हो गई थी। कमलेश जी सीधे होकर बैठ गए।

"जलेगी जलेगी, ये आग फिर से जलेगी। सीने में प्रेम की चिंगारी जलाए रखना, कोई हवा देने फिर ज़रूर आएगी।" कमलेश जी की जोश से कही बात ने चतुर के अंदर कोई ख़ास जोश नहीं पैदा किया।

"मैं भी आपकी तरह अविवाहित रहूँगा और लिखूँगा, ख़ूब लिखूँगा..."

कमलेश जी ने उसके कंधे पर रखा हाथ हटा लिया और पीछे हट गए।

"पागल हो क्या? तुम कल से यहाँ मत आना। मुझसे कुछ अच्छा सीखना है तो ठीक, ये सब फ़ालतू बकवास करनी है तो दिखना मत कल से। अविवाहित क्या होता है बे? बिना किसी साथी के ज़िंदगी का क्या मलतब है? तुम्हें क्या लगता है मैं बहुत ख़ुश हूँ उसके बिना? वो अपने दो जवान बच्चों के साथ दुनिया में डूबी इतने आगे निकल गई है कि अचानक कहीं सामने पड़ जाऊँ तो तुरंत पहचान भी नहीं पाएगी। ये मैं पागल हूँ जो उसके प्यार में, उसकी याद में ज़िंदगी काट रहा हूँ और उसकी याद भी नहीं, उसके एक वक़्त की परछाईं की याद। मेरे दिल में जो उसकी तस्वीर है वो सच में वो नहीं है, वो मेरी बीती हुई उम्र का एक हिस्सा है, जिसे मैंने क़ैद कर लिया है। मैंने उसको क़ैद करने के बहाने अपनी उम्र के उस हिस्से को भी क़ैद किया है। पहले मेरे साथ जो भी अच्छा होता था मैं उसे अपनी ख़ूबियों में जोड़ लेता था लेकिन ये मेरी ग़लतफ़हमी थी। आधी ज़िंदगी तक जिन्हें मैं अपनी ख़ूबियाँ मानता था, वो मेरी उम्र की ख़ूबियाँ निकलीं। तेरे पास पता है सबसे कमाल की चीज़ क्या है जिसकी तुझे कोई क़द्र नहीं- जो मेरे पास नहीं है?" कमलेश जी की आँखें अब चढ़ गई थीं और वो सोफ़े पर लेट गए थे। उनके अंदाज़ से लग रहा था वो कभी भी सो जाएँगे। उनके गिलास में उनका आख़िरी पेग अब भी आधा पड़ा था लेकिन उनको देख के लग रहा था अब ये पड़ा ही रहेगा।

चतुर मंत्रमुग्ध भाव से कमलेश जी को सुन रहा था। उनकी बातें जैसे उसे एक बार में बहुत-कुछ समझा देती थीं।

"क्या?" उसने खोई हुई आवाज़ में पूछा।

"जो इस जीवन की सबसे कमाल की चीज़ है। तू उसकी क़द्र कर और अपनी बाँहें फैला के हमेशा इंतज़ार कर, मेरी भविष्यवाणी है तेरे जीवन में ऐसा प्रेम आएगा जो तुझे सब कुछ भुला देगा। सब कुछ।" कमलेश जी को अब बहुत चढ़ गई थी और बोलते-बोलते वो ट्रैक बदल दे

रहे थे लेकिन चतुर ने उनकी बात पकड़ ली थी। उसे जानने की उत्सुकता थी कि ऐसी कौन-सी चीज़ है जो कमलेश अवस्थी के पास नहीं है लेकिन उसके पास है।

"आप क्या बता रहे थे जो आपके पास नहीं है मेरे पास है?" उसने उन्हें याद दिलाया। कमलेश जी थोड़े कांशस हुए।

"मैं नशे में ज़्यादा बोल रहा हूँ क्या? चढ़ गई है यार, मैं थोड़ा झपकी मार लेता हूँ, फिर पिएँगे एक गैप लेकर। तुम्हें खाना होगा तो खा लेना।" उन्होंने बाहर से आए पैक्ड खाने की ओर इशारा किया। चतुर व्यग्र हो उठा।

"अरे आप दुखी हो रहे थे अभी कि जो मेरे पास है वो आपके पास नहीं है, क्या है वो?" उसकी आवाज़ में उत्तेजना और व्यग्रता थी जिसे नशे के घोल से नहलाया गया था। कमलेश जी ने आँखें बंद कर लीं और मुस्कराए।

"अरे तुझे नहीं पता? उम्र! यानी जवानी... सब कुछ है तेरे पास। चलता जा।"

उनकी आँखें बंद हो गईं। चतुर की आँखें भी भारी हो रही थीं। उसने कमलेश जी की बात के बारे में सोचा। एक नया प्यार, एक नई लड़की... लेकिन कोई लड़की रिंकी की जगह कैसे ले सकती है। रिंकी ने अपनी समझ से जो किया सो किया लेकिन उसके दिल में उस जगह कोई और कैसे आ सकता है। दिल का ये कमरा हमेशा ख़ाली ही रहेगा, इसे अब कोई नया किरायेदार नहीं चाहिए। उसने महसूस किया कि वाक़ई कमलेश जी को बहुत चढ़ गई है और अच्छा किया उन्होंने जो सो गए। उनकी आसानी से आने वाली नींद से उसे हल्की-सी जलन हुई। उसे इतनी आसानी से नींद नहीं आ सकती।

जो छोड़कर चले जाते हैं उनकी यादें झपट्टा मारने के लिए रात का इंतज़ार करती हैं।

किताब तभी लिखें जब वो पेड़ से ज़्यादा ज़रूरी हो

इन बरसों के बाद अगले कुछ बरस चतुर के जीवन के सबसे उपजाऊ थे। उसकी कहानियों के कई भारतीय और विदेशी भाषाओं में अनुवाद हुए। साहित्य के स्थापित आलोचकों ने उसकी कहानियों को रेखांकित किया, उन पर आलेख लिखे और उसके भविष्य की ओर उम्मीद भरी नज़रों से देखने लगे। तारीफ़ें मिलने लगीं तो धीरे-धीरे उसका नवोदित संकोच आत्मविश्वास में बदलने लगा। अपने जीवन से जो उसने देखा और सीखा था, उसमें सबसे ऊपर था धर्म और जाति की हदों से ऊपर उठकर इंसान के आपसी रिश्तों को समझना, उन पर दिल को छू लेने वाली कहानियाँ लिखना। चतुर्भुज शास्त्री सांप्रदायिकता और ब्राह्मणवादी वर्ण व्यवस्था के ख़िलाफ़ लिखने और बोलने वाले एक प्रखर लेखक के रूप में चमकने लगा।

लिखने के साथ पढ़ने की भी गति तेज़ होने लगी। गंभीरता से पढ़ने लगा तो अपनी अज्ञानता का बोध हुआ। बोध जितना बढ़ता, वो उतनी तेज़ी से पढ़ता। पढ़ता हुआ मनुष्य एक जगह पर भी रहे तो वो आगे बढ़ता है, चतुर पढ़ता हुआ आगे बढ़ता रहा। उसे पता चला कि ये संसार उसके माँ-बाप, मुहल्ले, शहर और देश की सीमाओं से बाहर बहुत दूर तक फैला हुआ है, जिसे नापने के लिए न तो उसके पास पैसा है न साधन। सिर्फ़ एक ही तरीक़ा है इसे जानने, देखने और इसका आनंद लेने का कि इसको इसकी कलाओं के ज़रिये जाना जाए। किताबें उनमें सबसे गहन एकांत के बाद निकले हुए दस्तावेज़ हैं जिनमें इतिहास की छाप और भविष्य के स्वप्न होते हैं। पढ़ता, सुनता और गुनता चतुर हिंदी साहित्य की उस दुनिया के बीचो-बीच से होकर गुज़र रहा था जिसका नाभिकीय केंद्र दिल्ली था और जो महानगरों से लेकर छोटे क़स्बों और गाँवों तक सपने की तरह फैली हुई थी। उसने देखा कि उसके जैसे ही ढेरों युवा लिखते हुए छपने

के सपने में सबसे पहले वरिष्ठ रचनाकारों को अतिरिक्त सम्मान देना शुरू कर देते हैं। वे इतने बेहूदे ढंग से वरिष्ठ लेखकों के आगे-पीछे डोलने लगते हैं कि पेंडुलम बन जाते हैं। उसे वितृष्णा होती।

दिल्ली में रहकर ये सब देखना और समझना उसके जैसे लेखक के लिए आसान भी था जिसके पास लिखने-पढ़ने के अलावा कुछ वक़्त बचता था तो सिर्फ़ फ़्रीलांसिंग करने के लिए। उसने जब इन चीज़ों को ढंग से समझना शुरू किया तो मन में बनी कुछ प्रतिमाओं के टूटने के बाद साहित्यिक बिरादरी में उठना-बैठना धीरे-धीरे कम कर दिया। कुछ वरिष्ठ और सक्रिय साहित्यकार जो ख़ुद को साहित्य में बने एक अदृश्य मठ के मुख्य संचालक मानते थे, चतुर की कहानियों से ख़फ़ा रहते। वे मनसूबे बाँधते कि चतुर को कभी अपने अदृश्य मठ की सदस्यता नहीं देंगे, न ही आस-पास भटकने देंगे। इसी बीच चतुर की कोई और शानदार कहानी प्रकाशित हो जाती और न चाहते हुए भी उसकी चर्चा होने लगती।

एक दिन कमलेश जी का संदेश मिला। एक वरिष्ठ लेखक मनमीत चतुर्वेदी के कहानी संग्रह का लोकार्पण था, जिसमें कमलेश जी को संचालन करना था। चतुर ने उन्हें मना कर दिया था लेकिन उन्होंने बार-बार ज़ोर दिया तो वो मना नहीं कर पाया। आते हुए कमलेश जी अपनी कार ख़ुद ड्राइव करके आए और उसे सभागार तक ले गए।

"तुम साथ रहोगे तो मैं कोई बहाना करके जल्दी निकल लूँगा।" कमलेश जी ने अपना एक्सक्यूज़ दिया तो चतुर चुपचाप कार में बैठ गया। मनमीत चतुर्वेदी की किताब उन्होंने सुबह ही चतुर को भिजवा दी थी कि वो कम-से-कम एक-दो कहानियाँ तो पढ़ ले ताकि मंच से दो मिनट बोल दे।

"तुमने कहानियाँ पढ़ीं?" उन्होंने गाड़ी पार्किंग में लगाते हुए पूछा। चतुर के चेहरे पर परेशानी की रेखाएँ थीं।

"पढ़ तो ली हैं गुरु लेकिन बहुत कमज़ोर कहानियाँ हैं जैसे वो लिखना ही भूल गए हों। उनका पहला संग्रह कमाल था लेकिन पिछले

दोनों कमज़ोर हैं, ये तो डिज़ास्टर है।" चतुर की बात पर कमलेश जी ठठाकर हँसे।

"चलो दो शब्द बोल देना जैसा भी लगे।" उन्होंने कहा। चतुर रुक गया। उसने कमलेश जी का हाथ पकड़ लिया तो वो पीछे पलटे।

"ऐसा है मैं आपके ज़ोर देने पे आया हूँ, बोलूँगा नहीं सुन लीजिए। मुझे बुलाइएगा मत मंच पर नहीं तो ज़िम्मेदारी आपकी होगी।" कमलेश जी और ज़ोर से हँसने लगे।

"एक पुरस्कार समिति का अध्यक्ष है और कई प्रकाशनों में ज्यूरी, पंगा मत लेना।" कमलेश जी ने कहा और अंदर बढ़ चले। चतुर उलझन में पड़ा थोड़ी देर वहीं खड़ा रहा।

कई वक्ताओं के बोलने के बाद कार्यक्रम के आख़िरी हिस्से में कमलेश जी ने अचानक पैंतरा बदल दिया।

"अब समापन से पहले मैं बीज वक्तव्य के लिए युवा लेखक चतुर्भुज शास्त्री को आमंत्रित करता हूँ, वो आएँ और मनमीत चतुर्वेदी जी के नए संग्रह की कहानियों पर दो शब्द कहें।

चतुर के चेहरे पे भाव बदल गए। वह आगे की पंक्ति में टाँगे फैलाकर आराम की मुद्रा में बैठा था। पूरा तो वहाँ था भी नहीं क्योंकि मन का कुछ हिस्सा बाहर यूँ ही बोर हुआ घूम रहा था। अपना नाम सुनकर उसकी इंद्रियाँ जाग्रत हुईं। उसने मंच की ओर देखा। कमलेश जी मुस्करा रहे थे। उसको उन पर बहुत ग़ुस्सा आया लेकिन तब तक सारी निगाहें उसकी ओर मुड़ गई थीं। वो न चाहते हुए भी धीरे से उठा और मंच की ओर बढ़ा।

माइक पर जब उसने सबका अभिवादन किया तो गड़गड़ाहट के साथ तालियाँ बजीं क्योंकि सभागार में युवाओं और हिंदी के विद्यार्थियों की संख्या अधिक थी जो मनमीत चतुर्वेदी का नाम अख़बारों में बतौर स्तंभकार देखते थे और उनके साहित्यिक ग्लैमर के तहत आए थे। चतुर ने पहले तो क्षमा माँगी कि उसे संग्रह आज ही सुबह मिला है इसलिए वह कुछेक कहानियाँ ही पढ़ सका, लेकिन मनमीत चतुर्वेदी की पहले

की लगभग सारी कहानियाँ वो पढ़ चुका है। उसके बाद उसने सिर्फ़ कुछ पंक्तियाँ बोलीं। आख़िरी पंक्ति के ख़त्म होने तक सभागार का माहौल एकदम बदल चुका था।

"मैं मनमीत चतुर्वेदी को बतौर कहानीकार पसंद करता था लेकिन जब कहानीकार को कहानियाँ लिखने के लिए जूझना पड़े और वो जूझना कहानी में भी दिखाई दे जाए तो उसे कुछ समय के लिए अवकाश ले लेना चाहिए। जो भी कहानियाँ मैंने पढ़ीं, वो बेहद ख़राब हैं और उनमें कोई चीज़ उल्लेख करने लायक़ नहीं है। दुनिया में ऑक्सीजन की कमी है और पेड़ इसके लिए बहुत ज़रूरी हैं। किताबें लिखने के लिए पन्नों की ज़रूरत पड़ती है और पन्नों के लिए पेड़ों को काटना पड़ता है, इसलिए मैं मनमीत चतुर्वेदी के साथ-साथ सभी लेखकों से ये आह्वान करना चाहूँगा कि कोई भी किताब तभी लिखें जब वो पेड़ों से ज़्यादा ज़रूरी हो। मैं फिर भी इस कहानी संग्रह के लिए मनमीत चतुर्वेदी जी को शुभकामनाएँ देता हूँ। धन्यवाद!"

मन में बना एक शाश्वत शून्य जिसे वो भरेगी जब प्रेम करेगी

पिछले कुछ साल ऐसे सपनों की तरह बीते थे कि पलटकर देखने पर हाईलाइट्स की तरह सिर्फ़ अच्छे-अच्छे पल ही चमकते थे। कहीं वो किसी मंच से कुछ बड़े लेखकों के साथ अपनी नई किताब का लोकार्पण करवा रहा है, कहीं किसी यूनिवर्सिटी में स्मृतिचिह्न ग्रहण कर रहा है, कहीं एक नई कहानी ख़त्म करने की ख़ुशी में सड़क पर अकेला मुस्कराता सिगरेट पी रहा है तो कहीं किसी पाठक/पाठिका के फोन का जवाब दे रहा है। सभी अच्छी स्मृतियों को सिर्फ़ एक ख़ाली मेट्रो रोकती थी जो अचानक यादों के गलियारे में धड़धड़ाती हुई आती और सब कुचलकर

चली जाती। चतुर का मन उदास हो जाता। उसे लगता उसे रिंकी को एक बार कॉल करके अपनी कहानियाँ पढ़ने को कहना चाहिए। अगले ही पल लगता उसकी दुनिया एकदम अलग है और अब उसे उसकी दुनिया में दख़ल देने का कोई हक़ नहीं। रिंकी की याद आते ही कई हिंसक विचार उसके मन में आते लेकिन वो अब धीरे-धीरे विचारों को पहचानना सीख रहा था। अच्छी किताबें जो सबसे अच्छी बात सिखाती हैं वो यही है कि आप रातोंरात शैतान से भगवान नहीं हो जाते लेकिन इंसान होने का महत्त्व समझने लगते हैं। आप समझ जाते हैं कि आपके मन के भँवर में जितने विचार आते-जाते रहते हैं उनमें से कितने जायज़ हैं और कितने नाजायज़। वो सभी हिंसक विचारों को परे धकेलता और रिंकी की तरफ़ से जवाब देता कि प्रेम का रिश्ता किसी मजबूरी पर टिका हुआ नहीं हो सकता। उसे रिंकी को हमेशा के लिए भूल जाना चाहिए और वो भूल भी रहा है। उसे उससे कोई शिकायत नहीं।

चतुर ने अपनी सबसे लंबी और अब तक की सबसे महत्त्वाकांक्षी कहानी लिखी, जो दिल्ली से प्रकाशित होने वाली एक प्रमुख पत्रिका में छपी थी। उस कहानी को चिट्ठियों और मोबाइल के बीच का क्रांतिक काल माना जा सकता है क्योंकि दिन में जितने वो इस कहानी के लिए पत्र पाता उतने ही लगभग फोन कॉल्स भी आते थे। इस कहानी में उसने अपने मन के ख़ालीपन और दुनिया की व्यर्थता के बारे में लिखा था जिसे जीकर वो हर रोज़ बेपरवाह सूफ़ी बनता जा रहा था। इस कहानी को लिखकर उसे लंबे समय बाद उतना ही अच्छा महसूस हुआ था जितना पहली कहानी को पूरा करने के बाद हुआ था। वो सबके पत्रों और फोन का जवाब अनमने ढंग से दे देता था लेकिन उसने महसूस किया था कि जितना वो इस कहानी को लिखने के बाद भरा हुआ महसूस कर रहा था, इसकी तारीफ़ें सुनकर उसे उतना ही ख़ाली-सा महसूस होने लगता था।

ऐसे में एक दिन उसका फोन आया।

वो एक मीठी आवाज़ वाली लड़की थी जिसकी आवाज़ सुनते ही

दिमाग़ उसका चेहरा बनाने लगता है और वो चेहरा निहायत ख़ूबसूरत होता है।

"चतुर्भुज बोल रहे हैं?"

"जी कहिए।"

बदले में थोड़ी देर तक ख़ामोशी रही।

"आपकी कहानी पढ़ी।" सामने वाली मधुर आवाज़ ने कहानी और पत्रिका का नाम बताया, फिर ख़ामोश हो गई।

"अच्छा। कैसी लगी?" चतुर ने शिष्टाचारवश पूछा। उधर से थोड़ी देर कोई आवाज़ नहीं आई तो चतुर ने अपना सवाल दोहराया।

"हाँ कहिए, कहानी कैसी लगी?"

उधर की आवाज़ सुबकने लगी। चतुर ने फोन की स्क्रीन को देखा और फिर से कान में लगा लिया।

"बहुत अच्छी लगी... मैं पढ़ती हुई खो गई थी जैसे मेरी ही कहानी हो..." आवाज़ सुबकती और बीच में टूटी हुई थी। चतुर को समझ नहीं आया कि सामने वाले को कैसे सँभाले। अभी इस लिहाज़ से वो नया ही लेखक था जिसे पहली बार ऐसा पाठक नसीब हुआ था।

"मेरे घर के सामने कुछ भीख माँगने वाले बच्चे शाम को खेलते हैं। मैं उनकी ख़ुशी देखकर अपनी ख़ुशी की तुलना..." आवाज़ अब एकदम से रोने में बदलने लगी। चतुर ने उसे सँभालने में अपना पूरा जौहर लगा दिया। आवाज़ फिर अपने आप ख़ामोश हो गई। शायद उसने अपने आप को सँभाल लिया था।

"सॉरी, मैं अभी बात नहीं कर पा रही। मैं आपको चिट्ठी में अपनी बात लिखूँगी।"

"जी, ज़रूर।" चतुर इतना ही कह सका।

"पता वही है न जो छपा है?"

"जी।" चतुर अवाक् था।

फोन कटने के बाद भी वो देर तक स्क्रीन को और फिर उस रहस्यमय

दस अंकों के नंबर को देर तक घूरता रहा।

अगले चार-पाँच ऐसे व्यस्त दिन बीते कि वो इस फोन कॉल को भूल गया था। फ़िर अचानक शाम को कमरे पर लौटते हुए उसे चिट्ठी मिली। चिट्ठी नहीं दिल की एक गाँठ खुली थी जो न जाने कितने बरसों से बँधी हुई थी। ऐसी गाँठ जो किसी बेहद अपने के सामने ही खुलती है और फिर खुलती ही जाती है। लड़की का नाम रेणुका था और वो देश के सबसे ख़ूबसूरत प्रदेश झारखंड के सबसे ख़ूबसूरत शहर राँची में रहती थी। वो राँची की सबसे ख़ूबसूरत लड़की थी क्योंकि उसकी लिखी पंक्तियों के बीच में उसका चेहरा भी दिखाई पड़ रहा था। उसके लिखे लफ़्ज़ों में इतनी ख़ूबसूरती थी जैसे वो सामने बैठी चतुर का हाथ अपने हाथों में लिए सारी बातें उससे ख़ुद कह रही हो। उसकी हैंडराइटिंग भी उसकी ही तरह ख़ूबसूरत थी।

चतुर ने उस चिट्ठी को अनगिनत बार पढ़ा और दूसरे ही दिन उसे बाक़ी पाठकों की चिट्ठियों से निकाल अपने पास रख लिया। ये कोई आम घटना नहीं थी। ये कोई आम लड़की नहीं थी और अब चतुर इस चिट्ठी के बाद कोई आम लेखक भी नहीं रह गया था।

चिट्ठी में जो बातें रह गई थीं वो फोन पे पूरी हुईं। रेणुका ने उस दिन की फोनिल बातचीत के लिए माफ़ी माँगी कि उस कहानी ने उसे इतने भीतर तक भिगो दिया था कि वो अगले दो-तीन दिनों तक रह-रहकर रोती रही। उसकी इस कहानी और उसके किरदार में उसने अपने किरदार को देखा था और उसे बहुत राहत महसूस हुई थी कि दुनिया को इस तरह देखने वाली वो कोई अकेली इंसान नहीं थी।

फ़ोनों का सिलसिला चला तो ऐसा चला कि चतुर का बाक़ी दुनिया से राब्ता टूटने लगा। आँख खुलने पर उसकी आवाज़ की खनक से सुबह होती और दिन भर के कामों के दौरान भी वो मैसेज या दो-तीन बार संक्षिप्त कॉल्स से जुड़ी रहती। जैसे ही वो अख़बार की नौकरी से ख़ाली होता, दोनों फोन की अदृश्य लाइन से जुड़ जाते।

दिन, हफ़्ते और सिर्फ़ तीन सवा तीन महीने बीतते-बीतते दोनों को एक-दूसरे की ऐसी आदत हो गई जैसे पैदा होने के बाद से दोनों की ज़िंदगी इसी तलाश में ग़र्क़ हो रही थी। दोनों सुबह से लेकर रात तक एक-दूसरे से इस क़दर जुड़ चुके थे कि आस-पास की दुनिया से लगभग कट चुके थे। चतुर सिर्फ़ नौकरी की मजबूरियों से जुड़ी कॉल्स उठाता था और वहाँ भी बात सुनकर ज़रूरी हूँ-हाँ करके फोन रख देता था।

उन्हीं दिनों एक टेलिकॉम कंपनी, जिसे सबके हाथों में फोन थमाने का जुनून था और उसमें वो कामयाब भी हुई थी, ने सबके हाथ में थमे फ़ोनों को हाथों से चिपकाने की स्कीम लॉन्च की। एकमुश्त रक़म देकर फोन का अनलिमिटेड रिचार्ज मार्किट में आया था और चतुर इस नई स्कीम को देखकर एकदम आश्वस्त हो गया कि उसके जीवन में ये लड़की और ये भावना, जो है तो प्रेम ही लेकिन वो इसे मानना नहीं चाहता, एकदम सही वक़्त पर आई हैं। हर हफ़्ते टॉप-अप करवाने की मुश्किलें अब हल हो गई थीं और चतुर ने चौबीस घंटे उससे जुड़े रहने की बड़ी इच्छा बिना ऊपरवाले से माँगे पूरी हो जाने का चमत्कार देखा था।

अब बात ऐसी थी कि दिन भर बातें करनी थीं लेकिन जीवन में इतनी बातें थीं नहीं कि हर दूसरे घंटे बताया जाए कि क्या हो रहा है। प्रेम में वो सफ़र सबसे मुश्किल होता है जब दोनों को पता होता है कि ये प्रेम है लेकिन 'पहले कौन माने' वाला सवाल सबसे बड़ा होता है।

"क्या हो रहा है ?" चतुर ने छियालीस मिनट बाद मैसेज करके पूछा। छियालीस मिनट पहले रेणुका ने दिन का खाना खाकर थोड़ा आराम करने की इच्छा व्यक्त की थी और उसने कहा था कि उठना तो कॉल करना।

"कुछ नहीं।" उधर से मैसेज आया।

"कुछ तो होना चाहिए।" उसने मैसेज किया। ये टेक्स्ट मैसेजेज़ का वक़्त था जहाँ प्रेमी अपनी बात भेजते वक़्त सोचते थे कि अगर मैसेज के साथ कुछ एक्सप्रेशन भरे चेहरे चिपकाने की भी सुविधा होती तो वो शरारत भरी हँसी भेजते।

"अच्छा। क्या होना चाहिए?" उधर से मैसेज आया।

"कुछ भी ऐसा जिसमें दोनों के जिस्मों को सुकून आए।" उसने पहले मज़ा लिखा था फिर उसे लगा ये टुच्चा न लगे।

"हम्म।"

इस मुख़्तसर से जवाब के बाद उधर से कोई टेक्स्ट नहीं आया।

"हम्म क्या?" चतुर ने दूसरा टेक्स्ट भेजा लेकिन उसका भी जवाब नहीं आया। अब उसके मन में फिर से वही डर सिर उठाने लगा। उसे लगा उसने बहुत ख़राब-सी बात कह दी है जो भले ही उन दोनों के मन में हो लेकिन उसके कहने से बात ख़राब हो गई। उसे दूसरी बात ये भी लगी कि उसकी क़िस्मत ही ऐसी है कि जहाँ सब ठीक होता हुआ लगता है वहीं मामला गड़बड़ हो जाता है।

उसने थोड़ी देर इंतज़ार करने के बाद रेणुका को फोन भी किया लेकिन फोन नहीं उठाया गया। वो डर गया। हो गया सब अंडबंड। उसकी बात शायद उसे अश्लील लग गई हो। बात कहाँ एक कहानी और उसके अकेलेपन से शुरू हुई थी और देखो तो कहाँ जा रही है। शायद उसे अचानक लगा हो कि जिसे वो अपना पसंदीदा लेखक बना चुकी है वो कितना टुच्चा आदमी है। आदमी है न! आदमी होना ही स्साला टुच्चा होना है। लड़की ने प्यार से बातें क्या कर लीं, उसके आकर्षण में क्या बँध गई, वो द्विअर्थी बातों तक चला आया। बात लेकिन चुंबनों तक आ चुकी है तो मामला ज़ाहिर है, रूह से आगे पहुँच चुका है और रूह को रहने के लिए एक जिस्म दरकार होता है। अब भला ये जिस्मों की बात कोई ख़राब बात कैसे हुई? उसके अंदर दो ग्रुप बन गए थे। एक लेखक शास्त्री था जिसका कहना था कि लड़की तुम्हें ख़ुद आगे बढ़कर प्यार जताए तो जताए, तुम ससुर अपनी डिग्निटी मेंटेन किए रहना, क्योंकि तुम उसके पसंदीदा लेखक हो। कोई हरकत ऐसी मत करना जिससे उसके पसंदीदा लेखक की छवि को धक्का पहुँचे। दूसरा एक इकतीस साल का प्रेमी चतुर्भुज था जिसका कहना था कि वो उसे पसंद करता है और बढ़ते-बढ़ते ये बात यहाँ तक आ

पहुँची है कि उससे बातें करना उसे उतना ही पसंद है जितना नई कहानियाँ सोचना, उसकी बातें सुनना उसे उतना ही पसंद है जितना अपने पसंदीदा लेखकों की कहानियाँ पढ़ना, उसे देखने की इतनी इच्छा है जितनी एक महाकाव्य रच देने की उठती है। उससे अब बातें करता हुआ अगर वो भूल जाता है कि वो एक लेखक है और उसका काम कहानियाँ लिखना है, बल्कि दोनों की मुलाक़ात कहानियों की वजह से हुई है, तो दिक़्क़त क्या है। कोई किसी की सोहबत में अपने आप को भूल जाए तो उसे कस के पकड़ लेना चाहिए। वक़्त की हवा चाहे जितनी तेज़ हो, प्रेम का आलिंगन उससे भी मज़बूत होना चाहिए ताकि जिसे चाहो उसे कभी अपने से दूर ना होने दो। ऐसी बहसों में जैसा कि रिवाज है, आडंबरयुक्त शब्दों और ड्रामा बुनने वालों की अक्सर जीत होती है और सच सजावटी ना होने की वजह से हार जाता है, लेखक चतुर्भुज शास्त्री जीत जाता है।

चतुर ने सोच लिया अब तक जो हुआ सो हुआ, आगे से वो अपनी लेखक वाली डिग्निटी मेंटेन करेगा। उसे याद आया कि पहली बार चुंबन की बात उसने ही छेड़ी थी और फोन पर उससे चुंबन माँगा था। उसने कहा उसे ये नहीं आता और ये करने में बहुत बचकाना है, लेकिन उसने उसे माउथपीस होंठों के सामने रख के चुंबन की आवाज़ निकालना सिखाया। उसने अपने आप आज तक चतुर को एक भी चुंबन नहीं दिया जबकि उसने क़रीब एक महीने से सुबह उठने और रात सोने पर वर्चुअल चुंबनों का नियम बना रखा है। ओह! वो शायद उसे बस हल्का-फुल्का पसंद करती है और यहाँ वो उसे अपने प्रेम में गिरफ़्तार समझे जा रहा है। चतुर ने एक लंबा मैसेज टाइप किया जिसमें उसने लिखा कि वो अपनी सीमा पार करने के लिए दुखी है और अगर उसे बुरा लगा हो तो सॉरी! आगे से वो ध्यान रखेगा कि उससे ज़बरदस्ती कोई भी चीज़ न करवाए। अगर ये भावना सिर्फ़ उसकी तरफ़ से है तो कोई बात नहीं, वो आगे से उसका दोस्त बनकर रहेगा जो अक्सर वो अपनी बातों से उसके लिए ज़ाहिर करती रहती है।

मैसेज भेजकर वो उदास हो गया। उसने उदासी को दूर करने के लिए शराब पीने का प्लान बनाया। सब-एडिटर को कुछ समझाया और बार की तरफ़ निकल गया।

तीन पेग पीने के बाद उसने एक और बार रेणुका को फ़ोन लगाया और फिर से कॉल न रिसीव होने पर चौथा पेग बना लिया। उसकी आँखें भर गई थीं और वो हर घूँट के बाद फोन की स्क्रीन पे नज़र मारता था।

जब उसका क्वार्टर ख़त्म हो गया और वेटर आकर खाने के लिए पूछने लगा तो वो उठ गया। प्यार में आप सामने वाले को प्रताड़ित नहीं कर पाते तो ख़ुद को सताते हैं। उसने सोचा आज बिना कुछ खाए-पिए सिर्फ़ कलेजा जलाएगा। बिल चुकाकर बाहर निकला और सिगरेट जला ली। उसने सोच रखा था ये पूरा पैकेट वो चेनस्मोकर की तरह पी जाएगा। दूसरी सिगरेट उसने जलाई ही थी कि रेणुका की कॉल आ गई। उसने थोड़ी देर तक फोन को बजते हुए देखा और जैसे ही फोन कटने वाला था, उसने लपककर फोन उठाया जैसे किसी को गिरने से बचा रहा हो।

"कहाँ हो?" रेणुका ने आस-पास का शोर सुनकर पूछा।

"सड़क पर।" उसने उदास आवाज़ को और उदास बनाते हुए कहा।

"अच्छा सुनो, आज मेरी दीदी और उनके बच्चे आए हैं तो रात में बात नहीं कर पाऊँगी।" उसने उतावली आवाज़ में कहा।

"अच्छा!" उसने उजबक जैसी आवाज़ में कहा।

"हाँ, इसलिए घर जाओ और सोते वक़्त मैसेज डाल देना। ठीक है?" उसकी आवाज़ में आदेश था। चतुर अचानक सामने आई बात से चौंका हुआ था।

"हाँ, ठीक है।" उसने कहा।

"और ये क्या लंबा-सा बकलोलों वाला मैसेज भेजे हो? कोई कहेगा ये लड़का इतनी शानदार कहानियाँ भी लिखता है!" रेणुका उसकी क्लास ले रही थी। वो सिर झुकाए खड़ा था जैसे तीसरी क्लास का चिंटू हो।

"वो मैंने सोचा..." उसे समझ नहीं आ रहा था क्या कहे।

"अच्छा चलो कल बात करना, दीदी आ रही है। ध्यान रखना... मुआआआह!" चुंबन की आवाज़ के साथ फोन कट गया।

चतुर ने फिर से फोन की स्क्रीन को देखा और कॉल लॉग में गया। वहाँ सचमुच इस फोन की आमद दर्ज थी जो सपने जैसा महसूस हो रहा था। चतुर ने पीछे पलटकर बार की तरफ़ देखा। 'उपहार बार एंड रेस्टोरेंट' पर लगी बत्तियाँ चमक रही थीं। वो बेसाख़्ता मुस्करा उठा। उसने देखा उसकी मुस्कराहट देखने वाला आस-पास कोई है क्या। एक कुत्ता थोड़ी दूरी पर बैठा उसे एकटक देख रहा था। वो कुत्ते की ओर देखकर फिर से मुस्कराया। कुत्ता भी उसे देखकर मुस्कराया। वो थोड़ी देर के लिए कुत्ते के पास बैठ गया और उसकी पीठ पर हाथ फेरने लगा।

उसे पता चला कि अच्छा लिखने के लिए उसे और जीने की ज़रूरत है। अभी बहुत सारे रंग हैं जो उसने न देखे हैं न उनके बारे में सुना है। कुत्ते ने उसे चाट लिया। वो हँस पड़ा। कुत्ते ने उसकी ओर सवालिया निगाह से देखा कि इसमें हँसने जैसी क्या बात है। उसने कुत्ते को गले लगाया और भर्राई आवाज़ में जवाब दिया।

"धै स्साला, फिर से प्यार हो गया बे।"

कुत्ता लगातार उसका मुँह चाटने लगा।

आ जाओ न!

तो हुआ यूँ था कि एक लड़का था, एक लड़की थी। लड़का बचपन से अपनी उम्र से ज़्यादा समझदार था और लड़की भरे-पूरे परिवार में पली होने के बावजूद दुनिया से बैरागी थी। लड़के का दिल एक लड़की तोड़कर चली गई थी और लड़की के तसव्वुर में दूर-दूर तक कोई लड़का नहीं था। लड़के ने अपने माँ-बाप को यथासंभव शराफ़त से धीमी आवाज़ में लड़ते देखा था और लड़की ने ऊँची आवाज़ में अपनी माँ को बाप से

गालियाँ खाते देखा था। ऐसे सामान्य परिवारों में पलकर प्रेम की जो जगह बनती है, वो बन चुकी थी। प्यार और इसके सपने में डर का एक मुख्य स्थान तय हो चुका था। ये ऐसा मध्यमवर्गीय सहमा हुआ प्यार था जो ज़्यादा हो जाने पर छिन जाने के डर से घिरा होता है और मौक़ा सामने होने पर भी जी भरकर जी नहीं पाता।

रेणुका अक्सर अच्छी-ख़ासी चलती बातों के बीच उदास हो जाती जब भी वो साथ रहने की बात करता।

"पापा नहीं मानेंगे। माँ की चलती नहीं।" उसने पहले से हथियार डाल रखे थे। चतुर ने वजह जानने की कोशिश की तो उसने अपनी मँझली दीदी की कहानी सुनाई। उन्होंने किसी दूसरी जाति के लड़के से प्रेम किया था और शादी करना चाहती थीं। पापा ने सुनते ही घोषणा कर दी कि वो घर छोड़कर जा सकती हैं और उनका इस घर से कोई रिश्ता नहीं रह जाएगा। माँ ने ज़हर खा लिया था हालाँकि सही समय पर अस्पताल ले जाकर उन्हें बचा लिया गया था। दीदी ने फिर भी घर छोड़कर उस लड़के से शादी कर ली और घर का माहौल बद से बदतर हो गया था। पापा ने बाक़ायदा अख़बार में दीदी की मौत की ख़बर छपवाकर उनका श्राद्ध किया था और उनसे जुड़ी हर याद को घर से बेरहमी से मिटा दिया था। चतुर ये कहानी सुनकर इतना पिघल गया कि उसका बस चलता तो वो फोन से निकल कर रेणुका को बाँहों में भर लेता।

वो दीदी की बात सुनाती हुई रो पड़ी थी और चतुर उसके डर की वजह समझ गया था। अपनी असुरक्षाओं को वह अक्सर डिकोड करता रहता था और उसे समझ आया था कि ख़राब बचपन और रिंकी का छोड़ना उसकी ज़िंदगी में ज़्यादातर असुरक्षाओं और डरों की वजह है। रेणुका के डरों को वो अब धीरे-धीरे समझ रहा था। किताबों ने उसे जो सबसे ख़ूबसूरत चीज़ दी थी, वो अपने और दूसरे के जज़्बात समझने की सलाहियत थी जिसे वो और धार दे रहा था।

वो समझ गया ये लड़की कोई आम लड़की नहीं है, ये बचपन से

अपने डरों के क़िले में क़ैद ऐसी राजकुमारी है जिसे पाने के लिए पहले उन राक्षसों को मारना होगा जिनसे वो बचपन से डरती आई है। जिनकी वजह से उसने हमेशा लड़कों से जान-बूझकर दूरी बनाए रखी। जिनकी वजह से वो परीकथाओं को हमेशा से सिर्फ़ बच्चों को सुनाई जाने वाली कहानियाँ मानती रही और जिनकी वजह से उसने ख़ुद को ये समझा दिया कि लड़कियों को दिखने वाले सपनों का रंग हमेशा उदास होना चाहिए।

उसने मिलने की बात रखी तो रेणुका हिचकिचा गई। कॉलेज फ़िलहाल बंद है और घर से बाहर निकलने के लिए झूठ बोलना पड़ेगा। झूठ बोलने को उसने ऐसे बड़े पाप की तरह बताया जैसे सच में उसके घर के बाहर एक नदी हो और उसके किनारे साँप हो जो बाहर निकलते ही काट लेगा। चतुर देर तक हँसता रहा। वो नाराज़ हो गई और फोन काट दिया। चतुर ने थोड़ी देर सोचा और फिर से फोन लगाया।

"क्या है?" उसने नाराज़ आवाज़ में पूछा।

"कुछ नहीं, मैं बस यही कह रहा हूँ कि मिलते हैं।" चतुर ने कन्विंसिंग अंदाज़ में कहा।

"कॉलेज खुल जाएगा अगले महीने तब।" वो अपने निश्चय पे दृढ़ थी।

"झूठ बोलने के अलावा कोई और दिक़्क़त तो नहीं है?" चतुर को अब भी यक़ीन नहीं हो रहा था कि दुनिया के साहित्य और कहानी-कविताओं पे बात करने वाली लड़की 'अच्छी लड़की' होने के दबाव से इतनी मुतास्सिर है कि उसे हटाने की सोच भी नहीं रही।

"ये भी मेरे लिए बहुत दिक़्क़त है।" रेणुका ने झूठ-सच पर होने वाली बहसों से ऊबकर कहा था। उसके बताए एकाध 'अश्वत्थामा हाथी' टाइप प्लान को उसने पहले ही रिजेक्ट कर दिया था।

चतुर ने उसे कन्विंस करने के लिए स्त्रियों की आज़ादी और अपने फ़ैसले ख़ुद लेने से संबंधित कुछ किताबों और लेखिकाओं के नाम लिए थे कि रेणुका सामने से उन किताबों की डिटेल्स और पसंद-नापसंद शेयर

करने लगी थी। वो शर्मिंदा होकर चुप हो गया था जब रेणुका ने कहा कि वो स्त्री आज़ादी वग़ैरह सब जानती-समझती है, जिन किताबों की वो बात कर रहा है वो कब की पढ़ चुकी है लेकिन कुछ बात संस्कारों की भी है जिन्हें वह कभी भूलना नहीं चाहती। वो समझ गया समस्या कहाँ है।

जो ज़िद और डर संस्कारों के घोड़े पर चढ़कर आते हैं उन्हें सच की ज़मीन पर उतारना सबसे कठिन होता है।

इतिहास गवाह है कि जब से संस्कारों का आविष्कार हुआ है, इनका इस्तेमाल किसी रचनात्मक काम के लिए नहीं हुआ। इनका उपयोग आदिकाल से किसी को नीचा दिखाने और किसी का मज़ाक़ उड़ाने के लिए होता आया है। इनका प्रयोग अपनी कुंठा निकालने के लिए बहुतायत में किया जाता है लेकिन साथ ही अपने से कमज़ोरों को दबाने के लिए भी संस्कारों का उपयोग आम है। संस्कारों का सबसे सार्थक उपयोग हत्याएँ करने के लिए किया जाता है और मानव ने चाँद पर जाने के साथ-साथ एक बात और सीखी है कि विज्ञान वग़ैरह में पीछे रह जाने पर कोई मज़ाक़ उड़ाए तो चलता है लेकिन संस्कारों पर कोई उँगली उठाए तो उसका गला काट देने में कोई बुराई नहीं। संस्कारों से दूसरों के खाने-पीने और कपड़े पहनने तक को नियंत्रित किया जा सकता है और संस्कारों का बोझ इतना भारी होता है कि इसके नीचे दबाकर एक पूरी पीढ़ी को अपाहिज बनाया जा सकता है। संस्कारों का सटीक इस्तेमाल करने से सरकारें तक बनाई और गिराई जा सकती हैं और संस्कारों के हवाले से किसी को मिट्टी का तेल छिड़ककर सरेआम जलाया जा सकता है।

उसने संस्कारों के भूत से लड़ने के लिए धीरे-धीरे अपनी मेहनत जारी रखी, साथ ही कॉलेज खुलने का इंतज़ार भी करता रहा। लेकिन ऐसा वक़्त जल्दी थोड़ी बीतता है।

प्रेम का सबसे अच्छा दौर वो होता है जब प्रेम के बारे में बात करने की कोई ज़रूरत नहीं होती। एक-दूसरे के बारे में जानने को इतना बचा होता है कि 'क्या खाया?' और 'आज क्या पहना है?' जैसे फ़ॉर्मल

सवालों के बीच ये प्रक्रिया चलती रहती है। प्रेमी-प्रेमिका एक-दूसरे को अपने पैदा होने से लेकर अब तक की हर अच्छी-बुरी याद से परिचित करा देना चाहते हैं ताकि उन्हें प्यार करने वाला बचपन के उस दिन का छूटा प्यार भी दे पाए जिस दिन वे बहुत उदास थे और उनके कंधे पर हाथ रखने वाला कोई नहीं था। रेणुका इधर-उधर की बातें करती हुई अक्सर अपने बचपन की बातें ले आती और जितना वो उसे समझता गया, उसके प्रति उसका प्यार तो बढ़ता ही रहा, एक गार्जियनशिप भी डेवलप होती रही।

लड़के लड़कियों के पीछे सिर्फ़ एक वजह से पड़ते हैं और उन्हें लड़कियों से सिर्फ़ एक चीज़ चाहिए होती है, ये विचार रेणुका के मन में इतनी गहराई तक पैवस्त था कि उस पर बात करना उसे बातचीत से ही उदास कर देता था। चतुर समझता था कि अव्वल तो प्रेम में सिर्फ़ एक ही चाहत नहीं होती और अगर एक-दूसरे को जानने-समझने के बाद ये जिस्म वाली बात आती भी है तो ये बेहद नैचुरल और ज़रूरी है। बस इतनी-सी बात है कि रेणुका इसे सिर्फ़ लड़कों के लिए ज़रूरी समझती है जैसे ये कोई चीज़ हो और उठाकर लड़कों को जेब में डाल लेनी हो। उसने समझ लिया था कि इस लड़की के साथ उसका सफ़र आसान नहीं होगा और जिस उत्सुकता का अन्वेषण प्रेमी जोड़ों की पहली प्राथमिकता होती है, उसके लिए उसे ख़ासा धैर्य रखना होगा। लेकिन मिलने की प्यास थी कि हर रोज़ बढ़ती जा रही थी। ये प्यास सिर्फ़ उसकी तरफ़ से ही थी शायद, क्योंकि मिलने के प्लान पर पहले वो बेहद उत्साहित होती, ख़ुशी ज़ाहिर करती, फिर अचानक चुप हो जाती थी जैसे अंदर से कोई स्विच ऑफ़ हो गया हो।

रेणुका ने उसे अपनी लिखी कुछ कविताएँ डायरी से सुनाई थीं और वो उनकी गहराई देखकर हैरान था। उसने आज तक अपनी कविताएँ कहीं भेजी नहीं थीं और एक परिचित की पत्रिका में भेजने के प्रस्ताव को उसने एकदम से ठुकरा दिया तो उसे हैरानी हुई।

"ये कहीं छपने के लिए नहीं सिर्फ़ ख़ुद के लिए हैं। किरण को सुनाई थीं और आज तुम्हें सुनाया।" चतुर को एक नई बात पता चली। दुनिया में जितनी भी चमक हो, कुछ लोगों में अपनी ख़ुद की भीतरी चमक होती है और उन्हें इस दुनिया से कुछ नहीं चाहिए। अपने नाम को पन्नों पर चमकाने के लालच के अलावा चतुर भी ख़ुद को कमोबेश रेणुका जैसा ही समझता था और इस भावना को अच्छी तरह महसूस कर सकता था।

"तुम बहुत अच्छा लिखती हो। छपने लगो तो सबकी छुट्टी हो जाए जो आड़ी-टेढ़ी कविताएँ लिखकर चर्चाओं में बनी रहती हैं।" चतुर ने कहा। वो मुस्कराई।

"मुझे किसी की छुट्टी नहीं करनी।" उसने इठलाकर कहा। वो अदाएँ इतनी कम दिखाती थी कि चतुर उसकी अदा न दिखाने की अदा पर फ़िदा होता जा रहा था। शुरू में उसे मन करता था कि रेणुका भी आम लड़कियों की तरह उससे थोड़ी अदाएँ दिखाए और कभी एक बार तो उससे दुलरा कर पूछे कि "मेला शोना क्या कर रहा है?" लेकिन ये उसका डिपार्टमेंट नहीं था। ज़्यादा-से-ज़्यादा वो आवाज़ को थोड़ा बच्चों की तरह बनाकर, जो वैसे भी ऑलमोस्ट बच्चों जैसी ही थी, उसकी किसी बात को काटती थी। उसे मज़ा आता था।

"अरे मेरी गुड़िया, कितनी संतोषी हो तुम।" चतुर की आवाज़ अपने आप ऐसी हो गई जैसे वो सामने हो और चतुर ने उसे बाँहों में भरा हुआ हो।

"तुमसे सीख रही हूँ बाबू।" उसकी आवाज़ में वही चंचलता थी जो चतुर हमेशा से सुनना चाहता था। शायद प्यार में उसकी भी आदतें बदल रही थीं, वो बदल रही थी।

चतुर एक बार बाबू हुआ तो हमेशा के लिए बाबू हो गया। वैसे भी वो बचपन में ही बड़ा हो जाने की वजह से कभी बाबू हो ही नहीं पाया था। ज़िंदगी के इकतीस साल बीत जाने के बाद अचानक बाबू होना इतनी बड़ी ख़ुशी थी जिसे सँभालने में अगले कई दिन निकल गए। रेणुका हमेशा

के लिए गुड़िया हो गई। मेरा बाबू, मेरी गुड़िया के साथ धीरे-धीरे ये दो समझदार और संवेदनशील लोग ऐसी बातें भी करने लगे जिन्हें आस-पास वाले सुनकर तरस भरी नज़रें डालकर इग्नोर मार देते हैं।

"क्या खाया?"

"सब्ज़ी, रोटी और दाल।"

"कितनी रोटी?"

"दो।"

"बस दो? इतने में क्या होगा गुड़िया? तुम कमज़ोर हो जाओगी। जाओ एक और खाओ।"

"उहूँ..."

"प्लीज़...मेरे लिए... एक और..."

"नहीं...बस..."

"नहीं प्लीज़...एक और..."

बग़ल में कोई सुन रहा हो तो वो ऊबकर कह दे कि बस कर भाई, रोटी की जगह वो बाद में चावल भी खा लेगी, तू अपने खाने की चिंता कर लेकिन प्यार करने वालों को इसकी क्या परवाह। समझदानी कितनी भी बड़ी हो, प्यार में हर कोई एक जैसी बचकानी हरकतें करता है और सोचता रहता है कि आज से पहले ऐसा किसी ने नहीं किया होगा। आस-पास के समझदार दोस्तों की तरस भरी नज़रों का कोई असर नहीं होता और प्रेमी अकेले बैठकर उसकी बातें सोचता मुस्कराता रहता है। दूसरों की समझदार नज़रों को भी वो समझता है और मुस्कराता हुआ कभी सोचता भी है कि मैं कैसी बेवक़ूफ़ी वाली हरकतें करने लगा हूँ तो अगले ही पल ये सोचता है कि काश ये वक़्त ऐसे ही चलता रहे और मैं ज़िंदगी भर ऐसी ही बेवक़ूफ़ियाँ करता रहूँ।

एक दिन बातों-बातों में रेणुका ने यूँ ही पूछा।

"आजकल तुम मिलने की बात नहीं करते।"

चतुर थोड़ी देर सोचता रहा क्या बोले। उसने शब्द जुटाए और शैली

पर भी ख़ासा ध्यान दिया।

"हमको तुम लाइफ़ लॉन्ग चाहिए, कोई जल्दी नहीं है। तब मिलेंगे जब तुम मिलने को कहोगी।" उसने समझ लिया था कि इस लड़की को उसकी मर्ज़ी से ही आगे बढ़ने देना है ताकि उसके मन में रहने वाले सभी शक-ओ-शुब्हा धीरे-धीरे तिरोहित होते रहें।

"अगर नहीं कहूँगी तो तुम..." उसकी आवाज़ में आतुरता थी।

"नहीं आएँगे! लाइफ़ लॉन्ग इंतज़ार..." उसने हथियार डालने वाले अंदाज़ में कहा जैसे गेंद उसके पाले में कभी थी ही नहीं।

"बहुत पेशेंस है तुम्हारे अंदर।" उसकी नखरीली आवाज़ में आमंत्रण था।

"बहुत ज़्यादा।" उसने पहले ही हथियार डाल रखे थे।

"ग़ज़ब हो तुम।"

उसने फोन काट दिया। कुछ दिन से वो उसे तुम कहने लगी थी और चतुर ने ग़ौर किया था कि उसे तुम कहने में इतना मज़ा आ रहा था कि वो वाक्यों को ऐसे बनाती थी कि उसमें बार-बार तुम और तुम्हारे आने लगा था। चतुर को भी उसके मुँह से तुम सुनना बहुत अच्छा लगता था। हालाँकि उसकी हर एक नई बात उसे एक पुरानी बात की याद दिलाती थी लेकिन इधर उसने ग़ौर किया था कि उसे ये याद करना बुरा नहीं लगता था। दूसरी बार प्रेम होना उसके लिए शुरू में थोड़ा अजीब और हिचक भरा था जैसे वो रिंकी की यादों के साथ बेवफ़ाई कर रहा हो लेकिन इस रिश्ते में वक़्त बीतने के साथ उसका दुनिया की सबसे घिसी-पिटी कहावत पर यक़ीन बढ़ने लगा था कि 'जो होता है अच्छे के लिए होता है।' इसके साथ ही एक दूसरा राज़ भी खुला था कि 'ज़िंदगी में सच्चा प्यार एक ही बार होता है' वाली बात एकदम झूठी है और इसे सच मानकर दिल के दरवाज़े बंद करके जी रहे लोग बेहद बदक़िस्मत हैं।

दुनिया में कुछ ही लोग हैं जिन्हें प्यार हासिल है। जिन्हें ये हासिल होता है वो इसे जीते हैं और जिन्हें ये नहीं हासिल होता या छिन जाता है,

वो इसे लेकर परिभाषाएँ और कविताएँ बनाते हैं जिनमें ज़्यादातर झूठी होती हैं। प्रेम को जीते वक़्त न उसके बारे में सोचा जा सकता है न उस पर कविताएँ लिखी जा सकती हैं।

अचानक फोन कटने की वजह उसको समझ नहीं आई। हालाँकि वो समझ रहा था सामने वाला किसी जद्दोजहद में है और ये उसकी मेहनत का फल है कि अब उनके मिलने के बारे में वो ज़्यादा नहीं सोच रहा। उसने अपने आप को धैर्य दिया है और फ़ैसला सामने वाले पर छोड़ दिया है जिसका फ़ायदा अब उसे मिल रहा है। प्रेम में जितना समर्पण चाहिए उतनी ही रणनीति भी चाहिए होती है। उसका अंदाज़ा था कि अगले एकाध हफ़्ते में रेणुका उसे ज़रूर मिलने के लिए बुलाएगी क्योंकि अब उसने ये ज़िद छोड़ दी है। टिंग-टिंग... फोन पर मैसेज आया। उसने फोन उठाया। रेणुका का मैसेज था। लिखा था– 'आ जाओ न।'

उसने मैसेज को आगे-पीछे ऊपर-नीचे से कई बार पढ़ा। 'आ जाओ न' के अलावा कुछ लिखा नहीं था। 'आ जाओ न' के अलावा उसे कुछ पढ़ना भी नहीं था। कहाँ जाओगे, कहाँ रुकोगे, कहाँ मिलोगे, कब तक रहोगे जैसे फ़ालतू सवाल बिज़नेस मीटिंग करने जा रहे एक्ज़ीक्यूटिव लोगों के होते हैं, प्रेमियों के लिए नहीं।

प्रेमियों के लिए सिर्फ़ आमंत्रण होता है।

स्टेशन की सुबह के लिए दुबारा जन्म लिया जा सकता है

ऐसा जीवन में पहली बार हो रहा था। इस बारे में सबने किसी न किसी दोस्त से सुन रखा था कि एक लड़के को दूर कहीं रहने वाली एक लड़की से प्यार हो गया जिससे मिलने वो एक लंबा सफ़र तय करके जाता था। ऐसे संयोग ख़ुशक़िस्मत लोगों के ही जीवन में आते थे। ये लंबा

सफ़र चतुर के लिए दिल्ली से राँची तक का था। इसके पहले उसने राँची का नाम सिर्फ़ एक पागलख़ाने के संदर्भ में सुना था जब दोस्तबाग़ मज़ाक़ में कहते थे कि बहुत फ़ालतू बातें कर रहे हो, राँची भिजवा दिया जाए क्या तुमको।

ट्रेन से चतुर बचपन से यात्राएँ करता रहा था लेकिन ये यात्रा तिलिस्मी थी। इसमें सब कुछ तिलिस्मी था। जिस अनजान शहर वो जा रहा था वो उसे कैसा दिखेगा, वो कहाँ रहेगा, क्या करेगा, उसे कुछ पता नहीं था। कल्पनाओं के संकोच का ये हाल था कि चतुर ज़्यादा से ज़्यादा उस शहर के बारे में सोच पा रहा था। उस लड़की के बारे में कैसे सोचे जिसकी उसने सिर्फ़ आवाज़ सुनी है और कुछेक तस्वीरें देखी हैं। वह बार-बार मोबाइल में भेजा उसका छोटा-सा मैसेज देखता जिसमें लिखा था– 'आ जाओ न।' शुरू में लंबे मैसेज भेजने वाली ये लड़की अचानक उसे छोटे संदेश भेजने लगी थी जिसमें कुछ ऐसी बातें लिखी रहतीं जिन्हें डिकोड करने में उसका पूरा दिन निकल जाता।

अब वो उस लड़की से मिलने जा रहा था जिससे पिछले तीन-चार महीनों से दिन भर तो कभी रात भर बातें करता रहता था। जैसे-जैसे ट्रेन राँची की तरफ़ बढ़ती जा रही थी, उसे रिंकी की दी हुई ख़लिश और उससे पैदा हुआ डर घेरता जा रहा था। वो क्यों जा रहा है, अगर इस बात को एक शब्द में कहना हो तो वो क्या कहेगा, उसे बिल्कुल समझ नहीं आ रहा था। फिर से वही एक भावना जिसमें उसे आस-पास की दुनिया फिर से शून्य होती महसूस हो रही थी। सब कुछ वैसे ही बहुत अच्छा लग रहा है, ख़ुद से बरसों बाद इतना प्यार होता जा रहा है कि आईने में इस शक्ल को देखना भी अच्छा लगता है जिसे देखने पर सबसे पहला ख़याल यही आता था कि इस इंसान को छोड़ दिया गया है। प्यार के देश में जहाँ सिर्फ़ प्यार की मुद्रा चलती है, वो दिवालिया हो गया था। ये बड़ी वजह थी कि इस धंधे से हमेशा के लिए डर बैठ जाए। इसी डर से कितनी बार सामने से आने वाले प्यार के व्यापार की संभावना को वो शुरू में ही निष्फल कर

देता था। उसकी कहानियाँ पढ़कर फोन करने वाली लड़कियों में कई थीं जो किरदारों से इतना प्रेम करने लगी थीं कि उनका अगला क़दम लेखक से प्रेम करना था। चतुर इस बात को भाँप जाता था और दो क़दम पीछे हट जाता था। उसे इस प्यार के धंधे में इतना घाटा हुआ था कि वो अब कभी इसमें अपने मन की पूँजी का निवेश नहीं करेगा, ऐसा उसका दृढ़ विश्वास था। लेकिन ये लड़की थी कि इसने आते ही सारे विश्वास तोड़ दिए, पुराने अनुभव भुला दिए और पुराने जन्म को बचपना क़रार देकर मन को ये बताया कि प्रेम करने के लिए ये सबसे सही उम्र, सबसे बढ़िया मौसम और सबसे प्यारा देश है।

उसके सामने वाली सीट पर एक किशोरी अपनी माँ के साथ बैठी थी जो लगातार मोबाइल पर तरह-तरह के कोणों से अपनी तस्वीरें खींच रही थी और फिर उन्हें देखकर हँस रही थी। चतुर को महसूस हुआ प्रेम ख़ुद से हो या किसी और से, ये हमेशा हँसी के रथ पर सवार होकर आता है जिसे हल्का-सा कुरेदने पर अंदर से ढेर सारी रुलाई निकलती है। जो रो नहीं सकता और उस रुलाई को एक मासूम हँसी से ढक नहीं सकता, वो प्रेम नहीं कर सकता।

वो रात भर जगा उसे मैसेज करता रहा और वो जवाब देती रही। उसके जवाबों में एक आत्मीय-सी शांति थी।

एक मैसेज में रेणुका ने लिखा– 'मुझे डर लग रहा है।' चतुर ने पूछा– 'किस बात का?' उसने लिखा– 'तुमने जैसा सोचा है मेरे बारे में, मैं तुम्हें वैसी नहीं लगी तो?' उसे हँसी आ गई और वो सोचने लगा कि कब वो मिलेगी और वो कब उसे कई महीनों के एवज़ में गले लगाएगा। 'तुम पागल हो', उसने जवाब दिया। उसके दिमाग़ में उसकी वो तस्वीरें गूँजने लगीं जो उसके बहुत कहने पर उसने कुछ दिन पहले किसी साइबर कैफ़े जाकर मेल की थीं।

आधी रात के बाद उसकी आँख लगी और जैसे ही सपने में वो उसकी शक्ल बनाने लगा, गंतव्य आने का व्यग्र शोर यात्रियों में गूँज उठा। उसकी

आँख खुल गई। उसने मोबाइल देखा। आख़िरी मैसेज जो उसके सोने के बाद आया था, वो रेणुका की एक पसंदीदा फ़िल्म का पसंदीदा गीत था– 'आओगे जब तुम ओ साजना, अँगना फूल खिलेंगे... बरसेगा सावन... बरसेगा सावन झूम-झूम के... दो दिल ऐसे मिलेंगे।'

वो इसे सैकड़ों-हज़ारों बार पढ़ने और देखने में ऐसा मशग़ूल हुआ कि थोड़ी देर के लिए आस-पास को भूल गया। मैसेज में लिखे 'साजना' के अक्षर मोबाइल से बाहर निकलकर उसके आस-पास घूम रहे थे। साजना, साजना, साजना, अपने लिए उसके मुँह से साजना सुनना कैसा लगेगा। वो मुस्कराने लगा। अचानक उसके बग़ल में रखी चादर खींच ली गई तो उसका ध्यान गया।

अटेंडेंट बिना स्टेशन आए ही सबकी बर्थ से चादरें बटोरने लगा था। वो अपने बाल ठीक करने लगा।

"कौन-सा स्टेशन आने वाला है भाई साहब?" उसने बेताबी से दो सूटकेस लेकर दरवाज़े की तरफ़ खिसकते यात्री से पूछा।

"राँची।" उसने चतुर को अजनबियत से देखा और आगे बढ़ गया। चतुर भी अपना बैग और चीज़ें समेटने लगा। कैसा होगा ये शहर? कैसी होगी ये दुनिया जिसमें वो कुछ मिनटों में क़दम रखने वाला है?

जब वह कंधे पर बैग टाँगे बाहर निकला तो एक पल के लिए ठहर गया। भोर के अँधेरे ने आख़िरी सलाम के रूप में कुछ किरणें बाहर बिखेरी थीं और स्टेशन से बाहर आते हुए उसके हर क़दम के साथ धुँधलका उजाले में बदल रहा था। जब वह स्टेशन के इतना बाहर आ गया कि पीछे पलटकर सिर उठाने पर ऊँचाई पर लिखा हुआ राँची नज़र आने लगा तब अँधेरे वाली भोर उजाले वाली भोर में बदल गयी थी। हर दृश्य से अँधेरे की चादर ऐसे उतर रही थी जैसे सारे दृश्य चतुर की आँखों के लिए उद्घाटित किए जा रहे हों।

उसने खड़े होकर इधर-उधर देखा और एक चाय के ठेले की तरफ़ बढ़ चला जहाँ से धुआँ उठ रहा था और कुछ लोग उस धुएँ को पीते हुए

बेहद रहस्यमय दिख रहे थे। सब कुछ बनारस जैसा ही था। कुछ-कुछ दूरी पर छनती हुई चाय, सिगरेट के धुएँ को माहौल के धुएँ में मिलाकर गाढ़ा करते लोग, सुबह के आलस में सिमटे रिक्शेवाले जो यात्रियों के लिए बिल्कुल चिल्ला नहीं रहे थे। चतुर के अंदर कुछ मुस्कराने लगा। उसका मन हुआ कि वो जो भीतर से महसूस कर रहा है, वो किसी से बाँटे। उसने फोन निकाला और दोस्तों के नंबर ऊपर से नीचे तक देख गया। अमरनाथ या दलजीत? या फिर कमलेश जी को फोन करे? बिन्नू फोन करने पर सबसे ज़्यादा ख़ुश होता लेकिन वो उसकी कहानियाँ प्रकाशित होने के बाद से ऐसे फ़ैनबॉय की तरह ट्रीट करने लगा था जैसे वो कहीं का स्टार हो। उसने न जाने क्या सोच के कालिदास को फोन मिला दिया। तीन रिंग जाने के बाद काली ने फोन उठाया और उधर से अलसाई-सी आवाज़ आई।

"क्या बे इतना सुबह?"

"हम राँची आए हैं।" चतुर ने कम शब्दों में अपनी बात कही। काली की आवाज़ का आलस पल भर में ग़ायब हो गया।

"बुला ली क्या?" काली के स्वर का उल्लास मासूम था।

"हाँ।" चतुर ने मुस्कराते हुए कहा।

"अरे स्साला, बहुत सही। तुम तो गुरु सबसे बवाली निकले। जियो। तो अब?"

"अब क्या? वो निकलेगी नौ बजे घर से यूनिवर्सिटी जाने के बहाने, दस बजे मिलेगी।"

"ग़ज़ब रज्जा, फिर? कहाँ जाओगे ले के?"

"मालूम नहीं, देखते हैं। अभी सिगरेट पी रहे हैं और चाय छन रही है सामने। ग़ज़ब मौसम हुआ है।" चतुर की आवाज़ की ख़ुशी दुगनी होने लगी थी।

"अबे चूतिया अंदर का मौसम अच्छा हो तो बाहर का अपने आप अच्छा हो जाता है। तुम हमको भी किक दे दिए। हम भी एक सिगरेट जला

लेते हैं।" काली की बात ख़त्म होते ही माहौल में खिस्स से माचिस जलने की आवाज़ आई और उसी पल ढेर सारा धुआँ चतुर के चेहरे पर पड़ा।

उसने बग़ल में देखा तो सिगरेट पीता एक आदमी अचानक उसकी तरफ़ घूम गया था और सारा धुआँ उसके चेहरे पर आ गया, जैसे काली ने पहला लंबा कश खींचकर हमेशा की तरह उसके चेहरे पर धुआँ फेंका हो। इस नाराज़ होने वाली बात पर भी चतुर मुस्कराने लगा और धुआँ फेंकने वाला आदमी धीमी आवाज़ में सॉरी बोलकर पाँच-सात क़दम की दूरी पर खड़ा हो गया।

"झंडा गाड़ के आना।" काली का कहा आख़िरी वाक्य था जो ज़बरदस्ती उसके मन से चिपक गया था। बार-बार कोशिश करने पर भी नहीं गया तो उसे झटकने के लिए चतुर को नहाना पड़ा।

चाय पीने और वहीं सुलभ शौचालय में नित्यकर्म के बाद वो अपनी पसंदीदा जींस और नई ख़रीदी टी-शर्ट पहन के इतना फ्रेश और हैंडसम लग रहा था कि उसके चेहरे से अंदाज़ा लगाना असंभव था कि अभी वो थोड़ी देर पहले कैसे जुगुप्सा भरे माहौल में नहा-निपट रहा था। रेणुका अपने घर से निकल चुकी थी। वह पैदल चलता हुआ स्टेशन रोड पार कर रहा था। उसे स्टेशन के सामने वाले फ़्लाईओवर से होते हुए फ़्लाईओवर के बाद एक शॉपिंग कॉम्प्लेक्स पर उसका इंतज़ार करना था। सुबह का वक़्त था जब शहर अपने रात भर के कृत्यों पर शर्मिंदा हर तरफ़ सफ़ाई पर आमादा था। जमादार मुँह पर कपड़ा बाँधे बड़े झाड़ू लेकर सड़क बुहार रहे थे। छोटे बच्चे स्कूली यूनिफ़ॉर्म में एक-दूसरे के हाथ पकड़े नन्हे क़दमों से पृथ्वी नाप रहे थे। खाने-पीने वाले छोटी दुकानों पर वेज और नॉनवेज के लिए भेज और ननभेज लिखा देखकर उसे रेणुका की मासूमियत पर और प्यार आया। जितनी प्यारी और मासूम वो है उतना ही मासूम उसका शहर भी है।

वो पलाश टॉवर के पास खड़ा उसका इंतज़ार कर रहा था। हर गुज़रने वाले ऑटो में उसको लगता वही बैठी है। कोई ऑटो उसके आस-पास

रुकता तो वह गला खखारकर चौकन्ना हो जाता। वो सोचता कि जब वो उसकी तरफ़ आ रही होगी तो वो इधर-उधर देखता हुआ कुछ सोचने का अभिनय करने लगेगा। एक बार उसके दिमाग़ में डर भी आया कि कहीं वो आने को निकल रही हो और उसके साथ उसका भाई लग गया हो तो क्या होगा। वो जैसे ही उसकी तरफ़ आगे बढ़ेगा, उसका भाई उसके सामने ही उसे कूटने लगेगा। उसने सोचा वो आगे बढ़ने की पहल नहीं करेगा, पहले उसे अपनी तरफ़ आने देगा। ये सारे डर उसके दिमाग़ में रिंकी के जाने के बाद से पैदा हुए थे जिन्हें वो अपनी असुरक्षा के खाद-पानी से बढ़ाता रहा था। उसका आत्मविश्वास, प्रेम करने की क्षमता और बोलने की चतुरता हर चीज़ पर रिंकी का छोड़ जाना भारी था। रिंकी की याद आते ही उसके शरीर में सिहरन-सी दौड़ गई जब उसे महसूस हुआ कि वो आए और वो उसका जैसे ही हाथ पकड़े, वो अपना हाथ छुड़ाकर उसे बताए कि अब वो उससे प्यार नहीं करती और उसे तुरंत दिल्ली लौट जाना चाहिए। उसका आत्मविश्वास खोया नहीं था, वो मर गया था और उसने उसकी लाश को दफ़नाया भी नहीं था। मरे हुए आत्मविश्वास की लाश दफ़नाने के बाद एक झूठा आत्मविश्वास पालने की सुविधा थी जिसकी बिना पर दुनिया में थोड़े इफ़ बट के साथ जिया जा सकता था, लेकिन उसकी लाश ढोने वाले लोगों के लिए दुनिया में कोई जगह नहीं थी। किसी भी पुरानी चीज़ की लाश ढोने वाले के लिए दुनिया में कोई जगह नहीं थी। मोबाइल में टुन्न की आवाज़ हुई, उसके सवाल के जवाब में रेणुका का मैसेज था कि वो फ़्लाईओवर पर है। वह अब चौकन्ना खड़ा हो गया और बालों को हल्के से हाथ फिराकर ठीक करने की कोशिश की।

एक ऑटो उससे थोड़ी दूरी पर रुका और उसमें से एक लड़की उतरी। लड़की ने इत्मीनान से ऑटो वाले को पैसे दिए और इधर-उधर देखने का कोई उपक्रम नहीं किया। ऑटो आगे बढ़ गया। चतुर कनखियों से उसे देखता रहा। हाँ, वही तो है। फिर वो उसकी ओर देख क्यों नहीं रही। जब ऑटो नज़र से काफ़ी दूर चला गया तो वह छोटे क़दमों से

उसकी ओर आने लगी। दोनों की नज़रें मिलीं। वह उसे देखकर मुस्कराई और चतुर के अंदर से भ्रम के सारे जाले साफ़ हो गए।

उसके पास आते ही चतुर का हाथ आगे बढ़ गया। उसने चतुर के बढ़े हाथ को थामने में एक पल का समय नहीं लिया। चतुर का हाथ थामते ही उसने देखा कि वो उस लड़की का हाथ थामकर पूरे आत्मविश्वास के साथ सड़क पार कर रहा था। सड़क पार करने के अंतराल में उसे पता चला कि एक दिन किसी हनुमान को इसके लिए संजीवनी बूटी लेकर आना था इसलिए वो अपने मरे हुए नहीं बेहोश स्वाभिमान और आत्मविश्वास को सँभाले चल रहा था। इतने निर्द्वंद्व भाव से आई उस हथेली में इतना कुछ था जिस पर चतुर एक ग्रंथ लिख सकता था। इन दोनों जुड़ी हथेलियों के बीच में उतनी ही देर में अनंत सृजन हो रहे थे। दोनों के भीतर इस दुनिया पर भरोसा बढ़ रहा था, अनदेखे के प्रति डर ख़त्म हो रहा था और जुड़ने की शक्ति का अंदाज़ा हो रहा था।

सड़क पार होने से एक सेकंड पहले एक कार तेज़ी से उनके बग़ल से गुज़री थी और चतुर ने उसे रोकने के लिए उसका हाथ दबा दिया था। वो तुरंत रुकी थी जैसे अपनी डोर उसने पहली बार मिले इस इंसान को दुनिया का सबसे भरोसेमंद इंसान बनाने के लिए थमा दी हो। कार निकल जाने के बाद दोनों की नज़रें मिलीं और दोनों एक साथ मुस्कराए।

एक-दूसरे में खोए दोनों ने ध्यान नहीं दिया कि उनकी मुस्कराहट में इतना असर था कि आस-पास मौजूद हवाएँ, नमी, धरती, आसमान, फ़्लाईओवर और भेज-ननभेज की दुकानें तक मुस्कराने लगी थीं।

तुम मेरा पहला प्यार नहीं हो लेकिन चाहता हूँ आख़िरी रहो

लिफ़्ट में लगे आईने में वो रेणुका को ग़ौर से देख रहा था जब वो पर्स से निकालकर एक बिंदी माथे पर लगा रही थी। बिंदी लगाने और बँधे बालों को एक ख़ास स्टाइल में खोल भर देने से वो शादीशुदा बल्कि ख़ुशहाल शादीशुदा दिखने लगी थी। होटल के कमरे में पहुँचते ही वो तुरंत पर्स एक ओर रखकर बाथरूम चली गई जैसे उसे अकेले मौक़ा देना चाहती हो कि इस पल को अच्छे से महसूस कर लो। इस पल मैं तुम्हारे साथ हूँ और जिस पल का तुम पिछले चार महीने से इंतज़ार कर रहे थे उसके लिए तैयार रहो। इसे कैसे बिताना है, क्या करना है, क्या नहीं करना, चतुर को कुछ भी पता नहीं था और न ही वो सोच पाया था। वो जितना भी सोचता था यहीं तक आकर रुक जाता था। उसके दिल में इतनी ख़ुशियों के समाने के बाद कुछ और सोचने वाले दृश्य की जगह नहीं बच रही थी। वो जो उससे बिना मिले उसे इतना समझती है, वो जो उसके किरदारों में से छानकर उसे निकाल लेती है और हूबहू उसके सामने पेश कर देती है, वो जो उसके एक लाइन के संदेश में समझ जाती है कि वो कितना और किस बात को लेकर परेशान है, वो आख़िर कौन है! कोई इतने चमत्कारिक ढंग से जीवन में कैसे आ जाता है। कहानी पढ़कर रोती हुई एक लड़की, और दसों कहानियाँ लिखने के बाद वही कहानी जिसे चतुर अपनी सबसे महत्त्वाकांक्षी और अच्छी कहानी मानता था, वो कहानी जिसे लिखने के दौरान वो पहली बार अपने किरदार का दुख महसूस करता हुआ रो पड़ा था... उस रोने में शायद इतना असर था कि वो रुलाई सीधे ब्रह्मांड में चली गई थी और फिर वो नीचे तभी आई जब उसे उतना ही डूबकर उस किरदार को पहचानने वाला दूसरा दिल मिला, दूसरी आँखें मिलीं। कितना ख़ूबसूरत है सब कुछ! और ये उसके साथ हो रहा है जो हमेशा अपने को कितनी ही बातों में कमतर समझता रहा है। एक लड़की चाहे तो लड़के

के आत्मविश्वास को आसमान पर बिठा सकती है, जो ख़ुद को कुछ नहीं समझता वो एक ही पल में ख़ुद को दुनिया का राजा भी समझ सकता है। उसने मन में ये बात बिठा ली, ये रेणुका से ज़रूर बाँटेगा।

जब वो शीशे में देखकर अपने बाल बना रही थी, चतुर उसके पीछे जाकर खड़ा हो गया। आदमक़द शीशे में उसने देखा कि उसने बाथरूम में जाकर वो साधारण शलवार सूट एक रंग-बिरंगे घाघरे और गहरे मरून रंग के टॉप में बदल लिया था। बँधे बाल आज़ाद थे और होंठों पर मुस्कान फिसल रही थी। वह अपने हाथों से बनी खीर और ब्रेड बटर लाई थी। उसकी ज़िद थी कि कमरे में घुसते ही सबसे पहले खीर खा ली जाए लेकिन वो जानता था कि ये और कोई मुद्दा न मिलने पर भटक खोलने के लिए उछाली गई निरर्थक बात थी। उसने इधर-उधर की बातें कर उसे खीर से हटा तक़दीर पर लाने की भरसक कोशिश की लेकिन वो हाथ में चम्मच लिए उसके सामने खड़ी थी।

"मुँह खोलो।" उसने मुँह खोला और खीर खाने लगा। रेणुका उसे एकटक देख रही थी। थोड़ी देर की ख़ामोशी में दोनों सोचते रहे कि क्या बोला जाए।

"कैसा लगा था अवार्ड लेते हुए?" उसने पहला सवाल ऐसा पूछा कि चतुर के दिल में अपनेपन की बयार-सी चलने लगी। अगर प्रेम द्रव में बदलकर बाहर आ सकता तो हिंदुस्तान होटल के इस कमरे में बाढ़ आ चुकी होती। उसने पहली किताब के लिए मिले राष्ट्रीय स्तर के ज्ञानपीठ नवलेखन पुरस्कार के बारे में बताना शुरू किया, वो गाल पर हाथ रख के ऐसे सुनने लगी जैसे अपनी पसंदीदा फ़िल्म पचीसवीं बार देख रही हो।

खीर और ब्रेड का लंच करने और होटल की चाय पीने के बाद आख़िर-कार उन पलों का भी वक़्त आया जिनके बारे में दोनों कब से सोच रहे थे। कहीं झिझक थी तो कहीं उत्कंठा, कहीं शर्म थी तो कहीं कौतूहल। ये तय रहा कि पेट भर गया है लिहाज़ा थोड़ी देर आराम कर लेने में कोई बुराई नहीं। वो लेटा और वो उसके बग़ल में लेट गयी। उसका

चादर लेने का मन नहीं था लेकिन उसने रेणुका को चादर खींचते देखा तो चुप बैठ गया कि क्या पता चादर के अंदर अँधेरे में ज़्यादा संभावना हो। चादर कंधे तक लेने के बाद रेणुका ने उसकी तरफ़ करवट ली। दोनों की आँखें मिलीं।

दोनों की आँखें मुस्कराईं कि भाई साहब, वो काम शुरू क्यों नहीं करते जिसके लिए पूरा तन और मन व्याकुल है।

"कितने बजे तक मैक्सिमम रुक सकती हो?" उसने मुस्कराती आँखों से पूछा। वो जानती थी वो ये सवाल दो बार पहले ही पूछ चुका है और ये फिर से पूछ के ये कहना चाहता है कि शुरू करने में मेरी फूँक सरक रही है, तुम भी तो नए ज़माने की लड़की हो, तुम ही पहल क्यों नहीं करती।

"आठ बजे पहुँचना है तो मैक्सिमम सात तक रुक सकती हूँ।" उसने आँखों में देखते हुए जवाब दिया। मैं क्यों शुरू करूँ? मैंने तुम्हें इतना रूम दिया है, तुम्हारी फ़ैन हूँ, शुरू करो बातें अच्छी-अच्छी। शब्दों के व्यापारी हो! इतनी जल्दी हथियार मत डालो, कोशिश तो करो।

"कितने कम समय के लिए हो।" ये कहते हुए चतुर ने अपनी हथेली उसकी बाँह पर रखी। अरे लेखक महोदय, तो भी उसका सदुपयोग नहीं कर रहे आप। अच्छा है कहानियाँ लिखते हो शेयर मार्किट में नहीं हो, वरना दिवालिया हो जाते।

"इंद्रधनुष कुछ देर के लिए ही दिखता है।" उसने शरारत से कहा। ओह! तो ऐसा होता है आमंत्रण जो आँखों से दिया जाता है। उसकी आँखों में जो भाषा थी, उसका शब्दों में परिभाषा का दर्जा था। इस भाषा से खेलकर वो इसे पिछले जनम की बात की तरह भूल गया था लेकिन अब उसका नया जनम हो रहा था। आँखों की भाषा समझने के लिए आपस में इतना प्यार होना चाहिए कि शब्दों की ज़रूरत ना पड़े। अगर सब आपस में इतने प्यार से रहें तो शब्द ख़र्च करने की ज़रूरत ही नहीं। जो नहीं पढ़ पाएगा वो कैसे इस सुख को जानेगा कि आँखों की भाषा कोई अफ़वाह नहीं है। वह उसके क़रीब खिसक आया। अब दोनों के होंठ बहुत कम

दूरी पर थे। चतुर ने होंठों से होंठ लगा दिए।

"चख के देख लेते हैं इंद्रधनुष..." ये एक लाइन की बात कहने में उसने अपना पूरा ज़ोर लगा दिया लेकिन उसके चेहरे पर छाई मुस्कान देखकर इसका पता नहीं चला। होंठों से होंठ लगते ही रेणुका ने उसके सिर के पीछे हथेली लगा दी और दोनों एक-दूसरे को आवेग से चूमने लगे। धीरे-धीरे होंठों की प्रक्रिया में जिह्वा का भी साथ मिला और जैसी कि कहावत है कि जिह्वा पर कभी भी सरस्वती विराजमान हो सकती हैं, चतुर को पता चला कि इंद्रधनुष में जो सात रंग होते हैं उनके स्वाद एक-दूसरे से बिलकुल अलग होते हैं। कोई खारा, कोई मीठा, कोई कड़वा भी और पहली बार 'हर एक आदमी में होते हैं दस-बीस आदमी' का मतलब ढंग से समझ में आया। जीभ और होंठ दोनों जानते थे कि ये चुंबन कोई आम चुंबन नहीं है, चार महीनों से तनी हुई प्रत्यंचा पर रखा तीर आज छूटा है तो जब तक दिलबर को काट न खाए तब तक क्या चूमा। चतुर अब रेणुका के ऊपर आ गया था। होंठों से होंठ उलझे थे तब तक गले के रोमछिद्रों से आवाज़ आई कि हमने आपका क्या बिगाड़ा है। उपलब्ध संसाधनों का बँटवारा बराबर अनुपात में होना चाहिए, आप तो लेखक हैं फिर भी! होंठ देरी के लिए माफ़ी माँगकर गले के रोमकूपों की ओर बढ़ गए जो गर्व से खड़े थे। उन्हें देखने के लिए आँखों का उनके साँसों जितना क़रीब होना ज़रूरी था। ये दुर्लभ दृश्य दुनिया के नवें अजूबे के रूप में रखा गया था लेकिन किसी को बताया नहीं गया। सब ख़ुद इसे खोजते थे। चतुर ने अभी तुरंत खोजा था और ख़ुद को आधा साइंटिस्ट मानने लगा था। गले पर चूमते ही किसी सोए हुए ज्वालामुखी का मुँह खुल गया। अंदर से खौलता उबलता लाल रंग का आग फेंकता लावा उनकी तरफ़ बढ़ा आ रहा था और उन्हें इसका पता ही नहीं था।

पहली बार जब पता चलता है कि दुश्मन के पास ऐसे हथियार हैं तो लगता है थोड़ी और तैयारी के साथ आना चाहिए था। लेकिन तैयारी के साथ क्या है कि कभी न कभी तो आप जो करेंगे वो पहली बार होगा और

हलफ़ उठाने वाली बात है कि ये लड़कों के लिए भी कठिन होता है, भले लड़कियों जितना न होता हो। ये कठिन होता था, ये कठिन होता है और ये कठिन होता रहेगा। जब वो गले से नीचे उतरा और रेणुका की साँसों की तरफ़ का रास्ता खोजता हुआ आगे बढ़ा तो साँसों के रास्ते पर उसे बेहोशी वाले फूल भी मिले। जैसे अफ्रीका के आदमख़ोर फूलों के बारे में पढ़ाया जाता था यहाँ उन फूलों में खोने वाला हमेशा के लिए उस रास्ते का राहगीर हो जाता था। वो भी इतना ही डूबना चाहता था इसलिए उसने टॉप को ऊपर सरका दिया। अंदर लाल रंग की ब्रा हैरान थी। उसकी उम्मीद थी कि पहले तलाशी बाहर से ली जाएगी फिर पक्के सबूतों को जुटाने के लिए अंदर धावा बोला जाएगा, लेकिन यहाँ कोई तुरंत एक-दो बार चूमकर सीधा अंदर झाँक रहा है। ख़ैर, बात वही हो रही थी जो तय हुई थी इसलिए थोड़ा क्रम का बिगड़ना कोई बड़ी बात नहीं थी। ब्रा की भाषा समझकर जैसे ही हाथ ब्रा को खोलने वाले थे, वो उठ गई।

"क्या हुआ?" चतुर निराश हुआ, चतुर के सभी अंग-प्रत्यंग निराश हुए।

"कुछ नहीं। आज नहीं। थोड़ा बातें करते हैं।" उसके चेहरे पर थोड़ी उलझन थी जिसे चतुर ने अपनी परीक्षा के तौर पर लिया। वो हर परीक्षा पर खरा उतरेगा।

"बिलकुल! जैसा ठीक लगे।" दोनों फिर से अपनी जगहें ठीक करने लगे और अभी जो हुआ उसको बीच-बीच में से रिवाइंड करने लगे। ग़लत हो गया क्या? और अगला क्या सोचेगा? दो सवाल लगातार दिमाग़ को मथने लगे तो और संभावित जवाब आने लगे। इससे अच्छा था कुछ बात की जाती।

"फोन ख़ूब आते होंगे?" उसने पूछा। चतुर मुस्कराया।

"हाँ, अब चिट्ठियाँ तो देखते-देखते भूतकाल हो गईं तो फोन, एसएमएस यही सब करते हैं लोग।" चतुर अति लघुउत्तरीय प्रश्न का उत्तर लघुउत्तरीय बनाकर देने की फ़िराक़ में था लेकिन लड़की ने टोक दिया।

"लड़कियों के भी?" चतुर इस प्रश्न पर अचानक चुप हो गया और सोचने लगा कि इसमें सही विकल्प पर टिक लगाने की सुविधा भी होनी चाहिए।

थोड़ी देर बातें हुईं। होटल के किचन से पनीर पकौड़ा और जूस मँगाया गया। थोड़ी और बातें हुईं। जब रेणुका अपने बचपन की बातें बताने लगी तो वह चतुर की बाँहों में सिमट आई। वह एक दिन में लगातार ढेरों चीज़ें सीख रहा था। उसने जाना कि अपने बचपन को याद कर रही लड़की को प्यार की सबसे ज़्यादा ज़रूरत होती है और अगर दुनिया में भूकंप आ रहा हो और ऐसी लड़की सामने हो तो पहले ऐसी लड़की को प्यार किया जाना चाहिए, फिर भागकर किसी टेबल के नीचे छिपना चाहिए। वो रेणुका के बालों में उँगलियाँ फिराने लगा।

"नक्षत्र वन घूमने चलते हैं।" उसने चतुर के सीने पर उँगलिया फिराते हुए कहा। चतुर ने उसकी उँगलियाँ देखीं और आँखें बंद कर मूलाधार चक्र पर ध्यान लगाने लगा। वो उसकी लंबी पतली उँगलियों पर न्योछावर होता, उन्हें दबाने, मसलने लगा। उसने जवाब देने से पहले शब्दों में विज़ुअल भी मिलाने की कोशिश की और एक उँगली को मुँह में डालकर चूसने लगा। ये सगाई वाली उँगली थी और उसके चूसने से ऐसा लग रहा था जैसे उसे अँगूठी नाम की लड़ाई के लिए तैयार किया जा रहा है।

"अब कौन-सा नक्षत्र देखना बचा है!" उसने शरारत से कहा।

"सब तो बचा ही है।" उसने ऐसी अदा से कहा कि चतुर ख़यालों में सनसनाता हुआ एक गुलाबी रास्ते पर भागा और थोड़ी दूर भागने पर 'आज नो एंट्री' का बोर्ड देखकर लौट आया। मन मिसाइल की गति से चलता है और जब चाहे वैसा असर भी पैदा कर सकता है। उसने फिर से उसे दबोच लिया और चूमने लगा। प्यार के इस थ्री-डी गेम में वो इस बार पिछली बार से कुछ लेवल आगे गया था और साँसों के रास्ते के इर्द-गिर्द काफ़ी देर तक टहलता रहा था। वो तो अचानक फिर से किसी ने मुख़बिरी कर दी थी और रेणुका अचानक सिहरकर उठ गई।

"चलो, यहाँ आने के बाद एक-दो जगहें देखना ज़रूरी है।" चतुर को भी झक मारकर उठना पड़ा।

दोनों जब रिक्शे में बैठकर घूम रहे थे तो चतुर को लगा सभी छोटे शहर एक-दूसरे के बिछड़े भाई होते हैं। एक लय में झूमते अपने से तिगुनी सवारी को ढोते मटमैले रिक्शे, चौराहों पे हनहन की भीषण आवाज़ के साथ अनवरत बहता हुआ गटर, छोटे-छोटे रेड लाइट एरिया और सस्ती वेश्याएँ। कितने विषय हैं उसके पास। प्यार और कहानी एक साथ चले, वो समय यथार्थ का बाप परायथार्थ होता है। उसके सामने विषय ही विषय थे और जिधर से होकर रिक्शा गुज़र रहा था उधर वो बीसों कहानियाँ छींटता हुआ आगे निकलता। उसे इसका मतलब यही समझ में आया कि ये जो रिक्शे में बग़ल में बैठी है उसकी देह से निकल रही सुगंधित किरणों में कुछ तो जादू है जो आँखें ज़्यादा देख रही हैं, कान ज़्यादा सुन रहे हैं, होंठ ज़्यादा मुस्करा रहे हैं और साँसें बिना मतलब भारी हो रही हैं। ये अगर हमेशा ऐसे ही बग़ल में बैठने लगे, इसकी कोई सूरत निकल आए तो कितना अच्छा हो। भीतर बैठे मुख़बिर ने आवाज़ दी, नहीं चतुर्भुज उस दिशा मत जा जिधर शूल ही शूल हैं। किसी की क़िस्मत इतनी भी अच्छी नहीं होती। इतनी सुंदर बातें करने वाली, इतनी ख़ूबसूरत आवाज़ वाली और इतने ख़ूबसूरत फ़िगर वाली लड़की उसके साथ समय बिताना चाहे, ऐसा सोचने की इच्छा तो उसकी होती थी, आत्मविश्वास नहीं होता था। उसकी देह की तरफ़ देखने की कोशिश करना उसे अजीब लगता। कई बार वो रेणुका के सीने की ओर देख रहा होता और वो सिर उठाकर ऊपर देख लेती। वो आँखें मटका के पूछती कि क्या देख रहे हो और वो आँखों से जवाब देता कि कुछ नहीं। वो कहना चाहता था कि तुम्हें देख रहा हूँ यार, तुम ऐसी हो कि तुम्हें पूरी चाहत और उम्मीद के साथ देर तक देखा जाना चाहिए और मैं तुम्हें जहाँ भी जैसे भी देख रहा हूँ वो तुम ही हो। उसने सोचा हिंदी साहित्य में प्रेम की बात करते हुए फ़िगर वाले मसले से ख़ासी ज़्यादती की गई है। अगली बात उसने ये सोची कि वो अपनी कहानियों

में इसका बराबर ध्यान रखेगा।

नक्षत्र वन में उसे होश आया जब वो उठकर दूर जाने लगी। उसने आस-पास देखा। वो एक सुंदर-से पार्कनुमा बग़ीचे और बग़ीचेनुमा जंगल के अंदर एक पत्थर की बेंच पर बैठा था। उससे थोड़ी दूरी पर नियमित अंतराल में पत्थर की ऐसी ही बेंचेंज़ थीं जिन पर इंद्रधनुष के अलग-अलग रंग समेटे जोड़े बैठे थे। क्या ग़ज़ब की जगह है जो ख़ुद अपनी इच्छा को दृश्यों में व्यक्त करने का हुनर रखती है। उसने उसका हाथ पकड़ लिया, वो पलटी।

"कहाँ?"

"चाय लाने। बोला तो, तुम पता नहीं कहाँ खोए हुए हो।"

उसने हाथ छोड़ दिया और उसे नीले रंग के सूट में दूर जाता देखता रहा। वो जैसे-जैसे दूर जा रही थी, वैसे-वैसे उसे पीछे के दृश्य याद आ रहे थे। अभी तक वो बादलों में था। बादल के एक टुकड़े ने उसे ऐसे ख़ुद से लपेट लिया था कि उसे मृत्युलोक में रिक्शे द्वारा और पैदल किया गया सफ़र टुकड़े-टुकड़े में याद आ रहा था। जैसे वो कोई और था जिसका हाथ पकड़कर रेणुका नक्षत्र वन में ऐसे घुस रही है जैसे वो उसका हाथ पकड़े सड़क पार कर रहा था। अब वो नीला बादल जैसे-जैसे उससे दूर जा रहा था, यथार्थ की गरम ज़मीन पर उसके पाँव जलने लगे थे। न चाहते हुए भी उसका नाम चिल्ला दिया। उसने पलटकर देखा। उसकी आँखों में सवाल था।

"चाय रहने दो, साथ बैठते हैं।"

उसने पहले तो बात के पूरी तरह ख़ुद तक पहुँच जाने का इंतज़ार किया, फिर मुस्करा दी।

"आती हूँ तो एक मस्त बात बताती हूँ।" उसने उसे व्यग्र न होने का इशारा किया और दूर दिखते एक चाय-कॉफ़ी के स्टॉल की तरफ़ जाने लगी।

उसने इंतज़ार के उन पलों में जाना कि जो सामने दिखाई देता है

उसका इंतज़ार सबसे मुश्किल होता है। जो दूर है उसके बारे में आप सोचते रहते हैं कि वो कितना दूर है। दूरी के बारे में कल्पना करना बहुत से दिलों के धड़कने की वजह है लेकिन जो सामने हो, नीले रंग के कपड़ों में हो, उसके हाथों में चाय हो और वो नपे-तुले क़दमों से आपकी तरफ़ आए तो वो दूरी तय होने में बहुत लंबा वक़्त लेती है।

उसी दौरान एक पल के शतांश में हज़ारों ऐसे ख़याल आकर चले जाते हैं जिनमें से कोई कुछ निश्चित होकर नहीं कहता। उसका आना सदी की सबसे बड़ी घटना के तौर पर दर्ज होता है। आपके मन में ख़ास क्षणों को क़ैद करने का एक कैमरा होता है जो जीवन में बहुत कम जगहों पर एक्टिवेट होता है। उसकी ख़ासियत ये है कि आप उसे ये बताकर एक्टिवेट नहीं कर सकते कि ये आपके जीवन के सबसे ख़ास दृश्यों में से है और इसे क़ैद किया जाना चाहिए। वो ख़ुद फ़ैसला करता है। वो समझ जाता है कि ये दृश्य उन दृश्यों के कोलाज का हिस्सा है जिन्हें आप मरते समय अपनी आँखों के सामने देखने के लिए चुनना चाहेंगे। नीले रंग के सूट में दोनों हाथों में चाय लेकर उसकी तरफ़ आते हुए जो भाव उसके चेहरे पर थे उन्हें ठीक-ठीक शब्दों में नहीं बताया जा सकता था और यहीं पर उसने मान लिया कि वो जो भी उसके लिए महसूस करता है, उसे शब्दों में बाँधने की बेहूदी कोशिश वह कभी नहीं करेगा। इसके तुरंत बाद दूसरा विचार मन में आया कि उसके लिए जो भी महसूस करता है, अगर कहने की कोशिश भी करे, कोशिश ही करता रह जाएगा।

"क्या बात?" उसने चाय पीते हुए पूछा। कितनी अच्छी चाय थी, कड़क और अदरक के स्पर्श वाले स्वाद से भरपूर। वो उसकी ओर देखकर मुस्कराने लगी।

"हमारी चाय पर कभी बात नहीं हुई लेकिन मैं जानती हूँ तुम कॉफ़ीमैन नहीं टीमैन हो। तुम्हें चाय उतनी ही पसंद है जितनी मुझे।" चतुर हैरान हुआ। हैरानी बढ़ी तो वो मुस्कराहट में व्यक्त होने लगी।

"कैसे? कैसे अंदाज़ा लगाया?"

"पता चलेगा धीरे-धीरे।" वो मुस्कराई। वो समझ गया उसे रहस्य बनाए रखना पसंद है। ये बात समझ में आते ही उसे थोड़ा और अच्छा लगा। वो किसी खिलंदड़े क़िस्सागो की रात-रात भर अकेले जागकर रची हुई किरदार है, वो धीरे-धीरे खुलेगी। उसे एक बार में नहीं जाना जा सकता। वो उन सभी परिभाषाओं पर खरी उतरती है जो परिभाषाएँ नशे में आशिक़ दिया करते हैं। उससे बात करने के लिए बहुत चौकन्ना रहने की ज़रूरत है, चतुर ने मन में सोचा।

"और क्या-क्या पता है मेरे बारे में?" उसने भी रहस्यमय दिखने की कोशिश की लेकिन ये गुण क़ुदरत ने सिर्फ़ स्त्रियों को सौंपा है। पुरुष इसकी कोशिश करें तो या तो चिंता पैदा करते हैं या फिर हास्य। वो हँसने लगी।

"बहुत-कुछ!"

"जैसे?"

"जैसे...जैसे तुम जब फोन के बीच में अचानक एक-दो सेकंड्स का गैप लेते हो तो तुम सिगरेट जला रहे होते हो। मेरे पूछने पर कहा कि सिगरेट छोड़ दी लेकिन तुम रेगुलर हो।"

वो एकदम से इतना चौंकने के लिए तैयार नहीं था जितनी चौंक उसे मिल रही थी। उसने अपनी चाय ख़त्म की और कप को नीचे रखने के लिए झुका। उसने ज़मीन पर रखने से पहले कप ले लिया और पास रखे डस्टबिन में डाल दिया। चतुर को लगा वह उसके सामने बतौर एक प्रेमी ही नहीं बतौर नागरिक भी दोयम दर्जे का है।

चाय पीने के बाद जब रेणुका अपनी यूनिवर्सिटी की बातें बताने लगी जहाँ से वो रिसर्च कर रही थी, वो ग़ौर से उसकी बातें सुनने की एक्टिंग करने के बहाने से उसे ग़ौर से देखने लगा। बातें होने लगीं तो थोड़ी देर बाद रेणुका उसके और क़रीब खिसक आई और एक बार इधर-उधर देखकर उसकी गोद में सिर रख दिया। वह बेंच पर थोड़ा किनारे हो गया ताकि वो अपने पाँव पसार सके। अब आस-पास की सभी बेंचेज़ मिलाकर सबसे आत्मीय दृश्य इस बेंच पर हो गया था जहाँ एक लड़का एक

लड़की को एकटक देख रहा था जो बातें करती-करती अचानक उसकी जाँघों पर सिर रखकर लेट गई थी और बातों की अगली क़िस्त जारी कर रही थी। उसकी इस क्रिया ने बातों की आगामी सभी क़िस्तों को फ़्लॉप घोषित कर दिया था और साथ ही इस सत्य पर मुहर भी लगा दी कि हर क्रिया की उतनी ही प्रतिक्रिया भी होती है। चतुर को न जाने क्या-क्या होने लगा था, उसे अचानक लगा वो एक खुले मैदान में अकेला बैठा है और एक आवाज़ सुन रहा है। उस आवाज़ में एक रास्ता है जो उसके जीवन की सभी उलझनों से दूर उसे सही दिशा की ओर ले जा रहा है।

"तुम्हारी लड़कियाँ कितनी दोस्त हैं?" अचानक उसने अपनी सहेलियों की बात बताते हुए उससे पूछा। वह उसके बालों में उँगलियाँ फिराते हुए बीच-बीच में उसका माथा और उसके गाल सहला रहा था। उसे लग रहा था जो लड़की शुरू में उससे कहानी में जादुई यथार्थवाद पर बहस करती थी वो कोई और थी। ये लड़की कोई और है, चूँकि ये लड़की कोई और होने का हुनर जानती है, उसके साथ हो के वो भी कोई और हो गया है। दोनों ऐसे कोई और हो गए हैं जो अब तक के अनुभव से अलग कुछ नया-नया हर पल महसूस कर रहे हैं। वही दुनिया नई लग रही है, वही हवा ज़्यादा अपनी-सी, वही धरती थोड़ी ज़्यादा नरम, वही चेहरे थोड़े ज़्यादा मासूम। सारे रंग अपने सही अनुपात में आ गए हैं। न कुछ ज़्यादा है न कुछ कम, न कुछ गाढ़ा न कुछ हल्का, न पेड़ पर एक भी पत्ती अधिक है न आज तक उसके साथ कुछ ग़लत हुआ है। जो हुआ अच्छा हुआ अगर ऐसे ही होकर यहाँ तक पहुँचना था। उसने अपनी कुछ पाठिकाओं के बारे में बताया। उसने पाठिकाओं के बारे में ख़ूब दिलचस्पी दिखाते हुए ख़ूब सारी बातें पूछीं और उसे छेड़ती रही। बोलती-बोलती अचानक वो रुक गई और उसकी आँखों में देखा। उसे अचानक चुप होता देख वो उसके चेहरे पर हल्का-सा झुक गया।

"मैं ही तब से बोल रही हूँ, तुम भी बोलो कुछ।"

उसने हल्के से उसके होंठों को अपने होंठों से चूम लिया जिन्हें काफ़ी

देर से धाराप्रवाह बोलता देख रहा था।

"तुम बोलो, अच्छा बोल रही हो।" उसने मुस्कराते हुए कहा। वो अचानक से चुप हो गई। उसे लगा कुछ गड़बड़ हो गई। उसने आँखें बंद कीं, फिर तुरंत आँखें खोलते हुए बोली।

"मैं थोड़ी देर सो लूँ क्या।" अचानक वो किसी और ही अवतार में चली गई। चतुर तो रात भर का सफ़र कर उसके हर प्रस्ताव पर हामी भरने के लिए ही आया था। उसने 'हाँ-हाँ बिलकुल सो लो' कह तो दिया लेकिन अच्छे-भले एक गार्डन में बातें करते हुए अचानक सोने का भेद उसे बहुत समझ नहीं आया। रेणुका की लंबी कूद मारती उमंगें थोड़ी शिथिल हो गई थीं और उसका सिर ऐसी गोद में था जिसमें उसे ख़ुद को भूल जाने की आश्वस्ति मिल रही थी।

चतुर उसकी बंद आँखों और सामान्य अवस्था में भी मुस्कराहट का आभास देते होंठों को देखता रहा। वो उसके चेहरे को इतने ध्यान से देख रहा था कि उसे लगने लगा कि उसके देखने भर से ही वो उठ न जाए। वो गहरी नींद में चली गई थी। उसने उसके सीने के उतार-चढ़ावों से अंदाज़ा लगाना चाहा कि क्या वो सचमुच सो चुकी है। उसके साँसों की लय और उतार-चढ़ाव की नियमितता दावा कर रही थी कि वो सो चुकी है।

लड़कियों का नींद से बहुत अनोखा रिश्ता है। बचपन में बाप की गोद में निर्विघ्न नींद लेने के बाद जैसे ही लड़की थोड़ी बड़ी होती है, उसकी नींद में विघ्न पड़ने की शुरुआत हो जाती है। उसके बाद वो कभी वैसी निश्चिंत नहीं सो पाती कि उसे शरीर और कपड़ों का ध्यान न रहे। उसकी नींद में बहुत-सी बलाएँ शामिल हो जाती हैं जिनमें किचन के बर्तनों से लेकर रिश्तेदारों की हथेलियाँ तक होती हैं। वो ख़ूब पढ़-लिख ले, बड़े ओहदे पर पहुँच जाए, अपनी सहेलियों के साथ रहने लगे या अकेली, अच्छी और निश्चिंत नींद की उसकी तलाश कभी ख़त्म नहीं होती। एक लड़की की पूरी ज़िंदगी का संघर्ष गाढ़ी बेफ़िक्र नींद की तलाश है। वो लड़कों के पास जिन उम्मीदों से जाती है उनमें नींद सबसे ऊपर होती है

लेकिन वो इसे इसी तरह समझा नहीं पाती। वो भरोसे, प्यार और सम्मान की तलाश करती है और जब एक ऐसा इंसान मिलता दिखाई देता है जिसमें इन सबकी आश्वस्ति होती है तो अपनी नींद को भी ज़रूर चेक करना चाहती है। जो लड़का अपनी गोद में सोई लड़की की नींद की देखभाल शीशे के सामान की तरह कर सकता है, वो कभी उसका दिल नहीं तोड़ेगा। अपनी नींद से संतुष्ट लड़की अपनी ज़िंदगी से भी संतुष्ट होती है। ऐसा रेणुका ने कभी सोचा नहीं था लेकिन दिल बहुत सारे फ़ैसले अपने आप लेता है क्योंकि वो आपको और आपकी ज़रूरतों को अच्छे से समझता है।

चतुर झुका हुआ उसके होंठों तक चला आया था। उसे लगा वो हल्के से एक बार फिर उसके होंठ चूम ले लेकिन वह नींद में इतनी ख़ूबसूरत लग रही थी कि वो उसे उठाना नहीं चाहता था। वो चाह रहा था वो ऐसे ही बरसों-बरस उसकी गोद में सोई रहे।

"मैं कितनी देर के लिए सोई थी?" रिक्शे में उसने चतुर से पूछा जब दोनों होटल जा रहे थे। चतुर को उसका पूछना अच्छा लगा।

"पंद्रह मिनट।" उसने उसकी हथेलियाँ सहलाते हुए बताया।

"इतना हल्का फ़ील हो रहा है जैसे दो-तीन घंटे जम के सोई होऊँ।"

चतुर चुप रहा।

रेणुका रास्ते से उतर के अपने घर जाने का रिक्शा लेना चाहती थी लेकिन चतुर उसे होटल ले गया। खीर वाला टिफ़िन होटल में ही छूटा हुआ है, ये बहाना वैसे तो उसे वहाँ तक ले जाने के लिहाज़ से कमज़ोर था लेकिन उसे भी सिर्फ़ नाम भर का बहाना चाहिए था। वो बहाने में उपसंहार जोड़कर आई कि कल भी उसके लिए अपने हाथों से कुछ बनाकर ले आएगी सिर्फ़ इसीलिए टिफ़िन लेने आई है। टिफ़िन धोने और कपड़े, बाल ठीक करने के बाद दोनों यूँ ही बिस्तर पर थोड़ी देर के लिए लेट गए थे। चतुर ने हथेलियों में उसका चेहरा भरा और उसे ग़ौर से देखने लगा। दोनों एक-दूसरे की आँखों में आँखें डालकर थोड़ी देर देखते रहे, फिर चतुर

मुस्कराने लगा।

"क्या हुआ?" रेणुका ने भी मुस्कराकर पूछा।

"मेरे दोस्त विश्वास नहीं करेंगे कि मेरे साथ एक इतनी ख़ूबसूरत लड़की इतनी देर तक लेटी रही और हमारे बीच कुछ नहीं हुआ।" चतुर की बात पर रेणुका की मुस्कराहट रुक गई।

"तुम्हें अफ़सोस हो रहा है?" वह तुनक कर उठ गई और बैग समेटने लगी। चतुर समझ चुका था कि बात ग़लत दिशा में चली गई है। तीर घूमती हुई मछली की आँख में लगना था लेकिन थोड़ी-सी असावधानी से मछली घूमना छोड़ नीचे गिर गई है और अब उसकी आँखों में ही देख रही है। वो असहज होने लगा।

"अरे नहीं अफ़सोस कैसा... सुनो तो... तुमने कहा था आधा घंटा... अरे!" रेणुका ने फुर्ती से टिफ़िन बैग में रखा और दरवाज़े से बाहर निकल गई। चतुर उसे पुकारता छलाँग लगाकर दरवाज़े तक पहुँचा। रेणुका जाते हुए पलटी।

"और तुम्हें सच में लगता है हमारे बीच कुछ नहीं हुआ? सच में?" उसकी आवाज़ में ग़ुस्सा था। चतुर को समझ नहीं आ रहा था कि ग़लत जगह धँसे तीर को वापस बाहर कैसे निकाले।

"अरे यार ग़लत समझ रही हो तुम... रुको तो... कल कितने बजे..." रेणुका नहीं रुकी। वह दो क़दम उसकी ओर बढ़ा लेकिन उसी वक़्त सामने वाले कमरे का दरवाज़ा खुल गया और उसमें से एक तगड़ा आदमी निकला। उसने एक नज़र तेज़ क़दमों से लिफ़्ट की ओर जाती रेणुका को देखा, फिर चतुर को जो अब ख़ुद को अपने दरवाज़े में समेट रहा था। वो चतुर को तब तक घूरता रहा जब तक उसने दरवाज़ा बंद नहीं कर लिया। जब रेणुका लिफ़्ट के अंदर चली गई तो चतुर ने दरवाज़ा बंद कर लिया और उसका नंबर लगाने लगा। रिंग जाते ही वो काट दे रही थी और उसके काटने में इतना ग़ुस्सा था कि चतुर को मोबाइल की स्क्रीन पर उसका चेहरा भी दिखाई दे रहा था।

तेरा मेरा मनुवां कैसे एक होई रे!

अपने ख़राब मूड के मद्देनज़र चतुर ने सोचा कि खाना बाहर खाएगा और अगर अपने आप शराब की दुकान दिख गई तो एक क्वार्टर खाने से पहले दबा लेगा। वो ख़ुद शराब की दुकान नहीं खोजेगा बल्कि कोई अच्छा ढाबा खोजेगा। एक-दो ढाबे दिखाई दिए लेकिन उनके नाम उसे पसंद नहीं आए। ढाबे का नाम और बाहरी स्ट्रक्चर ऐसा हो कि उसमें घुसने और बैठने का मन करे। ये सोचते ही दस क़दम चलने के बाद उसे अचानक एक अच्छा ढाबा मिला जिसमें क़ायदे से उसे जाकर खाना चाहिए था लेकिन उस पर भेज-ननभेज लिखा देख वह चिढ़ गया। इस शहर के लोगों को बेसिक तमीज़ भी नहीं है कि कम-से-कम अपने आप को एक मानक तरीक़े से तैयार करें। अपने देसीपने में खोए रहना और इसको बड़ी उपलब्धि समझना जाहिलियत की निशानी है। सोचता हुआ वह आगे निकल गया कि जहाँ अँग्रेज़ी में वेज या नॉनवेज लिखा होगा या फिर सही हिंदी लिखी होगी वहीं खाएगा। अचानक सड़क के उस पार एक बोर्ड भी चमक गया 'मंजुलिका वाइन'। वह वहीं खड़ा एक पल दुकान की ओर देखता रहा। ऐसा ही एक बेहद ख़ुशनुमा दिन था जब वो दिन भर बहुत ख़ुश रहा था, रिंकी का हाथ पकड़कर फ़िल्म देखता रहा था, घूमता रहा था और वो अचानक किसी वाहियात-सी बात पर उसका हाथ झटककर चली गई थी। एकदम वैसा ही दिन आज भी था जहाँ पूरा दिन सपने की तरह बीतने के बाद रेणुका ने अचानक सपना तोड़ दिया था। वो एक किरदार को देख रहा था जिससे थोड़ी भी ख़ुशी बर्दाश्त नहीं हो पाती थी। जैसे ही उसकी ज़िंदगी में थोड़ी ज़्यादा ख़ुशी एक साथ मिलती थी, कुछ-न-कुछ ऐसा हो जाता था कि उसे अपनी पिछली ज़िंदगी और उससे मिले अज़ाबों को ग़ौर से देखना पड़ता था। वो किरदार दस लोगों की भीड़ में घुसा, फ़िलहाल व्हिस्की का पौवा ख़रीद रहा था और उसके मन में चल रहा था कि हो न हो, उसकी ज़िंदगी की कहानी का अंत भी

ऐसा ही दुखद होगा।

रात में नशे में आने के बाद उसने रेणुका को फोन लगाया, उसने नहीं उठाया। उसने अपनी सफ़ाई और अपना प्यार दिखाते हुए तीन-चार बड़े-बड़े मैसेज भी कर दिए और ज़ी-सिनेमा पर मिथुन की कोई मारधाड़ वाली फ़िल्म देखता सो गया।

सुबह उठने के बाद उसने सबसे पहले मोबाइल देखा। रेणुका का एक मैसेज था, वहीं मिलना नौ बजे। वो जल्दी से उठा और किचन में फोन लगाया। वेटर एक चाय रख गया। ढेर सारा पानी और चाय पीने के बाद भी प्रेशर नहीं बना तो उसने बाहर थोड़ा टहलने और सिगरेट पीने का सोचा। अभी उसके आने में डेढ़ घंटे थे, तब तक वह आराम से नहा-धोकर राजा बेटा बनकर उसका इंतज़ार करने लायक़ हो जाएगा।

वह बाहर टहलने जा रहा था तो उसने देखा रिसेप्शन पर बैठा आदमी प्रभात ख़बर का राँची संस्करण पढ़ रहा था जिसमें उसका लिखा 'दुनिया में बढ़ रही अवसाद की समस्या' शीर्षक से लेख उसे दिखाई दे रहा था। लेख के साथ लेखक की स्टांप साइज़ तस्वीर भी छपी थी। उसने सोचा कि अख़बार माँगकर एक बार चेक करे संपादक ने ज़्यादा एडिटिंग तो नहीं की है लेकिन फिर प्रेशर इन सब दुनियावी बातों से ज़्यादा ज़रूरी है, ये सोचकर बाहर निकल गया।

रेणुका उसके सामने बेड पर और वो नीचे बैठा था। पिछले आधे घंटे में बातों के नाम पर सिर्फ़ 'कोई दिक़्क़त तो नहीं हुई घर पे ?' या 'रात को होटल में खाया या बाहर ?' जैसी महा-औपचारिक बातें हुई थीं। आख़िर-कार इस घुटन भरे माहौल में चतुर घबराने लगा तो उसने अचानक रेणुका के पैर पकड़ लिए।

"हमारे पास शाम तक सात-साढ़े सात घंटे हैं। तुमको लगता है अगर कुछ ग़लत किए हैं तो सज़ा दो और मामले को रफ़ा-दफ़ा करो। ऐसे मुँह फुलाकर मत बैठो। नहीं तो मेरे जाने के बाद सोचती रहोगी कि छह महीने की सज़ा वाले को सज़ा-ए-मौत देकर ग़लत किया। हमें और मत

शर्मिंदा करो, रात भर सो नहीं पाए हैं इसी अफ़सोस में कि शायद तुम्हारे लायक़ ही नहीं हैं। सुबह पाँच बजे नींद आई फिर छह बजे तुम्हारे मैसेज से खुल गई।" रेणुका उसकी हरकत से चौंक गई और पाँव पीछे खींच लिए लेकिन चतुर ने बोलना जारी रखा। उसकी बातों में गुज़ारिश थी, सच्चाई थी और पछतावा था। रेणुका के होंठों पर लंबे अंतराल के बाद हल्की मुस्कराहट आई।

"मैं कौन-सा सोई हूँ! रात भर तुम्हारे बारे में सोचती रही। मुझे लगा तुम और लड़कों से अलग होगे लेकिन आख़िर तुम्हारे मन की बात भी होंठों पर आ ही गई। फिर लगा तुम्हें कम-से-कम अपनी ग़लती का एहसास तो है, इतने से ही काम चलाते हैं। मन में जो एक आदर्श प्रेमी की तस्वीर बनी है, वो शायद दुनिया में होता ही न हो।" रेणुका ने पूरी गंभीरता से बात ख़त्म की और चतुर की ओर देखने लगी। उसे लगा चतुर आदर्श वाली बात पर दुखी या आहत होगा और कोई सफ़ाई देने की कोशिश करेगा। चतुर मुस्करा रहा था, वो आहत हुआ था लेकिन वो ये भी जानता था कि अब जो भी समय है उसमें से एक मिनट भी इधर-उधर की बातों में व्यर्थ करना बेवक़ूफ़ी होगी।

"एक बार और बोलो।" उसने मुस्कराते हुए कहा। रेणुका हैरान हुई।

"क्या?"

"वही आदर्श प्रेमी। तुम्हारे मुँह से सुनने में बहुत अच्छा लग रहा है। भले हैं नहीं अभी लेकिन लग बहुत अच्छा रहा..." चतुर के चेहरे पर शरारत भरी मुस्कान थी जिसने रेणुका का मन भी प्रफुल्लित कर दिया। उसे लगा किसी के साथ दस घंटे बिताकर पौने दस घंटों के व्यवहार को भुलाकर सिर्फ़ पंद्रह मिनट पर जज करना ठीक नहीं। कम-से-कम एक मौक़ा तो और मिलना ही चाहिए और वो भी बिना किसी ख़लिश के। वो अचानक इतनी तेज़ी से चतुर से लिपटी कि चतुर भी हैरान रह गया।

"अरे क्या हुआ? सब ठीक?" चतुर ने उसकी पीठ सहलाते हुए पूछा। उसने चतुर के गले और गालों पर चूम लिया। चतुर ने उसका चेहरा

देखने की कोशिश की तो अचानक उसने अपने होंठ चतुर के होंठों पर रख दिए। चतुर भी उस चुंबन को यादगार बनाने के लिए अपना योगदान देने लगा। चतुर ने उसे बिस्तर पर लिटा दिया और उसके ऊपर आ गया। उसके होंठों को जी भर के चूमने के बाद जब वो होंठों को उसकी गरदन पर फिसलाता हुआ लाया और वहाँ से नीचे उतरने ही वाला था, दरवाज़े पर दस्तक हुई।

"कौन?" चतुर ने सोचा रूम सर्विस को बाद में आने को बोल देगा लेकिन उधर से आई आवाज़ ने उसके होश उड़ा दिए।

"पुलिस! दरवाज़ा खोलो!" रेणुका बिजली की फुर्ती से उठकर अपने कपड़े ठीक करने लगी। चतुर भी एक मिनट को घबरा गया, फिर अपनी स्थिति सोचकर सामान्य हुआ। दो बालिग़ लोग एक कमरे में अपनी मर्ज़ी से हैं तो यहाँ पुलिस का क्या काम! वह दरवाज़ा खोलने उठा। रेणुका ने उसकी कलाई पकड़ ली। उसने देखा रेणुका के चेहरे पर भयानक ख़ौफ़ था। ये उसका शहर था जहाँ किसी भी कोने से उसको या उसके परिवार को जानने वाले लोग निकल सकते थे।

"अब क्या होगा?" उसके चेहरे पर डर देखकर एकबारगी चतुर भी डर गया और उसे रेणुका में रिंकी का चेहरा दिखने लगा। उसे लगा वो दरवाज़ा खोलेगा और बाहर रेणुका के माँ-बाप होंगे जो दोनों की बेइज़्ज़ती करते हुए वहाँ से रेणुका को ले जाएँगे। फिर उसने ख़ुद को संयत्त किया।

"मेरा नाम मत बताना।" रेणुका की आवाज़ में चेहरे से ज़्यादा डर था। चतुर ने उसकी कलाई दबाई और होंठों पर हल्का-सा किस किया।

"चिंता न करो कुछ नहीं होगा।" चतुर ने कहा और रेणुका की बिंदी, जो उसकी गरदन पर चिपक गई थी, निकालकर उसके माथे पर चिपका दी।

चतुर ने दरवाज़ा खोला। सामने एक कॉन्स्टेबल खड़ा था और उसके पीछे वही तगड़ा आदमी था जो कल कॉरिडोर में चतुर को घूरकर देख रहा था। कॉन्स्टेबल वहीं से अंदर झाँकने की कोशिश करने लगा। चतुर

उखड़ गया।

"क्या है?"

"नीचे चलो साहब ने बुलाया है।" उसने भरी आवाज़ में चतुर को फ़रमान सुनाया।

"कौन साहब?" चतुर ने भी कड़क आवाज़ में पूछा।

"एसओ साहब।"

चतुर दो क़दम लिफ़्ट की ओर चला लेकिन कॉन्स्टेबल फिर से अंदर झाँकने लगा था।

"लड़की को भी ले चलो।"

चतुर के चेहरे पर ग़ुस्से के भाव आए लेकिन उसे रेणुका के लिए हल्का डर भी लग रहा था। वो अंदर गया और रेणुका का हाथ पकड़ लिया। रेणुका घबराई तो उसने आँखों से उसे परेशान न होने का इशारा किया और बाहर चला आया।

नीचे रिसेप्शन पर एसओ अल्फ्रेड डिसूज़ा बेसब्री से टहल रहा था। रिसेप्शन वाला परेशान मुद्रा में खड़ा था और होटल का कुछ स्टाफ़ आकर कोने में खड़ा तमाशे का इंतज़ार कर रहा था। चतुर को थोड़ा डर लग रहा था लेकिन लिफ़्ट से रिसेप्शन तक जाने में उसने दो बार ग़ौर से रेणुका के चेहरे की ओर देखा था और उसका सारा डर ग़ायब हो गया था। उसकी जगह हल्का ग़ुस्सा आ गया था। एक स्वतंत्र देश में दो बालिग़ लोग अगर अपनी मर्ज़ी से मिल नहीं सकते तो लानत है ऐसी स्वतंत्रता पर। कोई क़ानून ऐसा नहीं जो ऐसा करने से रोके और अगर कोई है तो आज से उसकी ज़िंदगी इस काले क़ानून के ख़िलाफ़ होगी। कहानियाँ, कविताएँ, लेख लिखता और धरने देता वो तब तक चैन नहीं लेगा जब तक एक आज़ाद देश में इतनी न्यूनतम आज़ादी नहीं मिल जाती। एसओ तक पहुँचते हुए उसके दिमाग़ से ये सब ख़याल तिरोहित हो गए क्योंकि एसओ के लालची चेहरे पर सामने वाले को भुनगा समझने का एहसास और कुछ पैसे झटकने की इच्छा का नक़्शा बना हुआ था। रेणुका को उसने लिफ़्ट

के पास ही रुकने का इशारा किया और एसओ के पास पहुँचा। एसओ सामने सोफ़े पर बैठा था, चतुर जाकर उसके सामने आराम से बैठ गया और एसओ की तरफ़ हाथ बढ़ाया।

"नमस्कार एसओ साहब, मैं चतुर्भुज शास्त्री, कहिए कैसे आना हुआ?" चतुर ने अपना सारा आत्मविश्वास बटोरते हुए कहा। एसओ ने हाथ आगे नहीं बढ़ाया बल्कि उठकर खड़ा हो गया ताकि ज़्यादा-से-ज़्यादा दर्शकों से आई कॉन्टैक्ट बना सके। उसके चेहरे पर अहंकार और चाल में ग़ुरूर स्पष्ट था।

"कहाँ से आए हो?" उसने लिफ़्ट के पास खड़ी डरी हुई रेणुका को देखते हुए पूछा।

"दिल्ली।" चतुर भी संक्षिप्त जवाब देता उठ खड़ा हुआ।

"क्या करते हो?" एसओ ने हावी होने की कोशिशें शुरू कीं। चतुर ने सोच लिया था उसे हावी नहीं होने देना है। रेणुका को सारी बातें हल्की सुनाई दे रही थीं।

"प्रॉब्लम क्या है?" चतुर ने सामान्य आवाज़ में पूछा।

"तुम लोग हस्बैंड-वाइफ़ हो?" ये बोलते हुए एसओ ने उस तगड़े आदमी की तरफ़ देखा, फिर रिसेप्शन वाले आदमी की तरफ़। चतुर ने रेणुका से नज़र मिलाई।

"हाँ, आपको कोई दिक़्क़त?" चतुर ने तनकर पूछा, अंदर से उसे डर लग रहा था क्योंकि वो अपना प्रेस कार्ड दिल्ली में ही किसी दूसरी शर्ट में भूल आया था।

"नहीं कोई दिक़्क़त नहीं, आप दोनों अपनी आईडी दिखाइए। आप भी आइए।" एसओ ने रेणुका को इशारा किया, रेणुका दो क़दम आगे बढ़ी लेकिन चतुर ने उसे हाथ के इशारे से रोक दिया। वो एसओ की तरफ़ आगे बढ़ा और अपना वोटर आईडी कार्ड उसे सौंपा।

"ये है देखिए।"

एसओ ने कार्ड को सावधानी से देखा, फिर चतुर को सौंप दिया।

"थाने चलिए आप लोग।" एसओ बाहर निकलने लगा।

"किसलिए? क्या प्रॉब्लम है?" चतुर अब ऊबने लगा।

"चलो तो बताता हूँ।" एसओ की आवाज़ में कड़कपन आ गया।

"यहीं बताओ इंस्पेक्टर, ऐसी कौन-सी राज़ की बात है, कौन-सा क़ानून है जो टूट गया?" एसओ ने चतुर की आवाज़ पर उसे हैरानी से देखा, फिर अपने आस-पास। उसे लगा ये लड़का तोप नहीं तो कम-से-कम दुनाली तो ज़रूर है। एसओ थोड़ा नरम पड़ा लेकिन वो ये बात चेहरे पर लाना नहीं चाहता था।

"करते क्या हो बताते क्यों नहीं?" एसओ ने लहजे को सामान्य बना लिया था कि बिना लड़के को ठीक से जाने कुछ करना ठीक नहीं।

"पत्रकार हूँ, बताइए मैंने जो पूछा है।"

अब एसओ का लहजा अचानक नर्म हो गया।

"अच्छा, कार्ड दिखाया नहीं आप ने।" एसओ दर्शकों के सामने तेवर बदलने से पहले कन्फ़र्म होना चाहता था।

"कार्ड दिल्ली में ही रह गया।"

"फिर मैं कैसे मानूँ?"

"मत मानिए आप लेकिन ये बताइए थाने किस आधार पर ले जाने को कह रहे हैं?" चतुर समझ गया था अब उसे पीछे एकदम नहीं हटना चाहिए। एसओ संदेह में था और चतुर को उसका संदेह दूर करने का कोई तरीक़ा समझ नहीं आ रहा था।

"ऐसे ही, आजकल लड़का-लड़की सब घर से भागकर आता है..." एसओ बात पूरी करे इसके पहले ही चतुर को हँसी आ गई।

"मेरी उम्र 31 साल है एसओ साहब, आपको लगता है मुझे भागने की ज़रूरत है? दो बालिग़ लोग कहीं बैठ-बतिया रहे हैं और आप ऐसे थाने ले जाने की बात कह रहे जैसे आपने रँगे हाथों बम बनाते पकड़ लिया हो। कहिए, किस चार्ज में, किस आरोप में थाने की धमकी दे रहे दो बालिग़ और ज़िम्मेदार नागरिकों को आप?" चतुर के इस वार से एसओ बैकफ़ुट

पर आ गया। उसने ग़ुस्से से उस तगड़े आदमी की ओर देखा, फिर एक और कोशिश की ताकि ये न लगे कि वो चतुर की बातों में आ गया।

"पत्रकार हैं अच्छी बात है लेकिन मैं कैसे मानूँ? कार्ड है नहीं आपके पास। क्या लिखते हैं, किस अख़बार में लिखते हैं, कोई तो प्रूफ़ होना चाहिए।" एसओ की आवाज़ का कड़कपन वापस आ गया था भले उसमें आत्मविश्वास थोड़ा फ़र्ज़ी था। चतुर सोचने लगा इसको कैसे विश्वास दिलाया जाए। वो सोचने लगा उसके मेल पर अगर कार्ड की स्कैन कॉपी होती तो वो होटल के रिसेप्शन पर रखे कंप्यूटर में मेल खोलकर उसे दिखा सकता था, लेकिन कई बार कार्ड को ज़रूरत के वक़्त स्कैन करने के बाद भी उसने मेल पे नहीं रखा। रिसेप्शन की ओर देखते ही उसे सुबह का अख़बार याद आया और उसके चेहरे पर मुस्कान आ गई।

"देखिए लिखता तो मैं बहुत-कुछ हूँ, सब आपकी समझ में भी नहीं आएगा, आपके ऑफ़िसर या ज़ोन के आईजी को शायद आ जाए। फ़िलहाल आपको सबूत चाहिए तो ये रहा।" चतुर ने प्रभात ख़बर रिसेप्शन से उठाया और उसका फ़ीचर पृष्ठ खोल के एसओ की तरफ़ बढ़ा दिया जैसे वो किसी बच्चे से कोई खेल कर रहा हो। एसओ ने कोई अजूबा देखा हो, इस अंदाज़ से अख़बार लिया और उसमें खोजने लगा कि चतुर का इशारा किस तरफ़ है। अचानक उसकी नज़र एक लेख पर पड़ी जिसमें चतुर्भुज शास्त्री का नाम लेखक के तौर पर था और उसकी एक छोटी-सी तस्वीर भी छपी थी। एसओ ने हैरानी से पहले तस्वीर को देखा, फिर चतुर्भुज को। अचानक उसे चतुर्भुज के चेहरे पर छाए आत्मविश्वास की वजह समझ में आ गई। अख़बार के पन्नों पर छपी तस्वीर को देखकर और उस तस्वीर वाले को सामने साक्षात खड़े देखकर एसओ को लगा जैसे वो किसी वीआईपी या स्टार को सामने देख रहा है। अब उसका ध्यान रेणुका से बिलकुल हट चुका था जो थोड़ी दूरी से हैरानी से ये सब देख रही थी। वो समझ नहीं पा रही थी कि चतुर ने आख़िर अख़बार में ऐसा क्या दिखाया था जिसे देखकर एसओ एकदम नरम पड़ गया था। एसओ

ने अपने दोनों कॉन्स्टेबल्स को बाहर निकलने का इशारा किया, फिर उस तगड़े आदमी के पास गया।

"आईडी दिखाओ।" तगड़े आदमी ने सहमते हुए पैंट में हाथ डाला और कोई परिचय पत्र निकालकर एसओ को दिया। एसओ ने देखकर वापस कर दिया।

"क्या करते हो? यहाँ कैसे आए?" अब उसका ग़ुस्सा तगड़े आदमी पर था।

"थोक व्यापारी हूँ, माल उठाने आया हूँ हटिया से।"

"हाँ तो अपनी अनपढ़ बुद्धि का इस्तेमाल किया करो नहीं तो थोक से ठोक व्यापारी बन जाओगे। चल भाग।" उसने चतुर को अच्छा फ़ील कराने के लिए तगड़े आदमी को डाँटा और वो चुपचाप सीढ़ियों से ऊपर जाने लगा।

एसओ ने दोनों हाथ जोड़े और उन हाथों से चतुर के हाथों को पकड़ते हुए जैसे दोस्ती का पैग़ाम दिया।

"सॉरी सर, ग़लती हो गई।"

"कोई बात नहीं, जाएँ हम लोग?" चतुर अब जल्दी से यहाँ से निकलना चाहता था क्योंकि उसकी ट्रेन का वक़्त कम होता जा रहा था। एसओ ने रेणुका की तरफ़ देखकर हाथ जोड़े।

"सॉरी भाभी जी, थोड़ी ग़लतफ़हमी हो गई थी।" रेणुका एसओ का बदला रवैया देखकर भयानक रूप से सस्पेंस में थी।

"अरे रुकिए सर, हमारे शहर आए हैं सेवा का मौक़ा दीजिए।" एसओ विनम्र दिख रहा था।

"नहीं इंस्पेक्टर साहब, जाने दीजिए, रात को हमारी ट्रेन भी है, मुझे कुछ काम निपटाने हैं निकलने से पहले।" चतुर ने उसे टालना चाहा।

"कोई बात नहीं, निपटा लीजिए, ट्रेन कितने बजे है, मैं आ जाऊँगा छोड़ने।" एसओ इतना तत्पर था कि चतुर ने उसे अपने गले में लिपटा हुआ महसूस किया।

"नहीं-नहीं आप परेशान न हों, शुक्रिया।" चतुर आगे बढ़ा और रेणुका के पास जाकर लिफ़्ट का बटन दबा दिया। लिफ़्ट रुकी और रेणुका का हाथ पकड़कर वह लिफ़्ट में सवार हुआ। एसओ ने फिर से दोनों को देखकर हाथ हिलाया और तब तक खड़ा रहा जब तक लिफ़्ट बंद होकर ऊपर की ओर जाने नहीं लगी।

कमरे में आते ही मंज़र बदला हुआ-सा था। दरवाज़ा बंद करते ही रेणुका उससे लिपट गई और उसे चूमने लगी। उसने रेणुका को गोद में उठाया और बिस्तर की तरफ़ ले आया। वो लगातार उसे चूमती रही। धीरे-धीरे उसके हाथ रेणुका के चेहरे को सहलाने लगे। चेहरे से फिसलते हुए हाथ गर्दन पर आए और वहाँ से नीचे का रास्ता पकड़ा। रेणुका ने उसे एक बार भी नहीं रोका। वो इतनी शिद्दत से उसे चूमने में व्यस्त थी जैसे उसके चुंबन ख़त्म हो रहे हों और वो जल्दी-जल्दी उनका बेस्ट इस्तेमाल कर रही हो। चतुर को हैरानी भी हो रही थी। उसे लग रहा था अब रेणुका उसे रोक देगी लेकिन वो रोक नहीं रही थी और वो हैरानियों के बीच उसके शरीर पर और नीचे फिसलता जा रहा था। एक वक़्त ऐसा भी आया जब उसके शरीर के हर हिस्से को चतुर ने अपने शरीर से ढक दिया। रेणुका ने उसे फिर भी नहीं रोका। वो रुका भी नहीं।

दोनों बिस्तर पर अगल-बग़ल लेटे थे और एक-दूसरे की हथेलियाँ थामे पंखे की पत्तियाँ गिन रहे थे।

"तुम मेरा पहला प्यार हो।" रेणुका ने उसकी हथेली दबाते हुए कहा। वो ख़ामोश रहा। वो उसकी ओर पलटी।

"कुछ कहोगे नहीं?" उसके होंठों पे मुस्कान थी और आँखों में उत्सुकता।

"क्या कहें? अभी तो जी रहे हैं।" चतुर मुस्कराया।

"फिर भी। मेरी बात पे तुम्हें भी कुछ कहना चाहिए।" वो हौले से हँसी। उसने रेणुका की ओर करवट ली। उसके चेहरे को अपनी हथेलियों में भर लिया।

"तुम मेरा पहला प्यार नहीं हो लेकिन चाहते हैं आख़िरी रहो।"

उसने रेणुका के माथे पर चुंबन लिया। रेणुका ने आँखें बंद कर लीं। उसने उसे अपनी बाँहों में भर लिया और वो ऐसे दुबक गई जैसे कोई छोटी बच्ची हो।

तुम मुझे जीवन भर का साथ दो, मैं तुम्हें जीवन भर सच देने का वादा करता हूँ

सारी दूरियाँ मिट चुकी थीं। सारे सवाल हल हो चुके थे। सारी शंकाएँ उड़ चुकी थीं। ढेरों सपने आँखों में उतर आए थे और मन रूमानी गीतों का शैदाई बन चुका था। रेणुका पिछले सात महीनों में इतना हँसी थी जितना वो पिछले सात सालों में नहीं हँसी। चतुर का साथ उसे इतना रास आया था कि उसके चेहरे पर पहले से अधिक चमक आ गई थी और होंठों का रंग कुछ अधिक लाल हो गया था। यहाँ तक कि उसे अपने आँगन में खिलने वाले गुलाब पहले से अधिक गुलाबी लगने लगे थे जिस पर एक दिन उसने अपनी माँ से बहस भी कर ली थी। माँ का कहना था कि गुलाब पहले जैसे ही खिल रहे हैं और खिड़की से बारिश वैसी ही दिखाई देती है जैसे पहले दिखाई देती थी। रेणुका का कहना था कि खाद डालने से गुलाबों की रंगत में भी बदलाव हुआ है और भले यह खिड़की हमेशा से ऐसे ही खुली रहती है, अब बारिश होने पर इसमें से जो पानी के छींटे चेहरे को भिगोते हैं, वो पहले से कुछ अलग है। माँ ने बहस का समापन रेणुका को गहरी नज़रों से देखते हुए एक सवाल के साथ किया था।

"कोई लड़का तो दोस्त नहीं बन गया तुम्हारा?" माँ के सवाल में उनके बाल सफ़ेद करने का कारण मौजूद था।

"भक मम्मी।"

रेणुका उस वक़्त तो वहाँ से हट गई थी लेकिन उसी दिन चतुर से

बात करते हुए उसने ये बात उसे बताई। चतुर ने उसे आश्वस्त किया कि जैसा कि उसने कहा है, वो अपनी रिसर्च पूरी करे और उसके बाद जब वो चाहेगी, चतुर उससे अपने रिश्ते की बात करने आ जाएगा।

रिसर्च के पूरा होने से पहले शादी के बारे में नहीं सोचने का आइडिया रेणुका का ही था। चतुर तो पहली मुलाक़ात के बाद से ऐसा हो गया था जैसे अपनी पत्नी (होने वाली नहीं हो चुकी) से बात कर रहा है। रेणुका भी हर मुलाक़ात में उसके और क़रीब होती जाती लेकिन, लड़कियों में सक्रिय सबसे मज़बूत इंद्रिय, जिसका कोई निश्चित नाम न होने से उसे संख्यानुसार पुकारा जाता है, उसे इस रिश्ते को थोड़ा और वक़्त देने को समझाती।

आख़िर-कार पिछली मुलाक़ात में रेणुका के सब्र का बाँध टूट गया और टूटा तो उजड़कर बहुत दूर भी चला गया जिसे खोजकर उसकी मरम्मत कर उसे पहले जैसा बनाने का विकल्प भी उसके साथ ही चला गया था। अब बाँध टूटने के बाद मोहब्बत की नदी में जो उफान आया था उसमें ख़ुद को बहने के लिए छोड़ देना ही सबसे अच्छा विकल्प था।

"मिस्टर चतुर्भुज शास्त्री, मुझे कोई ऐसा प्रपोज़ल दो जो मैं मना ना कर पाऊँ।" उसने होटल के बेड से उतरते हुए अचानक कहा। चतुर हड़बड़ा गया। शादी के लिए तो उसने ख़ुद मना कर रखा है कि जब रिसर्च पूरा कर लेगी तब सोचेगी, तो आख़िर अभी क्या कहूँ। वो देर तक सोचता रहा, तब तक रेणुका बाथरूम से चेहरा धोकर और बाल बाँधकर वापस आ गई। वापस आकर उसने पहनी हुई चतुर की शर्ट उतारी और वापस अपना टॉप पहनने लगी। चतुर खोया हुआ-सा उसे देखता रहा।

"क्या हुआ?" उसने हैरानी से चतुर की ओर देखा। चतुर ने उसे बाँहों में भर लिया।

"कल की दोपहर इसी बेड पर हम दोनों मेरी पसंद की चीज़ पीते हुए बिताएँ? एक उम्दा वोडका जिसके दो पेग पीकर तुम अपने आप को भूल जाओगी। तुम आराम से लेटी रहना, पेग बनाएँगे और अपने हाथ से पिलाएँगे।" चतुर को उससे पिछली बार की सुनी कहानी याद आई कि

उसने अपनी कुछ सहेलियों के साथ पहली बार उनके चढ़ाने पर छिपकर शराब पी थी और सहेलियों को बहुत मज़ा आया था।

"क्या?" रेणुका के चेहरे पर हैरानी थी कि चतुर उसकी इतनी बड़ी बात समझ नहीं पाया और न ही चेहरे के भाव पढ़ पाया।

"तुमको मज़ा आया था न सहेलियों के साथ, अब मेरे साथ..."

रेणुका ने उसकी बात काट दी। "लाइफ़ ख़त्म होने वाली होगी तब जो प्रपोज़ल दोगे वो दो मुझे। आई नीड समथिंग बिग।" रेणुका के होंठों पर मुस्कान थी और आँखों में चमक। दोनों चीज़ें इस बार चतुर ने बराबर पढ़ीं। वो नरम पड़ गया। उसके होंठों पर भी एक ठहरी हुई गंभीर, बहुत-कुछ समझने का दावा करती हुई मुस्कराहट आ गई। ऐसी मुस्कराहट जो किसी बेहद अपने के सामने आती है, जो अपने भीतर के सभी राज़ जानने के साथ सामने वाले के भी राज़ जानती है। चतुर ने उसकी आँखों पर दो चुंबन अंकित किए। वो अलग हो गई। चतुर उसके सामने घुटनों पर बैठ गया। उसने अपनी अलग-अलग जेबों से दो चीज़ें निकालीं जो रेणुका को जाते वक़्त दी जाने वाली थीं। एक हाथ में चॉकलेट और दूसरे में एक परफ़्यूम की शीशी लिए उसने अपनी बाँहें फैला दीं। बोलने के अंदाज़ में बदलाव ख़ुद-ब-ख़ुद आ गया था।

"मिस रेणुका सिन्हा, हमारे पास अँगूठी नहीं है और ना ही इन सब में विश्वास है। दुनिया के बनाए बहुत सारे नियम नहीं मानते और अपने जीने के नियम ख़ुद बनाने में विश्वास रखते हैं। हम तुमको वर्ल्ड टूर कराने और ढेर सारा गहना बनवाने का वादा नहीं कर सकते लेकिन कुछ बातों का विश्वास दिला सकते हैं। तुम अगर मेरे साथ चलना क़बूल करो तो हम हमेशा तुम्हारा हाथ पकड़े रहने का वादा करते हैं। तुम अपना साथ दो तो हम तुमको ज़िंदगी भर के लिए अपना प्यार, सच और ईमानदारी देंगे। तुम्हारी हर ख़्वाहिश को अपनी आख़िरी इच्छा की तरह पूरी करने की कोशिश करेंगे और तुम्हारे सफ़ेद होते बालों में तेल लगाते हुए साथ बुड्ढे होंगे। तुम्हारी ज़िंदगी में मिठास और ख़ुशबू दोनों की कमी नहीं होने

देंगे। शादी करोगी हमसे?" चतुर ने मिठास पर चॉकलेट और ख़ुशबू पर परफ़्यूम रेणुका की ओर बढ़ा दिया।

उसने हाँ में सिर हिलाया और मुस्कराते हुए दोनों हाथों से स्वाद और सुगंध को अपनी ज़िंदगी में क़ैद कर लिया। उसने थोड़ा परफ़्यूम चतुर के ऊपर छिड़का और थोड़ा अपने ऊपर। चतुर उसे बाँहों में भर के यहाँ-वहाँ चूमने लगा। वो हँसने लगी। उसने ख़ुद को छुड़ाया और चॉकलेट का पैकेट खोला। चॉकलेट का एक हिस्सा अपने मुँह में दबाकर जैसे ही उसने काटना चाहा, चतुर ने उसे ऐसा नहीं करने का इशारा किया। वो कुछ पल उलझन में रही, तब तक चतुर ने अपने मुँह में चॉकलेट का आधा हिस्सा दबा लिया। इस मुद्रा में उसने रेणुका को फिर से बाँहों में भर लिया। रेणुका ने अपने हिस्से की चॉकलेट काटी और हँसती हुई अलग हुई। चतुर भी आधी चॉकलेट खाने लगा।

"फ़िल्में बहुत देखते हो ना तुम?" उसने खिलखिलाते हुए पूछा। उसकी हँसी ने चतुर को अपनी क़ैद में ले लिया जिसकी प्रतिक्रिया में चतुर ने फिर से रेणुका को अपनी बाँहों में क़ैद कर लिया।

"अब तुम आ गई हो, अब कुछ और नहीं देखेंगे।" उसने उसके कान में फुसफुसाते हुए कहा। रेणुका ने चेहरा ऊपर उठाकर उसे देखा।

"एक बात सुनो।"

"बोलो।"

"मैंने उस दिन सहेलियों के साथ ट्राय की थी लेकिन मुझे शराब पीने वाले एकदम नहीं पसंद, तुम ये सब मत करना कभी।"

चतुर एक पल के लिए कुछ सोचने लगा और सोचता हुआ दूर निकल गया, जैसे ही रेणुका ने उसके सीने पर एक चुंबन लिया, वो तेज़ी से वहाँ से वापस भी आ गया।

"ठीक।"

"वादा?"

"कोशिश।"

प्रेम विवाहों के खलनायक

शादी में वही अड़ंगे और रुकावटें घर वालों की तरफ़ से डाली गईं जो प्रेम विवाहों के विरोधी लोग आमतौर पर डालते हैं। जाति-बिरादरी से शुरू होकर रंग, उम्र, पारिवरिक स्थिति और सामाजिक हैसियत जैसे मुद्दों में से हर परिवार जैसे अपने लिए पसंदीदा मुद्दा चुन लेता है, रेणुका और चतुर के घर वालों ने भी कोशिश की। आदर्श प्रेम विवाह तभी हो सकता है जब लड़के और लड़की अपने पैरों पर खड़े हों ताकि किसी भी प्रकार के सामाजिक बहिष्कार का उन पर कोई असर न पड़े। चतुर और रेणुका दोनों लगभग आदर्श प्रेम विवाह की स्थिति में थे। रेणुका को जेआरएफ़ के पैसे मिल रहे थे और चतुर अख़बार में नौकरी कर रहा था। इसलिए घरवालों के ऐतराज़ ज़्यादा दिन चलने वाले नहीं थे। फिर भी उन्होंने कुछ समय तक मामले को अपने एंड से लटकाए रखा।

चतुर के माँ-बाप को लड़की से कोई समस्या नहीं थी लेकिन इस प्रेम विवाह में उनके कई सुख छिन रहे थे। जैसे बेटे के सामने बिरादरी की कई लड़कियों की तस्वीरें और कुंडलियाँ बिखेर के उसकी राय जानने का सुख, लड़के-लड़की की कुंडली मिलाने का सुख, लड़की के घर वालों को दहेज की लिस्ट देने का सुख, महँगा हॉल बुक करने और पड़ोसियों से, 'जो कमाया है ज़िंदगी भर इकलौते बेटे के लिए ही तो कमाया है', कहने का सुख, जीवन भर शादी की कैसेट लगाकर दुल्हन पक्ष को कोसने का सुख कि उन्होंने हमारा स्वागत ठीक से नहीं किया आदि-आदि। पारंपरिक विवाह करने में अनगिनत सुख थे, जिनकी यादों में पूरा जीवन गुज़ारा जा सकता था लेकिन प्रेम विवाह करने को आतुर ये बच्चे अपने माँ-बाप के सुखों की कहाँ परवाह करते हैं। चतुर और रेणुका ने कोर्ट में शादी कर ली। ख़बर मिलने पर रेणुका के घर वालों ने हर तरह का

संपर्क काट दिया। चतुर के माँ-बाप भी नाराज़ हो गए। चतुर ने कुछेक बार समझाने की कोशिश के बाद इस समस्या को वक़्त पर छोड़ दिया।

शादी के शुरुआती साल सपनों की तरह बीते। जैसे सपना कितने भी बरस का हो, कुछ ही पलों में बीत जाता है, सब कुछ विवरणों में आ गया। रेणुका की रिसर्च पूरी हो गई और वो चतुर के साथ अब पूरी तरह दिल्ली शिफ़्ट हो गई। बार-बार दिल्ली से राँची का चक्कर लगाने का टंटा ख़त्म हुआ तो दोनों की गृहस्थी धीरे-धीरे जमने लगी। रेणुका दिल्ली विश्वविद्यालय के एक कॉलेज में एडहॉक पर पढ़ाने लगी और चतुर ने इस अख़बार में अच्छा-ख़ासा वक़्त बिताकर हिंदी के सबसे ज़्यादा बिकने वाले अख़बार में बढ़े वेतन पर नई नौकरी ज्वॉइन कर ली।

इन बीते तीन-चार सालों में चतुर ने कई बार कहानी लिखने की शुरुआत की लेकिन कहानी पूरी नहीं हो पाई। उसने ज़्यादा लोड भी नहीं लिया क्योंकि जीवन का ऐसा ख़ुशनुमा वक़्त चल रहा था जो पहली बार में ये महसूस करवाता था कि कहानी लिखने जैसे सबसे ख़ूबसूरत काम से भी ख़ूबसूरत कुछ हो सकता है। रेणुका का साथ उसकी ज़िंदगी में इतनी ख़ुशनुमा ज़िंदा कहानी था जिसे जीते हुए उसे कहानियाँ लिखने की बहुत तलब नहीं हो रही थी। हाँ, उसने ये ग़ौर किया था कि इधर उसका पीना थोड़ा बढ़ गया था जो रेणुका को पसंद नहीं था। अच्छे पलों में जब कभी रेणुका उससे ये बात कहती तो वो उसे दुलार जताता हुआ कह देता कि 'एक-दो चीज़ें एक-दूसरे में नापसंद भी होनी चाहिए तभी तो बेस्ट इज़ येट टू कम वाली कहावत के सच होने का इंतज़ार रहेगा।' रेणुका ग़ुस्से में ये सोचकर 'फिर मैं भी पीना शुरू कर दूँ' कहती कि वो आम पतियों की तरह तुनकेगा लेकिन वो ख़ुश हो जाता और कहने लगता– 'अरे यार मज़ा ही आ जाएगा। बताओ तुम्हारे लिए क्या ले आएँ?' रेणुका हार मानकर चुप हो जाती कि वक़्त के साथ ठीक हो जाएगा, ये कोई इतनी बड़ी भी समस्या नहीं है।

रेणुका के मम्मी-पापा ने उससे पूरी तरह से रिश्ता तोड़ लिया था और

उसे देखकर आश्चर्य होता कि रेणुका कभी उन्हें याद भी नहीं करती थी। शुरुआती डरों और हिचकिचाहटों को जीतने के बाद रेणुका ग़ज़ब की मज़बूत औरत के तौर पर सामने आई थी जिसे देखकर अक्सर चतुर को ख़ुशी भी होती और हैरानी भी। चतुर के माँ-बाप अभी तक नाराज़ थे। शादी के तीन साल बीत जाने के बाद भी उनका ग़ुस्सा अपनी जगह क़ायम था। बीच में रेणुका ने कई बार कहा कि वो उसे बनारस लेकर चले और वो अपने सास-ससुर के पैर पड़ के, रो-गा के, कैसे भी उनको मना लेगी लेकिन चतुर इसके लिए राज़ी नहीं था।

"तुम कोई ग़लती थोड़ी की हो जो माफ़ी माँगोगी।"

"अरे यार, सच में मैं थोड़ी ऐसा फ़ील कर रही हूँ, उन लोगों के इगो को ठेस पहुँची है, शायद माफ़ी माँगने का ही इंतज़ार कर रहे हों वे।"

रेणुका की इस बात ने चतुर को सोचने पर मजबूर कर दिया। जब भी रेणुका कोई ऐसी इमोशनल बात करती, चतुर उसे गोद में उठा लेता और बेडरूम में ले आता। वहाँ बेड पर उसे गिरा देता और बग़ल में लेट जाता, फिर उसे जहाँ चाहे वहाँ, देर तक चूमता रहता। रेणुका को गुदगुदी होती। वो हँसने लगती और हाथ-पाँव मारने लगती। अजीब बात थी कि पहले चतुर को बहुत गुदगुदी लगती थी लेकिन इधर कुछ महीनों से चतुर को गुदगुदी कम लगने लगी थी और बिलकुल गुदगुदी न लगने वाली रेणुका कमर की तरफ़ बढ़ती उँगली देखकर ही हँस पड़ती।

"कितना अच्छा सोचती हो तुम। लगातार क्यों नहीं लिखती?" उसने रेणुका को चूमते और उसकी कमर पर उँगलियाँ फिराते हुए कहा।

"तुम्हें पढ़ना ज़्यादा पसंद है इसलिए। नई कहानी कब लिखोगे? कितना टाइम हो गया?" रेणुका ने उसके चुंबनों का जवाब देते हुए पूछा।

"अरे अभी इतनी सुंदर कहानी जी रहे हैं, उसको तो जी लें।"

चतुर ने आख़िरी कहानी तीन साल पहले लिखी थी और पिछले साल अपना दूसरा उपन्यास शुरू कर उसे पचीस-तीस पेज लिखकर छोड़ा हुआ था। रेणुका जब भी उसे लिखने को प्रेरित करती, वो बातों को गोल कर

देता कि ऑफ़िस में काम का प्रेशर ज़्यादा है, उन दोनों को एक-दूसरे के साथ वक़्त बिताने पर ज़्यादा ध्यान देना चाहिए। अख़बार में काम तो वाक़ई ज़्यादा था और काम का दबाव भी बढ़ रहा था।

एक दिन उसकी नींद एक बुरा सपना देखकर टूटी।

सपने में उसने माँ और पापा को चुपचाप बैठे एक तरफ़ घूरते हुए देखा।

वे कभी यूँ चुपचाप नहीं बैठते थे। जिन दिनों उनके बीच सब ठीक रहता था, पापा अक्सर मम्मी को छेड़ते रहते और वो अपने ससुराल वालों को बहाने से कोसतीं और फिर नाराज़ होने का अभिनय करतीं। दोनों उसके ज़रिये बात करते जिसमें चतुर उनके बीच में बैठा सिर्फ़ कॉमिक्स पढ़ रहा होता था, उसे कुछ कहना नहीं होता था बस 'अपने बाप को बता दे कि हम...' जैसी बात माँ के मुँह से सुनकर पापा की ओर चेहरा कर देना होता था जहाँ वो मुस्कराकर कह रहे होते– 'अपनी मम्मी को बोल दे कि...'

वो सपने से थोड़ा डरा, थोड़ा उदास हो उठा था। उसे लंबे समय बाद माँ-पापा की तबीअत की चिंता हुई। रोज़ के उलट जागने के बाद वो सीधा बाथरूम नहीं गया बल्कि चुपचाप लेटा रहा। रेणुका चाय लेकर आई और उसके चेहरे की रेखाओं से उसे ज्योतिषी की तरह पढ़ लिया।

"बुरा सपना देखा?"

चतुर ने हाँ में सिर हिलाया और उसने उसे गले लगाया। दोनों क्रियाएँ एक साथ हुईं और उसने रेणुका के कंधे को चूमते हुए उदास आवाज़ में अपना सपना सुनाया। सुनाते हुए उसकी आँखें नम हो गईं। उसने चतुर की आँखें पोंछीं और कान में होंठ सटाए।

"टिकट करवाओ, घर हो के आते हैं।" उसकी आवाज़ में मिठास थी। यही मिठास चतुर का ऑक्सीजन थी।

"मन तो मेरा भी करता है लेकिन बहुत ड्रामा होगा। पापा न भी बोलें कुछ, पर माँ बहुत ड्रामा करेंगी। रोएँगी, चिल्लाएँगी, हमको गालियाँ देंगी।

हम वो नहीं सामना करना चाहते। अभी तो बिलकुल नहीं।"

उसने पास पड़ा चतुर का फोन उठा लिया था और उसमें रेलवे की साइट खोल ली थी। चतुर बहाने कर रहा था, रेणुका काम कर रही थी। लड़का सिर से पाँव तक समस्या हो रहा था, लड़की समाधान कर रही थी।

"लो अवैलेबल भी दिखा रहा।" उसने फोन चतुर के हवाले किया और ख़ाली कप लेकर किचन की ओर चली गई।

नए अख़बार में चतुर ने लंबे समय से छुट्टी नहीं ली थी इसलिए उसकी छुट्टी एक बार में स्वीकृत हो गई बल्कि संपादक ने उसे बुलाकर बताया भी कि अख़बार के वाराणसी संस्करण में जो नया संपादक आया है, वो उसका जवानी का दोस्त है और चतुर उससे एक बार मिल लेगा तो उसे अच्छा लगेगा। चतुर ने वादा किया कि वो उससे ज़रूर मिलेगा। संपादक ने उसे निश्चिंत किया कि उसकी ख़बरों पर बराबर फ़ॉलोअप जाया करेगा और आराम से घर होकर आए।

बीते दिनों दिल्ली के कोटला मुबारकपुर में एक माइनर लड़की का रेप हुआ था जिसे चतुर ने कवर किया था और पिछले हफ़्ते भर से फ़ॉलोअप करता आ रहा था। लड़की के घर वालों ने जिनके ख़िलाफ़ रिपोर्ट लिखवाई थी उनमें कोई एक ताक़तवर आदमी भी था, पुलिस शुरू में जिसका नाम बताने से कतरा रही थी। चतुर ने अपने सूत्रों से पता किया था कि वो नाम सत्ताधारी पार्टी के एक नामचीन नेता का था और पुलिस के ऊपर उसे बचाने का ख़ासा दबाव था। चतुर ने अपने अख़बार में उसका नाम ब्रेक कर दिया तो बाक़ी अख़बारों और चैनलों को भी दबाव और पैसे का विकल्प अनदेखा करते हुए नाम ज़ाहिर करना पड़ा था। ये मामला गरम था और चतुर इसको किसी नतीजे पर पहुँचता देखने से पहले कहीं जाना नहीं चाहता था लेकिन ये अख़बार के मामले चलते ही रहते थे, व्यक्तिगत ज़िंदगी की दुश्वारियों को भी इसी में हल करना था और ये संतुलन बनाना हर पत्रकार के लिए कठिन लेकिन ज़रूरी था। उसने

क्राइम कवर करने वाले कलीग को केस की डिटेल्स समझाईं और उसके आश्वस्त करने पर बनारस का रुख़ किया। रेणुका ने भी छुट्टी ले ली थी।

रास्ते में चतुर ने प्लानिंग कर ली। स्टेशन पर उसने कालिदास को आने को बोला था जो अपनी कार से दोनों को रिसीव करने आ रहा था। वो चाहता तो अमरनाथ या दलजीत को भी बुला सकता था जो बक़ौल उसके, ज़्यादा क़रीबी थे और जिनसे उसकी रुचियाँ ज़्यादा मिलती थीं लेकिन उसे काली के आने पर ज़्यादा भरोसा था। बड़े होने पर सबके अंदर परिवर्तन आते हैं और काली ज़बान के पक्के आदमी के तौर पर बड़ा हुआ था। लोग आने का कहकर लेट आएँ, या बहाना भी बना दें, लेकिन काली ने एक बार किसी बात के लिए हाँ बोला तो उसका मतलब हर हाल में हाँ।

प्लान के मुताबिक़ काली रेणुका के साथ गली के पास थोड़ा पहले रुका रहा और चतुर अंदर गया।

पिता सुबह-सुबह छत से पौधों को पानी देकर उतर रहे थे और माँ आँगन में बैठी किसी से फोन पर बात कर रही थीं। चतुर ने माँ के पाँव छू लिए। माँ अभी उसे देखकर सामान्य हो रही थीं और उसने सीढ़ियों से उतरते पिता के भी पाँव छू लिए। पिता पानी देने वाला पात्र एक तरफ़ रखकर अंदर चले गए तो उसे लगा माफ़ी नहीं मिलने वाली। वो खड़ा-खड़ा सोचने लगा कि उसका अगला क़दम क्या होना चाहिए। माँ की तंद्रा टूटी तो उन्होंने तुरंत खड़े होकर चतुर को गले लगा लिया।

"कैसी हो माँ!" उसने नम आवाज़ में पूछा।

"का रे दोगला, एतने साल से झाँकने नहीं आया कि माँ जी रही है कि मर गई।" माँ की आवाज़ में पहले जैसा कड़कपन नहीं था। उसकी आँखें भर आईं और कुछ कहने की कोशिश में गला भी भर आया।

तभी पिता अंदर से कुरता पहनते हुए बाहर निकले जैसे किसी को खोज रहे हों। उनकी नज़र दरवाज़े पर थी। चतुर ने उनकी निगाहों को पकड़ दरवाज़े तक देखा। वहाँ कोई नहीं था। वे चतुर से मुख़ातिब हुए।

“बहू कहाँ है ?” उनकी आवाज़ में इत्मीनान और ठहराव था जैसे इस पल का उन्होंने बरसों-बरस इंतज़ार किया हो। अब वो जो अपने फ़र्ज़ पूरे कर देंगे, उसके बाद इस दुनिया से उनका कोई लेना-देना नहीं रह जाएगा।

“बाहर है गाड़ी में, काली है साथ में।”

माँ ये सुनते ही बाहर की ओर लपकीं।

“बेहुद्दा, घर की लक्ष्मी को बाहर छोड़ के आया है।” माँ के पीछे पिताजी भी हो लिए। वो भी उन दोनों के साथ बाहर निकला।

सामने से रेणुका सिर पर पल्लू लिए चली आ रही थी। काली पीछे था। शायद उसके ज़ोर देने पर काली तय सिग्नल का इंतज़ार किए बिना बाहर आ गया था। रेणुका ने चतुर को देखा और उसके सामने से आते दोनों बुजुर्गों को भी। पहुँचते ही उसने सास-ससुर के पाँव छुए। ससुर ने सिर पर हथेली फिराकर उसे सौभाग्यवती होने का आशीर्वाद दिया तो सास ने धाराप्रवाह आशीर्वाद देते हुए अपनी नई-नवेली बहू को बाँहों में भर लिया। वैसे तो कई साल पुरानी थी लेकिन शादी के बाद वाले मन के सारे साध और खानदान के सारे रिवाज इसी से पूरे करवाने थे।

आँगन में जाते ही माँ ने रेणुका के बैठने के लिए खाट बिछा दी और उसे प्यार से बिठाया। वो ख़ुद भी बग़ल में बैठ गईं और बड़े प्यार से उसका चेहरा सहलाने लगीं। चतुर एक तरफ़ टेक लिए खड़ा था। पापा किचन में चाय बनाने लगे थे। दृश्य रेणुका को बहुत अच्छा लग रहा था। चतुर आने वाले तूफ़ान के लिए ख़ुद को तैयार कर रहा था। आख़िर-कार बहू से दो-तीन प्यार भरी लाइन कहने के बाद माँ ने चतुर को गालियाँ देना शुरू किया। वो उसे मर्ज़ी से शादी करने के लिए नहीं कोस रही थीं बल्कि वो शादी के बाद इतने साल तक अकेले रहने के लिए और बहू को घर न लाने के लिए कोस रही थीं। उन्होंने कुछ ही गालियाँ दी होंगी तब तक रेणुका ने एक अजीब हरकत की। वो खाट से नीचे उतरी और माँ के पैरों से लिपट गई। माँ सकपका गईं। उन्होंने उसे थाम लिया।

“माँ, मत डाँटिए। मैंने हर रोज़ इन्हें आप दोनों को याद करते देखा

है। आप का बेटा आपको बहुत प्यार करता है माँ। ये सबको बहुत प्यार करता है क्योंकि ये आपका बेटा है। इनको अंदाज़ा ही नहीं था कि आपका दिल अपने बेटे के लिए कितना बड़ा है कि आप इनके फ़ैसले के लिए इनसे नाराज़ नहीं हैं। मैं भी इन्हें बहुत प्यार करती हूँ माँ, इसलिए मैं समझ पाती हूँ आप अपने बेटे के लिए कितनी परेशान रहती होंगी। आपका बेटा बहुत मज़बूत इंसान है माँ, इसने मुझ जैसी दब्बू और दुनिया से नाराज़ लड़की को प्यार से जीना सिखाया है। लेकिन इसको मज़बूत बने रहने के लिए हम सबके प्यार की ज़रूरत है। नफ़रत और ग़ुस्से की बातों तक से घबरा जाता है। मुझे इसने बताया है कि हँसने-हँसाने का जो स्वभाव है वो आपका और पापा का दिया हुआ है। ये आप दोनों को बहुत प्यार करता है माँ। इसने कभी कुछ बिना बोले अपनी मुस्कराहट से सिखाया है कि हमें सिर्फ़ प्यार की ज़रूरत होती है, अपनों की ज़रूरत होती है। हम कितना भी कर लें, अपने अपनों से दूर नहीं रह सकते। इसीलिए मैं आज आपसे वादा करती हूँ कि हम लोग हर दो-चार महीने पर आएँगे और आप लोग भी वहाँ आएँगे।"

माँ ने उठकर उसे गले लगाया और भरे गले से सिर्फ़ इतना ही कह पाईं।

"हम भी बहुत प्यार करते हैं बेटा। तुम दोनों के अलावा कौन है हमारा दुनिया में।" माँ ने रेणुका को बाँहों में भरे ही चतुर के लिए भी बाँहें फैलाई थीं। होश सँभालने के बाद ये पहला मौक़ा था जब माँ ने चतुर को गले लगाया था। चतुर माँ के गले लगा सोच रहा था कि हमें ये छोटे-छोटे पल महसूस करना बचपन से ही क्यों नहीं सिखाया जाता। नहीं सिखाया जाता कोई बात नहीं, हम बड़े होने के बाद भी इनकी अहमियत क्यों नहीं समझ पाते। बड़े होने में हम सबसे बड़ी ग़लती यही कर जाते हैं कि सीखना बंद कर देते हैं।

माँ उन दोनों को गले लगाए वैसे ही खड़ी रहीं। पापा ट्रे में चाय लेकर आए थे। पूरा दृश्य किसी सपने जैसा था जिस पर विश्वास नहीं होता और

उस दिन मौसम भी ऐसा अनोखा हो जाता है कि बाद में सोचने पर सच में एक सपना ही लगे।

बचपन के दोस्त को बैल होते देखना यातना है

घर में उत्सव का माहौल पिछले कई दिनों से बना हुआ था, इतना कि तीन दिन लगातार चतुर घर से बाहर तक नहीं निकल पाया। माँ ने यथासंभव अपने अरमान पूरे किए और मोहल्ले वालों को एक प्रीतिभोज देकर इसका समापन किया। चतुर ने इस बीच दोस्तों से संपर्क किया तो उसे महसूस हुआ उसके बचपन के दोस्त बहुत व्यस्त हो गए हैं। इसी शहर में रहते हुए उन्होंने मिलने में दिलचस्पी तो दिखाई, वादा भी किया लेकिन कोई मिलने नहीं आया। चतुर को थोड़ा अजीब भी लगा लेकिन वो ख़ुद प्राइवेट नौकरियों के तांडव को आमने-सामने देखता आ रहा था इसलिए उसने इसे ज़्यादा तवज्जो नहीं दी। वो जानता था बचपन के दोस्तों को जवानी में इकट्ठा करने की सबसे अच्छी टेक्निक है जवानी के अभ्यास को फिर से दोहराना।

दोस्तों की पार्टी का वक़्त तय हुआ जिसमें चतुर के कहने पर काली ने ही मुख्य भूमिका निभाई। उसने अपने घर के टेरेस पर पार्टी रखी। चतुर ने पूछा कि क्या उसके पापा को कोई ऐतराज़ नहीं होगा तो काली ने बात गोल कर दी।

चतुर जब काली के घर पहुँचा तो पाया कि दो मंज़िल का वो घर तीन मंज़िल का हो चुका है और नीचे के तल पर किरायेदारों का जमावड़ा है। ऊपर पहुँचने तक काली ने प्रथम तल से कुछ गिलास और बोतलें उठा लीं और चतुर को टेरेस पर रखी कुर्सियों तक ले आया।

टेरेस ख़ूबसूरत था और वहाँ ढेर सारे गमले लगे थे। गमलों में तरह-तरह के फूल खिले थे और वहीं एक छोटी मेज़ और कुछ बेंत की कुर्सियाँ

रखी थीं। एक तरफ़ एक आरामकुर्सी और दूसरी तरफ़ लोहे के फ्रेम में जड़ा एक भव्य झूला था जो घर के मालिक के अमीर और आरामपसंद होने की चुगली कर रहा था।

"चाचा जी कैसे हैं?" चतुर ने चारों ओर का मुआयना करते हुए पूछा।

"निकल लिए पिछले साल।" काली ने भावहीन स्वर में कहा।

चतुर चुप हो गया। पिछले कई सालों से बचपन के दोस्तों से उसका संपर्क बहुत कम रह गया था। दिल्ली की व्यस्तता वक़्त नहीं देती और जो वक़्त मिलता था वो दिल्ली के दोस्तों और रेणुका के लिए ही कम पड़ता था, उसी में पढ़ना-लिखना और दिल्ली की फ़ालतू गोष्ठियों में शिरकत करना, चतुर को महसूस हुआ कि जैसे सब अपने आप में खो गए हैं, वो भी खो गया है। चाहे लाख नौकरी करे और किसी व्यस्त शहर में रहे, एक लेखक होने के नाते ये उसका फ़र्ज़ था कि वो ख़ास रिश्तों को जोड़कर रखता और उन्हें सींचता रहता लेकिन वो ऐसा नहीं कर पाया। शायद इसलिए भी नहीं कर पाया कि इसके पहले ठहर के सोचने का इतना वक़्त ही नहीं मिला। अब करियर में एक सम्मानजनक पोजीशन, साहित्य में एक ठहराव भरी पहचान और रेणुका का सान्निध्य पाकर ज़िंदगी में ये सलाहियत आ पाई है कि कम-से-कम उन बिखरे रिश्तों को सँभालने की शुरुआत करे जिनसे दूर होता जा रहा था। सबसे पहला फ़र्ज़ माँ-बाप के लिए है। उन्होंने उसकी शादी को मन से स्वीकार किया हो या नहीं, उसको याद करते हों या नहीं, इस उम्र में उनके ऊपर एक आँख रखना और अच्छे-बुरे का ख़याल रखना उनके इकलौते बेटे का फ़र्ज़ है। बचपन के दोस्त उम्र की घड़ी होते हैं, उन्हें खोना मतलब अपनी उम्र नापने का पैमाना खो देना होता है। उसे अपने उन चुनिंदा दोस्तों को भी फिर से सँजोने और वापस अपनी ज़िंदगी में उसी गर्मजोशी के साथ लाने की कोशिश करनी चाहिए। वो बहुत-कुछ सोच रहा था कि थोड़े अंतराल में दलजीत और अमरनाथ दोनों वहाँ पहुँच गए। उसे पता चला वे दोनों ख़ुद

काली से क़रीब दो महीने बाद मिल रहे हैं। उसे हैरानी हुई। वो बचपन की दोस्ती को सँजोने की इतनी योजनाएँ बना रहा है और जो एक-दूसरे के आस-पास हैं उन्हें इस बात की कोई क़द्र ही नहीं।

ख़ैर, महफ़िल का आग़ाज़ हुआ और ख़ूब हुआ। तीन पेग तक सबने अपने परिवारों और नौकरी की बातें कीं। अमरनाथ ने अपने प्रेम विवाह के बारे में बताया जिसकी मोटी-मोटी डिटेल्स तो चतुर जानता था लेकिन शादी में उसे कितनी नाक रगड़नी पड़ी है, ये जानकर चतुर के मन में उसके लिए इज़्ज़त बढ़ गई। सबने उसकी और रेणुका की शादी और अब की लाइफ़ के बारे में पूछा। चतुर ने बताया कि सब कुछ बहुत सुंदर चल रहा है और वो उसके प्यार में इतना डूबा हुआ है कि देश-दुनिया में क्या हो रहा है, उसे कोई ख़बर नहीं। अगर उसकी नौकरी अख़बार में न होती तो वो पूरी तरह से दुनिया से कट गया होता और ये उन दोनों के लिए और भी अच्छा होता। इस नौकरी की वजह से उसकी ज़िंदगी में थोड़ी भागदौड़ ज़्यादा हो गई है और कभी-कभी ये भागदौड़ इतनी ज़्यादा बढ़ जाती है कि तनाव बनकर दोनों आँखों के बीच वाली जगह पर रहने लगती है।

"तुम बताओ गुरु, इतना चुप क्यों हो?" उसने अपनी बात कहते हुए दलजीत की तरफ़ देखा।

"क्या बताएँ, हमारी बैंड बज गई है।" उसके बोलने पर अमरनाथ एकदम से दूसरी तरफ़ देखने लगा और अपना गिलास उठाकर ऐसे हल्के-हल्के हिलाने लगा जैसे उसमें नमक घोल रहा हो।

दलजीत वहाँ बैठा असहज महसूस कर रहा था लेकिन चतुर ने उसे खोलने की कोशिश की। उसने निराश आवाज़ में बताया कि उसने अपने एक पार्टनर के साथ लोन लेकर मोटर पार्ट्स का एक नया बिज़नेस शुरू किया था लेकिन नोटबंदी की वजह से उसका धंधा एकदम चौपट हो गया है। चतुर ने सबके नए पेग बनाए और दलजीत से कुछ सांत्वना भरी बातें कहीं जिनका वैसे तो कोई मतलब नहीं होता लेकिन दोस्तों के मुँह से सुनने में थोड़ी ताक़त मिलती है। माहौल में अजीब-सी शांति थी जिसका मतलब

चतुर समझ नहीं पा रहा था। उसने उपसंहार के रूप में दलजीत के कंधे पर हाथ रख हिम्मत बँधाई।

"सबको झेलना पड़ा है गुरु, क्या करोगे। सब धीरे-धीरे सही होगा।"

"अबे इतना तो झेलना ही पड़ेगा देश में कुछ अच्छा बदलाव चाहिए तो।" अचानक अमरनाथ ने तेज़ आवाज़ में कहा और अपना पेग ख़त्म करने लगा। चतुर को लगा जैसे इस मुद्दे पर ये लोग पहले भी बात कर चुके हैं और शायद अपने पक्ष भी चुन चुके हैं।

"घंटा अच्छा बदलाव। चूतिया बनाने का धंधा है सब।" दलजीत ने निराश आवाज़ में कहा।

"हाँ स्साले, तुम्हारे लिए अपना बिज़नेस ही सब कुछ है। देश की मज़बूती के लिए कोई क़दम उठाया गया है तो ये नहीं कि आगे बढ़ के साथ दें, अपना ही रोना रोते रहोगे जब देखो।" अमरनाथ की आवाज़ में बहस के लिए आमंत्रित करने वाला जोश था और किसी बड़े निर्माण में योगदान देने की ऊर्जा।

"पगला गए हो स्साले तुम। दो महीने का टाइम माँगा था न सरकार ने? छह महीना हो गया, लाइन में खड़े-खड़े सैकड़ों लोग मर गए। अपनी मेहनत की कमाई निकालने के लिए लोग एटीएम कार्ड लेकर कुत्तों की तरह भटकते रहे, लेकिन अभी तक किसी को समझ नहीं आया कि इस चूतियापे से मिला क्या!" चतुर ने ग़ौर किया कि आमतौर पर गालियाँ ना देने वाला दलजीत हर बात में गालियाँ दे रहा था।

"काला धन पूरे देश और विदेश से वापस आ रहा है। इंतज़ार करो कुछ समय, देश की इकोनॉमी ठीक करने के लिए क़ुर्बानी देनी पड़ती है बेटा, सत्तर सालों से देश को लूटा जा रहा था। अब एक आदमी सब ठीक करने आया है तो थोड़ा टाइम दो, इंतज़ार करो। फड़फड़ाओ मत भोसड़ी के।" अमरनाथ की आवाज़ में एक अजीब-सा उत्साह था जिसे चतुर समझ नहीं पा रहा था। ये उत्साह उसने गाहे-बगाहे एडिटोरियल मीटिंग्स में भी देखा था लेकिन किसी इतने अपने के चेहरे पर पहली बार देख रहा था।

"करो इंतज़ार बनो चूतिया। मसीहा मिला है, चटनी लगा के चाट लो भोसड़ी के।" दलजीत की आवाज़ में अजीब-सी तल्ख़ी थी।

"हाँ तुम आज तक जिसको चाट रहे थे वो तो भोसड़ी के तुमको बहुत स्वर्ग दिखा दिया।" अमरनाथ की आवाज़ तेज़ थी, झगड़े पर आमादा आवाज़। चतुर कभी उसे देखता तो कभी दलजीत को। काली अब तक चुपचाप था। उसने एक नई सिगरेट निकालकर सुलगाई और धुआँ छोड़ते ही उन दोनों से तेज़ आवाज़ में चिल्लाया।

"भोसड़ी वालो चुप रहोगे? बकचोदी करनी है तो अपने घर जा के करो। बैल हो गए हो क्या एकदम?" कालिदास की तेज़ आवाज़ के बाद माहौल में अचानक एक डरावना सन्नाटा छा गया। चतुर चुपचाप अपना पेग सुड़कने लगा। ऐसी गर्म बहसें और पक्ष-विपक्ष वो अपने अख़बार और आस-पास देखता आ रहा था लेकिन आज तक इतना डिस्टर्ब नहीं हुआ था। आज पहली बार वो अंदर से इतना ख़राब महसूस कर रहा था कि उसे न पक्ष में कुछ बोलने को समझ आ रहा था न विपक्ष में। बस उसे अपना दम घुटता हुआ-सा महसूस हो रहा था।

अपने बचपन के दोस्त अपने नहीं लग रहे थे। वे कोई और बने किसी और भाषा में बात कर रहे थे जो चतुर समझता तो था लेकिन कभी ध्यान नहीं दिया था। वो रेणुका के साथ अपनी दुनिया में मस्त रहने की इतनी कोशिश करता था कि जान-बूझकर सब डिस्टर्ब करने वाली चीज़ों से आँखें मूँदे रहना चाहता था। आस-पास बहुत-कुछ ऐसा बदल रहा था जो उसे तकलीफ़ देता था लेकिन वो उस पर रुकना नहीं चाहता था, क्योंकि ज़्यादा सोचने पर उसे घबराहट होने लगती थी। ये बात उसने रेणुका से भी नहीं बाँटी थी कि ये वक़्त उसे मानसिक रूप से परेशान कर रहा है। ये बात वो ख़ुद से भी छिपा के रखना चाहता था लेकिन आज बचपन के दोस्तों के बीच उसके सामने सब कुछ उजागर हो गया था।

वो हाथ में गिलास लिए अपने दोस्तों के सामने बैठा था लेकिन उसकी धड़कनें तेज़ चल रही थीं और मन घबरा रहा था। उसकी इच्छा

हो रही थी कि वो गिलास घुमाकर दूर फेंक दे लेकिन ऊपर से वो सामान्य दिखने की कोशिश कर रहा था जो बतौर एक पत्रकार उसे होना चाहिए था।

चार दोस्त एक-दूसरे से सामने बैठे थे लेकिन चारों चार अलग दिशाओं में देख रहे थे। उनके बीच की बातें ख़त्म हो गई थीं। हर रिश्ते की अपनी राजनीति होती है लेकिन कहते हैं कि दोस्ती में राजनीति नहीं होती जैसे राजनीति में दोस्ती नहीं होती।

अब दोस्ती में राजनीति घुस आई थी।

ये दुधारी तलवार जैसा वक़्त कटेगा नहीं हमें काटेगा

देश में बदलाव की बयार कुछ ऐसे आई थी जैसे कोई बहु-प्रतीक्षित उत्सव आ रहा हो। आज़ादी के सत्तर सालों में जो नहीं हुआ था, उसे करने का दावा करती हुई एक राजनीतिक पार्टी तेज़ी से अपनी पुरानी लाचारी को उतार ग़ुस्से और जोश के साथ आगे बढ़ी थी। देश का निज़ाम बदला और फिर प्रदेशों के निज़ाम की बारी आई। हर प्रदेश में उस पार्टी ने साम, दाम, दंड, भेद से अपनी सरकारें बनवाईं और जब तक ऐसा नहीं हुआ, देश का शीर्ष निज़ाम अपने सारे काम छोड़कर चुनावों में व्यस्त रहा। फिर धीरे-धीरे फ़िज़ा बदली। ग़रीबी और भुखमरी से लड़ रहे देश को लड़ने के लिए कुछ नए मुद्दे मिले जो बिलकुल नए नहीं थे।

अन्य पार्टियाँ ये समझ नहीं पाईं कि देश की जनता लगातार अनेक दशकों से पुराने घिसे-पिटे हथियारों से लड़कर बोर हो चुकी है। लोगों को लड़ने के लिए नए और ज़्यादा ख़ूँखार हथियार चाहिए थे। ऐसा नहीं कि इस पार्टी ने कोई नया मुद्दा पैदा किया बल्कि बिज़नेस मैनेजमेंट के सबक़ के हिसाब से, जो बाज़ार में पुराने मुद्दे थे उनमें से ही एक उठाया जिसका इतिहास सबसे रक्तरंजित था। जिस देश का बँटवारा ही हिंदू-मुसलमान

के आधार पर हुआ हो, उस देश के लोगों के लिए ये मुद्दा कभी बासी होने वाला नहीं था। नई विसंगतियों का उपचार न किए जाने की स्थिति में पुरानी यातनाओं को याद करना और उनका बदला लेने की कोशिश करना ख़ासा रूमानी ख़याल था, लेकिन जनता को भा गया था। मुग़लों के किए गए अत्याचारों का बदला मुज़फ़्फ़र से नहीं लिया जा सकता लेकिन राजनीति का यही कमाल है कि वो जनता को ऐसे कामों के लिए भी पर्याप्त ऊर्जा देती है जो करना तो दूर सोचना भी तर्क से परे हो।

देश और देश की जनता दो भागों में बँटती जा रही थी। कुछ का दबी ज़बान में कहना था कि मुसलमानों को सबक़ सिखाने से ज़रूरी काम कोई हो ही नहीं सकता और इसके लिए अगर एक वक़्त भूखे पेट भी सोना पड़े तो ये ख़ुशी-ख़ुशी किया जाना चाहिए। कुछ मानते थे कि सरकार जनता को आपस में लड़वाकर वही राजनीति कर रही है जो उसने अँग्रेज़ों से सीखी है। कुछ ऐसे भी थे जो ये मानते थे कि ये सब फ़ालतू की बातें हैं जिन पर जनता को ध्यान भी नहीं देना चाहिए, सबसे ज़रूरी ये जानना है कि सैफ़ अली ख़ान और करीना कपूर के बेटे तैमूर ने आज अपना पहला शब्द 'पा' बोला है।

चतुर अख़बारों की दुनिया से ऊबने लगा था। ऐसा नहीं कि सरकार बदलने से पहले अख़बारों का स्वर्ण काल चल रहा था लेकिन सरकार बदलने के बाद से तो हर अख़बार और चैनल अपनी पहचान छोड़कर इतने कोण पर इतनी फ़्लैक्सिबिलिटी के साथ झुक रहा था कि उसे उसके झुकने के कोण से पहचाना जा सकता था। चतुर के दिमाग़ पर असर पड़ना शुरू हो चुका था और उसे भनक तक नहीं थी। नई सरकार के आने का ये फ़र्क़ पड़ा था कि राजनीति और सरकार पर बहस करना अब चर्चाओं के केंद्र में आ गया था। लंच के वक़्त कैंटीन में जहाँ संपादकों की क्रूरता और गिरती तनख़्वाह पर बात होती थी, अब राजनीति पर बात होने लगी थी। बात बढ़ते-बढ़ते गर्म भी हो जाती थी और कभी-कभी सहकर्मियों के बीच तनातनी होना भी रुटीन होने लगा था। चाय की दुकानों

पर क्रिकेट और फ़िल्मों को पीछे कर राजनीतिक चर्चा अव्वल आने लगी थी और इस चर्चा में भी अव्वल रहता था कि अब भारत जल्दी ही विश्वगुरु के तौर पर दुनिया में अपना डंका बजवाने वाला है। बचपन के दोस्तों का समूह जो अपनी पचीस साल पुरानी दोस्तियों पर इतराता था, इस पार्टी और इसके क्रियाकलापों पर बहस कर दरकने लगा था। घरों में बाप और बेटे आपस में इस पार्टी और इसके नेता को लेकर बहस करते थे और बिना नतीजे के ख़त्म होने वाली इस बहस में इस नतीजे पर पहुँचते थे कि अगले का दिमाग़ पूरी तरह से फिर गया है।

झूठ को बार-बार दोहराओ तो वो सच हो जाता है, ऐसा हिटलर का सलाहकार गोएबल्स कहता था। किसे पता था कि इसके कई दशकों के बाद जब भारत चाँद पर जा चुका होगा, विज्ञान में कई नोबेल पुरस्कार ले चुका होगा, कृषि के साथ शिक्षा में भी कुछेक क्रांतियाँ हो चुकी होंगी और कृष्णमूर्ति जैसे दार्शनिक अपना जीवन गुज़ारकर मर भी चुके होंगे, तो फिर से ये आज़माया जा चुका नुस्ख़ा अपने पैर ज़माने की ज़मीन पा लेगा। रोज़गार के सवाल पर मंदिर की वरीयता क़ाबिज़ हो जाएगी और मीम में कही बातों को तथ्य समझा जाने लगेगा।

वक़्त बदल रहा था। सरकारी अमले पहले भी जनता को गुमराह करने के लिए एक अलग विभाग बनाते थे, जहाँ सूचना देने और जनसंपर्क बढ़ाने के बहाने से अपनी पीठ ठोंकने में ख़ासा पैसा ख़र्च करते थे लेकिन अब की सरकार थोड़ी अलग थी। उसने सोशल मीडिया की ताक़त को इस तरह पहचाना था जितना पहले किसी ने सोचने की ज़हमत तक नहीं उठाई थी। पहले आने वाले को जैसे हर क्षेत्र में अगुआ होने के फ़ायदे मिलते हैं, इस सरकार को भी मिल रहे थे।

सरकार जानती थी कि युवा किसी भी देश का भविष्य बना और बिगाड़ सकते हैं। देश में युवाओं की तादाद बहुत ज़्यादा थी और नौकरियाँ बेहद कम। तो सबको नौकरियाँ नहीं दी जा सकती थीं, न ही सबके पास काम-धंधा शुरू करने लायक़ पूँजी थी, लेकिन युवाओं की ऊर्जा का

प्रवाह निरंतर बनाए रखने के लिए उनके हाथ में कुछ-न-कुछ देना ज़रूरी था। सरकार ने उनके हाथ में मोबाइल दिया और इंटरनेट इस्तेमाल करने के लिए ख़र्च होने वाले डेटा की क़ीमत इतनी कम कर दी कि उसका इस्तेमाल अक्सर ही रोटियों की जगह भी किया जाने लगा। कुछ अनुभवी कहते कि जब देश को डेटा की लत लग जाएगी तो ये भी महँगा हो जाएगा तो ज़्यादातर लोग उन्हें निगेटिव थिंकिंग वाला कहकर डाँट देते।

दूसरी चीज़ जो युवाओं को दी गई वो हँसी थी। क्रोध ज़्यादा होने पर आपस में निकलता था जिसके छींटे कभी भी रेसकोर्स रोड या लुटियन ज़ोन तक पहुँच जाने की आशंका होती थी इसलिए क्रोध के कारख़ानों पर ताले लगाकर उनकी जगह हँसी के कारख़ाने लगाए जाने लगे। हँसी की छोटी-छोटी खुराकें पुड़ियों के रूप में तैयार की जाने लगीं। युवा अपने दिमाग़ को इस तरह ट्रेंड करने लगे कि जिन बातों पर ग़ुस्सा आना चाहिए उनकी जगह वो हँसी भरे मीम्स बनाने लगे और एक-दूसरे को विभिन्न माध्यमों से ट्रांसफ़र करने लगे।

मोबाइल और हँसी ये इक्कीसवीं सदी के दूसरे दशक की शुरुआत के सबसे परिचित और प्रभावी उपकरण थे। ऐसे दृश्य भीड़ भरी सड़क पर देखा जाना अब आश्चर्य नहीं रह गया था कि कुछ गुंडे किसी इंसान की हत्या कर रहे हों और बग़ल में बैठा आदमी अपने मोबाइल में देखता हुआ हँस रहा हो। इसके कुछ ही पहले हमने ऐसे दृश्य देखे थे कि सड़क पर हत्या हो रही है और लोग हाथों में मोबाइल लिए उसे रिकॉर्ड कर रहे हैं लेकिन अब समय बदल रहा था। आस-पास होने वाली हत्याएँ और बलात्कार इतनी ख़ास बात नहीं रह गई थी कि कोई मोबाइल पर चैट कर रहा हो या कोई फनी वीडियो देख रहा हो तो उसे रोककर बग़ल में हो रहे अपराध को रिकॉर्ड करे। इनमें रिकॉर्ड करने वाली कोई बात नहीं रह गई थी जब तक आप ख़ुद इन्हें अंजाम न दे रहे हों।

समय तेज़ी से ख़तरनाक से जघन्य होता जा रहा था। बदलाव पूरी दुनिया में हो रहे थे और पूरी दुनिया सीमाओं से जुड़कर एक बदनाम गाँव

बन रही थी। पाँच-पाँच सालों पर दुनिया में इतने परिवर्तन हो रहे थे जितने पचास सालों में न हुए हों। नई-नई बीमारियाँ हर रोज़ दवाओं का व्यापार बढ़ाने पैदा हो रही थीं। तीन महीने की बच्ची से लेकर सत्तर साल की बुढ़िया तक से बलात्कार की ख़बरें आती थीं और चली जाती थीं। प्रदूषण माहौल से होता हुआ दिमाग़ों तक पहुँच रहा था और मुँह से ज़हर बनकर बह रहा था। ज़हर हवा में इस क़दर घुलता जा रहा था कि देर तक बाहर रहने पर अचानक दम घुटता हुआ-सा महसूस होता था और सब काम छोड़कर जीने के लिए लंबी-लंबी साँसें लेनी पड़ती थीं।

चतुर देर रात घर पहुँचा तो उसके क़दम नशे से ज़्यादा घुटन से लड़खड़ा रहे थे। पिता छत पर टहल रहे थे और मोहल्ले में सन्नाटा था। वो कमरे की ओर न जाकर छत की तरफ़ चला गया।

हर पिता एक भटका हुआ नागरिक है, हर नागरिक एक जूझता हुआ पिता

पिता खाने के बाद टहलते थे। मॉर्निंग वॉक के अलावा रात के खाने के बाद टहलना उनका बरसों पुराना रुटीन था। रात का टहलना अक्सर मुहल्ले की गलियों में हुआ करता था। छोटे-से घर की छोटी-सी छत पर टहलने का कारण उसे समझ नहीं आया, इसलिए वो भी ऊपर आया और धीरे-धीरे टहलने लगा। पिता ने उसे एक नज़र देखा, संक्षिप्त-सा सवाल पूछा, फिर टहलने लगे।

"खाना खाए?"

"हाँ, काली के यहाँ ही खा लिए थे।"

थोड़ी देर दोनों टहलते रहे। पिता ने उसके चेहरे पर कुछ पढ़ा और उनके चेहरे पर हल्की चिंता की छाया आई।

"कोई दिक़्क़त तो नहीं है?"

"नहीं, नहीं। सब सही है।" उसने उतावलेपन से जवाब दिया जैसे देर हुई तो पिता दिक़्क़त पकड़ लेंगे।

"नौकरी-वौकरी ठीक चल रही है?" पिता का छोटा सवाल।

"हाँ-हाँ सही है।" उससे भी छोटा जवाब।

थोड़ी देर तक फिर ख़ामोशी रही।

"माँ सो गई हैं क्या?"

"हाँ आजकल दिन में ऊपर-नीचे कई बार कर रही, तो थक जा रही है।"

माँ ने अचार डाला था जिसे आजकल धूप दिखाने की प्रक्रिया चल रही थी। उन्हें पता था चतुर को उनके हाथ के बनाए अचार बहुत पसंद हैं तो वो दिल्ली जाने से पहले बेटे-बहू को ज़्यादा-से-ज़्यादा चीज़ें देकर विदा करना चाहती थीं।

चतुर की इच्छा हो रही थी कि वो उस तार को किसी तरह छेड़े जिसने उसके बचपन पर सबसे ज़्यादा असर डाला है। वो पिता से पूछना चाहता था कि क्या अब भी माँ और उनके बीच मौसी को लेकर झगड़े होते हैं। अब तो वो बूढ़े हो गए हैं, मौसी के बच्चे भी जवान हो गए, क्या अब भी उनके मन में मौसी के लिए कोई ऐसा कोना है जहाँ झाँकने से माँ का मिज़ाज बिगड़ जाता है। पिता शायद उसकी उलझन को उसके चेहरे पर पढ़ रहे थे।

"तुम दोनों का सही चल रहा है न शादी के बाद?" पिता का हालचाल पूछता ये सवाल और ऐसा अंदाज़ चतुर के लिए नया था। उन दोनों के बीच कभी ऐसे दोस्ताना पल नहीं आए थे जब कोई आत्मीयता का तार दोनों को जोड़ने की कोशिश करता।

"हाँ, हाँ बहुत सही है।" चतुर ने महसूस किया कि वो पिता के सभी सवालों के जवाब एक जैसे दे रहा है। शायद इतनी उम्र होने के बाद भी पिता के सामने खड़े होने पर उसकी उम्र के बीते पिछले दस-पंद्रह साल हवा में घुल जाते हैं और वो फिर से पंद्रह साल का ऐसा लड़का बन जाता

है जिसे अपने माँ और बाप इतने नापसंद हैं कि वो उनके आस-पास भी नहीं रहना चाहता। अब उम्र और अनुभव के इतने पकने के बाद उसने समझा है कि माँ और बाप भी तमाम कमज़ोरियों से भरे आम इंसान होते हैं और उन्हें समझने से ज़्यादा प्रेम करने की ज़रूरत होती है। उसने ख़ुद को मज़बूत किया और अपनी उम्र और अपने अनुभव याद किए। उसने बहुत पहले से सोच रखा था कि जिस दिन पिता के साथ कोई अकेला पल मिला तो वो इस सवाल का जवाब ज़रूर पूछेगा।

"एक बात पूछें पापा?" उसने हिम्मत जुटाकर पूछा। पिता ने टहलते हुए ही उसकी ओर देखा और आँखों से सहमति दी।

"मौसी से बात होती है अभी भी आपकी?" उसने एक लाइन में जो सवाल पूछा उससे दोनों के सामने कई बातें साफ़ हुईं। पिता को अचानक महसूस हुआ कि उनका बेटा आज बड़ा नहीं हुआ बल्कि वो उसी समय अपनी उम्र से पहले बड़ा हो गया था जब उसे सिर्फ़ अपनी दुनिया में मस्त रहना था। बेटे को महसूस हुआ कि अपनों से चुभते सवाल पूछने पर जितना दर्द उन्हें होता है, उतना ही ख़ुद को भी होता है।

पिता टहलते हुए रुक गए। उसके पास आए और दोनों हाथों को बार-बार ऊपर ले जाकर ताली बजाने लगे जो उन्हें उनके एक दोस्त ने ब्लड प्रेशर नियंत्रण के लिए बताया था। थोड़ी देर वो जवाब को इस तरह मन में सजाते रहे जिससे बेटे को एक ही बार में सब समझ में आ जाए।

"अब नहीं होती। तुम्हारी माँ की तबीअत न बिगड़े, इसके लिए उसने ख़ुद अपने आप को काट लिया है।"

इतने सहज जवाब पर चतुर को आश्चर्य हुआ। उसने पिता की ओर देखा। उसकी याददाश्त में पहली बार पिता ने दोस्ताना अंदाज़ में उसके कंधे पर हाथ रखा और उसे जो बातें कहीं, उसका शाम से घबराया मन और घबराने लगा। पिता ने कहा कि उनकी और मौसी की उम्र में दस साल का फ़ासला है और वो उनकी शादी के वक़्त चौदह साल की बच्ची थी। उन्होंने हमेशा उसे बच्ची की ही नज़र से देखा।

"लेकिन वक़्त के साथ तुम्हारी माँ के दिमाग़ में ये शक जड़ पकड़ता गया कि मेरा उसके साथ कुछ अंतरंग रिश्ता है। मेरे समझाने की सारी कोशिशें फेल हो गईं तो दोस्तों की सलाह पर कुछेक बार उन्हें लेकर मनोचिकित्सक के भी पास गया लेकिन शुरुआती दौर में सुधार होने और दवाइयाँ खाने के बाद अचानक उन्होंने दवाइयाँ छोड़ दीं। समस्या फिर शुरू हो गई। अच्छा हुआ तुमने हमसे बिना सहमति लिए शादी की, क्योंकि उसके बाद से इनकी वो समस्या कम होने लगी। तुम्हारी शादी के बाद से सिर्फ़ तुम्हें याद करती और कोसती रहती हैं। मैंने और तुम्हारी मौसी ने तय किया कि उनकी मानसिक समस्या बढ़े नहीं, इसके लिए हम एक-दूसरे से कटे रहें। अच्छा किया तुम आ गए। इनको कभी अपने साथ दिल्ली भी ले जाना, घुमा देना। अभी नहीं, जब भी तुमको आसानी हो।"

पिता का आख़िरी वाक्य सुनकर उसे महसूस हुआ उसने पिता को हमेशा ग़लत समझा है। उन्होंने कभी उसके ऊपर कोई दबाव नहीं डाला और सारी ज़िम्मेदारियाँ बिना किसी शिकायत पूरी करते रहे। अब भी वो सिर्फ़ माँ को दिल्ली घुमाने की बात कर रहे हैं, उन्हें अपने बेटे से कुछ नहीं चाहिए। उसे अफ़सोस होने लगा कि उसने हमेशा अपने पिता को ग़लत समझा है। वो कुछ इंसानी कमज़ोरियों से भरे एक खुद्दार इंसान हैं। उसकी आँखें भर आईं। उसने पिता को गले लगा लिया। पिता अचानक हुई इस घटना से चौंक पड़े। अपनी याददाश्त में उसने पहली बार पिता को गले लगाया था। पिता थोड़ी देर ऐसे ही खड़े रहे फिर उसे अपनी बाँहों में भींच लिया। उसे महसूस हुआ कि उसने शादी के बाद यहाँ आने में देर कर दी। दुनिया में जो कुछ अपने लोग हैं, उनकी छोटी सूची यहीं से शुरू होकर यहीं ख़त्म होती है। अचानक पिता के मोबाइल पर कोई नोटिफ़िकेशन आया। दोनों अलग हुए।

पिता ने व्हॉट्सएप पर कोई मैसेज पाया था। थोड़ी देर वो मैसेज में भेजा वीडियो चलाकर देखते रहे और उनके चेहरे के भाव बदलते रहे। चतुर के चेहरे पर उत्सुकता थी कि इतना ज़रूरी क्या है मैसेज में जो वो

इस पल में भी पल की अंतरंगता छोड़कर मोबाइल में खोए हैं। वो पूछने वाला ही था कि पिता ने मोबाइल की स्क्रीन उसकी ओर मोड़ दी।

स्क्रीन पर जो था उसे देखकर उसका दिमाग़ उड़ गया। तीन-चार युवक मिलकर एक जालीदार टोपी पहने लड़के को बाँधकर पीट रहे थे। उनके पीछे आठ-दस और लड़कों की भीड़ थी जो तेज़ आवाज़ में 'जय श्रीराम' के नारे लगा रही थी। पीटने वाले युवक बँधे लड़के से 'जय श्रीराम' कहने की ज़िद कर रहे थे। पहले दो-चार थप्पड़ों में लड़का सिर्फ़ रो रहा था जिसके होंठों और माथे से ख़ून बह रहा था। एक तेज़ घूँसे पर उसने टूटी-फूटी आवाज़ में 'जय श्रीराम' का नारा लगाना शुरू कर दिया। लड़के नारे को तेज़ आवाज़ में लगाने के लिए चिल्ला रहे थे और लड़का डर के असर में ज़्यादा तेज़ नहीं चिल्ला पा रहा था।

उसने पिता की ओर देखा। उनके चेहरे के भाव सामान्य थे और शायद उसने उनके चेहरे पर एक हलकी मुस्कराहट भी देखी।

"अब ठीक हो जाएँगे ये लोग।" पिता की आवाज़ अचानक बदल गई थी। वो डर गया। ये आदमी अभी कुछ देर पहले कोई और था और इस एक वीडियो ने जैसे उसके अंदर किसी सोए हुए राक्षस को जगाकर सक्रिय कर दिया था।

"ये तो बड़ा ग़लत है।" उसकी टूटी-फूटी आवाज़ में इतना ही निकला। पिता ने उसकी ओर देखा।

"हाँ ग़लत तो है लेकिन क्या किया जाए, थोड़ा डर बना रहेगा तो औक़ात में रहेंगे स्साले।" पिता की आवाज़ ही नहीं, अब चेहरा भी बदल गया था। रात और काली हो गई थी और अचानक आस-पास सिहराने वाली हवा चलने लगी थी। चतुर को याद आया कि वो कहाँ से लौटकर आ रहा है और वहाँ क्या हुआ था। उसे चक्कर आने लगा। लगा वो गिर जाएगा। उसे कुछ समझ नहीं आया। पिता की ओर देखने पर वो और डर गया, क्योंकि अँधेरे में उनकी आँखें भेड़िये की तरह चमक रही थीं। उसे लगा वो पूरी दुनिया में अकेला है और सिर्फ़ एक रेणुका है जो उसे सँभाल

सकती है। उसे तुरंत ये भी याद आया कि उसने पिछले कई घंटों से रेणुका का चेहरा नहीं देखा।

वो पलटकर नीचे जाने लगा। पीछे से पिता की आवाज़ आई।

"माँ से कुछ मत पूछना।" उनकी आवाज़ में फिर से वही मुलायमियत थी। वो इस आवाज़ को सुनकर और घबरा गया। तेज़ क़दमों से नीचे उतरने लगा।

उसका मन हो रहा था बस सामने रेणुका दिख जाए और वो उसकी बाँहों में समा जाए।

कहानी लिखना इतना कठिन हो जाए तो सोचो जीना कितना कठिन होगा

एक हफ़्ते की छुट्टी ख़त्म हुई तो चतुर और रेणुका दिल्ली के लिए निकले। काली अपनी कार से उन्हें स्टेशन तक छोड़ने आया। माँ ने ढेर सारी खाने वाली चीज़ें पैक कीं और बहू से हर त्योहार में आने का वादा लिया। बेटे पर उन्होंने कोई ख़ास भरोसा नहीं जताया लेकिन चतुर उन्हें रेणुका से इस क़दर घुल-मिलकर बातें करता देख ख़ुश था।

सारा सामान जब काली ने कोच में रखवा दिया तो रेणुका को सीट पर बिठाकर दोनों पानी, चिप्स वग़ैरह ख़रीदने के बहाने से उतरे। शाम की ट्रेन थी तो दो-तीन घंटे बाद घर से पैक करवाकर लाया गया खाना खाकर सो जाना आम यात्री का लक्ष्य था। काली से चतुर ने ट्रेन में पीने का इंतज़ाम माँगा था और काली ने उसे आश्वस्त किया था। चिप्स की दुकान से होते हुए दोनों प्लेटफ़ॉर्म की सीढ़ियों के नीचे गए और काली ने अख़बार में लिपटी एक बोतल उसके हवाले कर दी। चतुर ने बोतल को जींस की जेब में डालना चाहा तो पाया कि बोतल बड़ी है।

"अबे क्वार्टर बोले थे हाफ़ ले आए तुम!" चतुर ने बड़ी मुश्किल

से बोतल को जेब में ठूँसा और दोनों वापस चिप्स के स्टॉल की तरफ़ चलने लगे।

"अरे दबा जाओगे, पत्रकार आदमी हो।" काली ने मुस्कराकर कहा और मोबाइल में कुछ देखने लगा।

चतुर ने काली के काम-धंधे के बारे में कई बार पूछना चाहा था और उसने हर बार बात को गोल कर दिया था। चतुर को उत्सुकता थी। वो अमरनाथ और दलजीत के बारे में भी और जानना चाहता था लेकिन एक-दो बार के बाद काली ने उसे घुड़क दिया था कि जिसके बारे में बात है उससे पूछो।

"बताए नहीं काम-धाम क्या चल रहा स्साले।" चतुर ने उलाहना दिया। काली मुस्कराया। उसने दुकान से ख़रीदे हुए चार-पाँच अलग प्रकार के चिप्स के पैकेट चतुर के हाथ में थमाए।

"बताए तो बे इधर का माल उधर करते हैं।"

"स्साले जितनी बार पूछे यही बकचोदी। अंडरवर्ल्ड तो नहीं ज्वॉइन कर लिए हो?"

काली हँसने लगा, "अबे स्टॉकिस्ट हैं भाई, थोक में ख़रीदते हैं फ़ुटकर में बेचते हैं। जीने-खाने का चल जाता है।"

चतुर समझ गया वो बताना नहीं चाहता और उनके पास एक-दूसरे के जीवन में इतना अंदर उतरने का समय भी नहीं रह गया है। ट्रेन ने हॉर्न दिया और चतुर ट्रेन में चढ़ गया। काली उसे देखकर हाथ हिलाता रहा। उसे लगा जब ट्रेन काफ़ी दूर हो गई है तो काली ने उससे कुछ कहने की कोशिश की है लेकिन उसके होंठों के हिलने से अंदाज़ा नहीं लगाया जा सकता था कि उसने क्या कहा है।

जब वो अपनी सीट पर वापस लौटा तो रेणुका उसे एकटक देख रही थी। ऐसे समय में रेणुका की आँखें उसे स्कैनर की तरह लगती थीं जो उसका सब कुछ सिर्फ़ एकटक देखकर जान लेती हैं। वो उसके पास बैठ गया।

रेणुका घर और माँ की बातें कर रही थी। घर आने से पहले जितने संशय और डर उसके मन में थे, घर के माहौल में फैले प्रेम और अपनेपन से सब हवा में उड़ गए। वो घर की बातें इतने उत्साह से कर रही थी जैसे न जाने कितने समय से एक घर और एक माँ की बातें करनी बाक़ी थीं। चतुर आठ बजने का इंतज़ार कर रहा था। जैसे ही लोगों ने टिफ़िन और पैक भोजन बैग से या पैंट्री से लेकर खाना शुरू किया, चतुर बाथरूम की तरफ़ निकल गया।

बाथरूम के पास एक पैंट्री वेंडर को पकड़कर उसने आधे लीटर की थम्सअप की बोतल ख़रीदी। आधा कोल्ड ड्रिंक बेसिन में बहाया और अद्धी में से आधा उस बोतल में डालकर अपनी सीट पर वापस आ गया। उसके मन में पूरी रूपरेखा बन गई थी कि रेणुका को वो कैसे शीशे में उतारेगा।

उसे लेकर रेणुका चाहे जितनी नाराज़ हो, पज़ल्ड हो, किसी और काम में व्यस्त हो, वो जानता था एक ज़िक्र ऐसा भी है जिसके छिड़ते ही वो पुरानी रेणुका हो जाती है। बीच के कई साल लुप्त हो जाते हैं और वो उसका कहा एक-एक अक्षर सुनना चाहती है। जब वो कहानी की बात करता है तो वो अपने आस-पास की हवाओं तक को चुप कराकर उसे सुनती है। चतुर को इस बात का अफ़सोस है कि उसने कई बार इस बात का नाजायज़ फ़ायदा उठाया है।

सीट पर बैठते ही रेणुका को शराब की महक आ गई। उसकी सूँघने की क्षमता पहले से ही काफ़ी अधिक थी और अब चतुर के साथ रहते हुए उसने उसे ख़ासी धार भी दे दी थी। उसने भौंहें सिकोड़कर उसकी ओर देखा ही था कि चतुर ने उसे एक नई कहानी सुनानी शुरू कर दी। कहानी एक मानसिक रोगी की थी। उसकी माँ उसे घर में क़ैद रखती है ताकि किसी को पता न चले कि उसका बेटा मानसिक रोगी है और वो एक डॉक्टर के पास छिपकर उसका इलाज करवाने जाती है। उसका बेटा बड़ा होता है और जब वो ठीक हो जाता है तो अपने पुराने दोस्तों

से मिलने जाता है। उसको पता चलता है कि उसके सारे दोस्त पागल हो चुके हैं और उनके पागलपन के लक्षणों को सामाजिक स्वीकृति देकर उसे बच्चों के पाठ्यक्रम में शामिल किया जा चुका है। वह फिर से अपने डॉक्टर के पास जाता है तो डॉक्टर उसे क़ैद कर लेता है कि अभी एक तरह के पागल आज़ाद घूम रहे हैं, इनके बाद दूसरी तरह के पागलों का नंबर आएगा। वह उसे छोड़ देने की ज़िद करता है तो डॉक्टर कहता है कि अगर वो एक आदमी का ख़ून कर दे तो उसे आज़ाद घूमने की इजाज़त दी जा सकती है।

"कैसी जा रही?" उसने कहानी सुनाने के बीच में कई घूँट मारे थे लेकिन रेणुका ने नज़रअंदाज़ कर दिया था और चतुर का जोश बढ़ गया था।

"तुम अपने अलावा पूरी दुनिया को बेवक़ूफ़ समझते हो न?" रेणुका ने हल्की मुस्कराहट से पूछा था। वो सकपका गया। शादी के इतने ही साल बाद लगता है जैसे रेणुका जाने कितने बरसों से उसके साथ है कि उसकी हर धड़कन, हर सोच, हर गति को समझ जाती है। प्रेम में सबसे ख़ूबसूरत जो है वही सबसे ख़तरनाक होता है। एक-दूसरे को ख़ुद से ज़्यादा समझ जाना ऐसी ही जोख़िम भरी यात्रा है।

प्रेम में एक दिक़्क़त होती है जब प्रेमी एक-दूसरे को पूरी तरह नहीं समझ पाते लेकिन उससे बड़ी दिक़्क़त तब होती है जब प्रेमी एक-दूसरे को बहुत ज़्यादा समझ जाते हैं। इतना कि अगले के ख़ून जलाकर पूरी प्रतिभा लगाकर बनाए गए झूठ को एक नज़र से तोड़ देते हैं। जो अपने प्रेमी को उसके हर अंग की अलग महक से पहचान सकते हैं, जो जब चाहे अपनी देह से अपने प्रेमी की देह की महक पैदा कर सकते हैं। एक-दूसरे को इतनी हद तक समझने के लिए प्रेमियों को काफ़ी क़ुर्बानियाँ देनी पड़ती हैं या कहें तपस्या करनी पड़ती है। दोनों में आदतों के साथ कमज़ोरियों का भी आदान-प्रदान होता है। चतुर और रेणुका में अच्छी-बुरी आदतों का इतना एक्सचेंज हो चुका था कि जब चतुर अचानक किसी बात पर

उदास और दुनिया से विरक्त महसूस करने लगता तो रेणुका उसका चेहरा हथेलियों में भरकर कहती- "परेशान मत हो, मेरा पीरियड आने वाला है इसलिए तुम्हारा मन ऐसा ख़राब-सा हो रहा है।"

"थोड़ा मेरे टाइप से अलग-सी कहानी है इसलिए अभी एंड क्लियर नहीं है दिमाग़ में।" उसने इधर-उधर देखते हुए कहा जैसे रेणुका की बात उसने सुनी ही नहीं। रेणुका शायद इतने अच्छे मूड में थी कि दुबारा उस टोन पर वापस नहीं गई।

"करो करो, लिख डालो, बहुत टाइम हो गया है।"

चतुर का मन किया कि उसे बाँहों में भर ले लेकिन खाने के बाद हाथ धोने वालों की आवाजाही जारी थी और जो हो सकता था दिल्ली पहुँचकर ही हो सकता था।

डीडीए फ़्लैट के उस कोने में आज बहुत लंबे अंतराल के बाद चतुर लगातार तीन घंटे बैठा था और रेणुका किचन में डिनर तैयार कर रही थी। रेणुका ख़ुश थी कि तीन साल बाद फ़ाइनली चतुर्भुज शास्त्री अपनी नई कहानी पूरी कर रहा है। चतुर ने इंटरनेट बंद कर फोन को साइलेंट कर दिया था। किचन से रेणुका को लगातार की-बोर्ड पर चल रही उँगलियों की आवाज़ सुनाई दे रही थी।

चतुर का लिखा वो पसंद करती थी, ये एक बात थी। वो चाहती थी कि चतुर हमेशा लिखने वाले मोड में रहे तो उसकी सबसे बड़ी वजह ये थी कि जिन दिनों चतुर लिख रहा होता वो अपने सबसे अच्छे रूप में होता। कोई उन दिनों उससे मिलता तो उसे लगता कि जुनून, जोश, प्यार, मोहब्बत, दोस्ती, दीवानगी की कोचिंग इस आदमी से ली जा सकती है। लिख वो भले एक कहानी रहा होता लेकिन उसका आत्मविश्वास इतनी ऊँचाई पर रहता कि वो किसी को भी मोटिवेट कर उससे शेयर मार्केट से लेकर घोड़े की रेस तक में पैसे लगवा सकता था। जिन दिनों वो लिखने से जूझ रहा होता, वे दिन भी बेहतर होते थे कि वो हमेशा किसी किरदार, किसी दृश्य से जूझ रहा होता। उसकी अपनी ज़िंदगी में जितनी

भी समस्याएँ चल रही हों, वो अपने किसी किरदार की ज़िंदगी की किसी परेशानी का हल निकालने में लगा होता। वो नरमी से पेश आता, बार-बार उसे आधा लिखा हुआ हिस्सा सुनाता, फिर कुछ नया लिखता और काट देता। उन दिनों वो ख़ुद को और दुनिया को लेकर बहुत संशयों से भरा होता और बार-बार उससे पूछा करता कि क्या वो ठीक-ठाक लिख लेता है? क्या वो एक औसत से ऊपर का लेखक है? सबसे बुरा वो उन दिनों होता जब वो कुछ न लिख रहा होता और न ही लिखने की कोशिश कर रहा होता। उसका दिमाग़ सिर्फ़ और सिर्फ़ निगेटिव चीज़ों में उलझा रहता। पहले तो वह ऑफ़िस से निकलते ही किसी दोस्त के यहाँ जाने की प्लानिंग कर लेता कि थोड़ा लेट आएगा। वहाँ से दो-ढाई घंटे रुककर तीन-चार पेग लगाकर आता या फिर ख़ुद रास्ते से एक क्वार्टर उठाता आता। रेणुका की शराब से चिढ़ भी पहले जैसी नहीं रह गई थी क्योंकि शादी के शुरुआती महीनों में शराब को लेकर दोनों के बीच लंबी-लंबी बहसें हो चुकी थीं। रेणुका को दिया गया उसका सबसे बड़ा लॉजिक यही था कि कुछ लोग चलो शराब पीकर बहक जाते हैं और झगड़े-झंझट में लग जाते हैं, नाली में पाए जाते हैं, उनको दुनिया बुरा कहती है और उन्हें देखकर शराब से नफ़रत हो सकती है, लेकिन बच्चों की स्मृति में वो बड़े-बुज़ुर्ग भी होते हैं जो शराब पीकर इतने प्यारे बन जाते हैं कि जो मिले सबको प्यार-दुलार करते चलते हैं, मैं पहला तो छोड़ो दूसरा भी नहीं हूँ। मैं पीता हूँ या पीकर आया हूँ, इसका पता सिर्फ़ तुम्हें चल सकता है क्योंकि तुम पत्नी हो वरना वो बदलाव सिर्फ़ मेरे अंदर होता है।

"और क्या है वो महान बदलाव?" रेणुका ने चिढ़ से भरकर पूछा था।

"मुझे अच्छा फ़ील होता है और जब अच्छा फ़ील होता है तो प्लॉट चलते हैं दिमाग़ में, कहानियाँ दौड़ने लगती हैं ज़ेहन में।" उसका स्टैंड यही रहता था कि मैं पीता हूँ और जानता हूँ ये कोई ख़ास अच्छी बात नहीं लेकिन आज की तारीख़ में कौन नहीं पीता। उसकी रचनात्मकता के लिए

थोड़ा-बहुत पीना ज़रूरी है, ये 'थोड़ा-बहुत' जिसके इर्द-गिर्द पति-पत्नी की नोकझोंक घूमती रहती थी, अब तक डिफ़ाइन होना बाक़ी था। रेणुका का कहना था कि थोड़ा-बहुत इतना ही हो सकता है कि इंसान वीकेंड पर थोड़ा-बहुत पी ले। हालाँकि उसकी पहली रज़ामंदी महीने में एक बार पर बनी थी।

"प्रॉमिस?" रेणुका हाथ आगे बढ़ाती तो वो कुछ देर तक देखता।

"क्या? अरे ये सब बच्चों जैसे प्रॉमिस क्या? वीकेंड पर ही पिऊँगा। बोल तो दिया।"

"प्रॉमिस?" वह हाथ नहीं हटाती। वो भी झक मारकर हाथ आगे बढ़ाता।

"प्रॉमिस।"

"कौन वाला प्रॉमिस?" पहली बार जब रेणुका ने पूछा तो वो एक पल के लिए चौंक गया था, फिर तुरंत बचपन में देखे गए एक विज्ञापन वाली टोन में आ गया था।

"लौंग के तेल वाला प्रॉमिस।" उसने हाथ ज़ोर से हिलाते हुए कहा था। वो चौंक गई।

"ये कौन-सा प्रॉमिस है?"

"यही असली प्रॉमिस है। लौंग के तेल वाला प्रॉमिस। यही तो प्रॉमिस की शान है।" वो प्रॉमिस करता तो कुछ दिनों तक उसे लेकर बहुत सीरियस रहता और रेणुका को लगने लगता कि लौंग का तेल वाक़ई कमाल की चीज़ है। वह वाक़ई अपनी क्षमता से हरसंभव कोशिश करता कि शराब से दूर रहे लेकिन जब शराब और किडनियों में घनिष्ठता हो जाती है तो हर कोशिश असंभव हो जाती है।

साल भर तक उसकी कोशिशें छिप-छिपाकर ठीक चली थीं लेकिन अब साल भर से उसका लगभग रोज़ वाला नियम चालू था जिसके लिए वो तरह-तरह की योजनाएँ और मंसूबे बनाया करता था।

रेणुका रोटियाँ बना रही थी और अपना पसंदीदा गीत गुनगुना रही

थी। कमरे से आ रही की-बोर्ड पीटने की खट-खट उसके लिए दुनिया की सबसे मनमोहक आवाज़ थी। ये आवाज़ उन दोनों के रिश्ते की नब्ज़ थी। जब तक ये आवाज़ चलती रहेगी, दुनिया में कितना कुछ बुरा हो जाए, उन दोनों का प्यार बढ़ता रहेगा। अचानक रेणुका ने महसूस किया कि आवाज़ रुक जा रही है और आ भी रही है तो अनियमित जैसे सिर्फ़ एक हाथ की उँगलियों से टाइप किया जा रहा है। उसने किचन का पर्दा हटाकर बाहर झाँका।

चतुर जिस टेबल पर लैपटॉप रखे टाइप कर रहा था, उस पर लंबा मेज़पोश लटका था। उसके नीचे झुका हुआ चतुर कुछ कर रहा था। रेणुका क्लियर देखने के लिए और आगे आई। नीचे एक हाफ़ वोडका की बोतल आधी से ज़्यादा ख़ाली हो चुकी थी, उसे चतुर ने झुके-झुके ही उठाया, एक लंबा घूँट भरा और जल्दी से कपड़े के नीचे छिपा दिया। वो यूँ सीधा हो गया जैसे कुछ उठाने के लिए झुका था और जल्दी-जल्दी की-बोर्ड पर उँगलियाँ चलाने लगा।

रेणुका के शरीर में आग लग गई। उसने गैस बंद की और चतुर के सामने आकर खड़ी हो गई। चतुर ने उसे कनखियों से देखा और उँगलियों की गति तेज़ कर दी। उसे लगा रेणुका उसे बोलने आई है कि खाना तैयार हो गया लेकिन उसने कुछ नहीं कहा और वैसे ही खड़ी रही। चतुर भी चुपचाप टाइप करता रहा।

"सुनाओ कुछ।" उसने सपाट स्वर में कहा। चतुर की उँगलियाँ रुक गईं। उसने दोनों हथेलियों को आपस में रगड़ा और उन्हें अपने चेहरे पर फिराया जैसे कितना थक गया हो। रेणुका उसकी एक-एक बॉडी लैंग्वेज समझती थी। वो जानती थी कि जब कोई झूठ बोलना होता है तो चतुर अपनी दोनों हथेलियों को आपस में रगड़ता है और बार-बार अपने चेहरे और बालों पर फिराता है।

"बन नहीं पा रहा अभी जैसा चाह रहे। आधा से ज़्यादा हो गया है लेकिन रिदम नहीं मिल रहा।" चतुर ने आवाज़ को कन्विंसिंग बनाते हुए

कहा।

"कहाँ खो गया है तुम्हारा रिदम ?" रेणुका की आवाज़ में ग़ुस्सा चतुर ने महसूस किया और उसे तुरंत अंदाज़ा लग गया कि फ़िलहाल के झूठ की पोल खुल गई है।

रेणुका झुकी और टेबल के नीचे से ऑलमोस्ट ख़ाली हो चुकी बोतल निकालकर चतुर के सामने रख दी।

"ये तुम्हारा रिदम... टेबल के नीचे खोया हुआ था। देखो मिल गया। अब लिखो।" रेणुका बेडरूम में गई और जाकर लेट गई। उसे रोना आ रहा था लेकिन ऐसे मौक़ों पर वो कभी कमज़ोर नहीं दिखना चाहती थी भले अंदर से कितना भी कमज़ोर महसूस कर रही हो।

चतुर आकर दरवाज़े के पास खड़ा था। थोड़ी देर तक कोई नहीं बोला तो रेणुका ने पलटकर उसकी ओर देखा। उसके चेहरे पर बेचारगी के भाव थे जिस पर एक सेकंड के लिए रेणुका को तरस भी आया लेकिन ग़ुस्सा फिर से हावी हो गया।

"नहीं लिखा जा रहा है यार, पता नहीं क्या हो गया है। सॉरी!"

चतुर की आवाज़ में इतना पछतावा और अफ़सोस था कि एक पल में रेणुका का सारा क्रोध काफ़ूर हो गया और वो उठकर उसके पास आ गई। उसने चतुर को लिपटाने के लिए बाँहें फैलाईं तो चतुर छोटे बच्चे की तरह उसके गले से लग गया। थोड़ी देर तक दोनों ऐसे ही खड़े रहे और चतुर अपनी पकड़ को ऐसे टाइट करता रहा जैसे उसके जिस्म से पार हो जाना चाहता हो। थोड़ी देर में रेणुका को लगा जैसे वो सुबक रहा है। उसने उसको ख़ुद से अलग किया और उसका चेहरा देखा। चतुर की आँखों में आँसू थे जो एक आँख से गाल पर बह आए थे। रेणुका को लगा जैसे किसी ने उसके हलक में हाथ डालकर उसका कलेजा काटकर बाहर निकाल लिया हो। उसकी आँखें भी भर आईं। उसने चतुर के गालों और आँखों को पागलों की तरह चूमना शुरू कर दिया। घर एक ठहरा हुआ समंदर था जिसमें एक तूफ़ान आ गया था। ऊँची लहरों की तरह थोड़ी देर

पहले उगा ग़ुस्सा दूर-दूर तक कहीं नहीं था और हर तरफ़ सिर्फ़ प्यार की सीपियाँ थीं जिनमें परवाह के मोती उग रहे थे।

"ठीक हो जाएगा सब।" वो लगातार उसका माथा और उसके बाल सहला रही थी।

"लिख ही नहीं पा रहे यार, अजीब हो गया है मन। जितना लिखे हैं सब अजीब वाहियात-सा बन रहा है। लगता है अब लिख ही नहीं पाएँगे।" चतुर की आवाज़ में टूटन थी जो रेणुका का कलेजा चीर रही थी। वो उसे ऐसे ख़ुद से लिपटा रही थी कि उसका बस चलता तो वो उसे पिघलाकर अपने भीतर समो लेती।

एक पैंतीस साल का, अख़बार में काम करने वाला आदमी लिख नहीं पाने की वजह से अपने फ़्लैट में रो रहा था और उसकी पत्नी उसे सांत्वना दे रही थी कि वो चिंता न करे, वो जल्दी ही लिखने लगेगा। ये एक ऐसा दृश्य था जिसकी वजह, आधी से ज़्यादा दुनिया के लिए अबूझ थी तो वहीं जिसका दर्द लगभग पूरी दुनिया के लिए अजनबी था।

चतुर को लेकर रेणुका बेड पर आ गई थी जहाँ वो एक छोटे बच्चे की तरह उसके सीने से लिपटकर लेटा हुआ था। उसका रेणुका से लिपटना देखकर लग रहा था कि अब उसे न लिखना है, न खाना है न पीना है, उसे सिर्फ़ इस जगह में छिपे रहना है जो अक्सर उसकी आरामगाह होती है लेकिन ऐसे कमज़ोर पलों में उसकी सुरक्षित खोह भी होती है। रेणुका का हाथ माथे पर फिरने से धीरे-धीरे उसकी आँखें बंद हो रही थीं।

रेणुका की आँखें खुली हुई थीं और उनमें ज़माने भर की चिंता सिमट आई थी।

देशभक्ति अर्थात शातिर अपराधियों की शरणस्थली

चतुर ऑफ़िस पहुँचा तो कोटला मुबारकपुर वाले माइनर रेप केस में बहुत सारे अपडेट्स थे। सत्ताधारी विधायक जिसके ख़िलाफ़ कई सबूत और लड़की के घरवालों के बयान थे, अचानक से पीड़ित नज़र आने लगा था। उसे बचाने के लिए उसके समर्थकों ने 'हमारा विधायक निर्दोष है' के नारे के साथ धरने दिए थे और तिरंगा यात्रा निकाली थी। यात्रा में तिरंगे झंडे के साथ 'भारत माता की जय' के नारे लगाए गए थे और विधायक द्वारा जनता हितार्थ किए गए कामों का बखान किया गया था। उसके अख़बार ने बाक़ायदा इसकी कवरेज की थी और विधायक समर्थकों के बयान को प्रमुखता से छापा था। चतुर ने अपने कलीग से इसके बारे में बात की तो उसने कहा कि संपादक जी का सीधा आदेश था कि सारी बातों को फ़ोकस में छापा जाए। वह संपादक से बात करने गया जिससे बनारस जाने से पहले उसकी देश में बढ़ते जा रहे महिला अपराधों पर काफ़ी चर्चा हुई थी। संपादक का कहना था कि अख़बार का काम है बिना किसी नतीजे पर पहुँचे जो हो रहा है उसकी ख़बर जनता तक पहुँचाना।

"चाहे इसकी आड़ में अपराधी सबूत मिटाने का काम कर रहे हों?" उसका अंदाज़ तल्ख़ था जो बाक़ी पत्रकारों के लिए मुश्किल था लेकिन चतुर संपादक से बराबरी में बात कर लेता था। संपादक उसकी बातों को तवज्जो देता था और उसकी साहित्यिक सक्रियता की वजह से उसको अच्छा स्पेस देता था।

चतुर को उसी दिन पता चला कि किसी सीनियर का दिया हुआ स्पेस दरअसल स्पेस में कहीं नहीं होता। वो सिर्फ़ सीनियर के दिमाग़ में होता है जहाँ से वो जब चाहे उसे साफ़ कर सकता है।

"हम लोग रिपोर्टिंग करने बैठे हैं, न्याय करने के लिए दूसरी इंस्टीट्युशंस हैं। बेहतर होगा सही, ग़लत पे माथा फोड़ने वाले अपने लेखक को घर छोड़ के यहाँ पत्रकार को लेकर आओ।" संपादक ने

पहली बार उससे इस तल्ख़ लहजे में बात की थी। वो लौट आया। उसने अपने दिमाग़ को समझाने की पूरी कोशिश की कि इस मामले को वो वैसे ही देख सके जैसे उसका अख़बार और बाक़ी के मीडिया संस्थान देख रहे हैं। सबने विधायक के बयान को प्रमुखता से छापा और प्रसारित किया था कि उसे खानदानी रंजिश के चलते फँसाया जा रहा है क्योंकि उसने अपने क्षेत्र में इतना काम किया है कि विरोधी घबरा गए हैं। उसने दूसरे एंगल से भी पूरे मामले को देखने की पूरी कोशिश की लेकिन जो रिपोर्टिंग उसने शुरू में की थी, वो उसके दिमाग़ पर भारी पड़ रही थी।

कुछेक दिन तक सरगर्मियाँ रहीं, फिर धीरे-धीरे जनता इसे भूल गई और विधायक ज़मानत पर बाहर निकल आया और फिर से अपने क्षेत्र में, इस बार और तेज़ी से, विकास कार्यों में लग गया। उसे सिर्फ़ एक ख़लिश अंदर तक कचोटती रही कि एक अपराधी, चलो मान लो वो बाद में बेदाग़ निकले लेकिन फ़िलहाल तो उस पर ऐसा जघन्य आरोप है, जिसके ख़िलाफ़ पर्याप्त सबूत हैं, उसे बचाने के लिए राष्ट्रीय ध्वज का इस्तेमाल किया गया और देश में कहीं किसी ने चूँ तक नहीं की। आहत होने वाली संस्थाएँ और लोग जो हर हफ़्ते किसी-न-किसी राष्ट्र विरोधी या संस्कृति विरोधी बात पर आहत हुआ करते थे, न जाने कहाँ मर बिला गए थे।

ऑफ़िस में अक्सर ऐसा माहौल बनने लगा था। कुछेक बार दूसरे पत्रकारों ने भी ख़बरों की कवरेज को लेकर संपादक से बात की और कहा कि हम पहले भी सरकारी विज्ञापनों की वजह से बहुत सारी ख़बरें मैनिपुलेट करते थे लेकिन कम-से-कम ऐसा तो न हो कि कोई ख़बर लगाने के बाद ख़ुद को ही नींद न आए। संपादक ने सभी पत्रकारों को एक दिन साफ़ शब्दों में कहा कि जिसे नौकरी छोड़कर जाना हो वो दो महीने की जगह एक महीने या पंद्रह दिन का भी नोटिस देगा तो चलेगा। धीरे-धीरे डेस्क पर होने वाली आवाज़ डेस्क पर ही सिमटने लगी।

कलीग के साथ बैठा चतुर एक शाम घर जाने से पहले बार में शराब पी रहा था। कलीग ने उसे बहुत समझाया कि इतना सोचने से आज की

डेट में अख़बार की नौकरी नहीं की जा सकती। चतुर के अंदर का लेखक लेकिन इस माहौल में सहज नहीं रहने दे रहा था। आख़िर-कार कलीग भड़क गया।

"तो क्या करेगा तू? दो किताबें क्या छप गईं, एक-दो पुरस्कार मिल गए तो अपने आप को भारत भाग्य विधाता समझने लगा चूतिये? नौकरी कर रहा है न, करनी है तो कर वरना छोड़ दे। जितनी सैलरी पे तू कर रहा है उससे आधी पे तेरे से यंग बेरोज़गार लड़के काम करने को लाइन लगाए तैयार बैठे हैं, वो भी आँखें मूँद के हर आदेश का पालन करने वाले। यार सीधी बात है, तेरी अपनी क्या राय है, तुझे क्या सही क्या ग़लत लगता है उसके लिए तू कहानियाँ लिखता है न? लिख आराम से। यहाँ जो बोला जाता है उतना कर और घर जा। तू मेरा सोच, मैं तो अपनी भड़ास निकालने के लिए कहानियाँ भी नहीं लिख सकता क्योंकि मुझे आता ही नहीं है। अपनी औक़ात मत भूल मेरे भाई, सोचता-सोचता मर जाएगा और उखड़ेगा कुछ नहीं। समझा?"

चतुर को कलीग की बात सुनकर अच्छा लगा। वो एकदम नंगा सच बोल रहा था। चतुर देर तक पीता रहा। हाफ़ ख़त्म होने के बाद उसने ज़िद करके एक हाफ़ और मँगवा ली थी जिसमें से एक पेग पीने के बाद कलीग ने रुख़सती की माफ़ी माँग ली। चतुर देर तक बैठा अकेला पीता रहा और सोचता रहा वो कौन है और वो क्या-क्या कर सकता है। शराब की मात्रा जैसे-जैसे शरीर में बढ़ रही थी, उसे लग रहा था वो कोई नहीं है और कुछ नहीं कर सकता। उसने संपादक को पीटने से लेकर नौकरी छोड़ने तक के बारे में सोचा लेकिन सभी विकल्प बेहद बचकाने थे। कोई विकल्प जिसे समझदारी भरा कहा जा सके, दूर-दूर तक नहीं था।

पहली बार उसे अपनी हैसियत के बारे में ऐसा बोध हुआ था जो आज तक इससे पहले कभी नहीं हुआ था। उसने कलीग की बातों की गाँठ बाँधी और निश्चय किया कि उसे अपना ग़ुस्सा निकालने के लिए कहानियों की ही शरण लेनी पड़ेगी। नौकरी में उसके हाथ इतने बँधे हैं कि वो कुछ नहीं

कर सकता।

ये ख़याल आते ही उसे याद आया कि पिछले कई साल से उसने कोई कहानी पूरी नहीं की। वो घर जाने के लिए उठ गया। अब अधूरी कहानियाँ दर्द देने लगी थीं। उसे एक ही काम आता था, एक ही काम में ख़ुशी मिलती थी और वो ही उससे नहीं हो पा रहा है, कितने अफ़सोस की बात है। अब वो अफ़सोस नहीं करेगा। अब वो कोशिश करेगा। और तब तक करता रहेगा जब तक वापस पहले जैसी एक शानदार कहानी नहीं लिख देता जिसे पढ़ने के बाद पाठक और आलोचक एक स्वर में कहें कि ये कहानी ही ऐसी है जिसके लिए लेखक चतुर्भुज शास्त्री को सालों का गैप लेना ज़रूरी था।

बरसों बाद वह कोई काम बीच में छोड़कर उठा ताकि घर जाकर एक कहानी लिख सके।

प्रेमिका का पेट रहने के लिए सबसे अच्छी जगह है

"मैं मोटी होती जा रही हूँ।"

रेणुका ने उसकी तरफ़ करवट लेते हुए कहा। उसके चेहरे पर हल्की मुस्कराहट आ गई। शुरू में रेणुका इतनी दुबली थी कि थोड़ी मोटी होने पर पहले से भी सुंदर लगने लगी है। चतुर को अच्छा लगता था लेकिन रेणुका शादी के पाँच सालों में अपनी देह में आए बदलाव से नाख़ुश थी। दूसरे अपनी नौकरी से भी धीरे-धीरे ऊब रही थी। कई राज्यों में असिस्टेंट प्रोफ़ेसर के साक्षात्कार अच्छे होने के बावजूद उसका चयन अब तक नहीं हो पाया था और वो अब तक एडहॉक पर ही पढ़ा रही थी।

चतुर ने एकाध बार बच्चों की प्लानिंग पर बात करते हुए उससे कहा था कि उन दोनों को एक ही बच्चा करना है तो वो अब कर लेना चाहिए क्योंकि उसकी उम्र पैंतीस हो गई है। रेणुका ने जवाब में यही कहा था कि

बच्चा माँ को पैदा करना होता है और उसके पास अभी काफ़ी टाइम है। चतुर ने फिर दुबारा बच्चों की बात गंभीरता से तो नहीं कही लेकिन रेणुका जब अपने बढ़ते वज़न पर चिंता जताती, वो घुमा-फिराकर बच्चे की बात पर उसकी फिरकी ले लेता।

"थोड़ी मोटी तो हो गई हो।" उसने मुस्कराते हुए ही कहा।

"थोड़ी नहीं, आंटी लगने लगी हूँ। नीचे एक टीनेज लड़के ने मुझे आंटी बोला भी।" रेणुका ने अपने पेट की एक्स्ट्रा चर्बी को हाथ से पकड़ते हुए कहा। चतुर अपने चेहरे को थोड़ा पीछे करके उसे ग़ौर से देखने लगा जैसे कुछ सूक्ष्म चीज़ देख रहा हो।

"क्या देख रहे हो?" रेणुका उसके चेहरे के भावों से समझ गई कि वो कुछ चुटकी लेने वाली बात बोलने वाला है। उसकी हर मुस्कराहट, चेहरे की हर रेखा का उतार-चढ़ाव वो अच्छी तरह समझ चुकी थी।

"आंटी नहीं माँ लग रही हो उस बच्चे की जो अभी पैदा होने वाला है। आओ इसके बारे में चर्चा करें।" चतुर ने शरारती मुस्कान से कहा और उसे बाँहों में भर लिया। वो छुड़ाने के लिए कसमसाने लगी।

"फ़ालतू बात मत करो, देखो ना पेट तो पेट, बाँहें कितनी मोटी हो गई हैं।" उसने अपनी बाँह को देखते हुए अफ़सोसनाक आवाज़ में कहा। चतुर अब गंभीर हो गया। रेणुका सचमुच उदास थी। वह थोड़ा नीचे सरका और रेणुका को उसकी कमर से लपेट लिया। उसका चेहरा रेणुका के पेट पर था जिसमें वाकई चर्बी थोड़ी-सी बढ़ गई थी। उसने पेट को चूमा तो वो सिहर उठी।

"कितना गुलगुला और प्यारा है तुम्हारा पेट। मन करता है इसमें घुस जाएँ। इसमें चेहरा घुसा के सोने पे बड़ी मस्त नींद आती है। इतना मुलायम है, मन करता है काट लें।" उसने मुश्किल से ख़ुद को काटने से रोका लेकिन हल्के दाँत गड़ गए।

"क्या कर रहे हो बे?" उसने नशीली आवाज़ में पूछा।

"क्या कर रहे हैं। प्यार कर रहे हैं और क्या। तुम कितना अबे-तबे

बोलने लगी हो?" चतुर ने झूठी नाराज़गी दिखाई।

"तुम्हारी बुरी संगत का असर है। मैं तो राँची की एक शरीफ़ लड़की थी, तुम्हीं गाली-गलौज वाले हो।" रेणुका ने उसे भड़काया। उसने कमर के इर्द-गिर्द बाँहों के घेरे को और कस दिया और पेट पर लगातार चुंबन लेने लगा।

"अच्छा तुम शरीफ़ हो?" उसने चूमते हुए ही पूछा।

"बहुत।" उसने हँसते हुए कहा। "मत करो यार गुदगुदी हो रही।" रेणुका लगातार हँस रही थी।

"तुम शरीफ़ हो तो हम क्या हैं?" उसने चूमते हुए ही पूछा।

"तुम शरीफ़ा हो।" चतुर को भी हँसी आ गई और उसी वक़्त उसने चूमते हुए उसके पेट पर हल्का-सा काट लिया।

"अबे चूतिया हो क्या?" रेणुका ने पहली बार ऐसे सीधे चतुर को गाली दी थी।

शराब की तरह गालियों पर भी दोनों में शुरू में कुछ बातें हुई थीं। चतुर वैसे तो गालियाँ नहीं देता था लेकिन बचपन की आदतों और अपने शहर के गालियों को ग्लैमराइज़ करने के संस्कार की वजह से बचपन के दोस्तों से फोन पे बात करते हुए गालियाँ फ़्लो में निकल जातीं। रेणुका को पहले-पहल बहुत अजीब लगा लेकिन चतुर ने अपनी बात को प्रमाणित करने के लिए उसे अपने शहर-मोहल्ले की ढेर सारी लोककथाएँ सुनाईं और फ़ुर्सत में एक दिन 'काशी का अस्सी' पढ़ने को दे दिया। अब रेणुका गालियों के मनोविज्ञान और सामाजिक विज्ञान को समझने के बावजूद उन्हें उनकी तीव्रता से नहीं सामने वाले के उद्देश्य से जज करती थी। अच्छी-बुरी आदतों की अदला-बदली में एक ये भी बदलाव तेज़ी से हो रहा था कि उसके डाँटने और टोकने की वजह से अब चतुर का गालियाँ देना या अपशब्दों का इस्तेमाल करना कम होता जा रहा था, भले वह घनिष्ठ दोस्तों से ही क्यों न बात कर रहा हो। रेणुका का गालियाँ देना थोड़ा सहज हो गया था। इसे पिछले दो सालों में तब-तब और बल मिला

जब-जब वो बनारस गई जहाँ उसकी सास अक्सर बातों में किसी के लिए 'बुजरी, छिनरी, दोगलिन और भोसड़ी' बड़े सहज अंदाज़ से बोलती थीं।

चतुर हैरानी से उसे देख रहा था। उसने उसकी कमर छोड़ दी थी और अब रेणुका भी सीधी बैठ रही थी। दोनों आमने-सामने बैठ गए। चतुर उसे रोबोट की तरह लगातार बिना पलकें झपकाए देख रहा था। वो इंतज़ार कर रही थी कि वो अब हँसेगा, अब हँसेगा, लेकिन चतुर गंभीर होकर उसे देखता रहा। आख़िर-कार उससे रहा नहीं गया तो उसने ही सन्नाटा तोड़ा।

"का हो गयल पंडी जी, बुरा लग गयल का?" उसने बनारसी अंदाज़ को एकदम सटीक कॉपी करते हुए पूछा। चतुर हौले से मुस्कराया।

"ग़ज़ब बोली हो। एकदम सही टोन, एकदम सही कॉन्फ़िडेंस। आज तुम एकदम सच्ची बनारसी हो गई।" चतुर के चेहरे पर फैली हैरानी और ख़ुशी सचमुच जेनुइन थी, ये रेणुका समझती थी। उसके चेहरे पर भी संकोच भरी मुस्कराहट आ गई। उसने हँसते हुए चेहरा एक बार नीचे झुका लिया। जब चेहरा ऊपर उठाया तो चतुर के चेहरे पर जो भाव था, उससे अचानक से रेणुका को उसकी प्लानिंग और आगे की रणनीति समझ में आ गई। एक-दूसरे को इतना समझ जाना कि अगला क्या कहेगा, ये उसके मुँह खोलने से पहले ही सामने वाले को पता चलने लगे तो ज़िंदगी या तो बहुत आसान हो सकती है या फिर बहुत कठिन। चतुर और रेणुका की इसके बीच में चल रही थी जो या तो इस किनारे लगनी थी या फिर उस किनारे।

"मस्त है, अब इस ख़ुशी में एक पार्टी होनी चाहिए आज।" चतुर ने अपना मास्टरस्ट्रोक लगा दिया था जो कम-से-कम उसके लिहाज़ से बहुत अच्छा क़दम था लेकिन उसे पता नहीं चला कि उसके बोलने के ठीक पंद्रह सेकंड पहले रेणुका ये बात जान चुकी है। उसने कुछ नहीं कहा बस उसे चुपचाप घूरती रही।

"और क्या? बड़ी बात है, इसके पहले भी तुम ट्राय की हो लेकिन आज एकदम ऐसे बोली जैसे कोई बनारसी। एक छोटी-मोटी पार्टी तो

बनती है।" चतुर के चेहरे पर अब सारा राज़ खुल चुका था और उसकी जगह एक व्यग्र तलब ने ले ली थी।

"तुम शराब की बात किए बिना कुछ देर नहीं रह सकते?" रेणुका की आवाज़ की चिढ़ से चतुर समझ गया कि उसका ये स्मार्ट मूव इतना भी स्मार्ट नहीं था।

घर में पार्टी का दस्तूर कुछेक महीने पहले बना था जब उसकी शराब की बढ़ती लत को देखते हुए रेणुका ने ये समाधान निकाला था कि वो बाहर से अकेला पीकर नहीं आएगा। अगर पीना इतना ही ज़रूरी है तो वो काम से लौटते हुए अपना क्वार्टर घर ला सकता है और आराम से घर में बैठकर पी सकता है। चतुर ने कुछ समय ऐसे किया और फिर रेणुका को इस बात पर कन्विंस किया कि अकेले बैठ के पीना उसे इतना ख़ाली लगता है कि दो-तीन दिन लगातार पीने के बाद भी चौथे दिन किसी दोस्त या कलीग के साथ बैठकर पीनी पड़ती है, वरना उसे मज़ा नहीं आता। प्यार में कोई कितना करता है, ये सबकी अपनी-अपनी मर्ज़ी और मौज पर होता है, लेकिन रेणुका ने चतुर के साथ बैठना शुरू कर दिया। वो भले एक ही पेग लेती और चतुर के हर पेग के साथ अपने गिलास में पानी बढ़ा लेती। अब चतुर पहले से बेहतर दिख रहा था। कहानी भले ही उसने पिछले पाँच साल में कोई पूरी नहीं की थी लेकिन रेणुका ने ग़ौर किया था, इस प्रयोग के बाद से उसने कई नई कहानियाँ जोश के साथ शुरू की थीं।

पिछले तीन दिनों से चतुर अकेला बैठकर शाम की खुराक ले रहा था और आज उसका मन था कि रेणुका उसका साथ दे। रेणुका का कहना था कि वो जिस हफ़्ते एक दिन का गैप देकर पिएगा, उस हफ़्ते में वो एक बार उसके साथ बैठ सकती है। दोनों अपनी-अपनी शर्तों के साथ अपनी-अपनी रणनीति में लगे थे।

"अरे शराब की बात नहीं है, हम तो ख़ुशी में बोले।" चतुर ने बात सँभालनी चाही। उसके चेहरे पर झेंप छिपाने वाली नाराज़गी आ रही थी जिसे रेणुका बख़ूबी पढ़ रही थी।

"शराब की ही बात है, तुम सोच के बताओ, दस मिनट बिना शराब की बात किए रह सकते हो?" रेणुका ने चिढ़ भरी आवाज़ में पूछा।

"हाँ बिलकुल।" चतुर ने किसी आज्ञाकारी स्टूडेंट की तरह तुरंत जवाब दिया।

"ठीक है, योर टाइम स्टाट्‌र्स नाउ।" रेणुका ने बोला और दीवार घड़ी की ओर देखा। चतुर ने भी उसकी नज़रों का अनुसरण करते हुए घड़ी की ओर देखा। सेकंड की सुई तेज़ी से आगे की ओर बढ़ रही थी जैसे उसे किसी बार में पहुँचना हो। मिनट की सुई ऐसे आगे बढ़ रही थी जैसे भारी नशे में हो। घंटे की तो कोटा पूरा कर लुढ़क चुकी थी जिसे जितना भी हिलाओ, घंटे भर से पहले वो हिलने वाली नहीं थी। चतुर को लगा वाक़ई बात तो रेणुका ने सही ही कही है, वह शराब की भाषा में सोचने लगा है। पता नहीं ये सब कब आदत में शामिल हो गया, वरना वो हमेशा पीते हुए यही सोचता था कि वो कभी किसी आदत का ग़ुलाम नहीं बन सकता। ख़ुशफ़हमियों की जगह लत ने ले ली। अब वो सोच ही नहीं पाता कि शराब जीवन से निकाल दी जाए तो हर रोज़ एक जैसी शाम के होने का इंतज़ार कोई कैसे कर सकता है। सच, उसने कभी सपने में भी नहीं सोचा था कि बनारस में रहने के बावजूद कभी पान भी न खाने वाले विष्णुकांत शास्त्री का बेटा शराबी निकल जाएगा। उसके मन के किसी कोने में ऐसा सोचने पर आनंद की पुलक भी उठती थी। पान भी नहीं खाया तो क्या उखाड़ लिया, जीवन भर सदाचार से जिए लेकिन मन में इस उम्र में भी एक चिढ़ और नफ़रत लेकर जी रहे हैं। ऐसे दोहरे जीवनों से भरी पृथ्वी पर जहाँ दिखावा करने वाले की जयकार होती हो और नफ़रत करने वालों को सरकार चलाने को दी जाती हो, वो कैसे सब कुछ भूलकर नॉर्मल ज़िंदगी जी सकता है। हम कैसे जिन लोगों को अपने बच्चे का गार्जियन तक नहीं बनने दे सकते, उन्हें देश का गार्जियन बना देते हैं। अपना धर्म, अपनी जात में उलझे इस वक़्त में कहीं कोई सुकून नहीं है। एक शराब ही है जो कुछ समय के लिए इन सबसे दूर एक ब्लैक होल में ले जाती है जहाँ झूठा ही

सही, थोड़ी देर का सुकून तो मिलता है।

"क्या ?" अचानक रेणुका की आवाज़ से उसका ध्यान टूटा।

"क्या ?" उसने सवाल के बदले में सवाल किया।

"मतलब और कोई सब्जेक्ट ही नहीं बचा बात करने को ? एकदम सन्न मारकर बैठे हो ?" चतुर समझ चुका था कि रेणुका शराब के बारे में बोल तो सही रही थी लेकिन उसे सही साबित नहीं होने देना है। वो मुस्कराने लगा।

"बस आज सोच रहे डिनर हम बनाएँ।" चतुर ने बात को एकदम पलट देने की ग़रज़ से कहा। इसमें ये भी शामिल था कि दस मिनट का समय जल्दी कट जाए क्योंकि सोच में बचपन तक घूम आने के बाद भी सिर्फ़ एक मिनट बीता था। रेणुका ने चेहरे से ख़ुशी ज़ाहिर की और उठकर बाथरूम चली गई। चतुर किचन में चला गया।

रेणुका जैसे ही बाथरूम से निकली, किचन से 'आह' की आवाज़ आई। वह दौड़ के पहुँची तो चतुर सीधे हाथ की एक उँगली पकड़े खड़ा था। उससे टप-टप करके ख़ून बह रहा था। उसने जल्दी से चतुर का हाथ सिंक में नल के नीचे रखा और नल चला दिया। ख़ून धुलने लगा लेकिन रुका नहीं। चतुर ने उँगली मुँह में डाल ली और ख़ून चूसने लगा। रेणुका दूसरे कमरे में जाने लगी।

"मेडिकल बॉक्स लाती हूँ, दबा के रखो।"

"स्पिरिट लाओ तो धुल देते हैं, सही हो जाएगा।" चतुर ने पीछे से आवाज़ लगाई।

"डेटॉल ख़त्म हो गया है, पट्टी बाँध दूँगी रुको।" रेणुका बाहर निकल चुकी थी।

"अरे पट्टी से दिक़्क़त हो जाती है बाद में।" चतुर किचन के दरवाज़े पर आता हुआ बोला। रेणुका तब तक दूसरे कमरे में पहुँच चुकी थी।

"कोई दिक़्क़त नहीं होगी। कॉटन लगा दूँगी।" रेणुका हाथ में मेडिकल बॉक्स लिए आ रही थी।

"अरे एल्कोहल से धुल जाएगा सही हो जाएगा। जो ओल्ड मॉन्क वाली बोतल छिपाई थी निकाल लाओ।"

चतुर की बात सुनकर रेणुका के क़दम दरवाज़े पर ही रुक गए। उसकी नज़र दीवार घड़ी पर पड़ी। चतुर की नज़र भी अपने आप उधर मुड़ गई। कुल जमा सात मिनट बीते थे। रेणुका के चेहरे पर ग़ुस्से की लहर आई जिससे चतुर सहम गया। ग़ुस्से के साथ ही उसे धो देने वाला एक हँसी का ज्वार भी अंदर से उठा था जो चेहरे पर पहुँचा तो रेणुका के न चाहते हुए भी होंठों, आँखों सब जगह फैल गया। वो खिलखिलाकर हँसने लगी। इस बात पर वह बहुत दुखी थी लेकिन इस पल उसे इतनी हँसी आ रही थी कि उसका अट्टहास देखकर चतुर झेंप-सा गया। उसका झेंपा हुआ चेहरा देखकर उसकी हँसी और तेज़ हो गई। वह चतुर के पास आई और उसकी उँगली पर कोई क्रीम लगाने लगी। चतुर चुपचाप क्रीम लगवाने लगा।

रेणुका ने ध्यान से उँगली पर क्रीम लगाई और हँसी को किसी तरह कंट्रोल किया। चतुर चुप था। क्रीम लगाकर रेणुका ने जैसे ही उसके सकपकाए चेहरे की ओर देखा, एक बार फिर ज़ोर से हँसने लगी। इस बार खिसियानी हँसी हँसता हुआ चतुर भी उसमें शामिल हो गया। उसने चतुर को गले से लगा लिया।

दोनों साथ में हँसते रहे। रेणुका उसे गले पर चूमने लगी।

"तुम्हारे साथ मेरी ज़िंदगी इतनी ख़ूबसूरत बीत रही है न, और कुछ नहीं चाहिए। बस ऐसे ही हमेशा प्यार करते रहना।" उसने भीगी आवाज़ में कहा। चतुर भावुक हो गया।

"हमको भी और कुछ नहीं चाहिए जान, तुम्हारे आने से सब सही है।" चतुर और कस के उससे लिपट गया।

"बस तुम लिखना शुरू कर देते ना फिर से तो हमारी ज़िंदगी एकदम परफ़ेक्ट हो जाती।" ये बात चतुर को ऐसी जगह लगी जहाँ सबसे ज़्यादा दर्द होता था। रेणुका की कमर पर उसका शिकंजा ढीला हो गया। रेणुका

समझ गई, उसने और ज़ोर से चतुर को ख़ुद से लिपटा लिया और उसकी पीठ हल्के-हल्के थपथपाने लगी जैसे किसी हारे हुए खिलाड़ी को सांत्वना दे रही हो कि चिंता की कोई बात नहीं, वो अगला मैच ज़रूर जीतेगा।

चतुर ने दोनों हाथ नीचे लटका लिए थे और एक ज़िंदा लाश की तरह खड़ा हो गया था। साथ ही वो रेणुका की पकड़ से छूटने के लिए भी कसमसा रहा था। रेणुका उतनी ही ज़ोर से उसे पकड़े हुए थी।

"छोड़ो तो यार बाथरूम जाना है।" चतुर ने चिढ़ी आवाज़ में कहा। रेणुका ने पकड़ ढीली की। चतुर बिना उसकी तरफ़ देखे बाथरूम चला गया।

बाथरूम में उसने अपने चेहरे पर पानी के छींटे मारे। शीशे में अपना अक्स देखा। उसकी उदासी इतनी गहरी थी कि चेहरे पर दिखाई दे रही थी। उसकी आँखें भरी हुई थीं, जो देखना उसे बेहद ख़राब लग रहा था। वो जल्दी-जल्दी अपने चेहरे पर पानी के छींटे मारने लगा।

उदासी पानी से ज़रा भी नहीं धुल रही थी।

सोचता-सोचता मर जाएगा और उखड़ेगा कुछ नहीं

"आपको क्या लगता है सरकार रहेगी या जाएगी सर ?"

इंटर्न ने चतुर से पूछा जो आईआईएमसी से पत्रकारिता की पढ़ाई कर इस अख़बार में आया था और बाक़ियों की तुलना में मेहनती था। समसामयिक मुद्दों पर उसकी पकड़ अच्छी थी और वह चतुर को उसकी कहानियों के माध्यम से पहले से जानता था।

"फिर सर ?" चतुर ने उसे घूरकर देखा।

"अरे सर आपका औरा ऐसा है कि नाम से पुकारने में फटती है। आपकी कहानियाँ पढ़ के लगता था कि आपसे कभी मिलूँगा तो क्या बोलूँगा कि आप एक बार में इम्प्रेस हो जाएँ।"

"घंटा औरा है। फटी पड़ी है यहाँ।"

"सर, फटी तो सबकी पड़ी है लेकिन आपने जवाब नहीं दिया।"

चतुर हँसने लगा। इंटर्न के साथ उसकी अच्छी बनने लगी थी। वो उसे हर बार सर कहता था और वो हर बार उसे टोकता था। दोनों में दोस्ती का यही पैटर्न हो गया था जिसका दोनों मज़ा लेते थे।

"तुम्हें क्या लगता है, धर्म की राजनीति हमने पहले भी देखी है, लोगों को उसके चक्कर में ब्रेनवॉश होते भी देखा है लेकिन ये वही जनता है, जब टेकन फ़ॉर ग्रांटेड ली जाती है तो कुर्सी से गिरा देती है। इस बार मुश्किल है।" चतुर आगामी लोकसभा चुनाव के मद्‌देनज़र एक विशेष पेज का इंचार्ज बना दिया गया था जिसमें इंटर्न उसका सहयोगी था।

"लेकिन मेरा ऑब्ज़र्वेशन कह रहा है सर पार्टी वापस आ रही है। जनता ने मूड बना लिया है।" इंटर्न ने कहा।

"नोटबंदी के बाद से देश में जैसा माहौल है उसमें मुमकिन नहीं, छोटे-मोटे धंधे जो बचे थे वो जीएसटी की वजह से चौपट हो गए। मुश्किल है दुबारा आना।"

"सर नोटबंदी के बाद से ही यूपी में बनी है सरकार, क्या कहते हैं?" इंटर्न ने चौका मार दिया।

"यूपी में जाहिल ज़्यादा हैं छोटे, और फिर लगातार दो ही पार्टियों को बारी-बारी मौक़ा दे के जनता भी बोर हो गई थी। नोट कर लो मेरी बात, पत्रकारिता का दस साल का अनुभव बता रहा है कि सरकार दुबारा नहीं आएगी।" चतुर ने कन्विक्शन के साथ कहा।

"मैं आपकी तरह कॉन्फ़िडेंस से तो नहीं कह सकता लेकिन मेरा अंदाज़ा है जनता एक और मौक़ा देने के मूड में है।"

"चलो देखते हैं।" चतुर ने एक जूनियर की स्टोरी में सुधार करते हुए कहा।

"सर कोई कहानी नहीं लिख रहे?" इंटर्न ने बात बदली। चतुर का अंदाज़ बदल गया।

"टाइम कहाँ मिल रहा है यार, काम-धाम नौकरी-चाकरी के बाद थोड़ा समय मिलता है तो वो बीवी को देना पड़ता है, लिखूँगा, कुछ कहानियाँ अधूरी पड़ी हैं, उन्हीं को वक़्त निकाल के पूरी करूँगा।" चतुर ने ख़ुद का हौसला बाँधा।

"आप जैसे राइटर को तो सरकार को ख़ुद शहर से बाहर एक फ़्लैट देकर बसा देना चाहिए कि जा भई तू लिख, महीने के राशन का इंतज़ाम मेरा।" इंटर्न ने मज़ाक़ किया। चतुर मुस्कराया।

"सपने मत दिखा छोटे, काम कर।" इंटर्न भी सीनियर की बात सुनकर अपने सिस्टम पर जुट गया।

ऑफ़िस से निकलकर चतुर का घर जाने का मन नहीं हुआ। वो सड़कों पर यूँ ही टहलता रहा। आधे घंटे तक बेमक़सद टहलने और ये सोचने के बाद कि आज चाहे जो हो जाए, वो बार के अंदर क़दम नहीं रखेगा, वो एक सस्ते बार के सामने पहुँच गया। उसे लगा वो अपनी बुरी आदतों का ग़ुलाम हो गया है और अब चाहे जो हो जाए, इनसे कभी छूट नहीं सकता। उसे लगा शराब की महक अब हर शाम उसके लिए इतनी ज़रूरी हो गई है कि इसके बिना वो एक सामान्य ज़िंदगी की कल्पना भी नहीं कर सकता। उसने सोचा आज उसने रेणुका की क़सम खाई है कि चाहे जो हो जाए, पीकर घर नहीं पहुँचेगा लेकिन ये महक... उफ़! ये महक जो उसकी कमज़ोरी बन गई है, उसका थोड़ी देर लुत्फ़ लेने में बुराई नहीं। वह बार के अंदर चला गया। उसने सोचा था सिर्फ़ पाँच मिनट बैठकर कुछ भी ऑर्डर देने से पहले अंदर के माहौल को आँखों और नाक में भरेगा, फिर अचानक किसी का फोन आने का बहाना कर मोबाइल पर बात करता बाहर आ जाएगा। हाँ, ये ठीक रहेगा। रेणुका की क़सम भी नहीं टूटेगी और उसकी नाक को कुछ राहत भी मिल जाएगी।

वह अंदर आकर बैठा और चारों ओर का माहौल देखने लगा। हर तरफ़ रौनक थी। हर मेज़ पर रंग-बिरंगी कहानियाँ थीं, कहीं टूटे सपने तो कहीं आने वाली उम्मीदें, कहीं धोखे से चोट खाया मन भीग रहा था तो

कहीं किसी सफलता का जश्न। चतुर के चेहरे पर मुस्कराहट आ गई। ये सोचकर कि वो कितना बड़ा बेवड़ा हो गया है कि भले आज उसे ख़ुद नहीं पीना, दूसरे पियक्कड़ों की ख़ुशी में उसे ख़ुशी मिल रही है। ऐसा ही कुछ हो जाता कि वो कहानियों का भी इतने नशे के साथ पीछा करने लगता तो वो कहानियाँ जिन्हें वो जन्म नहीं दे पा रहा है, बाहर निकल आतीं। ऐसा क्या हो गया है उसके साथ कि उसके अंदर से हर ख़ुशनुमा इच्छा और कुछ करने का जोश ख़त्म होता जा रहा है। वो सब कुछ समझते हुए भी इसे नियंत्रित नहीं कर पा रहा है। ख़ैर, अब उठकर चलना चाहिए नहीं तो उसका दिमाग़ उसे इस बात पर कन्विंस कर देगा कि एकाध पेग पीने में कोई बुराई नहीं है।

वो उठने ही वाला था कि वेटर उसकी टेबल पर बियर का भरा एक मग रख गया। वो जैसे ही पलटने लगा, चतुर ने उसे आवाज़ दी।

"हेलो! मैंने नहीं मँगाया।" इसी के साथ उसने अपना मोबाइल निकालकर उसकी स्क्रीन देखने का नाटक किया जैसे साइलेंट किए उसके फोन पर कोई ज़रूरी फोन आ रहा हो।

"मेरी कॉल आ रही है, हेल्लो, शायद मुझे निकलना पड़े। हाँ बोलो, शास्त्री बोल रहा हूँ।" उसने फोन पर झूठमूठ की बात की। वेटर ने मुस्कराकर इशारा किया। एक टेबल पर अजीब-सा आदमी बैठा था। उसने ठीक-ठाक ठंड में सिर्फ़ एक हाफ़ सदरी और एक तहमद लपेट रखी थी। उसकी दाढ़ी-मूँछें झक्क सफ़ेद थीं। उसके बाल खिचड़ी थे और उसने कंधे पर एक गमछा रख दूसरा माथे पर लपेट रखा था। गमछे के सामने वाले हिस्से में उसने एक मोर का पंख खोंस रखा था जो उस माहौल में उसे अजायबघर से भागा दिखा रहा था। लेकिन उसे इसकी कोई परवाह नहीं थी और वो अपनी जगह बैठा लगातार मुस्करा रहा था।

"उनकी तरफ़ से है।" वेटर बोलकर चला गया। चतुर थोड़ी देर उस अजीब आदमी की तरफ़ देखता रहा, उस आदमी ने वहीं से चतुर को देखकर अँगूठा ऊपर उठाया। चतुर को लगा जैसे उसने उस आदमी को

कहीं देखा है लेकिन कहाँ, उसे याद नहीं आया। उसने बियर मग मुँह से लगाया और पीने लगा। बियर की धार उसके अंदर ऐसे गिर रही थी जैसे किसी अकाल पड़ी ज़मीन पर तब पानी बरस रहा हो जब ज़मीन हर उम्मीद छोड़ चुकी हो।

एक मग ख़ाली करते ही दूसरा मग उसके सामने आ गया। दूसरा मग ख़त्म करके उसने पीछे वाली टेबल पर देखा ताकि उस आदमी का शुक्रिया कह सके लेकिन वो वहाँ नहीं था। वो अपने दिमाग़ पर ज़ोर देता हुआ बाहर निकल गया।

रेणुका सब्ज़ी बनाकर पिछले दो घंटे से चतुर का इंतज़ार कर रही थी कि वो आ जाए तो रोटियाँ बनाए ताकि दोनों साथ बैठकर गरम-गरम खा सकें। रास्ते से दो पैकेट दूध, हरी मिर्च, अदरक और हाजमोला लाने के लिए वो उसे व्हॉट्सएप पर मैसेज भेज चुकी थी लेकिन चतुर का कोई जवाब नहीं आया था। उसने दो बार चतुर को फोन किया था लेकिन उसने फ़ोन उठाया नहीं था। उसके मन में एक डर था कि कहीं आज भी वो पीकर न आ जाए लेकिन उसे ये भी यक़ीन था कि आज तक उसने उसकी क़सम को नहीं तोड़ा तो चाहे जो हो जाए, आज भी नहीं तोड़ेगा। जब चतुर ने तीसरी बार भी उसका फोन नहीं उठाया तो उसके अंदर एक विरक्त उदासी फैलने लगी। उसने चतुर से छिपाया हुआ वोडका का एक क्वार्टर निकाला और मुँह लगाकर गटागट पी गई। पूरी बोतल ख़त्म करने से पहले उसे एक ज़ोर की डकार और साथ ही एक लंबी उबकाई आई। वो दौड़ के बेसिन पर गई और उलटी करने लगी।

चतुर के बदलते चेहरे से उसे अंदर-ही-अंदर डर लगने लगा था लेकिन सामने से वो ऐसे ज़ाहिर करती थी कि ये ऐसे बदलाव हैं जिन्हें थोड़े अनुशासन, थोड़ी सावधानी से सँभाला जा सकता है। अंदर से उसे लगता था कि चतुर जिस रास्ते पर जा रहा है वहाँ से वापसी का कोई रोडमैप नहीं है और ये बात सोचते ही वह सिहर उठती थी।

खाने की टेबल पर रेणुका को समझ आया कि चतुर इतना दूर-दूर

और चुप क्यों है। उसने शराब नहीं पी लेकिन बियर पी है और उसकी महक को उड़ाने के लिए पान और रजनीगंधा भी खाया है। रेणुका ने इस मुद्दे को नहीं छेड़ा क्योंकि वो जानती थी कि इसके बाद चतुर पहले ये साबित करने में लग जाएगा कि बियर शराब नहीं होती और बहस ज़्यादा बढ़ जाएगी तो नाराज़ होकर चुपचाप बेडरूम में जाकर सो जाएगा। चतुर ने जब एक रोटी खा ली और उसे लगा कि रेणुका ने उसका झूठ नहीं पकड़ा तो वो थोड़ा सामान्य हो गया। उसकी भंगिमा देखकर रेणुका को भी ठीक लगा। वो सामान्य भाव से रोटियाँ परोसने लगी। चतुर को एक पल को लगा जैसे आस-पास से कहीं वोडका की महक आई है लेकिन उसके मन में पहले से चोर था इसलिए उसने सीधे रेणुका के चेहरे की ओर नहीं देखा। वह खाते हुए उसे बीच-बीच में कनखियों से देखता रहा।

अचानक टेबल पर एक तरफ़ रखा फोन बजा। चतुर चुपचाप खाता रहा। रेणुका ने थोड़ी देर इंतज़ार किया कि चतुर अपना मोबाइल उठाएगा लेकिन उसने ऐसा कोई उपक्रम नहीं किया तो उसने हाथ बढ़ाकर फोन उठाया। कमलेश जी का फोन था। रेणुका ने चतुर के सामने स्क्रीन करके दिखाया और फिर उसकी ओर मोबाइल बढ़ाया ताकि वो फोन रिसीव करे। कमलेश जी का फोन वह बाथरूम से भी उठा लिया करता था। एक वही थे जिनसे बात करते हुए उसकी आवाज़ का उत्साह वापस आता दिखाई देता था। चतुर ने खाते हुए ही उसे इशारा किया कि वो फोन रिसीव ना करे। रेणुका को आश्चर्य हुआ, उसने माथा सिकोड़ के चतुर को आँखों से डाँटा और फोन रिसीव करने के लिए फिर से आगे बढ़ाया। इस बार चतुर ने मोबाइल थाम लिया। उसने कॉल को साइलेंट किया और वापस टेबल पर रख दिया। रेणुका उसे हैरानी से देख रही थी। चतुर के चेहरे पर ऐसी तल्लीनता थी जैसे आज से बढ़िया खाना उसे कभी खाने को न मिला हो।

अभी उनकी शादी की सालगिरह दूर थी लेकिन आज के दिन को रेणुका सालगिरह से कम ज़रूरी नहीं समझती थी। आज के दिन ही उसने

चतुर को पहली बार कॉल किया था, जब वो अपनी बात पूरी नहीं कर पाई थी और उसने चतुर को चिट्ठी लिखने की बात कही थी।

चतुर ने आराम से खाना ख़त्म किया और थाली में हाथ धोने के बाद चाव से रेणुका के हाथ से बनी मिठाई खाने लगा। रेणुका उसे अब भी ग़ौर से देख रही थी। तभी कमलेश जी का फोन फिर से आने लगा। चतुर ने तुरंत हाथ बढ़ाकर फिर से कॉल साइलेंट की और खाने लगा।

"उठा लो, कमलेश जी हैं।" रेणुका ने मनुहार भरे स्वर में कहा।

"अरे हटाओ, बहुत पकाते हैं।" चतुर ने भावहीन स्वर में कहा और दूसरी मिठाई खाने लगा।

पीने में मंटो हो गया हूँ साहब, बस लिखने में होना बचा है

छुट्टी के दिन का चतुर का शेड्यूल ग़ज़ब हो गया था। वो पूरा-पूरा दिन बिस्तर में पड़ा रहता। रेणुका शोर मचाती तो उठ के ब्रश कर लेता। फिर शोर मचाती तो उठ के नाश्ता कर लेता। फिर एक बार हल्ला करती तो लंच करने उठता और फिर कुछ घंटे सोता। रेणुका कहीं घूमने के लिए शाम की प्लानिंग करती तो वो पहले ही अड़ंगा डालने लगता कि वहाँ क्या घूमने लायक़ है, कितनी बार तो गए हैं।

"इंडिया गेट कोई कैसे जा सकता है यार, कितना शोर और कितनी भीड़ होती है वहाँ।"

"तो चलो एसएन घूम के आते हैं, मुझे कुछ टॉप भी लेने हैं।" रेणुका अगला ऑप्शन देती।

"अरे यार ऑनलाइन जितना ऑप्शन मिलेगा तुमको कहाँ किसी मार्किट में मिलेगा और डिस्काउंट भी। मार्किट वाली बारगेनिंग तो तुम्हें आती भी नहीं।" रेणुका विकल्प देती रहती और वो उन्हें काटने के तर्क

देता रहता। रेणुका धीरे-धीरे उसके स्वभाव में आ रहे परिवर्तनों को देख रही थी लेकिन ये समझ पाने में असमर्थ थी कि ऐसा क्यों हो रहा है। सब तरफ़ सब ठीक ही चल रहा है, नौकरी, पर्सनल लाइफ़ वग़ैरह ठीक-ठाक ही है। एक लिखना कम हो गया है इधर लेकिन इतने भर से ऐसे अजीब परिवर्तन कैसे हो सकते हैं, उसकी समझ से परे था।

कुल मिलाकर उसका कहना था कि एक हफ़्ते की मेहनत, कई बार उससे भी ज़्यादा, के बाद एक दिन की छुट्टी मिलती है उसका भरपूर इस्तेमाल आराम करने के लिए करना चाहिए।

"तो चलो कमलेश जी से ही मिल आते हैं। कितनी बार उन्होंने फोन किया, तुमने उठाया नहीं। क्या सोचते होंगे?" रेणुका ने प्रस्ताव दिया।

"कुछ नहीं सोचते वो दोस्त हैं। हम कर लिए बात और बोल भी दिए कि बात करने की इच्छा नहीं थी इसलिए नहीं उठाए फोन।"

"अच्छा! और उन्होंने क्या कहा?" रेणुका ने हैरानी से पूछा।

"कुछ नहीं, बोले सही है जब मन न करे तो बिल्कुल नहीं उठाना चाहिए। वो समझदार आदमी हैं समझते हैं सब।" चतुर ने कहा और दूसरी ओर करवट बदलकर सोने लगा। रेणुका ने चादर खींच दी।

"मैं चेक करती हूँ।" उसने कहा और कमलेश जी का नंबर लगाने लगी। फोन रिसीव हुआ।

"कैसी हो रेणुका, सब ख़ैरियत?" उधर से कमलेश जी की ज़िंदादिल आवाज़ आई।

"सब ठीक है सर, चतुर की आपसे बात हुई क्या इधर?" उसे पूरा विश्वास था कि चतुर झूठ बोल रहा है।

"हाँ, कल रात थोड़ी-सी हुई थी। वो परेशान लग रहा था। सब ठीक है न?" कमलेश जी की आवाज़ में परवाह थी।

"हाँ सर सब ठीक है, आप घर पे हों तो आएँ हम लोग।" रेणुका ने बिना चतुर की ओर देखे प्रस्ताव उछाला। उधर से मंज़ूरी मिल गई।

"हाँ-हाँ आओ, आज फ़्री हूँ घर पे ही रहूँगा।"

रेणुका ने चतुर की ओर देखा जो दोनों हाथों के इशारे से उसे मना करने को कह रहा था और चेहरे पर झल्लाने के निशान थे। रेणुका ने फोन काटकर मोबाइल उसकी ओर फेंक दिया। उसने चेहरे पर उलझन के भाव लिए मोबाइल कैच किया। रेणुका उसे तैयार होने का इशारा कर ख़ुद तैयार होने के लिए चली गई।

चतुर ने एक लंबी साँस भरी और फिर से चादर चेहरे तक खींच ली।

कमलेश जी कॉफ़ी बना रहे थे और रेणुका टहलती हुई उनके किचन में चली गई। उनका किचन बेहद सुरुचिपूर्ण ढंग से सजा हुआ था। चतुर के ऑफ़िस से फोन आया था और वो देर से किसी चुनावी फ़ीचर पर डिस्कशन कर रहा था। उसने मौक़ा पाकर धीमी आवाज़ में कमलेश जी को सब कुछ बताया जो पहले भी एक-दो बार संक्षेप में बता चुकी थी। मामला इतना गंभीर हो गया है, उन्हें भी अभी ही अंदाज़ा हुआ।

"अच्छा, ऐसा है? मुझे तो कहा कि इलेक्शन की वजह से काम ज़्यादा है और दिमाग़ उसी में बिज़ी है।" कमलेश जी ने हैरानी व्यक्त की।

"कुछ ज़्यादा नहीं है, बस उसकी आदतें अजीब होती जा रही हैं। पता नहीं किससे कहूँ, आपसे कहने को भी मना करता है लेकिन आपको बताए बिना रहा नहीं गया।"

रेणुका का लहजा ऐसा था जैसे अपने ससुर या जेठ से अपने पति का दुखड़ा रो रही है और वहाँ से इंसाफ़ मिलने और मामला हल होने की आख़िरी उम्मीद है। कमलेश जी सारी बातें सुनकर थोड़ी चिंता में डूब गए थे। वो जैसे कुछ कहना चाह रहे थे लेकिन टाल रहे थे। तभी चतुर की कॉल डिस्कनेक्ट हुई और उसने वहीं से कमलेश जी को आवाज़ लगाई।

"अरे क्या करने लगे दादा?"

"कॉफ़ी बना रहा हूँ बढ़िया झाग वाली।" कमलेश जी ने आवाज़ ऊँची करके कहा।

"जितना मैं उसे समझती हूँ, वो ख़ुद भी नहीं समझता। बस यही नहीं समझ पा रही हूँ कि वो ऐसा क्यों होता जा रहा है।" रेणुका ने उनकी ओर

देखते हुए कहा। चतुर उधर ही आ रहा था।

"उसे लगता है तुम उसे अब जज करने लगी हो, पूरी तरह समझती नहीं हो।" कमलेश जी ने धीमी आवाज़ में कहा।

"ऐसा उसने कहा आपसे?" उसे हैरानी हुई।

"हाँ, एक बार कुछ महीने पहले। बोलना मत उसे।"

"मैं अगर सही समझती हूँ तो देखिए वो अंदर आकर आपसे पहली बात क्या बोलेगा मैं अभी बता सकती हूँ।" रेणुका कमलेश जी के क़रीब गई और धीमी आवाज़ में फुसफुसाई। इसके बाद वो फुर्ती से बालकनी की तरफ़ चली गई। चतुर उसी समय किचन में घुसा।

उसने देखा रेणुका पानी का गिलास लिए बालकनी की तरफ़ जा रही है। वो इधर-उधर देखता हुआ कमलेश जी के क़रीब आया। कमलेश जी उत्सुकता से उसे देख रहे थे कि रेणुका उसके बारे में कितना सच बोलकर गई है। कमलेश जी के काफ़ी क़रीब आकर उसने एक बार और रेणुका की तरफ़ देखा और आवाज़ को धीमा रखते हुए, ताकि बाहर न जाए, कमलेश जी से बोला।

"इतने बड़े लेखक होकर भी आप समय के नियमों का ध्यान नहीं रखते। अरे ये कोई कॉफ़ी पीने का टाइम है? कोई बोतल-शोतल निकालिए जो आपका चेला कहीं फ़ॉरेन से लेकर आया हो। हद करते हैं।"

कमलेश जी हँसने लगे। उनकी हँसी की आवाज़ तेज़ थी और बालकनी तक जा रही थी। उसने देखा तो रेणुका भी बालकनी से किचन के दरवाज़े पर आ गई थी और मुस्करा रही थी। दोनों एक-दूसरे को देखकर हँस रहे थे और चतुर हैरान था कि क्या हुआ।

"क्या हुआ?" उसके पूछने से कमलेश जी की हँसी और बढ़ गई और अब रेणुका भी हँसने लगी।

"रेणुका तुम्हें बहुत प्यार करती है बनारसी, तुम्हें पता है या नहीं?" उन्होंने हँसते हुए ही कहा।

"हाँ पता है, मैं कौन-सा उसे पंखे में लटकाकर टॉर्चर करता हूँ।"

चतुर ने झेंपकर कहा।

कमलेश जी ने कॉफ़ी फ़िल्टर करके तीन जगह सर्व कर दी थी।

"दूसरा उपन्यास कब लिख रहे हो, चार साल से ऊपर हो गए।" कमलेश जी ने इधर-उधर की बातों के बीच अचानक पूछ लिया। चतुर जो अब तक चुनाव वग़ैरह की चर्चा में आराम से बतिया रहा था, असहज नज़र आने लगा।

"क़ायदे से तो आपको कहानी के बारे में पूछना चाहिए था।" चतुर ने मायूस आवाज़ में कहा।

"वो तो तुम जब चाहे लिख लोगे, उपन्यास के लिए धैर्य चाहिए होता है इसलिए पूछा। है कि नहीं!"

उनकी इस एक लाइन की बात से चतुर के चेहरे पर एक हल्का-सा आत्मविश्वास उगा जिसे रेणुका ने बख़ूबी पढ़ा। अब उसके अंदर ये उम्मीद जाग गई थी कि उसकी आदतों का इलाज कमलेश जी ही सही तरीक़े से कर सकते हैं। वही एक आदमी हैं जो इसे फिर से पुराना चतुर्भुज होने और धुआँधार तरीक़े से लिखना शुरू करने को प्रेरित कर सकते हैं।

"नहीं लिख पा रहा गुरु, कहानियाँ भी मुश्किल हो जा रहीं।" चतुर ने लंबे समय बाद एक भरपूर ईमानदारी से भरा वाक्य कहा जो वो रेणुका से भी नहीं कहता था।

"ये सब सबके साथ होता रहता है बनारसी, हर लेखक के जीवन में ऐसा दौर आता है जब उसे लगता है वो कभी दुबारा मनमाफ़िक नहीं लिख पाएगा। आस-पास से बेज़ार हो जाता है लेकिन ये समझना ज़रूरी है कि ये सब दौर हैं जो आते हैं और चले जाते हैं।" कमलेश जी की बातों का असर चतुर पर होता दिखाई दे रहा था। उसने सहमति में सिर हिलाया। उन्होंने रेणुका के मना करने के बावजूद डिनर बाहर से ऑर्डर कर दिया था। जैसी बातें चल रही थीं, वो चाहती भी थी कि कमलेश जी को चतुर के साथ भरपूर वक़्त मिले।

कमलेश जी काफ़ी देर तक लिखने और न लिखने पर चतुर से बातें

करते रहे। डिनर के दौरान भी यही बातें चलती रहीं। चतुर अब खुलकर अपनी समस्याओं को स्वीकार भी कर रहा था और उन पर बात भी कर रहा था।

"शराब भी यार उतनी ही रखो लाइफ़ में कि उसका मज़ा लेते रहो। शराब तुमसे मज़ा लेने लगे, ये मामला गड़बड़ है। है कि नहीं।" उन्होंने उसे अपना एक दौर बताया जब वो सुबह उठते ही शराब से कुल्ला करते थे, दिन भर पीते थे और रात को बिना खाए सो जाते थे। चतुर को ये नई बात सुन के मज़ा आया।

"तो आप बाहर कैसे निकले इस फ़ेज़ से?"

"उसको एक बार उसके पति के साथ देख लिया कहीं जिसकी वजह से फ़ेज़ शुरू हुआ था। बस ख़त्म हो गया।" कमलेश जी ठठाकर हँसे। चतुर भी हँसने लगा। रेणुका को लग रहा था उसे हर रोज़ चतुर को लेकर यहाँ आना चाहिए। सब कुछ पहले जैसा हो सकता है, और अभी भी कुछ बिगड़ा नहीं है। उसने भी चुटकी ली।

"ये भी जिसकी याद में इतना पीता है उससे एक बार मिलवा दीजिए ढूँढ़ के ताकि इसका भी फ़ेज़ ख़त्म हो।" कमलेश जी हँसने लगे। चतुर झेंप गया। उन्हें रिंकी की याद आई और साथ ही ये भी कि एक बार चतुर ने कहा था वो कभी किसी और से प्यार नहीं कर पाएगा।

"क्या बनारसी, याद गई नहीं अभी दिल से?" उन्होंने भी चुटकी ली।

"अरे दादा, आप भी। मंटो भी तो पीते थे रोज़, वो आजकल मेरे फ़ेवरेट हो गए हैं।"

"अबे मंटो रोज़ लिखता भी था, तू भी लिख रोज़, फिर पीने पे ध्यान ही नहीं जाएगा।"

"पीने में मंटो हो गया हूँ दादा, लिखने में पता नहीं कब होऊँगा।"

"वो बनारस वाली की याद में तो नहीं पीता?" कमलेश जी ने चुटकी ली तो रेणुका का भी मन चुटकी लेने का हुआ।

"प्यार कभी ख़त्म थोड़ी होता है, दादा।" रेणुका ने फिर से मज़े लिए।

चतुर मुस्कराने लगा।

"प्यार ख़त्म न हुआ है न होगा, समझी। तुम्हारा प्यार ही है जो इतनी कोशिश कर रहा हूँ जबकि अंदर से किसी चीज़ का कोई किक नहीं आ रहा।" चतुर ने रेणुका को प्यार भरी नज़रों से देखते हुए कहा। कमलेश जी भी मुस्करा रहे थे।

"किक आने के लिए किक की वजह भी तो चाहिए। 'साहित्य सरिता प्रकाशन' वाले तुमसे बात करने के लिए तुम्हारा नंबर माँग रहे थे, मैंने बोला कि तुमसे बात करके दूँगा। वो तुम्हारा उपन्यास छापना चाहते हैं। एडवांस भी ठीक देंगे। ये तुम्हारा किक हो सकता है, देख लो।" कमलेश जी ने ये बात रेणुका को पहले से बता रखी थी। उसने ख़ुशी की किलकारी मारी।

"वाह, ये तो अच्छा है, एडवांस ले लो यार, प्रेशर रहेगा तो लिख पाओगे।" रेणुका ने चतुर की तरफ़ देखा। वो कुछ सोचने लगा था।

"सोच क्या रहे हो? किताबों के प्रकाशन के साथ आजकल प्रमोशन भी सबसे सही वही लोग कर रहे हैं। तुम हाँ कर दो मेरी मानो तो।" कमलेश जी ने सामान्य आवाज़ में कहा।

"देखता हूँ दादा, लिखने का मन तो कर रहा है लेकिन लिखने का किक तो अंदर से आएगा न..." उसने उलझन भरी आवाज़ में कहा।

कमलेश जी ने मना किया लेकिन रेणुका सारे बर्तन लेकर सिंक में रखने चली गई।

"मुझे लगता है कुछ दिन छुट्टियाँ लेकर लिखने की कोशिश करूँ किसी शांत जगह पर, कालका जी में रहते हुए तो घंटा नहीं कुछ लिखाएगा।"

"तुम मेरे द्वारका वाले प्लॉट पर चले जाना, कुछ दिन देखना रिदम बनता है या नहीं। हो जाएगा।" कमलेश जी ने प्रस्ताव दिया।

"हाँ चुनाव ख़त्म हो जाए, फिर सोचता हूँ।" चतुर की आवाज़ सुनकर किचन से बाहर आती रेणुका को बहुत राहत-सी महसूस हुई।

चतुर हाथ धोने के लिए सिंक पर गया और अचानक पेट पकड़कर बैठ गया। उसकी चीख़ सुनकर कमलेश और रेणुका साथ में पलटे। चतुर पेट पकड़कर बैठा था। रेणुका दौड़कर उसके पास गई लेकिन वो तब तक लेट चुका था। दोनों हाथों से पेट को पकड़े हुए वो बुरी तरह कराह रहा था। कमलेश जी मोबाइल पर किसी का नंबर डायल कर एम्बुलेंस भेजने को कह रहे थे।

चतुर की चीख़ने की आवाज़ धीरे-धीरे कम हो गई और उसकी आँखें बंद हो गईं। अब रेणुका के चीख़ने की आवाज़ थी जो लगातार उसका नाम पुकारती हुई उसे हिला रही थी।

कमलेश जी फोन पर किसी को अपने घर आने का रूट समझा रहे थे।

देश को बर्बाद करना है तो युवाओं का सौंदर्यबोध बिगाड़ दो

डॉक्टर ने एक रात एडमिट रखने, बीसों टेस्ट कराने और हज़ारों रुपये फुँकवाने के बाद जब चतुर्भुज को डिस्चार्ज किया तो उसके हाथ में दवाइयों से भरा एक थैला था, साथ ही शराब और किडनी के आपसी संबंध को लेकर ढेर सारी हिदायतें और चेतावनियाँ। चतुर चुपचाप था। कमलेश जी कुछ पेपर्स पर साइन कर रहे थे और रेणुका फोन पर अपनी सास से बात कर रही थी जिन्हें उसने घबराहट में रात को फोन कर दिया था। इधर ये लोग रात भर जागते रहे थे और उधर उसके सास-ससुर ने भी रात जागकर काटी थी।

मरीज़ की फाइल लेकर कमलेश जी आए तो चतुर कुर्सी से उठा और धीमे क़दमों से उनके साथ चलने लगा। रेणुका पहले से दरवाज़े के पास टहलकर बात कर रही थी।

"अच्छा अम्मा, रखती हूँ। घर पहुँच के फिर से इनसे बात करवाऊँगी। इनका मोबाइल भी मेरे ही पास है।" रेणुका ने कॉल काटी और उनकी तरफ़ बढ़ी। कमलेश जी ने उसे कार की तरफ़ बढ़ने का इशारा किया।

कमलेश जी ने दोनों को उनके फ़्लैट पर छोड़ा और रेणुका के चाय पीने की ज़िद को समझा-बुझाकर टाला और चले गए। जाते हुए उन्होंने हिदायत दी थी कि अब फ़िलहाल कुछ दिन शराब को लेकर चतुर से बातें न की जाएँ क्योंकि वो एक संवेदनशील इंसान है, कल के झटके के बाद से उसके भीतर ख़ुद बहुत-कुछ सही कर देने की जद्दोजहद चल रही होगी। रेणुका ने हामी भरी।

चतुर को डॉक्टर ने कम-से-कम दो से तीन दिन पूरी तरह बेड रेस्ट लेने को कहा था। चुनाव सर पर थे तो ऑफ़िस में काम तो बहुत ज़्यादा था, लेकिन चतुर ने संपादक को कहा कि वो फ़ीचर वाले काम घर से ही करके भेज देगा और जितना संभव है फोन से सँभाले रखेगा।

रेणुका ने अलमारी से पिछले डेढ़-दो महीने में यहाँ-वहाँ से आईं किताबें उसके बिस्तर के सिरहाने रख दीं। बिस्तर पर लेटे-लेटे एक लेखक का सबसे अच्छा टाइमपास यही हो सकता है। रेणुका उसके लिए कुछ हल्का-फुल्का बनाने किचन में चली गई और वो एक किताब के पन्ने पलटने लगा।

रेणुका उसके लिए खिचड़ी लेकर आई तो उसे हैरानी हुई, वो अपने मोबाइल पर एक पोर्न वीडियो देख रहा था। रेणुका के देखने पर भी उसने वीडियो बंद नहीं किया और देखता रहा। रेणुका अपना खाना भी वहीं लेकर आ गई। वो कभी-कभी पोर्न देखा करता था लेकिन इस समय बीमार हालत में इसे देखने का मतलब समझ नहीं आया।

"कुछ अच्छा-अच्छा डाउनलोड कर लेते हैं, रात में साथ देखेंगे।" उसने सामान्य भाव से कहा और खिचड़ी खाने लगा। रेणुका सोचने लगी कि उसकी ऐसी अजीब हरकतों के बीच कोई बात तो कॉमन है जिसके सूत्र वो जोड़ नहीं पा रही है।

रात में बिस्तर पर उसने चतुर का एक अलग रूप देखा। उसने जो वीडियो डाउनलोड किए थे वे सब इंटरफ़ेथ सेक्स के वीडियोज़ थे। उनमें कोई जालीदार टोपी पहने युवक बड़ी बिंदी और सिंदूर लगाए किसी औरत के साथ सेक्स कर रहा था। वो चतुर के चेहरे को ग़ौर से देखने लगी। उसके चेहरे के भाव पहली बार बिलकुल अजनबी लगे। पहली बार उसे चतुर से वो डर लगा जो किसी अकेली औरत को किसी ख़तरनाक दिखने वाले आदमी के साथ, आधी रात को किसी क़स्बे के बस स्टॉप पर अँधेरे में लगता है। पहली बार इस ख़याल ने सबसे ज़्यादा सिहरन पैदा की।

चतुर के दिमाग़ में कुछ प्रॉब्लम चल रही है।

अब उसके सारे डरों को एक चेहरा मिलने लगा और ये चेहरा इतना डरावना था कि उसकी आँखों में आँखें डाल के देखना मुश्किल था। ये सोचना भी बेहद मुश्किल था और अगर इसके सच होने की एक प्रतिशत भी संभावना है तो सब कुछ भयानक है। उसने अपने दिमाग़ में एक पूरा ख़ाका बना लिया कि ये सिर्फ़ उसकी एक अटकल है और अगर वो इस रास्ते पर थोड़ा आगे बढ़ती भी है तो सारे भ्रम दूर करके उसे वापस भेज दिया जाएगा।

उसने चतुर का मोबाइल लेकर सारे वीडियोज़ डिलीट किए और उसे डॉक्टर की एडवाइस याद दिलाई कि कम्प्लीट बेड रेस्ट का मतलब कम्प्लीट बेड रेस्ट ही होता है। चतुर उसका टॉप उतारने की कोशिश कर रहा था लेकिन उसने मोबाइल साइड रखकर उसे अपनी छातियों में ज़ोर से भींच लिया।

"मेरी एक बात मानोगे?" उसने ज़माने भर का शहद अपनी आवाज़ में घोलते हुए पूछा। ये चतुर का सबसे पसंदीदा पोज़ था जिसमें वो घंटों बिना डिस्टर्ब हुए सो सकता था।

"बोलो।" उसने उसकी छातियों में चेहरा रगड़ते हुए कहा।

"बुरा तो नहीं मानोगे?" रेणुका ने थोड़ा सहमते हुए पूछा। वो जानती थी कि एक बार इस तरह भूमिका बनाकर कोई भी सवाल पूछने से वो

कांशस हो जाता है और फिर सवाल जितना भी बुरा लगे, ख़ुद को नियंत्रित करके जवाब देता है।

"बोलो तो यार।" चतुर ने ख़ुद को उसकी बाँहों में ढीला छोड़ते हुए कहा।

"एक बार किसी साइकियाट्रिस्ट से मिला जाए?" उसने धीमी आवाज़ में कहा। चतुर ने चेहरा उसके सीने से बाहर निकाला और चेहरे पर हैरानी लिए उसे देखने लगा।

"क्यों? क्या हुआ है तुमको?" उसके सवाल में जेनुइन हैरानी थी।

रेणुका को कुछ देर सूझा नहीं कि क्या बोले। वो चुपचाप उसे देखती रही। उसे लग रहा था अगर वो लगातार चतुर की तरफ़ देखती रही तो रो पड़ेगी। उसने फिर से उसका चेहरा उसी तरह छिपा लिया और ख़ुद का चेहरा भी उसके बालों में दबा दिया।

"कुछ नहीं।" उसने फुसफुसाते हुए कहा। उसे लगा उसके आगे कोई बहुत भयानक तूफ़ान सिर्फ़ छूने भर के लिए ठिठका हुआ खड़ा है और अगर उसने हाथ बढ़ाकर उसे छू लिया तो ऐसा सैलाब आएगा जिसे वो सँभाल नहीं पाएगी। कम-से-कम अभी तो बिलकुल नहीं।

"बोलो कोई दिक़्क़त हो तो। अचानक ये क्या सनक? हमको तो तुम्हारा दिमाग़ एकदम दुरुस्त लग रहा है।" आख़िरी वाक्य में चतुर के आवाज़ की शरारत भी लौट आई थी। रेणुका को लगा उसने ग़लत समय पर ये ग़लत बात क्यों कही! चतुर उसकी छातियों में ऐसी जगहों पर होंठ लगा रहा था जहाँ से नींद का सफ़र और लंबा, और थकान भरा हो सकता था। डॉक्टर ने उसे थकने को कुछ दिनों के लिए मना किया था।

"ये सब नहीं, अच्छे बच्चे की तरह सो जाओ, चलो।" रेणुका ने अपनी आवाज़ को सामान्य बनाते हुए कहा। चतुर फिर भी थोड़ी देर उससे यहाँ-वहाँ छेड़खानी करता रहा लेकिन उसे जल्दी ही नींद भी आ गई।

उसके सो जाने के बाद रेणुका ने धीरे से उसे ख़ुद से अलग किया। उसका चेहरा नींद में मासूम-सा लग रहा था लेकिन अभी कुछ समय पहले

उसने इस आदमी के लिए जो महसूस किया था, उसके असर से बाहर नहीं आ पा रही थी। लगातार उसकी ओर देखने से उसकी आँखें भर आईं और वो बिना आवाज़ बाक़ायदा आँसू टपकाती हुई रोने लगी।

वो उसकी ओर देखती हुई देर तक रोती रही जैसे कई बरस के इकट्ठा आँसुओं ने आज बाहर आने का सही मुहूर्त चुना हो।

अगली सुबह कुछ ज़्यादा ही ख़ुशनुमा थी। चतुर बाथरूम के पास लगे आईने में देखकर दाढ़ी बना रहा था। एफ़एम पर 'आओगे जब तुम ओ साजना, अँगना फूल खिलेंगे' बज रहा था। रेणुका किचन में चूड़ा-मटर का नाश्ता बना रही थी और माहौल में ऐसा इत्मीनान था जैसे ये बचपन का कोई रविवार हो।

रेणुका को वो दिन याद आ रहा था जब चतुर उससे पहली बार मिलने आया था। वो दिन भर और रात भर यही गाना लूप में सुनती रही थी। उसे कल रात की बात याद आई और एक डर की लहर अंदर तक सिहराकर वापस लौट गई। उसने अपने मन को आदेश दिया कि सिर्फ़ अच्छी-अच्छी बातें सोचनी हैं। निगेटिव सोचने से दूर रहना है और अपने पति को भी दूर रखना है, जो भले अधेड़ होने वाली उम्र में जा रहा है लेकिन अभी भी उसे नहीं पता कि कौन से विचार को कितना समय देना है।

"यार सोच रहे सुबह टहलना शुरू किया जाए।" चतुर ने चेहरे पर फिटकरी मलते हुए कहा।

रेणुका को बहुत अच्छा लगा। उसने शायद बरसों बाद अपने आप कोई पॉज़िटिव बात कही थी। उसके अंदर उम्मीदों का एक बग़ीचा खिला और उसने ख़ुद को ये हिम्मत दी कि सब कुछ ठीक होने की उम्मीद हमेशा बची रहती है, बस उसे हिम्मत नहीं हारना है चाहे जो भी हो जाए। उसने अपने भीतर एक अपार मज़बूती महसूस की। उसे हमेशा इसी तरह मज़बूत रहना है। अपने प्रेमी, अपने पसंदीदा लेखक, अपने पति को कुछ भी करके डूबने नहीं देना है। सब कुछ उसके ऊपर है। इस रिश्ते की कमान उसके हाथ में है। अब तक नहीं भी थी तो अब से है। उसने ख़ुद

चतुर को बहुत शह दी है, चाहे वो शराब का मामला हो या फिर उसके झूठ को बर्दाश्त करने का। अब वो कमान अपने हाथ में ले रही है और सब कुछ ठीक कर देगी।

"अच्छा सोच रहे हो। कल से चलते हैं सी.आर. पार्क तक चलेंगे, फिर लौट आएँगे।" रेणुका ने उत्साह में उत्साह मिलाया।

"कल नहीं एक तारीख़ से चलेंगे। दो-चार दिन सो लेते हैं आराम से।" चतुर ने कहा और बाथरूम में घुस गया।

रेणुका बाथरूम के दरवाज़े को देखती रही। वो अब थोड़ा अच्छे से चतुर की समस्या को देख पा रही थी। वो ये भी समझ पा रही थी कि वो ख़ुद अपने आप से जूझ रहा है लेकिन कुछ चीज़ें हैं जो उसे पीछे की ओर खींच रही हैं। उसे उसका साथ चाहिए। उसे अपने प्यार का साथ चाहिए ताकि अपने अँधेरे से बाहर आ सके। उसे महसूस हुआ कि वो चतुर की प्रशंसिका, पाठिका, प्रेमिका, पत्नी से ज़्यादा उसकी माँ बन गई है।

बहस उससे करनी चाहिए जो इसे जीतने के लिए नहीं कर रहा

"मान गए न मुझे सर, अब बाक़ी विरोधियों की तरह ये मत कहिएगा कि ईवीएम में गड़बड़ी की गई है।"

इंटर्न कई महीनों से चतुर को अपने घर इनवाइट कर रहा था लेकिन चतुर कोई न कोई बहाना बनाकर निकल जाता था। आज उसने अपना जन्मदिन बताकर चतुर को अपने घर बुलाया था कि उसे उससे बहुत सारी बातें भी करनी हैं और उसकी कुछ पर्सनल समस्याएँ हैं जिन पर वो अकेले में उससे थोड़ा मार्गदर्शन चाहता है। चतुर इस शर्त पर राज़ी हुआ था कि विनोद नगर में अकेले कमरा लेकर रहने वाला ये लड़का किसी फ़ॉर्मेलिटी के चक्कर में नहीं पड़ेगा और चतुर रात का खाना ख़ुद ऑर्डर

करेगा। उसने रेणुका को बता दिया था कि ऑफ़िस का एक जूनियर बहुत टाइम से उसे घर बुला रहा है और आज वो थोड़ा लेट आएगा। रेणुका ने हमेशा की तरह यही चेताया था कि वो उसके साथ शराब नहीं पिएगा।

"हटाओ ये सब, जनता को ही मज़ा आ रहा तो क्या करना है। स्टॉकहोम सिंड्रोम का मज़ा ले रहे स्साले, लेने दो। लेकिन यहाँ ये सब बातें नहीं, ऑफ़िस में बहुत हो गईं।" चतुर ने टॉपिक बदलना चाहा।

"अरे सर, ये कोई ऑफ़िस की बात थोड़ी है, वापस आई है फिर से सरकार तो अब देखिएगा काम कितनी तेज़ी से होता है।"

चतुर अब तक समझ चुका था कि लड़का चूँकि थोड़ा पढ़ा-लिखा है और उसे अपनी बात कहने का हुनर आता है इसलिए वो इस बात को छिपा ले जाता है कि दुनिया के सबसे अधिक लोकतांत्रिक देशों में से एक का निवासी होने के बावजूद उसके अंदर एक कट्टर नागरिक निवास करता है जो अपने धर्म, अपने रंग, अपने स्वाद और अपनी पसंद को पूरे देश पर थोपने का प्रबल समर्थक है। चतुर लंबे समय से उसके साथ काम कर रहा था इसलिए ये भी समझता था कि प्रत्यक्ष समर्थकों और प्रत्यक्ष विरोधियों के इस माहौल में सबसे ख़तरनाक छिपे हुए लोग ही होते हैं लेकिन साथ ही वो ये भी मानता था कि सिर्फ़ छब्बीस साल के इस लड़के का इसमें बहुत दोष नहीं है। हमने जैसा इतिहास और जैसा बचपन अपनी आगामी पीढ़ियों को दिया है, उनके भविष्य का निर्माण उसी ज़मीन पर होना है। चतुर जानता था कि वो सीमित दुनिया देखा हुआ, सीमित सभ्यताओं से परिचित, संस्कृतियों के बीच बनने वाले पुल पर कभी नहीं पहुँच सका लड़का है जिसमें उससे ज़्यादा हमारे समाज की संरचना का दोष है इसलिए उसको समझाने और उसके दिमाग़ के जाले साफ़ करने की यथासंभव कोशिशें करता रहता था। ये दीगर बात थी कि उसके ख़ुद के दिमाग़ के जाले धीरे-धीरे इस क़दर बढ़ते जा रहे थे कि ऐसे किसी भी काम में वो दिलचस्पी खोता जा रहा था। आज भी लड़के के कमरे पर वो सिर्फ़ इसलिए आया था क्योंकि साल भर पहले उसने एक बार ऐसे

ही लड़के से वादा कर लिया था कि वो उसके साथ उसके घर बैठकर कभी एक राउंड ज़रूर पिएगा। लड़का, जो डेढ़ साल बाद इंटर्नशिप का पीरियड ख़त्म करने के बाद, दीगर कारणों से फिर से इंटर्न बना दिया गया था, आज उसी वादे का हवाला देकर उसे अपने साथ घर ले आया था।

"क्या काम होगा यार, हटाओ।"

"सर आप अपने शहर में ही देख लीजिए। बनारस के घाट पहले से अधिक साफ़ दिखाई देते हैं या नहीं? ईमानदारी से बोलिएगा।"

चतुर ने सहमति में सिर हिलाया। "यार मैंने फ़्लाईओवर बनने पर कभी सवाल नहीं उठाया। कमाने-कमवाने में सरकार बहुत तेज़ है, बनवाएगी ही। मुझे प्रॉब्लम हर तरफ़ फैल रही नफ़रत से है जिसको सरकार हवा दे रही है।"

"सर, हम लोग नफ़रती पहले से ही हैं, सरकार बेचारी क्या करेगी, चुनाव जीतने के लिए कोई तो मुद्दा उठाएगी ही। सीएम पीएम हमारा हाथ पकड़कर थोड़ी किसी को मरवाने आ रहे, हम ख़ुद ही मार रहे। हम हैं ही चूतिया लेकिन देखिए काम कितना तेज़ हो रहा है। आपका बनारस कुछ ही समय में क्योटो जैसा दिखने लगेगा, आप देखिएगा।" इंटर्न की बातों का चतुर कोई जवाब देना नहीं चाहता था। जब सामने वाला ये जानते हुए किसी का पक्ष ले रहा है कि उसने कुछ ख़ून किए हैं लेकिन अब उसके हाथ में चाक़ू है तो कुछ तो इस्तेमाल करेगा ही, उससे क्या ही बात करना।

"देखो ये सब बकचोदी वाली बातें छोड़ो, तुम अपनी कोई प्रॉब्लम डिस्कस करना चाहते थे, वो बताओ, मुझे दस बजे तक निकलना भी है।" चतुर ऊबने लगा।

"सर बस पाँच मिनट, ऑर्डर किया है, आ जाए फिर बैठते हैं।"

"क्या ऑर्डर?"

"सर, आप सोच के बताइए, आपको ये सरकार अच्छी नहीं लगती तो क्या पहले वाली भ्रष्ट सरकार अच्छी थी?"

"अबे वो अच्छी नहीं लगी तभी तो उसको हटाया गया था लेकिन

अब इन्हें देखकर यही लग रहा कि वो जो भी थे जैसे भी थे, न चाहते हुए भी कहूँगा, इनसे बेहतर थे। हमारी बदक़िस्मती है कि हमें ख़राब और बदतर में चुनने का विकल्प है लेकिन मैं बदतर को बदतर कहूँ तो तुम ये मत जोड़ो कि मुझे ख़राब पसंद है। दरअसल मेरे पास विकल्प नहीं हैं और बस मैं इस बात को इस तरह कहता हूँ कि ये मेरी बदक़िस्मती है। मैं इसे तुम्हारी तरह ख़ुशक़िस्मती तो कभी नहीं मान सकता चाहे हम जितने जन्मों तक ये बहस करते रहें, बेहतर है खाना अभी गरम होगा। खा लेते हैं और आज टाइम से घर पहुँच जाता हूँ। खाने में तुम्हारी प्रॉब्लम भी डिस्कस कर लेंगे।" चतुर ने लगातार इतना बोला ये सोचकर कि अब इस मुद्दे पर वो इस नौजवान से कोई बहस नहीं करेगा।

"अरे सर, बस मेरा भी ऑर्डर आ ही गया।"

"तेरा क्या ऑर्डर!!?"

चतुर ने पूछा ही था कि दरवाज़े पर दस्तक हुई और डिलीवरी बॉय एक ओल्ड मोंक का हाफ़ थमा गया। इंटर्न ने फटाफट गिलास और नमकीन सजा दिया।

"यार तुम पीते, मुझे पीने को न कहो। डॉक्टर ने भी मना किया और बीवी ने भी।" चतुर ने गुज़ारिश भरे स्वर में कहा।

"सर, एक साल हो गया वादे को, आज पी लीजिए, फिर कल से मत पीजिएगा।" इंटर्न ने पेग बना दिए थे और चियर्स के लिए हवा में गिलास भी उठा लिया था।

"अच्छा सिर्फ़ एक पेग।" चतुर ने भी अपना गिलास उठाया, "पुराने वादे की ख़ातिर।"

"चियर्स!"

"चियर्स!"

बातों का दौर शुरू हुआ। इंटर्न ने चतुर की कुछ कहानियों और उनके किरदारों की बात की। चतुर को अच्छा लगा। उसने बताया कि वो भी कुछ लिखना चाहता है लेकिन कहानियाँ बन नहीं पातीं।

"देख पहले कहानीकार बन के कुछ नहीं होगा। एक संतुलित इंसान बनने की कोशिश कर ले, फिर कहानीकार बनने की सोच।"

"मतलब?" इंटर्न ने पूछा।

"मतलब ये कि इंसान और उसकी ज़िंदगी की क़ीमत पहचान। समझ कि दुनिया के हर धर्म, जाति, संस्कृति और ईश्वर से, सबसे बड़ा है इंसान, इस बात को समझ पाएगा तब लेखक बन पाएगा। सोच के बता, तुझे क्या सच में लगता है कि तेरा धर्म दुनिया के सभी धर्मों में सबसे उदार और अच्छा है?" चतुर ने ग़ौर किया उसके बोलने के लहजे में कुछ-कुछ कमलेश जी का लहजा आ गया है।

"मुझे लगता नहीं है सर, ऐसा ही है। कोई और बात आप करिए तो मैं कुछ सोचूँ भी, इस सवाल का जवाब तो दुनिया जानती है। अँग्रेज़ों से लेकर पूरे संसार में हमारे धर्म की ख़ासियत फैली हुई है। हज़ारों उदाहरण हैं कि विदेशी घूमने आए यहाँ और हमारे धर्म को अपनाकर संत बन गए।"

"तो संत बनना किसी इंसान की ख़ासियत कैसे हो सकती है?" चतुर ने चिढ़कर पूछा हालाँकि अपनी चिढ़ को वो एक अपने से दस साल छोटे जूनियर के सामने प्रदर्शित नहीं करना चाहता था।

"अरे सर, संत संसार को एक दिशा देते हैं।"

"विवेकानंद के बाद के पाँच संतों के नाम बता जिन्होंने दिशा दी हो।" चतुर ने कहा। इंटर्न सोचने लगा और थोड़ी देर चुप सोचता रहा।

"लेकिन सर, आप ये तो मानेंगे कि हमारे धर्म में सबसे ज़्यादा टॉलरेंस है, शिव और गणेश पे कितने सारे चुटकुले बने हैं, यहाँ दूसरे धर्म वाले एक कार्टून पे हत्याएँ कर देते हैं।" इंटर्न ने उत्साह से कहा।

"और सिर्फ़ पानी छू देने और घोड़ी पे चढ़ जाने पर जो महान हिंदू अपने ही धर्म वालों को मार देते हैं, उसके बारे में क्या कहना है तुम्हारा?" इंटर्न इस सवाल पर थोड़ा अचकचा गया। चतुर ने दूसरा पेग ख़ुद बनाया और बड़ा बनाया।

"तुम ये सब हटाओ और बताओ क्या बताना चाह रहे थे?" चतुर ने सीधे पूछा, अब वो इस बेनतीजा बहस से ऊब रहा था जिससे पिछले पाँच सालों में उसने बहुत से दोस्त खोए थे और अपनों को लेकर निराश हुआ था।

इंटर्न थोड़ा नर्वस नज़र आने लगा। थोड़ी देर तक वो चुप रहा। चतुर समझ गया कि मामला कुछ सीरियस है। आख़िर-कार एक-दो बार और पूछने पर इंटर्न ने मुँह खोला।

"आप ब्ल्यू फ़िल्में देखते हैं?" उसने संकोच भरी आवाज़ में पूछा।

"हुआ क्या है?" चतुर ने जवाब देने के बजाय सवाल पूछा।

"मेरा जब से ब्रेकअप हुआ है तब से प्रॉब्लम शुरू हुई है। दो साल चला मेरा रिलेशन, लड़की बिज़नेस स्टैंडर्ड में जर्नलिस्ट है। छह महीने पहले पता चला कि वो मेरे साथ दो और लड़कों को घुमा रही है। मुझे यक़ीन नहीं हुआ। मैंने पता लगाया, सही बात थी। मैंने उससे पूछा तो उसने बोला उसे लाइफ़ में सब कुछ ज़्यादा चाहिए, मैंने बहस की तो ब्रेकअप कर लिया।"

"फिर?"

"पता नहीं क्या हुआ। पोर्न मैं पहले भी देखता था लेकिन उसके जाने के बाद मुझे लत लग गई। बहुत हिम्मत करके आपसे बोल रहा हूँ कि धीरे-धीरे मैं नॉर्मल पोर्न से ज़्यादा ब्रूटल वाले वीडियोज़ देखने लगा हूँ। उसमें उसे ही इमेजिन करता हूँ।"

"हम्म..." चतुर को लग रहा था जैसे वो भी इस कहानी से थोड़ा-बहुत परिचित है लेकिन उसने इस पर कभी रुककर सोचा नहीं।

"अब मेरा दिमाग़ ऐसा हो गया है कि लिखना-पढ़ना सब इसकी वजह से डिस्टर्ब हो गया है। हर समय दिमाग़ में गंदे ख़याल आते रहते हैं। किसी लड़की को देखता हूँ तो सीधे नज़र उसके सीने पर जाती है और उसका आगे-पीछे का साइज़ सोचने लगता हूँ। अगला ख़याल ये आता है कि बिना कपड़ों के वो कैसी लगेगी।"

इंटर्न ने दुखी आवाज़ में बताया। चतुर को थोड़ी हँसी आई लेकिन जितनी गंभीरता से वो इस बात को बता रहा था चतुर ने ख़ुद को नियंत्रित रखा।

"तो मत देखा कर, कंट्रोल योरसेल्फ़।" चतुर ने आराम से कहा।

"कैसे कंट्रोल करूँ, ऑफ़िस में, सड़क पर, फ़िल्मों में, ऐड्स में, टिकटॉक पर लड़कियाँ अपनी बॉडी को ऐसे परोस रही हैं कि दिमाग़ ख़राब हो जाता है। मोबाइल स्क्रॉल करते हुए किसी लड़की का वीडियो दिख जाता है जो ऐसे सामने झुककर अपने बड़े-बड़े बूब्स दिखा रही है तो देखने का मन कर जाता है।" इंटर्न ने निराश आवाज़ में बताया। चतुर उसकी ईमानदारी से प्रभावित हुआ।

"तो प्रॉब्लम तेरे मन में हुई न?" चतुर ने पूछा।

"हाँ, हुई कि मैं फँस गया देखने में। लेकिन वो दिखाना भी तो चाहती हैं। लोग कहते हैं मर्द लोग औरतों को ऑब्जेक्ट की तरह देखते हैं, हाँ मैं देखने लगा हूँ क्योंकि मेरे आस-पास बहुत सारी औरतें अपनी बॉडी को ऑब्जेक्ट की तरह दिखा रही हैं, परोस रही हैं। मैं अकेला रहता हूँ, जैसे ही किसी काम के लिए फ़ोकस बनाने की कोशिश करता हूँ, मोबाइल में कोई वीडियो चल जाता है और एक के बाद एक घंटों वीडियो चलते रहते हैं। एक से बढ़कर एक अश्लील कपड़े पहने लड़कियाँ।"

"तूने वो लॉजिक सुना है या नहीं कि अश्लीलता देखने वालों की आँखों में होती है?" चतुर ने इत्मीनान भरी आवाज़ में कहा। उसका तीसरा पेग ख़त्म होने वाला था और उसने बोतल अपने पास खिसका ली थी। इंटर्न आज सारी शर्म-संकोच उतारकर अपने पसंदीदा लेखक से समाधान पाने बैठा था।

"सुना है सर और मानता भी हूँ, मेरी आँखों में अश्लीलता है। लेकिन जब लड़कियों को पता है कि आदमी लार टपकाता हुआ कुत्ता है जो उनके चेहरे के बजाय उनके सीने की ओर देखना चाहता है तो क्यों पहनती हैं ऐसे कपड़े?" इंटर्न सचमुच ऐसे कष्ट से पीड़ित था जिससे एक पूरी

पीढ़ी पीड़ित है लेकिन इसे मानने में अपनी हेठी नहीं करवा सकती।

"इसलिए पहनती हैं लड़कियाँ ऐसे कपड़े कि तुम्हें एहसास दिलवा सकें कि तुम कुत्ते नहीं शिकार पे निकले भेड़िये हो। उनके आस-पास ऐसे बहुत से भेड़िये होते हैं जो देखना चाहते हैं उनके सीने की तरफ़ लेकिन बरसों के अभ्यास से उन्होंने उनके चेहरे की तरफ़ देखना सीख लिया है, उनकी आँखों से आँखें मिलाना सीख लिया है, वो उन नज़रों को पहचान, ऐसे भेड़ियों से सावधान रहने के लिए भी पहनती हैं। समझा चूतिये?" चतुर ने आख़िरी बात तेज़ आवाज़ में कही थी। इंटर्न ने गाली का क़तई बुरा नहीं माना था।

"तो फिर उनके साथ छेड़खानी होती है, कुछ बुरा होता है तो ज़िम्मेदारी किसकी है?" इंटर्न को भी चौथे पेग की ज़रूरत थी।

"उसकी ही है चूतिये जिसने की है और किसकी होगी?" चतुर उखड़ रहा था लेकिन इंटर्न उससे एक बराबरी के दोस्त की तरह वो तर्क दे रहा था जिन्हें आज तक वो अकाट्य समझता था।

"उनकी कोई ग़लती नहीं? क्यों पहनती हैं जान-बूझकर ऐसे भड़काने वाले कपड़े?"

"इसलिए पहनती हैं कि बरसों ढके-छिपे रहने के बाद उनको अभी समझ आया है कि ये देह उनकी है और तुम जैसे जाहिलों की वजह से वो छिपा के रखती थीं। अब हज़ारों सालों के बाद उनको समझ आया है कि घर की संपत्ति उनकी हो या न हो, बॉडी तो उनकी है, वो जो चाहें पहनें, तुझे क्या प्रॉब्लम है?"

"तो नंगी घूमें फिर इस लॉजिक से तो?"

इंटर्न ने फटाफट अपना और चतुर का आख़िरी पेग बना दिया। चतुर के फोन पर रेणुका की कॉल आई जिसे उसने साइलेंट कर दिया और उसे मैसेज कर दिया– 'जो लाना है मैसेज करो, थोड़ी देर में निकलूँगा।'

"हाँ तो नंगी घूमें तुझे क्या दिक़्क़त है?" चतुर उखड़ गया था। आज वो ख़ुद के धैर्य को भी देख रहा था।

“अरे सर दिक़्क़त है, नहीं रहा जाता देख के।” इंटर्न ने पेग ख़त्म किया।

“तो चूतिये, तुझे सीखने की ज़रूरत है न कि कैसे रहना है, ख़ुद को सँभाल बेटा, दक्खिन लग जाएगा और तुझे पता भी नहीं चलेगा कि सारी प्रॉब्लम तेरे ही अंदर थी।” चतुर जाने के लिए खड़ा हो गया। इंटर्न ने उसे रोका और जल्दी-जल्दी खाना सर्व करने लगा।

चतुर ने जब खाना ख़त्म किया तो ठीक-ठाक वक़्त हो गया था। रेणुका के कई मैसेज आए थे। इंटर्न काफ़ी हद तक सॉर्टेड नज़र आ रहा था। वो आज ख़ुद को चतुर के काफ़ी क़रीब महसूस कर रहा था। माहौल काफ़ी अपनेपन से भरा हुआ था। डिनर के बाद उसने चतुर को सिगरेट दी और अपने साथ उसकी भी सिगरेट जलाई। वह उसे दरवाज़े तक छोड़ने आया।

“तूने पूछा था न, मैं भी पोर्न देखता हूँ बल्कि आजकल कुछ ज़्यादा ही देख रहा हूँ। अति किसी चीज़ की ठीक नहीं है। जैसा तू सोच रहा है, वैसा कमोबेश ज़्यादातर मर्द सोचते हैं। शायद मर्दों की बेसिक सोच यही है लेकिन इसको नियंत्रित करना पड़ता है। तेरी तरह कभी-कभी मुझे भी महसूस होता है कि मैं भेड़िया हूँ, शिकार पे निकला हुआ।” चतुर ने दरवाज़े पर आख़िरी कश लेते हुए कहा।

“नहीं सर, ये आप मेरा दिल रखने के लिए बोल रहे।” इंटर्न को विश्वास नहीं हुआ।

“इतनी गालियाँ दीं आज तुझे, अभी भी लग रहा तेरा दिल रखने के लिए कुछ बोलूँगा मैं?”

इंटर्न इस बात पर मुस्कराने लगा।

“आज बहुत-कुछ सीखा सर आपसे, फिर से बैठ के सोचूँगा आपकी बातों पर। ये मान लेने से बहुत रिलेक्स लग रहा कि मैं सच में एक भेड़िया हूँ शिकार पे निकला हुआ।” इंटर्न अब अच्छे मूड में था जैसे उसके मन पर पड़ा कोई बोझ हट गया हो।

"कलाकार बनने की सिर्फ़ एक शर्त है। तुझे सिर्फ़ भूख और शिकार के बारे में नहीं सोचना, तुझे उस उदासी के बारे में सोचना है जो भूख पूरी तरह से मिटने के बाद उठती है। उसी उदासी ने मुझे लेखक बनाया है। वही तुझे भी कुछ बनाएगी।" चतुर ने कहा और जाने को पलटा। इंटर्न ने उसका हाथ पकड़ा और गले लग गया। चतुर ने उसकी पीठ थपथपाई।

वह सीढ़ियाँ उतरकर नीचे आया तो रेणुका का फोन फिर से आ गया।

सामूहिक हिंसा के रथ में उन्माद और धर्म के पहिए लगे होते हैं, पीछे आग होती है

देश के कई हिस्सों में सत्ताधारी नेता ऐसे भाषण देते थे जिनमें सिर्फ़ नफ़रत होती थी। कभी मुसलमानों के लिए, कभी दलितों के लिए, कभी महिलाओं के लिए, कभी विश्वविद्यालयों के लिए और अक्सर देश की जनता के लिए जिस पर जनता ही तालियाँ पीटती थी। पिछली सरकार की भ्रष्टाचार की फ़सल जनता को पसंद नहीं आई थी इसलिए देश-प्रदेश ने घृणा और हिंसा की फ़सल बोने वालों को गद्दीनशीन होने का मौक़ा दिया था। वे वही काम कर रहे थे जिसके लिए उन्हें सत्ता दी गई थी। उन्हें बताया गया था कि जनता ने दूसरों को लगातार अनगिनत मौक़े देकर देख लिया है, वे सरकारें जनता के लिए रोज़ी-रोज़गार और शिक्षा-स्वास्थ्य के वादे करती रही हैं लेकिन कुछ उस तरह से नहीं दे पाईं कि जनता की सारी समस्याएँ हल हो जातीं, इसलिए अब जनता ने मान लिया है कि उनकी ये सब समस्याएँ दूर करना सरकार के बस में ही नहीं है। लोगों ने मन बनाकर ये कहा है कि अब ये सब समस्याएँ हमारी हैं तो हम ख़ुद देख लेंगे, आप हमें सिर्फ़ एक श्रेष्ठताबोध दीजिए। एक ऐसा सपना दीजिए जिससे हमें आँखें चुराने वाली बातों पर ज़्यादा बातें न करनी पड़ें। सरकार ने जनता का दिल रखने के लिए उसे बड़े सपने दिए थे और जनता की

सच्ची हितैषी होने के कारण इन सपनों के क्रियान्वयन पर काम करना भी शुरू कर दिया था। विश्वगुरु बनने की महत्त्वाकांक्षा ऐसा ही एक बड़ा सपना था जो देश को एक झटके में एक विकासशील देश से सभी देशों का बाप बना सकता था। इस बड़े सपने को पूरा करने का रास्ता पहले देश को हिंदू राष्ट्र बनाने से होकर गुज़रता था। बड़े नेता इसके बारे में बड़े मंचों से कभी खुलकर नहीं बोलते थे लेकिन छुटभैये नेताओं और कुछ फ़र्ज़ी धर्मगुरुओं को छुट्टे साँड़ की तरह इसके बारे में रूमानियत फैलाने के लिए खुला छोड़ दिया गया था। अंतरराष्ट्रीय मंचों से बड़े नेता देश-विदेश में गांधी की मूर्ति पर पुष्प अर्पित करते थे और उनके सिपहसालार गांधी की मूर्तियों पर गोली मारकर एक-दूसरे को पुष्प अर्पित करते थे। जनता बड़े नेताओं की मजबूरी समझते हुए अंदर-ही-अंदर गच्च रहती थी कि वह बिना किसी प्रत्यक्ष संपर्क अपने शीर्ष नेताओं के मन की बात को समझती है। जनता को बिना बोले समझाया गया था कि हम ख़ुद किसी बड़े मंच से इसकी सार्वजनिक घोषणा नहीं करेंगे लेकिन राष्ट्र को हिंदू राष्ट्र बनाने की दिशा में काम बड़ी तेज़ी से आगे बढ़ रहा है।

हिंदू राष्ट्र एक ऐसा राष्ट्र था जिसकी संकल्पना पुराने ग्रंथों से ली गई थी। इसमें ब्राह्मणों की श्रेष्ठता की पुनर्स्थापना और महिलाओं को घर के कामों तक सीमित करना मुख्य था। हिंदुओं की सबसे बड़ी समस्या बताई भी यही गई थी। ब्राह्मणों का गिरता प्रभाव और महिलाओं की हर क्षेत्र में बढ़ती दखलंदाज़ी ही देश में हो रही सभी समस्याओं की जड़ में थी। बढ़ते बलात्कारों का कारण महिलाओं के आधुनिक वस्त्र थे और देश की बढ़ती ग़रीबी का कारण ब्राह्मणों के सम्मान में कमी आना था। हिंदू राष्ट्र में शूद्रों को उनके पुराने काम चमड़ा उतारने, जूता बनाने वग़ैरह में लगा देना था जो संविधान की मदद से अपने पुश्तैनी कामों को छोड़कर बड़ी नौकरियों तक में दख़ल देने लगे थे। वैश्यों को हिसाब-किताब में और क्षत्रियों को देश की रक्षा के लिए तलवार उठाने में लगा देना था, जो नए ज़माने में अपनी मूँछों को बचाने के लिए कभी अपनी बहू-बेटियों का क़त्ल करते

तो कभी किसी फ़िल्म का पर्दा जलाकर उसका बहिष्कार करने पर मजबूर थे। ब्राह्मणों को उनके पुराने सर्वोत्तम काम में लगाया जाना था यानी ज्ञान का आदान-प्रदान, यानी बाक़ी सबको बताना कि तुम्हें क्या कैसे और कब करना है। कहना न होगा कि युवा, ख़ास कर सवर्ण युवा और उनके आस-पास के दूसरी जातियों के भी युवा बहुत जोश के साथ इस हिंदू राष्ट्र के बनने का इंतज़ार कर रहे थे।

देश के युवाओं में इतनी ताक़त थी कि वे अपने सवालों से संसद को हिला सकते थे इसलिए उन्हें व्यक्ति में बदलने देने में ख़तरा था। सरकारें उन्हें भीड़ में बदलने में अपना हित देखती थीं। नौकरी और तरक़्क़ी से वंचित युवाओं के समूह को भीड़ बनाने के लिए देशव्यापी आंदोलन चलाए जा रहे थे जिनमें शामिल युवा टीवी चैनलों के कैमरों पर चीख़कर कहते थे–'नौकरी नहीं मंदिर चाहिए।' सरकार उन्हें वो देने पर फ़ोकस करती थी जो उन्हें एक कामयाब हिंसक भीड़ में बदल सके। देश में भीड़ बढ़ती जा रही थी। युवाओं को तेज़ी से भीड़ में बदला जा रहा था। भीड़ में धार्मिक लहर बिजली की तरह दौड़ा देने पर ये युवा बिजली के तारों जैसे ख़तरनाक हो गए थे। वे दूसरों के लिए जितने ख़तरनाक थे उतने ही ख़तरनाक अपने लिए भी होते जा रहे थे क्योंकि बिजली का काम अपना-पराया देखना नहीं, सिर्फ़ जलाना होता है।

देश भ्रमित था। जनता भ्रमित थी। वो अपने देश की जयकार वैसे तो 'भारत माता की जय' बोलकर करती थी लेकिन इच्छा अपने देश को सबका बाप बनते देखने की रखती थी। देश में माताओं की छवि आम थी कि वे ममता और स्नेह से भरी होती हैं लेकिन जनता दूसरे देशों के ख़िलाफ़ नफ़रत भरी रैलियों और प्रदर्शनों में खुली सड़क पर माँ की गालियाँ बकते हुए निकलती जहाँ उनके ही घरों की बहुत-सी माताएँ-बहनें सब्ज़ियाँ ख़रीदने निकली होती थीं। किस बात पर बुरा लगना चाहिए, किस बात पर अच्छा और किस बात पर क्रोध आ जाना चाहिए, किस बात पर हँसी, जनता का ये बेसिक कॉन्सेप्ट ही गड़बड़ हो रहा था। जनता

धीरे-धीरे मानसिक रोगी बनने की तरफ़ धकेली जा रही थी और उसे इस बात की ज़रा भी भनक नहीं थी।

चतुर को भी ये भनक नहीं थी। रेणुका को अब भनक लगना शुरू हो चुकी थी। उसके कॉलेज में उसके कोई ख़ास दोस्त नहीं थे, लेकिन एक रिसर्चर लड़की श्वेता से उसकी काफ़ी बनती थी। परमानेंट नौकरी वाले असिस्टेंट प्रोफ़ेसर या प्रोफ़ेसर, एडहॉक वालों से ऐसे ही बात नहीं करते थे और दूसरे रेणुका भी रिज़र्व क़िस्म की थी। श्वेता पीएचडी के ऐसे महाजाल में फँस चुकी थी कि इन पाँच सालों में उसकी रिसर्च पूरा करने की इच्छा, नौकरी करने की इच्छा, एक अच्छा अध्यापक बनने की इच्छा और ऐसी कितनी ही इच्छाएँ इस शोध की भेंट चढ़ गई थीं। आमतौर पर ज़्यादा पूजा-पाठ न करने वाली लड़की हर काम दिन और वार देखकर करती थी। रेणुका से उसकी अच्छी बनने लगी थी क्योंकि एक बार जब उसने रेणुका से ऐसे ही निराशा में कहा था कि उसे लगता है पिछले चार सालों से वो एक ही जगह खड़ी है तो रेणुका को बहुत अपनापन महसूस हुआ था। रेणुका ने उससे कहा कि उसे भी एकदम यही लगता है कि अपने शादी और करियर दोनों के चार सालों में वो एक ही जगह खड़ी है बल्कि कई बार तो उसे लगता है वो पीछे की ओर तो नहीं जा रही। दोनों में कई साल पुरानी दोस्ती थी जिसे, न तो फोन कर एक-दूसरे का हाल पूछने की दरकार होती थी और न ही गुड मॉर्निंग या गुड नाइट के संदेशों का आदान-प्रदान करने की।

श्वेता कुछ मॉडर्न बाबाओं को भी नियमित अटेंड करती थी और ये शायद उसकी माँ ने सुझाया था। पीएचडी पूरी होने से पहले ही उनकी बेटी पागल न हो जाए इसलिए उन्होंने उसे कुछ बाबाओं के चंगुल में फँसा दिया था जो निहायत मीठी बातें करते थे। भले उनके पास किसी समस्या का समाधान न हो, वे बातें इतनी गहरी और गुरु गंभीर आवाज़ में करते थे, इतने भारी-भरकम शब्दों का सहारा लेते थे कि सवाल का जवाब पाने की उम्मीद पाले बैठा भक्त/श्रोता जवाब ख़त्म होने-होने तक अपना दो

कौड़ी का सवाल भूल चुका होता और उन शब्दों के जाल में फँस चुका होता। कुल मिलाकर ये बाबा सरकारी नुमाइंदों जैसे ही थे बल्कि कहना अतिशयोक्ति न होगी कि ये भी देश के प्रधानमंत्री जैसी बातें करते थे इसलिए अपने चाहने वालों के बीच ख़ासे लोकप्रिय थे।

रेणुका ने काफ़ी झिझकते हुए चतुर में आ रहे परिवर्तनों को श्वेता से साझा किया। श्वेता ने ज़ोर दिया कि किसी भी तरह एक बार चतुर को बाबा से मिलवाने के लिए ले आए। ये कोई धर्म-कर्म वाला पाखंडी बाबा नहीं बल्कि जीवन का अर्थ खोजने का आह्वान करने वाला बाबा है जिसके यूट्यूब पर पाँच मिलियन फ़ॉलोवर हैं। रेणुका बाक़ी चीज़ों पर विश्वास करे या नहीं, फ़ॉलोवर की संख्या ऐसी थी जिस पर उसने चतुर को भी रो-गाकर प्यार-मनुहार से किसी तरह समझा लिया। चतुर के आने का मक़सद था कि अगर बाबा में ढंग की कोई भी बात निकली तो वो एक फ़ीचर कर देगा या फिर अपने फ़ेसबुक पर उसके बकवास करने का कोई सबूत डालकर स्टेटस ही लगा देगा।

बाबा ने कई काम की बातें कीं लेकिन चतुर का दिमाग़ कुछ बिंदुओं पर अटक गया।

"आप अपनी ज़िंदगी अपने हिसाब से नहीं जी रहे इसलिए आप चिड़चिड़े रहते हैं। सुबह उठते ही आप पहला काम अपने मोबाइल में यहाँ-वहाँ स्टेटस और लाइक चेक करते हैं, रात को मोबाइल में गंदी फ़िल्में देखते हैं, आपका दिमाग़ कहाँ से शांत रहेगा। आप ख़ुद अपने हाथों अपनी शांति भंग करने पर आमादा हैं। मशीनों का इस्तेमाल करिए लेकिन ये याद रखते हुए कि आपने अपनी सुविधा के लिए मोबाइल लिया था ताकि आप उसका उपयोग करेंगे न कि वो आपको चलाएगा। सुबह से लेकर रात तक ऐसे बहुत से ऑडियो और वीडियो आप सुन-देख रहे जिन्हें आप नहीं सुनते या देखते तो ज़्यादा सुखी रहते। आप क्यों ऐसी खुराक दिमाग़ को दे रहे हैं जो उसने माँगी ही नहीं। उसे अच्छा संगीत दीजिए जिसके बजाय आप उसे नेताओं के भाषण सुना रहे, उसे प्रभु का

स्मरण दीजिए जिसके बजाय आप देश में हो रही हिंसा उसे दिखा रहे। सुबह उठते ही सबसे पहले कोई हल्का मधुर संगीत चलाइए, मन को अच्छी ख़ुराक दीजिए मन आपको अच्छे विचार देगा। हमारे चैनल पर आपको ऐसे बहुत सारे संगीत वाले वीडियो मिलेंगे जिन्हें आप सुबह से लेकर रात तक अलग-अलग मौक़ों पर अपने मूड के हिसाब से सुन सकते हैं। इसे आप सब्सक्राइब कर लें और बेल आइकॉन दबा दें, जीवन के हर भाव से जुड़े वीडियोज़ हम नियमित अपलोड करते हैं।"

चतुर, बाबा से प्रभावित हुआ था। उसने बाबा के साथ एक तस्वीर भी खिंचवाई और वहीं उनका चैनल सब्सक्राइब करके बेल आइकॉन दबा दिया। उसने सोच लिया था कि मोबाइल पर अपनी निर्भरता वो कम करेगा। ऑफ़िस के काम भर के लिए जितनी देर फोन इस्तेमाल करना पड़े, उसके अलावा वो उससे दूरी बनाएगा ताकि वो लिखना जल्दी-से-जल्दी शुरू कर सके और अपने बिगड़ते जा रहे मिज़ाज पर क़ाबू पा सके।

चतुर ने सुबह उठकर दिमाग़ को शांत करने वाला संगीत सुनना अगले ही दिन से शुरू कर दिया और उसे जल्दी ही इसका फ़ायदा भी मिलने लगा। एक कहानी जो एक हफ़्ते पहले शुरू हुई थी, वो अच्छे तरीक़े से सही दिशा में बढ़ती हुई दिखाई दे रही थी। आधी से ज़्यादा लिखने के बाद चतुर को अंदर से वही आत्मविश्वास ज़रा-सा पनपता महसूस होने लगा जो शुरू में लिखते वक़्त रहता था। उसने फ़ेसबुक पर अपडेट भी कर दिया– 'आख़िर-कार सात साल के सन्नाटे के बाद अगली कहानी'। कहानी का बस क्लाइमेक्स बाक़ी था। इनबॉक्स में कुछ पत्रिकाओं के संपादक आए और उन्होंने कहानी देने का वायदा लेने की कोशिश की। चतुर ने सबको बताकर चलता किया कि पहले वो पूरी करेगा, फिर कुछ दिनों के लिए कहानी से दूर रहेगा, गैप के बाद फिर से कहानी पर बैठेगा और सेकंड ड्राफ़्ट में फ़ाइनल करेगा। उसके बाद ही कहाँ छपने भेजना है जैसे सवाल सामने आएँगे, फ़िलहाल उसे सिर्फ़ कहानी पूरी करने पर ध्यान देना है।

ऐसे ही एक सुबह वो जल्दी उठा और दिन भर दो-तीन ब्रेक लेकर लिखता रहा। रेणुका के लिए ये बेहद ख़ुशी वाला दिन था जो बरसों बाद आया था। उसने बीच के ब्रेक में चतुर को कई बार चाय और उसकी पसंद की चीज़ें बनाकर दीं। शाम को चतुर ने पेन ड्राइव में अब तक की लिखी कहानी ली जिसमें सिर्फ़ क्लाइमेक्स बाक़ी था।

"ज़रा प्रिंट आउट लेकर आते हैं।" वो बाहर निकल गया। रेणुका समझती थी ये उसका सिगरेट पीने का टाइम है और अगर ऑफ़िस में होता तो अब तक कितने ही सिगरेट ब्रेक लिए होते। उसे वैसे तो चतुर का सिगरेट पीना बिल्कुल पसंद नहीं था लेकिन वो सुबह से लिख रहा था। उसका मूड डिस्टर्ब करने का उसका ज़रा भी इरादा नहीं था इसलिए बहुत मन होने के बावजूद उसने पीछे से आवाज़ लगाकर हमेशा की तरह बोला नहीं कि– "सिगरेट मत पीना, मुझे स्मेल आ जाएगी।" बल्कि उसने सिर्फ़ इतना कहा कि– "जल्दी आ जाना, मैं पकौड़ियाँ बना रही हूँ।"

"बस गए और आधे घंटे में लौटे।"

आधे घंटे बाद जब उसने पकौड़ियाँ बनाने की तैयारियाँ शुरू कर दी थीं, चतुर हाथ में काग़ज़ों का पुलिंदा लेकर लौट आया। उसके चेहरे पर ग़ज़ब का आत्मविश्वास था। रेणुका को लगने लगा था कि उसकी कोशिशें रंग ला रही हैं। एक कहानी पूरी और सब कुछ ठीक हो जाएगा। चतुर लैपटॉप के सामने बैठकर काग़ज़ों में कुछ काटछाँट करने लगा था।

डिनर करने वाला वक़्त पार्टी जैसा था। चतुर ने उसे कहानी के कुछ टुकड़े सुनाए और उसे सुनकर मज़ा आया कि वो चतुर्भुज शास्त्री की पहली श्रोता है। उसने मुग्ध होकर सुना और बदले में सिर्फ़ इतना कहा, "कैसे सोच लेते हो तुम इतना मस्त ?" चतुर मुस्कराया।

रेणुका सोने लगी तो चतुर ने कहा कि वो सो जाए, उसे कहानी निपटाने में अभी दो-तीन घंटे और लगेंगे। वो पहला ड्राफ़्ट पूरा करते ही उसे जगा देगा और सुनाएगा। रेणुका इसी शर्त पर सोने को राज़ी हुई कि कहानी पूरी होने पर वह उसकी नींद की परवाह नहीं करेगा और तुरंत जगा

देगा। उसने मुस्कराते हुए हामी भरी।

चतुर ने यह नियम बना लिया था कि जितनी देर लिखेगा, मोबाइल से दूर रहेगा। डेटा ऑफ़ था और वो क्लाइमेक्स की ओर बढ़ रहा था। अचानक रात के साढ़े बारह बजे उसके मोबाइल पर रिंग बजी। मोबाइल दूर रखा था इसलिए उसने लपककर उठाया कि रेणुका की नींद न खुल जाए। दूसरी ओर से काली था। उसने फोन उठाया और दरवाज़े के पास आ गया।

"क्या बे इतना रात को? सब ठीक?" उसने पूछा।

दूसरी तरफ़ से काली की नशे में डूबी आवाज़ आई, "क्या कर रहे थे कहानीकार?"

"कुछ नहीं बस सोने की तैयारी में थे।" चतुर ने कहानी की बात फ़िलहाल के लिए छिपा ली कि जल्दी से बात ख़त्म करके वो वापस कहानी पर बैठ सके।

"सो कैसे लेते हो भोसड़ी के?" उधर से आती आवाज़ में अच्छा-ख़ासा नशा था जो काली की नशे की हालत का स्पष्ट चित्र बना रहा था। चतुर को सवाल समझ नहीं आया।

"क्या हो गया बे? ज़्यादा चढ़ा लिए हो क्या?" उसने चुहल भरे अंदाज़ में पूछा। उधर से जो हुआ उसे बिलकुल उम्मीद नहीं थी। काली रोने लगा था।

"हाँ यार, खंभा अकेले ख़त्म कर दिए, दोपहर में बैठे थे अब तो मिलेगा भी नहीं। वही पुराना प्रॉब्लम, एक क्वार्टर कम पड़ गया सरवा लगता है।" काली हँसने और रोने के बीच वाली आवाज़ में फँसा बेहद दयनीय लग रहा था।

"अकेले क्यों पी रहे हो? अमरनथवा को बुला लिए होते या सरदरवा को।" उसने सामान्य आवाज़ में कहा। काली ने बात इग्नोर कर दी।

"पूछ रहे थे भोसड़ी के तुम बार-बार कि हम क्या काम करते हैं, तो सुनो, हम दवाई बेचते हैं और साथ में गाँजा, चरस और अफीम भी। सब

पुलिस वालों से हमारा सेटिंग है, बड़ा पैसा लेते हैं सब मादरचोद। लेकिन अब मन कर रहा ये सब काम बंद करें गुरु।" चतुर हैरान सुन रहा था। उसने काली को बोलने दिया।

"सोच रहे असलहा वग़ैरह का धंधा शुरू करें, बहुत फ़ायदा नहीं है इस धंधे में और पकड़ाने पर बेइज़्ज़ती अलग। बहुत पैसा लूटते हैं पुलिस वाले स्साले।" काली सुबक रहा था। चतुर ने ख़ुद को सँभाला और काली को समझाने की कोशिश की। उसे काली के काम का अंदाज़ा पहले से था और कुछ दलजीत ने इशारा भी किया था।

"तो इसमें रोने वाली क्या बात है बे? चल सूत जो, सबेरे आराम से बतियाते हैं।" उसने समाधान दिया।

"अबे चूतिया, इसके लिए नहीं रो रहे, हम सोने ही जा रहे थे, अच्छा नशा भी हुआ था लेकिन ये अमरनथवा स्साला ऐसा वीडियो भेज दिया व्हॉट्सएप पर कि सब उतर गई। देहीं में आग लगल गुरु, कइसे सुत्तीं बतावा?" उसकी आवाज़ में दर्द था।

"क्या देख लिए?" चतुर ने उत्सुकता दिखाई हालाँकि उसे बिलकुल भी मन नहीं था कुछ भी ऐसा देखने का जो उसे कहानी से डाइवर्ट करे।

"भेजले हई तोरो के देख। हम जा रहे बाहर कहीं से जुगाड़ करने।" काली ने फोन काट दिया।

चतुर ने डेटा ऑन किया। काली ने व्हॉट्सएप पर मैसेज भेजा था लेकिन आश्चर्य था कि वही मैसेज कई और पत्रकार मित्रों की तरफ़ से इनबॉक्स में चमक रहा था।

चतुर ने वीडियो ऑन किया। जैसे-जैसे वो वीडियो देखता गया, उसकी आँखों में पहले आग दिखी और फिर पानी। बढ़ते-बढ़ते आग और पानी इतने ज़्यादा हो गए कि एक आँख से आग निकलने लगी और दूसरी आँख से पानी बहने लगा। वो हाथों में अपना चेहरा थामकर बैठ गया।

पानी अब दोनों आँखों से बहने लगा था। थोड़ी देर वो उसी मुद्रा में सन्न बैठा रहा, फिर उसे अचानक सिगरेट पीने की तीव्र तलब हुई। उसने

जल्दी से लोअर की जेब चेक की, एक आख़िरी सिगरेट बचाकर कहानी ख़त्म होने के बाद पीने के लिए रखी गई थी। वो हाथों में कहानी का प्रिंट आउट लेकर ऊपर छत पर चला गया।

रेणुका की आँख अचानक प्यास से खुली तो चतुर आस-पास नहीं था। बिस्तर पर भी नहीं और उसकी कुर्सी भी ख़ाली थी। लैपटॉप ऑन था और दरवाज़ा बंद था। रेणुका ने बाथरूम में चेक किया और अचानक उसके मन में ख़ुशी की लहर उठी कि इसका मतलब है चतुर ने कहानी पूरी कर ली है। वो ज़रूर ऊपर सिगरेट पीने गया है और लौटकर उसे उठाएगा और बरसों बाद ताज़ा ख़त्म की हुई कहानी का उसे पहला श्रोता बनाएगा। बरसों पहले अक्सर होने वाली घटना फिर से होगी और एक बार होगी तो फिर वो अपनी पूरी ताक़त लगाकर इस सिलसिले को रोज़ का सिलसिला बना देगी। सब कुछ ठीक हो जाएगा। पहले तो उसने सोचा बिस्तर पर लेटकर चतुर के आने का इंतज़ार करे, फिर उसके मन में शरारत आई। वो दबे क़दमों से ऊपर जाने लगी।

सीढ़ियों से ऊपर पहुँचते ही उसे चतुर की पीठ नज़र आ गई और उसके पीछे से उठने वाला धुआँ भी। उसने मन में कहा– तो जनाब यहाँ आराम से सिगरेट फूँक रहे हैं, अभी डराती हूँ।

वो आख़िरी सीढ़ी से छत पर पहुँची। लेकिन सिगरेट का धुआँ तो इतना नहीं होता। चतुर ऐसे बैठा था जैसे सामने कौड़ा जल रहा हो और वो आराम से ताप रहा हो। वो दबे क़दमों से चतुर की तरफ़ बढ़ी। जैसे ही वो उसके बग़ल में पहुँची, उसकी आँखें किसी आशंका से फैल गईं। चतुर के सामने उसकी शाम को प्रिंट की हुई कहानी जल रही थी और वो चुपचाप उसके सामने बैठा था। उसकी आँखों से झरझर आँसू बह रहे थे। रेणुका को देखते ही वो एक छोटे बच्चे की तरह फूट-फूटकर रोने लगा। रेणुका आगे बढ़ी तो वो कसकर उसकी कमर से लिपट गया। वो घबरा गई।

"क्या हुआ बाबू? क्या हुआ मेरी जान? ऐसे मत रोओ यार, क्या हुआ बताओ प्लीज़!" रेणुका की आवाज़ भी रुआँसी हो गई थी। चतुर

उसे पकड़कर रोए जा रहा था। कहानी वाले काग़ज़ राख़ हो रहे थे। वो चतुर के बालों में उँगलियाँ फिराकर उसे सँभालने की कोशिश कर रही थी लेकिन उसे समझ नहीं आ रहा था हुआ क्या है। चतुर ने हाथ में लिया हुआ मोबाइल उसके सामने कर दिया और फिर रोने लगा। मोबाइल पर कोई वीडियो रुका हुआ था। रेणुका ने उसे रीप्ले किया और उसकी रूह काँप उठी।

सफ़ेद पैंट और गुलाबी टी-शर्ट पहने एक युवक था जो एक मज़दूर को हथौड़ी और फरसे से मार रहा था जो शायद उस मज़दूर के ही औज़ार रहे होंगे। मज़दूर हाथ जोड़े उससे दया की भीख माँग रहा था लेकिन वो आदमी लगातार उसको और देश-दुनिया के सभी मुसलमानों को गालियाँ दिए जा रहा था। वो कह रहा था कि मुस्लिमों ने अगर हिंदू लड़कियों से प्यार करना बंद नहीं किया तो उसका अंजाम यही होगा। ये सारा घटनाक्रम उस युवक का चौदह साल का भतीजा मोबाइल पर रिकॉर्ड कर रहा था। मज़दूर की लगातार छोड़ देने की गुहार से युवक की आँखों में चमक बढ़ती जा रही थी, वो जितना माफ़ी माँगता युवक उतने ही ज़ोर से उस पर वार करता। मज़दूर अब काफ़ी घायल हो गया था और समझ चुका था कि उसकी जान बचने वाली नहीं है। अब वो भागने के रास्ते देखने लगा था लेकिन युवक की आँखें चमक चुकी थीं। वो पूरी तैयारी के साथ आया था। उसने मिट्टी के तेल का पात्र उठाया और मज़दूर पर छिड़कने लगा। मज़दूर युवक के साथ उसके भतीजे से भी जान की भीख माँग रहा था लेकिन तेल छिड़कने के बाद युवक ने उसे आग लगा दी। वो चीख़ता-तड़पता हुआ जलने लगा। भतीजा शायद ये भयानक मंज़र देखकर कुछ देर के लिए विचलित हुआ क्योंकि वीडियो हिलने लगा था। शायद उसके हाथ काँप रहे थे। चाचा ने उसे मोबाइल सीधा रखने के लिए डाँटा तो मोबाइल फिर से स्थिर होकर वीडियो रिकॉर्ड करने लगा। युवक ने कैमरे पर आकर फिर से अपनी धमकी दोहराई– 'लव जिहाद करने वाले उन सभी मुसलमानों का यही हाल होगा जो हिंदुओं की लड़कियों

को अपने जाल में फँसाते हैं।'

इसके बाद उसने ये वीडियो अपने सोशल मीडिया हैंडल पर डालने की जानकारी दी और देखने वालों से वादा लिया– 'आप लोग इसे ग़लत अर्थों में नहीं लेंगे, मेरी मजबूरी समझेंगे कि मैं क्यों अपने देश और धर्म को बचाने के लिए ये सब करने पर मजबूर हूँ। क़ानून के हिसाब से भले ये मेरा आपराधिक कृत्य है लेकिन मैं इस पर ज़रा भी शर्मिंदा नहीं हूँ क्योंकि हिंदुओं ने अब तक बहुत-कुछ बर्दाश्त कर लिया है लेकिन अब नहीं करेंगे। इस वीडियो को जितना हो सकता हो शेयर करो ताकि उन ग़द्दार हिंदुओं की भी नींद टूटे जो कहते हैं कि सभी धर्म बराबर हैं और ये देश सभी लोगों के लिए है। अगला नंबर उनका भी हो सकता है।'

रेणुका की आँखों से भी आँसू झर रहे थे। वे कितने कमज़ोर और कीड़े-मकोड़े हैं, इस वीडियो को देखकर किसी भी आम इंसान के मन में पहला भाव यही आता था कि वे कुछ भी ठीक नहीं कर सकते। इतने बड़े देश में उनकी स्थिति, उनका हस्तक्षेप बेहद मामूली है और वे ज़्यादा-से-ज़्यादा अपनी ज़िंदगी को ठीक करने की कोशिश कर सकते हैं जो अपने आप में बहुत बड़ा काम है। देश में क्या हो रहा है, क्यों हो रहा है, उसमें उनकी कुछ नहीं चल सकती। देश कोई और लोग चला रहे हैं और उनसे कोई और लोग चलवा रहे हैं, बीच में वे हैं जिनके मनोरंजन के लिए बहुत-कुछ किया जा रहा है। चतुर और उसके जैसे लोग किसी गिनती में नहीं आते।

वो वहीं ज़मीन पर बैठ गई और चतुर को गले से लगा लिया। चतुर और फफक कर रोने लगा। इस बार उसकी भी रुलाई फूट पड़ी। उस रुलाई में बहुत-सा ग़ुस्सा था। उन दोनों का ग़ुस्सा मिलाकर उसका बारूद बनाया जाए तो पूरे शहर को दो बार उड़ाया जा सकता था लेकिन इस ग़ुस्से का इस्तेमाल उन्हें पता नहीं था।

ग़ुस्से का सही इस्तेमाल न पता होने का ग़ुस्सा और ज़्यादा था जो गलकर आँसुओं में बह रहा था।

ये समय ऑरिजिनल नहीं, ये एक बेहद बुरे समय का उससे भी बुरा स्पूफ़ है

संपादक और चतुर में कई बार बहसें हुई थीं लेकिन इधर उसने ग़ौर किया था कि चतुर के अंदर एक अजीब-सा आमादापन आ गया है जैसे अगर उसने ज़्यादा इधर-उधर की बातें कीं तो वो अचानक उस पर हाथ भी उठा सकता है। पहले संपादक कभी-कभी चतुर से अपनी छिपी इच्छा के बारे में भी बातें किया करता था कि एक दिन उसे एक उपन्यास लिखना है। साहित्य वग़ैरह में उसकी बहुत गति नहीं लेकिन जीवन के बड़े सपनों में एक ये भी सपना है कि वो एकमात्र, अपना पहला और आख़िरी उपन्यास ज़रूर लिखेगा जो साहित्य की दुनिया में हंगामा मचा देगा। इसके बाद पाठक और प्रकाशक उससे दूसरा उपन्यास लिखने की माँग करते हुए भले मर जाएँ, वो दुबारा इसके लिए क़लम नहीं उठाएगा। चतुर ने उसकी इस अजीब-ओ-ग़रीब इच्छा का कारण जानने की कोशिश नहीं की थी, तो उसने ख़ुद ही इस वाहियात इच्छा जैसे ही वाहियात कारण गिनवाए थे जो किसी गिनती के नहीं थे।

अब पिछले कुछ सालों से संपादक और बाक़ी कर्मचारियों के रिश्तों में ख़ासे बदलाव हुए थे। वो समझता था कि ऊपरी दबावों की वजह से उसे बहुत सारी ऐसी ख़बरें दबानी पड़ती हैं जो पत्रकार बड़ी मेहनत से खोजकर लाते हैं लेकिन वो मजबूर था। पद कितना भी बड़ा हो, वो भी अख़बार में एक नौकरी पर था और उसके ऊपर अख़बार का मालिक था जो न जाने कितने बरसों से इस अख़बार के सभी संस्करणों का प्रधान संपादक था। संपादक चाहता था या कहें इधर के दबावों से ऊबकर चाहने लगा था कि सारे पत्रकार न सही, कम-से-कम चतुर तो उसकी स्थिति को समझे। उसने चतुर को बहुत लंबे समय बाद अपने केबिन में बिना काम के बुलाया। चतुर के आने पर उसने उसकी इधर की लिखाई-पढ़ाई के बारे में बातें कीं और माहौल को सहज करने की कोशिश की। चतुर रोज़

जैसा बना रहा, थोड़ा सामान्य, थोड़ा तनावग्रस्त और कहीं खोया हुआ सा।

"तुम्हें मुझसे तो कोई प्रॉब्लम नहीं? क्या छपेगा क्या नहीं वो कहाँ से तय होता है तुम्हें पता है, पॉलिसी इज़ पॉलिसी।"

चतुर ने उसे घूरकर देखा। वो थोड़ा सहम गया।

"मुझे भी नौकरी करनी है यार।" संपादक की आवाज़ में दयनीयता थी। शायद प्रबंध संपादक यानी अख़बार के मालिक ने हाल ही में किसी मामले में उसे उसकी औक़ात याद दिलाई थी और अब वो उसे हमेशा याद रखना चाहता था।

"आपसे कोई प्रॉब्लम नहीं, इन फ़ैक्ट किसी से कोई प्रॉब्लम नहीं, जो किसी मजबूरी में सत्ता का समर्थक है, बस इसकी बातों को सही साबित करने की कोशिश मत करिए। कोई पढ़ा-लिखा आदमी ऐसा करे तो बहुत दयनीय लगता है। प्लीज़ मत करिए, आपको मैंने हमेशा एक अच्छे पत्रकार के तौर पर जाना है, आप सरकार की ख़ूबियाँ प्लीज़ मत गिनाइए, इसके लिए सरकार के पास पी.आर. डिपार्टमेंट है।" चतुर ने खीज भरी आवाज़ में कहा। संपादक चुप हो गया।

देश के पास अब ऐसा बहुत-कुछ था जो पहले नहीं था, जैसे एक बहुत बड़ी मूर्ति। देश के गौरव को सँजोने वाली ये बहुत बड़ी मूर्ति जब बन रही थी, उस समय भी देश में एक बड़ा तबक़ा था जो रात को बिना खाए फ़ुटपाथ पर सो रहा था क्योंकि ये मूर्ति बाहर से बनकर आ रही थी। इसके निर्माण में उन्हें योगदान नहीं देने दिया गया, लेकिन ये मूर्ति देश को बनाने में बड़ा योगदान देने वाली थी। इसके अलावा कुछ बैंक थे जो दिवालिया हो गए थे, कुछ स्टेशन थे जिन्हें प्राइवेट कर दिया गया था, कुछ शहर थे जिनका नाम बदला जा चुका था, कुछ मुस्लिम थे जिन्हें गोकशी के आरोप में भीड़ ने दिन की रोशनी में मार डाला था, कुछ दलित थे जो घोड़ी चढ़ने की वजह से काट डाले गए थे, कुछ औरतें थीं जिन्हें बलात्कार के बाद बुरी तरह से क़त्ल किया गया था।

चतुर ये सब गिना रहा था।

"तो इनमें से कौन-से अपराध पहले की सरकारों में नहीं होते थे?" संपादक ने चतुर की असंबद्ध बातों को रोकते हुए कहा।

"कई सारे। लेकिन आपको सही मान लेता हूँ, पहले भी अपराध होते थे लेकिन तब आप और हम सीना ठोक के कहते थे कि अपराध हो रहे हैं और सरकार निकम्मी है। आज की तरह नहीं कि जब अच्छा होता है तो आप कहते हैं कि क्या मेहनती सरकार है और बुरा होता है तो कहते हैं कि क्या ये पहले नहीं होता था। मैं आपसे इन मुद्दों पर बात नहीं करना चाहता।" चतुर ने आख़िरी वाक्य चीख़कर कहा। संपादक चौंक गया।

"किन मुद्दों पर भई? आपको यहाँ बात करने नहीं अपना काम करने बुलाया गया है।" संपादक ने चतुर की फ़ीचर सीरीज़ पढ़ते हुए कहा। अब चतुर की चौंकने की बारी थी। उसने देखा संपादक वैसे ही चेहरे पर अकड़ के भाव लिए प्रिंट आउट देख रहा है। उसके चेहरे पर मजबूरी और पछतावे के जो भाव थे वो शायद चतुर ने सिर्फ़ अपने मन में सोचे थे। ये समझते ही चतुर के माथे पर पसीना आ गया। क्या सचमुच उसका मानसिक संतुलन बिगड़ रहा है? जैसा कि रेणुका को लगने लगा है। भले ही उस रात एक बार ये बात कहने के बाद उसने बात बदल दी थी लेकिन उसने पकड़ लिया। ये बात उसे खाए जा रही कि उसकी पत्नी उसे मानसिक रोगी समझने लगी है। क्या वो सचमुच मानसिक रोगी हो रहा है? ये बात समझ नहीं आती लेकिन कुछ बदलाव तो उसने ख़ुद नोट किए हैं।

"क्या सोच रहे हो यार? कहाँ लॉस्ट हो जाते हो? तुम चलो मैं आराम से पढ़ के बताता हूँ कर सकते हैं या नहीं।" संपादक ने कड़क आवाज़ में कहा। चतुर बाहर निकल गया।

उसका मन काम करने में नहीं लगा। उसने आधे दिन की छुट्टी ली और घर चला आया। घर पर उसे कमलेश जी को देखकर ख़ुशी हुई। वो थोड़ा झेंप भी गया क्योंकि रास्ते में कमलेश जी का फोन आया था और उसने इग्नोर कर दिया था।

"मैंने, फोन लगाया तो तुमने उठाया ही नहीं।" कमेलश जी ने चाय

पीते हुए शिकायत दर्ज की।

"अरे वो मेट्रो में था तो पता नहीं चला।" उसने ऐसा झूठ पहली बार बोला था और उसे बोलकर आश्चर्य भी हुआ कि पहले वो ऐसी बातों का जवाब गोल कर जाया करता था। उसे लगा कि मानसिक रोगी समझे जाने के डर की वजह से उसके दिमाग़ के अंदर कोई अलर्ट होकर बैठ गया है जो उसे समझाना चाहता है कि ऐसा कुछ नहीं है।

"फिर जाना है ऑफ़िस?" रेणुका ने उसका उतरा हुआ चेहरा देखकर पूछा।

"नहीं, हाफ़ डे ले के आए हैं।" उसने सोफ़े पर ढहते हुए कहा।

"क्या हुआ, सब ठीक?" रेणुका उसका माथा छूने लगी।

"मैंने सुना हाफ़ ले के आए हैं, डे सुनाई ही नहीं दिया।" कमलेश जी ने माहौल में मज़ाक़ घोलना चाहा, फिर अपने जोक पर ख़ुद ही झेंप गए। चतुर ने ध्यान नहीं दिया। उसने माथे से रेणुका का हाथ हटाया।

"अरे ठीक है सब, बस मूड थोड़ा ठीक नहीं था तो चले आए।"

रेणुका कुछ पूछने वाली थी कि कमलेश जी ने बात लपक ली।

"मूड ठीक कर देता हूँ तुम्हारा। तुमने जो आइडिया मुझे सुनाया था वो साहित्य सरिता वालों को बहुत पसंद आया है नॉवेल के लिए। अब तक का सबसे बढ़िया एडवांस तुमको देकर लिखवाना चाहते हैं। रेणुका बता रही थी पैसों की ज़रूरत भी है तुम लोगों को।" कमलेश जी ने एक साँस में बताया।

"पैसों की ज़रूरत किसको नहीं है? आपको नहीं है?" उसने चिढ़कर कमलेश जी से पूछा। कमलेश जी पुराने चावल थे। चिढ़ के जवाब में मुस्कराने लगे।

"नहीं मुझे नहीं है। इतनी नहीं है कि मैं इसके लिए इतना बड़ा क़दम उठाऊँ। मेरे जीवन में न इतना समय है न इतनी भूख बची रह गई है। कहानी हो जाए बड़ी बात है। ये तुम करो, पहला उपन्यास आए कितने साल बीत गए। लोग तुम्हें पढ़ना चाहते हैं।"

"हज़ार-पाँच सौ लोग पढ़ते हैं दादा, नहीं भी पढ़ेंगे तो उनकी लाइफ़ में कोई ख़ास चेंज नहीं आने वाला। ये सब मेरे बस का नहीं है। आपका ही हाल इधर भी है, कहानी हो जाए बड़ी बात है।" चतुर मोबाइल में कुछ देखने लगा।

कमलेश जी के चेहरे पर पहली बार उदासी के भाव आए जिसे रेणुका ने बख़ूबी नोट किया। चतुर फोन में खोया हुआ था। उनके चेहरे की उदासी और गहरी हुई और उन्होंने आगे बढ़कर चतुर के हाथ से फोन छीन लिया। चतुर हैरानी से उन्हें देखने लगा।

"तुम पूछते रहते थे न कि आप सारा समय पत्रिका को ही दे देते हैं, कहानियाँ क्यों नहीं लिखते। आज बता रहा हूँ तुम्हें। मैं कहानियाँ इसलिए नहीं लिख रहा क्योंकि मैं नहीं लिख पा रहा। मैंने कोशिशें कीं लेकिन पूरी नहीं हुईं। मेरे साथ के कुछ कहानीकार मित्रों को पता है सिर्फ़ कि मैंने बहुत कोशिश की अपना ख़ून जलाकर लिखने की, लेकिन नहीं लिख पाया। तुम्हें लगता होगा बुड्ढा क्यों मेरे पीछे पड़ा रहता है। क्योंकि मैंने तुम्हारी क्षमता देखी है, मैं जानता हूँ तुम क्या लिख सकते हो, कहाँ तक सोच सकते हो। तुमने जीवन के बहुत अच्छे और बुरे दोनों अनुभव किए हैं और उससे ज़रूरी बात, तुम्हारे पास तुम्हारी नज़र है चीज़ों को देखने वाली, एक नया नज़रिया है। मैं नहीं लिखता और इसका मुझे अब अफ़सोस नहीं होता क्योंकि तुम लिखते हो। तुम्हारे जैसे एकाध और मेरे पसंदीदा लेखक हैं जिनका लिखा देखकर मुझे लगता है कि जो मैं नहीं लिख पा रहा वो लिखा तो जा रहा है। तुमने जो लिखा है आज तक उन कहानियों को मैं अपनी कहानियाँ भी मानता हूँ।" कमलेश जी बोलते हुए इमोशनल हो गए थे। चतुर को अजीब महसूस होने लगा। उसने कमलेश जी की आँखों में आँखें डालकर उनकी ओर देखा। कमलेश जी उसके क़रीब आकर बैठ गए।

"इस बदलते समय को मैं देख रहा हूँ लेकिन इसको दर्ज नहीं कर पा रहा। ये इतनी तेज़ी से बदल रहा है कि मैं डर गया हूँ। मैं डर के मारे

कोई कहानी नहीं लिख पा रहा। जिस बात को हम आज मज़ाक़ में कहते हैं, वो मज़ाक़ कुछ दिनों बाद सच बनकर हमारे सामने आ जाता है। ये समय ऑरिजिनल नहीं है, ये किसी बेहद ख़राब समय का उससे भी ख़राब स्पूफ़ है। तुम लिखो यार, कम-से-कम कोशिश तो करो। कोई प्रॉब्लम है तो मुझे बताओ। तुम स्साला आजकल आते ही नहीं, फोन तक नहीं उठाते। बोलो जो भी प्रॉब्लम हो रही, मैं हूँ, रेणु है। तुमको सुनने-समझने वाले लोग हैं बे बनारसी तुम्हारे सामने और तुम अकेले पता नहीं कहाँ गुम हो। जिस काम के लिए दुनिया नहीं छोड़े, स्साला वही काम छोड़ दिए तुम।" कमलेश जी की बातों ने जादू का काम किया था। चतुर के चेहरे पर बहुत सारे भाव आ-जा रहे थे। इस लेवल की बात उन दोनों में कभी नहीं हुई थी। रेणुका अपने फ़ैसले पर ख़ुश हो रही थी कि अच्छा हुआ कि उसने उनको विश्वास में लेकर पब्लिशर से बात फ़ाइनल करने को कह दिया था। ये ज़रूर चतुर को पहले वाला चतुर बना देंगे। उसकी आँखों में ख़ुशी के आँसू कोरों तक आकर अटके थे।

थोड़ी देर तक ख़ामोशी रही। चतुर को जैसे उसकी पूरी ज़िंदगी की रील दिखाई पड़ गई थी। उसने कमलेश जी की तरफ़ देखा और मुस्कराया। कमलेश जी उसे चुपचाप देखते रहे। उसने कमलेश जी का हाथ पकड़ा।

"बहुत अजीब-सा होने लगा है जो बहुत डिटेल से आपको नहीं बता सकता। अभी इसी बात से समझिए कि आपने जितनी बातें कहीं सब सही कहीं लेकिन आप बोलते जा रहे थे मुझे चिढ़ मच रही थी, ग़ुस्सा आ रहा था। लग रहा था हाथ जोड़ के आपके सामने रो पड़ूँ लेकिन चुप रहा। लेकिन जब आपने आख़िरी बात कही न तो बड़ा धक्क से लग गया।" उसकी आँखें भी नम हो गई थीं जिन्हें वो छिपाने की कोशिश बिलकुल नहीं कर रहा था।

"क्या आख़िरी बात?" कमलेश जी असमंजस में थे कि वो पॉज़िटिव बात बोल रहा या फिर निगेटिव।

"यही कि जिस काम की वजह से हम दुनिया छोड़ने से बच गए, वही काम छोड़ दिए हैं।" चतुर की आवाज़ भर्रा गई थी।

"ये अच्छी बात नहीं है दादा। सही बोले आप कोशिश तो करनी चाहिए। कोशिश करेंगे।" चतुर की आवाज़ में स्थिरता थी जो रेणुका ने लंबे समय बाद महसूस की थी।

"अकेले लिखना है तो मेरी चाबी मैं लेकर आया हूँ, अपने पास ही रखो।" कमलेश जी ने जेब से चाबी निकालकर सामने की। चतुर ने लेने के लिए हाथ नहीं बढ़ाया।

"नहीं दादा, यहीं लिखेंगे।"

रेणुका ने हाथ बढ़ाकर चाबी ले ली।

"यहाँ भी लिख सकते हो लेकिन तुम अगर छुट्टी लेकर शांति में लिखना चाहो तो ज़्यादा अच्छा रहेगा तुम्हारे लिए।" रेणुका चाहती थी कि कमलेश जी के रहते, लिखने से संबंधित सब फ़ाइनल हो जाए ताकि चतुर नॉवेल पर काम शुरू कर दे।

"और तुम कैसे रहोगी अकेले?" उसने रेणुका की ओर हैरानी से देखा।

"अरे कौन-सा अकेले, थोड़े समय की दूरी पे रहोगे तुम। मैं आ जाऊँगी। तुम्हारा मूड करे जब तुम आ जाना।"

कमलेश जी ने भी रेणुका का पक्ष लिया, "तुम चाबी रखो और शुभारंभ वहीं करो। आस-पास तीन-चार प्लॉट ख़ाली हैं और कुछ ही घर बने हैं उस गली में। इंटीरियर है, एकदम शांत। मैंने भी लिखने का ही सोच के ये पुराना घर ख़रीदा था।"

दोनों कुछ देर उपन्यास और प्रकाशक के बारे में बातें करते रहे। रेणुका थोड़ी दूरी से चतुर को इस तरह इंटरेस्ट लेकर कमलेश जी से उपन्यास के बारे में बात करता देख ख़ुश थी। उसके अंदर ऐसी संतुष्टि पैदा हो रही थी जैसे उसकी आँखों के सामने उसका भविष्य सुरक्षित किया जा रहा हो।

शराब का पेड़, चखने की डालियाँ

आधी रात का समय था। बारिश पिछले सात घंटे से लगातार हो रही थी। सड़कें और गलियाँ जलमग्न हो गई थीं। रह-रहकर बिजली चमक रही थी। सब अपने घरों में दुबके हुए थे। कोई भूला-भटका कुत्ता जजेज़ कॉलोनी के एक मोड़ से बिजली चमकने से डरकर चिल्लाता तो कॉलोनी की दूसरी तरफ़ से दो कुत्ते उसका जवाब देते। इन आवाज़ों के अलावा माहौल में सिर्फ़ ज़मीन और पानी के बीच के रिश्ते की आवाज़ थी। जस्टिस रामधनी राम अपने बँगले के लॉन में थे। उनके हाथ में हत्यारे की बंदूक़ थी। हत्यारा उनके सामने घुटनों के बल सिर झुकाए बैठा था। ये वही बंटी था जिसे उन्होंने सात साल पहले बलात्कार के एक मामले में अंदर किया था। वो चीख़ता-चिल्लाता रहा कि बलात्कार उसने नहीं किया है लेकिन सबूत उसके ख़िलाफ़ थे। जज साहब को पता चला कि उसने अपने ऑफ़िस में किसी घोटाले का विरोध किया था और अधिकारियों का पर्दाफ़ाश करने की धमकी दी थी इसलिए ताक़तवर लोगों ने एक ज़रूरतमंद लड़की को कुछ पैसे देकर हायर किया और उसे फँसा दिया। जज साहब ने ये बातें सरकारी वकील को बताई थीं और उससे जो हो सकता था, करने को कहा था। सरकारी वकील ने फ़ॉर्मेलिटी के तौर पर एक-दो फोन घुमा दिए थे और मामला आया-गया हो गया था। तगड़े सबूतों की वजह से बंटी को तो सज़ा हो गई लेकिन बंटी आख़िरी वक़्त तक जज साहब से चिल्लाकर कहता रहा कि वो निर्दोष है। इस कलंक और मामले के मीडिया में उछलने की वजह से उसकी बीवी ने अपनी बेटी के साथ आत्महत्या कर ली थी। बंटी हाल ही में सज़ा काटकर निकला था और कुछ ही दिनों पहले उसने जज साहब के सत्रह साल के बेटे और उनकी पत्नी पर मार्किट में गोलियाँ दाग़ दी थीं जब वे दोनों मॉल में शॉपिंग

कर रहे थे। जज साहब जानते थे कि बंटी उनको मारने भी आएगा इसलिए वो तैयार थे। दूसरे उनके पास खोने को कुछ रह भी नहीं गया था इसलिए वो बंटी पर ऐसे हावी हुए जैसा बंटी ने कभी सोचा भी नहीं था और अब अधमरी हालत में वो जज साहब के निशाने पर था।

कहानी क्लाइमेक्स पर आकर अटकी थी।

अख़बार से चतुर ने जब एक साथ एक हफ़्ते की छुट्टी माँगी तो संपादक भड़क गया था लेकिन वो उससे उल्टी-सीधी बहस कर अपनी छुट्टी अप्रूव करवाकर यहाँ चला आया था। कमलेश जी का घर दुमंज़िला था और पहली मंज़िल पर रहने की सब व्यवस्था चकाचक थी। हॉल में, जिसमें चतुर लिख रहा था, एक बड़ी खिड़की थी और उस पर बैठने के लिए चौड़ा प्लेटफ़ॉर्म भी था। खिड़की के ठीक सामने शमी का पेड़ था।

नॉवेल के शुरुआती पेज उसने बहुत तेज़ लिखे थे और उसे मज़ा भी आया था। बीच में एक दिन रेणुका भी आई और उसका लिखना देख बहुत संतुष्ट मन से गई थी। चतुर ने चार से पाँच दिन में क़रीब पैंतीस पेज लिख डाले थे और बहुत रिदम से लिख रहा था। उसका लिखा सुनकर रेणुका की जैसे आत्मा तक को संतोष मिल गया।

चतुर कहानी के क्लाइमेक्स में फँसा हुआ था इसलिए अब आगे बढ़ने की उसकी गति धीमी पड़ रही थी। बदले की इस कहानी का मज़मून कोई बहुत गहरा नहीं था, उसे बहुत समय से एक थ्रिलर उपन्यास लिखने का मन था क्योंकि हिंदी में उसने ढंग के थ्रिलर कम पढ़े थे। वो अक्सर रेणुका से कहता था कि लुगदी थ्रिलर पढ़कर साहित्य में आए लोगों की ज़िम्मेदारी बनती है कि वे अपनी ज़मीन पर कोई बढ़िया थ्रिलर लिखें।

कहानी पर विराम लगा तो शराब पर अपने आप एक्सीलेटर लग गया। यहाँ न कोई मुँह सूँघने वाला था न कोई टोकने वाला। एक बार सुबह मामला शुरू हुआ तो फिर शुरू ही हो गया। घर दो-तीन गलियों से निकलकर एक तरफ़ था जहाँ आस-पास दो-तीन प्लॉट ख़ाली थे।

चतुर शराब लेने पहली बार निकला तो मॉडल शॉप वाले ने उसे

ख़ुशमिज़ाजी से जानकारी दी कि वो अपनी सेवाओं का विस्तार कर रहा है। उसका उद्‌देश्य है कि सभी शराबियों को घर बैठे अपना हक़ मिले जिसके लिए उसने चार साइकिल सवार लड़के भी रखे हैं, जो आस-पास के दो से तीन किलोमीटर के एरिया में होम डिलीवरी करते हैं। बस ध्यान इतना रखना है कि क्वार्टर नहीं मिनिमम हाफ़ और बियर में कम-से-कम तीन केन की होम डिलीवरी हुआ करेगी। चतुर को मन की मुराद मिल गई। उसने अपने दारू वाले इस नए भाई का नंबर लिया और अपनी ख़ुराक लेकर लौट आया।

खिड़की, बैठकर पीने के लिए सबसे अच्छी जगह थी। हवा चलती थी तो नशे की लज्ज़त में और इज़ाफ़ा होता था और नीचे आवाजाही नहीं थी तो जैसे वो आराम से सिगरेट पीकर नीचे फेंक सकता था वैसे ही पन्नी में बाँध के बियर की केन भी। दो केन ख़त्म करने के बाद वो चखने वाली पारदर्शी पन्नी में केन डालता और घुमाकर शमी के पेड़ पर फेंक देता जो किसी-न-किसी डाल में अटक जाती।

रेणुका को लगा कि अगर चतुर चार-पाँच दिन में पैंतीस पेज लिख सकता है तो इस रिदम को डिस्टर्ब करना ठीक नहीं है। वो जिस दिन गई थी, चतुर ने बाहर से उसका पसंदीदा पनीर-मशरूम ऑर्डर किया था और वापस जाने की काफ़ी ज़िद के बावजूद उसे वहीं रोक लिया था। उस रात दोनों ने तूफ़ानी सेक्स किया था। रेणुका को लग रहा था कि उसकी वजह से ही अगले दिन चतुर लेट उठा था वरना उसके बताए शेड्यूल में तो वो सुबह जल्दी उठकर लिख रहा था। रेणुका ने सोच रखा था कि चतुर को लिखने में डिस्टर्ब नहीं करेगी। अब तभी जाएगी जब वो बुलाएगा। दस दिन बीत गए और चतुर ने एक भी दिन उसे आने को नहीं कहा तो उसका माथा ठनका। दिन में पहले तीन-चार बार बात हो जाती थी लेकिन इधर पिछले तीन दिन से उसने सिर्फ़ एक से दो बार बात की थी। उसके ज़्यादा मैसेज डालने पर चतुर लिख देता था– यार सोच रहा हूँ, थोड़ा फ़ोकस करने दो।

दस दिन बीत जाने के बाद रेणुका जाने की सोच ही रही थी कि कमलेश जी का भी फोन आ गया। उन्होंने पूछा कि उपन्यास का क्या अपडेट है। उन्होंने ये भी कहा कि चतुर ने उन्हें पिछले पाँच दिन से एक बार भी फोन नहीं किया है लेकिन उन्होंने उसे डिस्टर्ब करना ठीक नहीं समझा। रेणुका ने बताया कि वो भी दस दिन से नहीं गई है और जाने के लिए कुछ देर में निकलेगी।

रेणुका गलियों में पहुँचकर कन्फ़्यूज़ हो गई। ख़ाली प्लॉट्स में कुछ नए मकानों का शिलान्यास हो गया था और वो सही मोड़ तक पहुँच नहीं पा रही थी। उसने एक तरफ़ गली क्रिकेट खेलते कुछ बच्चों से मदद लेने की सोची और मकान का पता बताया। बच्चे काफ़ी छोटे थे, उन्हें एड्रेस से ज़्यादा लैंडमार्क से मदद मिलने वाली थी।

"वो घर जिसके आगे एक पेड़ है शमी का।" रेणुका ने बताया।

"शमी क्या होता है?" एक बच्चे ने पूछा।

"अबे मोहम्मद शमी को नहीं जानता तू?" दूसरे बच्चे ने उसक मज़ाक़ उड़ाया।

"अरे ये शमी को नहीं जानता इसकी बैटिंग कैंसल।" बच्चे आपस में हँसने लगे। रेणुका सोचने लगी कि और किस तरह उन्हें समझाए।

"अरे दोमंज़िला घर है, बंद रहता था, अभी इसी महीने एक बंदा आया है रहने। सामने बड़ी-सी खिड़की है, पता है तुम लोगों को?" रेणुका के इस बार पूछने से एक मोटे बच्चे के दिमाग़ की बत्ती जली।

"आप दारू वाले पेड़ की बात कर रहे हो आंटी?" बच्चे ने मासूमियत से पूछा।

"नहीं बेटा, वो शमी का पेड़ है आँवले जैसा होता है।"

"आँवला क्या होता है?" एक ने पूछा।

"अरे वो रामदेव बाबा बनाते हैं कुछ।" दूसरे ने ज्ञान प्रदर्शित किया।

रेणुका कुछ और समझाने वाली थी कि मोटा बच्चा बोल उठा।

"मैं समझ गया आंटी। आपको दारू-चखने वाले पेड़ साइड जाना है

न तो आप दूसरी गली में हो, पीछे जा के वो वहाँ से लेफ़्ट हो जाइए, मिल जाएगा।" रेणुका उनकी बातों के बारे में सोचती हुई दूसरी गली में घुस गई। थोड़ी दूर चलकर सामने ही कमलेश जी का घर था।

शमी का पेड़ वाक़ई दारू-चखने का पेड़ बन चुका था। उसकी डालियों पर पारदर्शी पन्नी में कहीं दो तो कहीं चार बियर की केन लटक रही थीं। कई डालियों पर ये सजावट इतने क़रीने से हुई थी मानो चतुर ने इतने दिन लिखना बंद कर पेड़ पर चढ़कर उसे सजाने में ही अपना सारा समय ख़र्च किया था। वो थोड़ी देर तक सिर उठाकर उस पेड़ को देखती रही। उसके अंदर ग़ुस्सा धीरे-धीरे बढ़ रहा था। उसने अंदर जाने के लिए जैसे ही क़दम उठाया, एक और वैसी ही पन्नी सनसनाती हुई आकर उसके सामने शमी की एक डाल पर अटक गई। उसका रहा-सहा धैर्य भी ख़त्म हो गया। वो तमकती हुई अंदर घुसी।

चतुर सुबह से पी रहा था और दोपहर होते-होते, जब रेणुका ने सोचा था दोनों उसका बनाया हुआ आलू का पराठा खाते हुए आगे के चैप्टर्स सुनेंगे, वो पीकर निढाल हो चुका था। रेणुका सोफ़े पर बैठी थी और वो उसी खिड़की पर एक तकिया लगाकर लेटा हुआ था। उसकी आँखें चढ़ी हुई थीं और उसे बोलने में दिक़्क़त हो रही थी। रेणुका समझ गई कि ये बियर की तीन केन आज के दिन की पहली नहीं थीं। रेणुका ने उससे कई बातें पूछी और कहीं, लेकिन वो उस अवस्था में पहुँच चुका था जहाँ से कुछ भी बोलने पर होश वाले लोग उसका बुरा नहीं मानते।

"तुम ख़ुद नहीं लिखना चाहते न? तुम्हें कोई मतलब नहीं कि चीज़ें कितनी बिगड़ती जा रही हैं हम दोनों के बीच। तुम कितने सेल्फ़िश हो गए हो कभी सोचा है? रेणुका की आवाज़ में ग़ुस्से से ज़्यादा कातरता थी। चतुर ने आँखें खोलकर अजीब ढंग से मुस्कराते हुए रेणुका को देखा।

"पता है ऐसे ही एक बार मंटो को किसी ने पैसे देकर किसी हिल स्टेशन पर लिखने भेजा था। वो फ़िल्म लिखने गया था, हम नॉवेल लिखने आए हैं। वो एडवांस के पैसों से दिन भर शराब पीता और प्रोड्यूसर का

फोन आने पर बोल देता कि कहानी लिखी जा रही है। जिस दिन प्रोड्यूसर आने वाला था उस दिन मंटो सुबह बैठा और कहानी लिख डाली।" चतुर की आवाज़ लड़खड़ा रही थी और वह अजीब ढंग से हँस भी रहा था। रेणुका के शरीर में आग लग रही थी। तभी दरवाज़े पर दस्तक हुई।

रेणुका ने दरवाज़ा खोला तो सामने एक दुबला-सा लड़का खड़ा था। उसके हाथ में थैला था जिसमें बियर की तीन केन थीं। चतुर उसे देखकर हँसने लगा। उसकी हँसी में भी लड़खड़ाहट थी। लड़का टेंशन में था, चतुर दरवाज़े पर आया तो उसने अपनी नाराज़गी ज़ाहिर की।

"भैया, एक ही बार में दस क्यों नहीं मँगा लेते, मैं तीसरी बार आ रहा हूँ बताइए।" चतुर ने थैली उसके हाथ से ले ली।

"अबे बताया तो तुझे, फ्रिज ख़राब है, एक ही बार में डिलीवरी करनी है तो मैकेनिक लेके आ मेरा फ्रिज ठीक करवा।" चतुर अच्छे नशे में था। उसे रेणुका की मौजूदगी से फ़र्क़ नहीं पड़ रहा था। दरवाज़ा बंद करने के बाद वो फिर से खिड़की पर बैठ गया और एक केन खोल लिया। रेणुका को हैरानी हो रही थी कि चतुर उसके सामने बेफ़िक्री से बियर पी रहा था। उसे लगा सब गड़बड़ हो गया। उसने चतुर को यहाँ भेजा था लिखने का आत्मविश्वास दुबारा हासिल करने और उसने पीने का हासिल कर लिया।

"सिर्फ़ शराब पी रहे हो तुम यहाँ आराम से न, कितने पेज हुआ है टोटल?" रेणुका के ये कहने पर चतुर ने उसे गर्दन घुमाकर देखा। उसने अपनी आँखों को मिचकाया जैसे सामने तेज़ धूप है और वो उसका चेहरा ठीक से नहीं देख पा रहा।

"ऐसा है मैडम, आपको रिपोर्ट कार्ड नहीं देंगे, ये मेरा ब्रेक टाइम है। और हाँ, ये बियर है शराब नहीं, शराब हम सिर्फ़ रात में पीते हैं।" ये बोलकर चतुर फिर से हँसने लगा। रेणुका रुआँसी हो गई। इस समय चतुर से कुछ भी बात करना बेकार था।

रेणुका अंदर वाले कमरे में जाकर लेट गई। उसके मन में बहुत सारी आशंकाएँ घुमड़ रही थीं और वो अंदर से बेहद डरी हुई थी। सोचते-सोचते

उसे नींद आ गई।

एक घंटे बाद उसकी नींद हॉल से आ रहीं आवाज़ों से खुली। पब्लिशर किसी बात पर चतुर से बहस कर रहा था और कमलेश जी बीच-बचाव कर रहे थे। उसे समझ नहीं आया। उसने अपने बाल ठीक किए और हॉल में गई।

हॉल में किसी गंभीर मुद्दे पर बहस चालू थी। चतुर अब थोड़ा बेहतर नज़र आ रहा था जिसका मतलब रेणुका को समझ नहीं आया। या तो वो उसे देखकर थोड़ा ज़्यादा नशे में होने की एक्टिंग कर रहा था या फिर दो और बियर पीकर वो ज़्यादा चैतन्य हो गया है। दोनों ही सूरतों में ये उसके लिए उदास होने वाली बात है।

उसे बात समझने में थोड़ी देर लगी। चतुर ने जो कहानी सुनाई थी और जिस पर डील हुई थी, उसका अंत वो बदल रहा था और प्रकाशक इस पर राज़ी नहीं था।

"ऐसा नहीं हो सकता सर, वो जज है कोई गांधी नहीं जो इतनी बेरहमी से अपने परिवार को मारने वाले को माफ़ कर देगा। आप ख़ुद सोचिए कोई लॉजिक है क्या इसमें?" प्रकाशक बार-बार इसी बात को घुमा-फिरा कर कह रहा था और अपनी बात मनवाने के लिए कमलेश जी की तरफ़ देख रहा था। कमलेश जी चुपचाप दोनों की बातें सुन रहे थे।

"कर सकता है। आप सोच के देखिए, वो जज है। उसने बहुत-कुछ देखा और समझा है। जो सब कुछ खो चुका है वो मार सकता है हत्यारे को लेकिन वही छोड़ भी तो सकता है।"

"क्यों छोड़ सकता है?"

"माफ़ कर सकता है।"

"क्यों माफ़ कर सकता है?"

"क्योंकि जिसके पास मारने की ताक़त है, वो माफ़ भी कर सकता है।"

"सर, आपसे बात हुई थी कि वो बदला लेगा, उसको गोली मारेगा,

काम ख़त्म कहानी ख़त्म। आप उसको पूरा करिए ताकि बाक़ी के पैसे देकर मैं अगले सेट में इसको छापने पर लगाऊँ।"

"वो गोली नहीं मारेगा दोस्त, चारों तरफ़ जितना वायलेंस ऑलरेडी चल रहा, उसमें मैं ये नहीं कर सकता।"

"सर, कैसी बातें कर रहे हैं आप? कहाँ वायलेंस चल रहा? सब सही है फ़र्स्ट क्लास है। आप प्लीज़ जिस एंड पे बात हुई थी वो लिखिए और ख़त्म करिए।"

"मैं नहीं लिख सकता वो एंड। सॉरी!" चतुर ने कहा और आराम से बची हुई बियर पीने लगा। रेणुका दरवाज़े पर खड़ी सब सुन रही थी।

"सर प्लीज़, आप देखिए कुछ करिए। मैं कैसे क्या करूँ...?" प्रकाशक कन्फ़्यूज़ हो रहा था और बड़ी मुश्किल से कुछ कठोर बातें कहने से ख़ुद को रोके हुए था क्योंकि एक तो चतुर्भुज शास्त्री की अक्खड़ छवि से वो परिचित था, दूसरे सामने वरिष्ठ लेखक कमलेश जी बैठे थे।

"मैं बात करता हूँ, आप चलिए, हम लोग एक-दो दिन में आपके ऑफ़िस आते हैं मिलने।" कमलेश जी की बात पर प्रकाशक जाने को खड़ा हुआ।

"आप प्लीज़ देखिए सर, एडवांस भी आपके कहने पर ही..." कमलेश जी लगभग धकेलते हुए उसे दरवाज़े तक ले आए।

"हाँ बिलकुल आप चिंता मत करिए, कुछ-न-कुछ बढ़िया होगा। चलिए नमस्कार।" प्रकाशक उनके पैर छूकर निकल गया। उन्होंने दरवाज़ा बंद किया और पीछे पलटे जहाँ चतुर अब भी बियर पी रहा था और रेणुका चेहरे पर दुनिया भर की चिंता लिए उसके बग़ल में खड़ी थी।

रेणुका ने चतुर को नींबू-पानी बनाकर पिलाया और दो बार उलटी करके अब वो बेहतर महसूस कर रहा था। कल रात से उसने कुछ खाया नहीं था तो कमलेश जी ने पास के छोले-कुलचे वाले से फोन कर सबके लिए मँगवा लिये थे। वे छोले-कुलचे खा रहे थे, चतुर एक कुलचा खाकर खिड़की पर ही अधलेटी मुद्रा में था।

"मस्त है आपका घर और सबसे मस्त है खिड़की।" चतुर की बात पर कमलेश जी मुस्कराए। पहले तो अपने घर में और आस-पास इतना कचरा बिखरा देख कमलेश जी का मूड ख़राब हुआ था लेकिन जब उन्होंने चतुर और प्रकाशक की बातें सुनीं तो समझ गए थे कि मूड ख़राब करने को इससे बड़ी चीज़ें आस-पास पर्याप्त मात्रा में मौजूद हैं।

"लिखने में क्या प्रॉब्लम आ रही है तुमको? कुछ स्पेसिफ़िक?" उन्होंने पूछा। रेणुका ने भी जवाब के लिए उत्सुकता से चतुर को देखा। वो सवाल सुनकर कुछ सोचने लगा था।

"कोई प्रॉब्लम नहीं बस कुछ मज़ा नहीं आ रहा। कुछ भी लिखता हूँ तो लगता है जैसे ये लिखा जा चुका है। मैं चाहता हूँ कुछ ऐसा लिखूँ जो पहले किसी ने लिखा न हो, कुछ ऐसा जो पढ़ने वाले को एकदम से हिला दे कि ये कितनी नई बात है। जो बात सिर्फ़ मेरी हो। लेकिन लगता है जैसे दुनिया में जानने लायक़ कुछ बचा ही नहीं। लिखूँ तो कुछ मौलिक लिखूँ।" चतुर की बात पर कमलेश जी चौकन्ने हो गए।

"ग़लत रास्ते जा रहे हो बनारसी। मौलिकता एक भ्रम है। इस दुनिया में कुछ भी मौलिक नहीं है। ये दुनिया ख़ुद एक ख़ूबसूरत दुनिया का पाइरेटेड ख़्वाब भर है जिसकी हर रोज़ कितनी ही पाइरेटेड कॉपियाँ निकल रही हैं। तू वैज्ञानिक नहीं है चतुर्भुज शास्त्री जो तुझे कुछ नई खोज करनी है, तू एक लेखक है जिसे उतना लिखना है जितना उसने जिया है या जो वो जीना चाहता है। तेरी मुक्ति सिर्फ़ लिखने में है। मौलिक है, कॉपी है, अच्छा है ख़राब है, ये सब बहसें तभी किसी मायने की होंगी जब तू लिखेगा।"

"ठीक कह रहे हैं आप लेकिन मेरे दिमाग़ में अब जो क्लाइमेक्स आया है मैं उसे नहीं बदलूँगा। मैं आपको उसकी वजहें सुनाऊँगा तो आप ख़ुद कन्विंस हो जाएँगे।" चतुर काफ़ी बेहतर दिख रहा था।

"सुनाने की ज़रूरत नहीं। मैं वैसे ही कन्विंस हूँ लेकिन बात ये है कि पब्लिशर के लिए तो वही कहानी फ़ाइनल है जिसे मानकर उसने एडवांस दिया था। उस पे तुझे सोचना चाहिए।"

चतुर उठकर खड़ा हो गया। वो टेबल तक गया और वहाँ से चाबियाँ उठा लीं। कमलेश जी के सामने आकर हाथ बढ़ाया और उनके ही घर की चाबियाँ उनको ऐसे अधिकार से दीं जैसे घर उसके बाप का हो और वो किसी ग़रीब को देकर उसके ऊपर बहुत बड़ा एहसान कर रहा हो।

"तो एडवांस लौटा दिया जाएगा उसमें क्या है।"

कमलेश जी ने उसे घूरते हुए चाबी पकड़ ली। रेणुका के चेहरे पर मातम के निशान थे।

अकेले आदमी की तरह खाना

"किसी मानसिक समस्या से जूझ रहे इंसान से क्या नहीं कहना चाहिए?"

"कुछ नहीं। ये तो बिलकुल नहीं कि बाहर जाओ, दोस्तों से मिलो-जुलो, संगीत सुनो टाइप की सलाहें।"

"मानसिक समस्या से जूझ रहे इंसान को सबसे अच्छी सलाह क्या दी जा सकती है?"

"सिर्फ़ एक ही सलाह कि किसी की सलाह न सुनो और विशेषज्ञ की राय लो।"

रेणुका अपनी तरफ़ से भी कंसल्ट करना और चतुर की समस्या पर गूगल वग़ैरह करना कब का शुरू कर चुकी थी। वह समझने लगी थी कि चतुर की समस्या से जूझने के लिए उसे चतुर से ज़्यादा मेहनत करनी पड़ेगी लेकिन बतौर पत्नी कई बार वह उलझ भी जाती थी। उसे समझ नहीं आता था वह इस पार रहे या उस पार और अक्सर मझधार में दोनों आपस में जूझने लगते थे।

बहुत दिनों से रेणुका सोच रही थी कि वे कहीं बाहर लंच या डिनर पर नहीं गए। उसने चतुर से कहा भी लेकिन वो छुट्टी के पूरे दिन सिर्फ़ एक

जगह सोया रहता। ऑफ़िस में बिना बताए छुट्टी से ज़्यादा दिन ग़ायब रहने और संपादक का फोन न उठाने पर उसे कारण बताओ नोटिस दिया गया था जिसका कोई कारण उसके पास बताने को नहीं था। रेणुका ने कहा कि कम-से-कम वो नोटिस का जवाब तो दे दे, लेकिन चतुर ने कहा कि उसको कारण नहीं पता। उसे सिर्फ़ इतना पता है कि इस नौकरी में जितनी वो तनख़्वाह पाता है उससे ज़्यादा वो फ्रीलांसिंग करके कमा लेगा और उसकी चिंता करने की क़तई ज़रूरत नहीं है।

बहुत ज़ोर देने पर चतुर बाहर डिनर के लिए तैयार हुआ। रेणुका ने सुंदर टॉप और जींस पहनी जो चतुर ने पिछली सालगिरह पर उसे गिफ़्ट की थी। दोनों हौज़ ख़ास अपने पसंदीदा रेस्टोरेंट पहुँचे जहाँ शादी के शुरुआती सालों से चतुर हर वीकेंड पर उसके साथ जाया करता था। इस बात पर उनकी अच्छी-ख़ासी चर्चा और बहस निकलने से पहले हुई थी कि चतुर पहले जैसा ख़ुशमिज़ाज रहने की कोशिश करेगा और कोई मनहूसियत भरी बात नहीं बोलेगा जो इधर उसकी आदत बनती जा रही है।

मेन्यू सेलेक्ट करने की ज़िम्मेदारी चतुर ने उसके ऊपर छोड़ दी।

"क्या खाओगे?"

"तुम जो खिलाओगी खा लेंगे जानेमन।" चतुर ने सरेंडर करने वाले अंदाज़ में कहा।

रेणुका ने खाने के आइटम सेलेक्ट किए और स्टार्टर में पनीर के पकौड़े मँगा लिए जो उनकी पहली मुलाक़ात की निशानी थी। होटल में जब बहुत कहने पर भी रेणुका कुछ मँगाने के लिए तैयार नहीं हुई तो चतुर ने पनीर पकौड़े मँगाए थे।

"याद है पहली बार तुमने मेरे लिए यही पकौड़े मँगाए थे और मैं दो खाती उसके पहले तुम सारे खा गए थे।" रेणुका ने मुस्कराते हुए कहा। चतुर भी मुस्कराया। थोड़ा ज़्यादा मुस्कराया।

"जानेमन हम खाना तो तुमको चाहते थे लेकिन तुमने हमको रोक दिया था, और तो और ग़ुस्सा भी हो गई थीं।" चतुर की आवाज़ का

एक्स्ट्रा उत्साह रेणुका को थोड़ा अजीब लग रहा था लेकिन उसने इग्नोर किया।

"तो ? ग़ुस्सा नहीं आएगा ? पहली बार किसी लड़की से मिलने आए हो और तुमको सीधे उसके साथ सोना ही है ?"

चतुर हँसने लगा। अजीब तरीक़े से जैसे उसे किसी ने गन प्वॉइंट पर हँसने के लिए कहा हो। आस-पास की टेबल वाले उसे पलटकर देखने लगे। रेणुका को असहज महसूस होने लगा।

"हमें तुमसे प्यार कितना ये हम नहीं जानते... मगर जी नहीं सकते तुम्हारे बिना...।" अब ये गाना जो चतुर ने गाया था वो हद पार करने जैसा था। उसे देखकर साफ़ लग रहा था कि ये आदमी उतना सामान्य नहीं है जितना दिखने की कोशिश कर रहा है। रेणुका ने उसकी हथेली दबाई।

"क्या कर रहे हो, लोग देख रहे हैं।" चतुर ने आस-पास देखा। इक्का-दुक्का लोग उसे कनखियों से देख रहे थे। चतुर मुस्कराने लगा। थोड़ी दूरी वाली टेबल पर एक युवा जोड़ा एक-दूसरे की हथेली पकड़े आपस में कुछ फुसफुसा रहा था। चतुर ने उनकी तरफ़ उँगली उठाकर गाना शुरू किया।

"हे... देख वो इश्क छुप-छुप के फ़रमा रहे हैं...
है क्या मज़ा दिल ही दिल में जो घबरा रहे हैं...
हम वो करेंगे दिल जो कहे... हमको ज़माने से क्या...
अरे खुल्लमखुल्ला प्यार करेंगे हम दोनों..."

चतुर ने हँसते हुए रेणुका के गाल पर एक हल्का चुंबन ले लिया और अब सारे लोग उनको ही देख रहे थे। रेणुका बहुत अजीब महसूस कर रही थी। उसने चतुर का हाथ पकड़कर उसे सीधा बिठा दिया।

"क्या पागलपन है ये ?" उसकी आवाज़ में भयानक ग़ुस्सा था लेकिन वो आवाज़ को धीमी रखने की कोशिश कर रही थी।

"क्या ? तुमने ही तो कहा था कि मनहूसियत नहीं रखनी है तो तुम्हारा मनोरंजन करने की कोशिश कर रहे हैं।" चतुर ने अचानक ऐसे नॉर्मल

होते हुए कहा जैसे अभी गीत गाने वाला कोई बिलकुल दूसरा ही शख़्स था। उसका दिमाग़ ग़ुस्से से फ़्यूज़ हो रहा था। उसने कोई बात नहीं की और चुप बैठ गई। खाना सर्व हो गया। रेणुका ने मन-ही-मन सोच लिया था कि अब चीज़ों को इग्नोर करना बहुत हो गया। अब वो चतुर से सीधे बात करेगी। उसे साइकियाट्रिस्ट से कंसल्ट करना ही होगा, उसके बिना कोई उम्मीद नहीं है।

चतुर चुप था जैसे उसे इसी डाँट का इंतज़ार था कि एक बार रेणुका डाँट दे और वो फिर से अपने खोल में घुस जाए जहाँ न उसे किसी की बात सुननी हो और न किसी से कुछ कहना हो।

वो एक अकेले आदमी की तरह बैठा सिर झुकाकर खा रहा था जैसे उसके आस-पास कोई न हो। उसके जीवन में, उसके अतीत में और यहाँ तक उसके भविष्य में भी उसके साथ कोई न हो।

रात-रात भर भूत की तरह जागता हुआ आदमी बहुत प्यार माँगता है या फिर इलाज

"रेणुका जी, आप सबसे पहले ऐसा सोचना बंद करें कि आपके पति अपनी सुविधा के लिए मन ख़राब होने का बहाना करते हैं। उन्हें आप के प्रेम और दवाइयों की लगातार ज़रूरत है।"

चतुर सिर झुकाए बैठा था। शुरुआती नकारों के बाद आख़िर-कार उसने माना था कि रेस्टोरेंट में उसका व्यवहार नॉर्मल नहीं था। उस व्यवहार में कोई दिक़्क़त नहीं थी बस वो चतुर्भुज शास्त्री नहीं था। जो चतुर्भुज शास्त्री नहीं है, इधर उसके अंदर से अक्सर बाहर आने लगा है यानी कुछ तो दिक़्क़त है। उस दिन कमलेश जी के मकान में जिस तरह बियर पीकर उसने रेणुका से फ़ालतू की बहस की थी, वो भी चतुर्भुज नहीं था। वो चतुर्भुज कोई और था जिससे उसने प्रेम किया था, शादी की

थी, ये कोई और ही चतुर्भुज शास्त्री है जिसे कोई नहीं पहचानता। न वो, न कमलेश जी, न उसके पाठक और न वो ख़ुद अपने आप को पहचान रहा है।

चतुर बहुत लंबी बहस के बाद अब मानने के रास्ते पर आ रहा था क्योंकि इस बहस से उसके भीतर अक्सर उठने वाली उदासी उठ चुकी थी और तेज़ी से उसके भीतर हर तरफ़ फैलती जा रही थी। उसे लग रहा था उसकी रगों में ख़ून की जगह उदासी दौड़ रही है।

"ठीक है, दिखा लेंगे लेकिन एक शर्त पर।"

रेणुका ने इस बात पर उसे आँखें सिकोड़कर देखा।

"क्या ?"

"अकेले जाएँगे। सब ठीक-ठीक बताएँगे डॉक्टर को, अगर उसने कहा सब ठीक है तो फिर इस बात पर हम दुबारा बात नहीं करेंगे और हम तुमको राइटर्स ब्लॉक के और बढ़िया-बढ़िया उदाहरण पूरी दुनिया के लिटरेचर से बताएँगे। तुम्हें समझ आएगा कि इस फ़ेज़ से हम ही नहीं बड़े-से-बड़े लेखक गुज़रते रहे हैं। भला हो उनकी बीवियाँ इतनी प्यार करने वाली नहीं थी कि उन्हें डॉक्टर के पास ले जाकर बिजली के झटके लगवाने लगतीं।" चतुर की आवाज़ में बीवी और उसकी परवाह दोनों के लिए हिकारत थी। रेणुका विचलित नहीं हुई।

"ठीक है, लेकिन अगर डॉक्टर ने एक भी दवाई लिख दी तो इस मामले में तुम मेरी हर बात कान-आँख बंद करके मानोगे।"

"ठीक है।" चतुर ने हथियार डाल दिए।

रात के दो बजकर पंद्रह मिनट पर जब रेणुका गहरी नींद में थी, अचानक चतुर चीख़ने लगा। उसकी नींद टूट गई। चतुर की आँखें आधी खुली हुई थीं और वो किसी सपने में था। रेणुका ने उसे बाँहों में भर के हिलाया और वो चैतन्य हुआ। चैतन्य होकर तुरंत उसे समझ में आया कि वो सपने में था और वो गंभीर नज़र आने लगा।

"क्या देखे ?" रेणुका ने उसका चेहरा अपने सीने में घुसाते हुए पूछा।

उसने बताया कि सपने में उसके एक मामा आज बरसों बाद दिखाई दिए जो उससे सिर्फ़ चार साल बड़े थे और उसके दोस्त की तरह थे।

"हर गर्मी की छुट्टी में दादी के गाँव जाने से ज़्यादा उत्साह नानी के यहाँ जाने का होता था क्योंकि वहाँ मामा रहते थे, मेरे सबसे अच्छे दोस्त और बहुत-कुछ पहली बार सिखाने वाले। हम दोनों में लड़ाई भी बहुत होती थी, हम भूसे में आम पकने के लिए डालते थे और इधर-उधर होते ही वो निकाल के खा जाते।"

"क्या हुआ था उनको?" रेणुका ने इन मामा के बारे में हल्का-फुल्का सुन रखा था लेकिन चतुर उनके इतने क़रीब था वो पहली बार उसके मुँह से सुन रही थी।

"उन्होंने आत्महत्या कर ली थी। कारण हमको समझ नहीं आया ठीक से, छोटे थे।" चतुर की आवाज़ भरी हुई थी। रेणुका उसका सिर सहलाने लगी।

"उनके बारे में सोचा था क्या सोते वक़्त?" रेणुका ने नरम आवाज़ में पूछा।

"नहीं सोचा तो नहीं था।" चतुर ने साफ़ झूठ बोला जिसे रेणुका ने आसानी से पकड़ लिया। दोनों थोड़ी देर चुप रहे।

"कोई गाना सुनाओ।" रेणुका ने चतुर का दिमाग़ डाइवर्ट करने के लिए कहा। चतुर शुरुआत में अक्सर रेणुका को सोते वक़्त अपने पसंदीदा गीत सुनाया करता था, जिस पर रेणुका निसार रहती थी। फिर चतुर के कहने पर रेणुका उसे गीत सुनाती। दोनों एक-दूसरे को अपने स्कूल और कॉलेज टाइम की फ़िल्मों के गाने सुनाते और अपनी आवाज़ों को बेसुरा कहते हुए अपनी क़िस्मत पर इतराया करते।

"गाने की फ़रमाइश ऐसे करती हो जैसे रफ़ी से कह रही हो।" चतुर मुस्कराता। रेणुका उसे बाँहों में भर लेती।

"मेरे रफ़ी भी तुम्हीं हो किशोर भी, सानू भी उदित भी मेरी जान।" वह इतरा जाता। दोनों अपने पसंदीदा गीत एक-दूसरे को डेडीकेट करके सुनाते

और एक-दूसरे की बाँहों में ख़ूबसूरत नींद सोते।

रेणुका के कहने पर चतुर ने थोड़ी देर सोचा और गीत सुनाने लगा।

'अगर कहीं इक दुकान होती जहाँ पर मिलते गगन के तारे
मैं सारे तारे ख़रीद लेता तुम्हारे आँचल में टाँक देता
मगर क्या करूँ मैं कि ये जानता हूँ
तारे मिलते नहीं ऐसे
तारे मिलते नहीं ऐसे...'

रेणुका ने उसके गाल पर एक चुंबन दिया और उसके कान के पास फुसफुसाई।

"किसी की याद आ रही है क्या?"

चतुर इस सवाल पर चौकन्ना हो गया। उसे याद आया कि उसने अपने जीवन के सारे चैप्टर अपनी पत्नी के सामने इस तरह खोल दिए हैं कि वो बिना कुछ सोचे भी बोलेगा तो वो उसके पुराने अध्यायों से जोड़ देगी। उसका मन ख़राब हो गया। उसने ये गीत क्यों गाया, ये उसे भी पता नहीं था लेकिन इस गीत से उसे कुछ ऐसी यादें कुरेदने लगीं जिन्हें वो याद नहीं करना चाहता था। उसे सीने में साँस फँसती हुई महसूस हुई। साँसों की गति नियंत्रित करने में उसके चेहरे पर पसीना आने लगा। रेणुका ने उसकी पीठ मलते हुए उसे सँभालने की कोशिश की। थोड़ी देर में वो सामान्य हुआ।

"सो जाओ बाबू।" उसने फिर से उसे अपनी आग़ोश में भरना चाहा लेकिन इस बार चतुर ने उसे अपने सीने में लपेटना चाहा। रेणुका थोड़ा नीचे होकर उसके सीने से लग गई। वो रेणुका के बालों को सहलाने लगा। रेणुका की आँखें बंद होने लगीं।

"तुम भी सो जाओ।" उसने हाथ बढ़ाकर चतुर के चेहरे को छुआ।

"हाँ, कोशिश करते हैं।"

रेणुका की आँख अचानक किसी सपने से खुली तो उसने सिर उठाकर चतुर को देखा। वो आँखें खोले छत को घूर रहा था।

"सोए नहीं?" उसने दुलार से पूछा।

"नींद नहीं आ रही।" उसने सपाट स्वर में कहा।

"सो जाओ मेरा बच्चा, मेरा बाबू।" उसने विनती भरी आवाज़ में कहा।

"कोशिश करते हैं।" चतुर ने उसे भरोसा दिलाया।

रेणुका न चाहते हुए भी सो गई। उसे हमेशा लगता था कि उसे चतुर की आँखें खुली रहने तक जागते रहना चाहिए, लेकिन दिन भर की थकान उसे सोने पर मजबूर कर देती। अक्सर ऐसा होता कि रात में किसी सपने से या करवट लेते हुए यूँ ही उसकी आँख खुलती और वो चतुर के चेहरे की ओर देखती। वो एकटक छत को घूर रहा होता। रेणुका का दिल भर आता और उसे लगता कि काश! वो किसी तरह ख़ुद नींद बनकर अपनी जान की आँखों में समा जाती।

रेणुका की नींद सुबह जल्दी खुल गई। चतुर जगा हुआ था और लेटे हुए ही मोबाइल में कुछ देख रहा था। रेणुका ने मोबाइल उसके हाथ से छीन लिया।

"एक तो ये सबसे बड़ी बीमारी है। हटाओ इसको।"

"सब कुछ-न-कुछ लिख रहे हैं।" चतुर की आवाज़ में मायूसी थी। रेणुका ने मोबाइल की स्क्रीन देखी। चतुर के एक समकालीन लेखक और ठीक-ठाक दोस्त के नए उपन्यास का लोकार्पण था। उसने मोबाइल को स्विच ऑफ़ करके रख दिया।

चतुर के सुबह की शुरुआत ही ख़ुद को कोसने और अफ़सोस करने से हुई थी। अक्सर ऐसा होने लगा था कि वो ख़राब मूड से उठता और दिन का बाक़ी समय अपने मूड को ठीक करने की कोशिश में बिता देता।

रेणुका की चिंताओं में ये एक बड़ी चिंता शामिल हो गई थी कि वो जब जागती, उसका पति उसे जगा हुआ ही मिलता। अगर रात में उसे नींद आ भी जाए तो उसने ग़ौर किया था कि वो दस बजे सोए, बारह बजे या दो बजे ही क्यों न सोए, जाग वो सुबह छह तक हर हाल में जाता था।

पहले के उलट वो सुबह अलसाता भी नहीं था और दो घंटे सोकर भी एकदम फ्रेश जागता था।

ये ख़ुश होने वाली बात रेणुका को डरा देती थी।

सभी अच्छे लेखक जवानी में मर जाना चाहते हैं

देश में कई नए बनाए जा रहे नैरेटिव्स में एक ये भी था कि देश में आज जो भी बुरा है वो देश के पहले प्रधानमंत्री जवाहर लाल नेहरू की वजह से है। नेहरू की चरित्रहीनता और उनकी अय्याशी के बहुत सारे मैसेज और मीम्स युद्ध-स्तर पर बनाए और फ़ॉरवर्ड किए जा रहे थे। फ़िज़ाओं में इस समय से संबंधित कितने ही ज्वलंत सवाल थे लेकिन युवाओं को इन सवालों के जवाब में तुलना का एक सटीक हथियार दिया गया था। किसी भी सवाल या आरोप के जवाब में पिछले किसी समय या स्थिति की तुलना करना जवाब ढूँढ़ने की जगह सवाल का रुख़ ही मोड़ देता था। नेहरू और लौहपुरुष सरदार वल्लभ भाई पटेल की तुलना भी ऐसा ही एक हथियार था जिसे देश की बहुत समस्याओं की जड़ में बताया जाता था। उन्हीं सरदार वल्लभ भाई पटेल ने कहा था– 'मेरी एक ही इच्छा है कि भारत एक अच्छा उत्पादक हो, इस देश में कोई अन्न के लिए आँसू बहाता हुआ भूखा न रहे।' देश में किसान लगातार आत्महत्याएँ कर रहे हैं और एक बड़ी आबादी अन्न के लिए आँसू बहाती हुई अब भी सो रही है। क्या आज सरदार पटेल ज़िंदा होते तो हज़ारों करोड़ के ख़र्चे पर बन रही मूर्ति पर ख़ुश होते ? या नाराज़ होते ? वो कहते कि पहले देश के आख़िरी आदमी के लिए योजनाएँ बनाओ, उन्हें लागू करो, सबके पेट भरो, फिर किसी बात का गर्व करना। यूँ होता तो क्या होता ?

चतुर ने दुनिया की सबसे बड़ी मूर्ति पर एक स्टोरी की थी जिसमें ऐसी और इससे मिलती-जुलती बातें लिखी थीं। संपादक पहले से खार खाए हुए

था, उसने चतुर को इस स्टोरी के लिए डाँटा।

"गर्व समझते हो या नहीं देवता? देश के लिए गर्व का मौक़ा है। दुनिया की सबसे बड़ी मूर्ति भारत में है, इस पे कोई तो पॉज़िटिव एंगल निकाल सकते हो भैया शास्त्री जी? इतना लंबा-लंबा गैप ले रहे हो, नौकरी को पिकनिक की तरह कर रहे हो और लिख रहे हो तो ये कचरा! ये सब नहीं चलेगा, फेंको इसको।" उसने सचमुच चतुर की स्टोरी का प्रिंट आउट फेंक दिया जिसे चतुर ने हवा में कैच कर लिया और संपादक की ओर देखकर मुस्कराने लगा। संपादक के बदन में आग लग गई।

"हँस क्यों रहे हो?"

चतुर इस सवाल पर थोड़ा और मुस्कराया।

"हँस नहीं रहा हूँ, मुस्करा रहा हूँ। आप को लग रहा है इस अख़बार की कुर्सी पर बैठकर आप बहुतों की ज़िंदगी बना रहे हैं, हो सकता है आपको ये भी लगता हो कि कईयों की बिगाड़ भी सकते हैं। लेकिन सर, एक बात सच बताऊँ, धक्का न लगे आपको। जिस अख़बार में हम लोग सुबह से लेकर रात तक अपनी मरवाते हैं और सोचते हैं कि हम सच लिख रहे हैं, गर्व करना सिखा रहे हैं, उसका बेस्ट यूज़ बच्चों की टट्टी साफ़ करना है।" चतुर की आवाज़ से संपादक सहम गया था और फटी आँखों से उसे देख रहा था। चतुर फिर से एक बार मुस्कराया और केबिन से बाहर निकल गया। वो देख नहीं पाया कि संपादक उसके पीछे खड़ा होकर उसका नाम चिल्ला रहा था और उसे वापस केबिन में आने को बोल रहा था। उसके दिमाग़ में एक तेज़ धुन वाला संगीत चल रहा था जिस पर वह स्लो मोशन में ऑफ़िस से बाहर निकल रहा था।

इसके एक हफ़्ते पहले संपादक ने चतुर की एक स्टोरी रोक दी थी जिसमें उसने सभी पार्टियों में आपराधिक छवि के नेताओं पर लिखा था। इत्तेफ़ाक़ से सबसे ज़्यादा मुक़दमे वाले नेता सत्ताधारी पार्टी में थे और संपादक ने उसकी स्टोरी ड्रॉप करने के बजाय फाड़ दी थी। उसने चतुर को डाँटा था और कुछ पॉज़िटिव स्टोरी करने को कहा था।

बाहर निकलते ही चतुर को डर लगने लगा। उसे याद आया कि शायद जब वह निकला तो संपादक पीछे से उसे गालियाँ देता वापस बुला रहा था और उसके चेहरे पर बहुत ग़ुस्सा था। उसे लगा ये नौकरी चली गई तो वो क्या करेगा। रेणुका की नौकरी अभी तक परमानेंट नहीं हुई और जैसा असिस्टेंट प्रोफ़ेसरी का रेट चल रहा, उनको उतनी सेविंग करने में काफ़ी वक़्त लगेगा। नौकरी बची रहे तो ज़िंदगी खींचतान के चलती रहेगी। उसने अपनी बाइक स्टार्ट की और घर की ओर चल पड़ा।

थोड़ी देर चलाने पर उसके मन में कई आशंकाएँ पैदा होने लगीं। उसे और ज़्यादा डर लगने लगा। उसकी बाइक मार्केट से होकर गुज़र रही थी। डर बढ़ने से उसके सीने की धड़कनें तेज़ चलने लगीं और चेहरे पर पसीना बहने लगा। उसे अचानक लगा कि वो अगर बाइक चलाना भूल जाए तो चलती हुई बाइक कभी भी गिर सकती है। उसने तुरंत स्पीड धीमी की। नहीं, वो अगर भूल भी जाए तो उसके हाथ और पाँव एक्सीलेटर लेने और ब्रेक दबाने में इतने अभ्यस्त हो चुके हैं कि उसे घर पहुँचा देंगे। लेकिन अगर वे भी भूल गए तो? वो जैसे लिखना भूल गया है वैसे ही कुछ भी भूल सकता है। अगर वो साँस लेना ही भूल गया, किसी दिन तो मर भी सकता है। ये सोचते ही उसका दम घुटने लगा। सामने ब्रेकर आया और उसने ब्रेक नहीं लिया तो बाइक थोड़ी-सी उछल गई। उछलते ही उसके मन में ख़याल आया कि ज़रूर वो बाइक चलाना भूल गया है और उसने तुरंत ब्रेक लगा के बाइक रोकनी चाही। उसने सोचा कि एक बार बाइक रुक जाए तो वो इसे धकेलकर घर ले जाएगा लेकिन अचानक फ़ुल ब्रेक लेने पर बाइक का संतुलन बिगड़ गया और पहले से डरा चतुर और ज़्यादा डर गया। बाइक पलट गई और चतुर उछलता हुआ एक तरफ़ जा गिरा।

गिरने से पहले सेकंड के सौवें हिस्से में चतुर के चैतन्य दिमाग़ ने पूछा कि वो आख़िर गिरा कैसे, क्या ख़ुद से मज़ाक़ करता हुआ, अपने ही दिमाग़ से खेलता हुआ वो सचमुच बाइक कंट्रोल करना भूल गया? ऐसा

सच में थोड़ी होता है। तैरने वाले आदमी को आप नींद में भी गंगा में फेंक दो, वो तैर के निकल आएगा। फिर क्या हुआ था ? उसे ज़मीन पर टकराने से पहले याद आया कि उसके पेट में भीषण दर्द उठा था और एक पल के लिए आँखों के सामने अँधेरा छा गया था।

ये याद आने पर उसकी आँखें अपने आप बंद होने लगीं।

उसकी आँख खुली तो वो हॉस्पिटल में एक बेड पर था और सामने रेणुका बेंच पर बैठी-बैठी सो गई थी। उसने दीवार से पीछे सिर टिका रखा था और बला की ख़ूबसूरत लग रही थी। जैसे पहले दिन सज-सँवर के चतुर से मिलने आई थी, उससे भी ज़्यादा सुंदर। चतुर को फिर से डर लगा कि अगर वो मर गया तो रेणुका का क्या होगा! उसने ग़ौर किया कि पिछले कुछ समय से उसे मरने का डर इस क़दर घेरने लगा है कि दिन में आधे टाइम वो अपनी मौत के बारे में ही सोचता रहता है। रेणुका ने आँखें खोलीं तो वो जल्दी से कोई दूसरी बात सोचने लगा जैसे रेणुका उसके दिमाग़ को स्कैन करके उसके सारे राज़ जान लेगी।

"बाल धोई हो क्या ?" उसने मुस्कराते हुए पूछा। रेणुका का चेहरा गंभीर था।

"खोल दो, ज़्यादा मस्त लगेगा।" उसकी बात मानकर रेणुका अपने बालों का जूड़ा खोलने लगी। बाल पूरे खोलकर वह चतुर के पास आई और उसके बेड पर बैठ गई। उसने चतुर के चेहरे पर हाथ फिराया।

"कहीं दर्द तो नहीं है ?" उसने मधुर आवाज़ में पूछा।

चतुर ने एक पल को अपना पूरा शरीर महसूस किया और फिर रेणुका की ओर देखकर मुस्कराया, "एकदम नहीं।"

"एक बात मेरी अच्छे से सुन लो। तुम मेरी बात नहीं मानते कोई बात नहीं। डॉक्टर आने वाला है। वो जो भी बोलेगा तुम्हें उसका ए टू ज़ेड पालन करना है। समझ में आया ?" रेणुका ने उसी मधुर आवाज़ लेकिन गंभीर टोन में कहा। चतुर ने आज्ञाकारी स्टूडेंट की तरह सिर हिलाया।

डॉक्टर के हाथ में कुछ रिपोर्ट्स थीं। वह दो जूनियर्स के साथ आया

जिन्होंने उसके कुछ वाइटल्स चेक किए, आपस में कुछ अंदाज़े लगाए और एकाध बार ठहाके भी लगाए। डॉक्टर नहा-धोकर आया था और उसके चेहरे पर एक टीका लगा हुआ था। उसका चेहरा इतना खिला हुआ था कि उसे घड़ी की जगह इस्तेमाल किया जा सकता था। अभी की उसकी ताज़गी और माथे पर लगे टीके की जगमगाहट देखकर लग रहा था कि सुबह के आठ-नौ बजे होंगे। यानी वो रात भर बेहोश रहा है। उसे फिर से डर लगा और एक बार लगा तो बढ़ता गया जिसे उसने बड़ी मेहनत से छिपाए रखा। साथ के दोनों जूनियर डॉक्टर के निर्देश पर आगे के मरीज़ों की तरफ़ बढ़ गए और टीके वाला डॉक्टर चतुर के चेहरे के पास खड़ा हो गया।

"आप लेखक हैं न? डॉक्टर ने मुस्कराकर पूछा। चतुर ने हाँ में सिर हिलाया।

"वाह! वाह! बहुत बढ़िया! मैं भी शुरू में कविताएँ लिखता था। अब लिखने का समय तो नहीं मिल पाता बहुत कोशिश के बाद भी। फिर सोचता हूँ चलो लिखकर समाज का भला नहीं कर पाऊँ तो क्या, जनता की जान बचाकर उनका भला तो कर रहा हूँ।" डॉक्टर एक्स्ट्रा ख़ुशमिज़ाज था जिससे थोड़ी देर में ही चिढ़ होने लगती है।

"कोई बात नहीं डॉक्टर साहब, बहुत लोग नहीं लिख के ही समाज का भला कर रहे होते हैं।" चतुर मुस्कराया तो डॉक्टर हँसने लगा। चतुर समझ गया कि डॉक्टर कुछ समझ नहीं पाया क्योंकि वो सामने वाले को नहीं सिर्फ़ ख़ुद को सुनता है।

"आप क्या लिखते हैं?" डॉक्टर ने एक इंजेक्शन तैयार करते हुए पूछा।

"कहानियाँ।" चतुर ने संक्षिप्त जवाब दिया।

"वाह! मैं भी सोचता था लिखूँगा लेकिन अब तो पढ़ लेता हूँ वही बहुत है।" डॉक्टर ने अपनी बात से अपने पाठक होने की पुष्टि की और चतुर को इंजेक्शन लगाया।

"क्या पढ़ते हैं?"

"कहानियाँ। मुझे पता चला आप लेखक हैं तो सोच लिया था ख़ुद आपसे बात करूँगा और आपको समझाऊँगा आपकी स्टाइल में।" डॉक्टर फिर हँसा।

"किसकी कहानियाँ पसंद हैं आपको?" चतुर ने पूछा। डॉक्टर सोच में पड़ गया।

"वैसे तो बहुत हैं लेकिन सबसे अच्छे मुझे प्रेमचंद लगते हैं। उनकी कहानियों में जो बात है वो कहीं नहीं।" डॉक्टर की बात सुनकर चतुर का और कोई सवाल पूछने का उत्साह चला गया।

डॉक्टर सीरियस नज़र आने लगा जैसे कोई गंभीर बात कहने मंच पर जा रहा है।

"आपने देवदास तो पढ़ी होगी?" डॉक्टर के सवाल पर चतुर ने हाँ में सिर हिलाया। रेणुका दूसरी तरफ़ खड़ी थी।

"आप बैठ जाइए मैम।"

"ठीक है, ठीक है।" रेणुका ने मना किया और अब डॉक्टर ने बात शुरू की।

"मैंने पढ़ी तो बहुत पहले थी लेकिन फ़िल्म देखी है। शाहरुख़ वाली। आपने देखी है?"

"हाँ उसने भी देखी है, आप बात तो बताइए।" रेणुका ने थोड़ा घबराए और थोड़ा उकताए स्वर में कहा।

"बात ये है मिसेज शास्त्री कि मिस्टर शास्त्री एज पर चल रहे हैं देवदास की तरह। उसको जब डॉक्टर शराब पीने को मना करता है उसके बाद वाला सीन याद है? वो ट्रेन में जा रहा होता है कि उसको चुन्नी बाबू मिल जाते हैं। वो बोलते हैं, दोस्ती की क़सम के लिए ही पी लो बंधु और वो पी लेता है। आप समझिए कि वो आख़िरी ड्रिंक जो चुन्नी बाबू के साथ पीनी थी, वो भी आप पी चुके हैं। अब एक बूँद शराब आपने डाली अंदर तो जान आएगी सीधे बाहर।" डॉक्टर अपनी बात का असर देखने

के लिए रुका।

"मैं मरीज़ों के इंटरेस्ट और उनका बैकग्राउंड जानकर उनके तरीक़े से उनकी बीमारी समझाता हूँ और ये ग़ज़ब का काम करता है। मुझे पूरा यक़ीन है अब आप समझ गए होंगे कि शराब कितनी घातक है आपके लिए अब।" डॉक्टर ने चतुर से अपनी तारीफ़ चाही। चतुर कुछ और सोच रहा था।

"शराब घातक है, बियर तो चल सकती है न?"

चतुर की बात से डॉक्टर को हैरानी हुई।

"नहीं! बियर में सात परसेंट एल्कोहल होता है, आपको अब प्वॉइंट सात परसेंट भी नहीं लेना है, ये याद रखिएगा। सर, किडनी आपकी बॉडी का वेस्ट फ़िल्टर करने के लिए होती है, उससे कितने साल दारू फ़िल्टर करवाएँगे, वो थक गई है, उसे सुकून चाहिए। जैसे कहानियों में आपको चाहिए होता होगा।" डॉक्टर ने अपनी क़ाबिलियत दिखाई। चतुर प्रभावित नहीं हुआ।

"मैं कहानियों में सुकून नहीं बेचैनी ढूँढ़ता हूँ।"

"पढ़ूँगा आपकी कहानियाँ मैं कभी। फ़िलहाल यही कि कल आपके कुछ और टेस्ट्स के रिज़ल्ट आएँगे। सब ठीक रहा तो आप आराम से घर जा सकते हैं। बस कुछ काम करने की मनाही रहेगी जो आपको बता दिया जाएगा। ध्यान रखिए और देवदास मत बनिए।" डॉक्टर चला गया।

रेणुका के चेहरे पर डर की रेखाएँ धीरे-धीरे बढ़ती जा रही थीं। चतुर भी अंदर-अंदर बहुत डर रहा था लेकिन चेहरे पर किसी भी भाव को आने से रोक रखा था। रेणुका उसे एकटक देखे जा रही थी। उसे थोड़ी देर में असहज महसूस होने लगा और उसने बग़ल में रखा अख़बार उठा लिया।

"मैं नर्स से मिलकर आती हूँ।" उसने चतुर की बॉडी में चढ़ाए जा रहे फ्लूइड की बोतल को ख़त्म होते देखा और उठकर बाहर चली गई।

चतुर उसकी आँखों से बचने के लिए अख़बार में आँखें गड़ा चुका था। ये उसका कंपटीटर अख़बार था जिसे एक ज़माने में चतुर रेगुलर

पढ़ा करता था ताकि पता चले कि उनके यहाँ किन ख़बरों पर फ़ोकस है, लेकिन अब जैसे जीने की ही इच्छा ख़त्म होती जा रही है, कुछ भी पढ़ने-देखने की भी इच्छा एकदम से ग़ायब होती जा रही है। फिर भी एक ख़बर ऐसी थी जिस पर उसका दिमाग़ अटक गया।

मुस्लिम मज़दूर को दिन दहाड़े वीडियो पर जलाकर मार देने वाले अपराधी को जेल भेजा गया था लेकिन एक हिंदू संगठन उसके केस को अच्छे से लड़ने और उसे जेल से छुड़ाने के लिए लोगों से चंदा माँग रहा था। लिखा था कि चंदे की रक़म के रूप में कई लाख रुपये जुट गए हैं जो देश के विभिन्न भागों से हिंदुओं ने दिए हैं ताकि इस हिंदू हित की बात करने वाले अपने भाई को सुरक्षित जेल से निकाला जा सके। उसी बड़ी ख़बर में एक ख़बर बॉक्स में थी कि एक नई पार्टी ने उस अपराधी को चुनाव में टिकट देने का एलान किया है।

उसके चेहरे पर पसीना आ गया। उसे लगा सरकार और उसके नुमाइंदे नफ़रत की जो फ़सल बोते रहे हैं, उसे काटने का समय आ गया है और देश के विभिन्न हिस्सों में ये काटी भी जा रही है। इसमें न प्रधानमंत्री का कोई हाथ है न गृहमंत्री का, न किसी मुख्यमंत्री का और न ही सरेआम मुसलमानों का समूल नाश कर देने का एलान करने वाले नेताओं का, क्योंकि उनके ख़िलाफ़ कोई सबूत नहीं है। वे तो सिर्फ़ हिंदू धर्म के भले के लिए अपने भाषणों में ऐसी बातें बोलते हैं जिनसे इस धर्म के वास्तविक स्वरूप का विकास हो। उस धर्म का जिसके सम्मोहन में विदेशी तक गीता पढ़ते और इसे समझने की कोशिश करते रहे हैं। उसे अचानक लगा ये उसका हिंदू धर्म नहीं है। उसका धर्म तो दूसरों से प्रेम और भाईचारा सिखाता था। ये कौन से लोग हैं जो अपने जैसे ही एक इंसान को ज़िंदा जला देने वालों की पूजा करते हैं और उसे अपना आदर्श बनाते हैं। उसके माथे पर पसीना बुरी तरह चुहचुहा रहा था। उसकी धड़कनें तेज़ चलने लगी थीं और उसे बहुत ज़्यादा घबराहट हो रही थी। ये बात किसी और तक न पहुँचे, इसके लिए वो जल्दी से अख़बार का वो पेज फाड़ने लगा।

फाड़ने की आवाज़ से आस-पास के बेड के एकाध मरीज़ों ने सिर उठाकर उसे देखा। उसने जल्दी से उस पन्ने को फाड़ा और टुकड़े करने लगा। ऐसा करते हुए वो निहायत डरा हुआ लग रहा था। रेणुका सामने से दौड़ती हुई आई और उसके हाथ से टुकड़े छीनने की कोशिश करने लगी। उसने रेणुका को ऐसे देखा जैसे पहचानता ही नहीं और जल्दी-जल्दी पन्ने को फाड़ने लगा जैसे रेणुका के हाथ लग गया तो वो उसे लोगों तक पहुँचा देगी और लोग जान जाएँगे कि जिस धर्म के लिए विवेकानंद ने शिकागो में तालियाँ बटोरी थीं, धर्म के लुटेरों ने उसकी क्या हालत कर दी है। ये बात लोगों को पता नहीं चलनी चाहिए। उसने रेणुका को धक्का दिया और फटे हुए टुकड़ों को मुँह में डालकर चबाने लगा। रेणुका आँखों में आँसू लिए उसे देख रही थी। उसके चेहरे का डर अस्पताल में सबको दिखाई दे रहा था।

पहली बार उसे स्पष्ट समझ आया कि मामला उसके हाथ से निकल गया है।

आए हैं तो जाएँगे राजा, रंक, फ़क़ीर

मेरा दिमाग़ मेरे साथ खेल करने लगा है, ये मैं समझ रहा हूँ लेकिन कुछ बातें ऐसी भी हो रही हैं जिन्हें मैं किसी को समझा नहीं सकता। जैसे कल की ही बात है, मैं सोफ़े पर बैठा मनपसंद किताबों के ढेर से एक कहानी-संग्रह पढ़ रहा था। रेणुका ने मेरे लिए ढेर सारी किताबें ऑर्डर की हैं जिन्हें पढ़ना कब से मैं टालता आ रहा था। अच्छी कहानियाँ थीं। ये लेखक मुझसे थोड़े सालों बाद आया और इसकी भाषा का मैं मुरीद हूँ। दो कहानियाँ पढ़कर मेरा मन अच्छा हो रहा था कि मुझे लगने लगा कि इस लड़के की भाषा जैसी है, उस पर मेरी शुरुआती कहानियों का थोड़ा असर है। ये मुझे अच्छा ही लगा क्योंकि लड़के की कहानियों का जो कंटेंट था

वो मुझे भा रहा था। मैं अब नहीं लिख पा रहा लेकिन इसके जैसे बहुत से लड़के इतना उम्दा लिखकर मेरी कमी पूरी कर रहे हैं। ये सोचते ही मुझे कमलेश जी की यही बात याद आई जो उन्होंने मुझसे कही थी। उन्होंने अच्छा लिखा है, कितनी सारी कहानियाँ और दो उपन्यास भी। अब भी वे लगातार एक स्तरीय पत्रिका निकाल रहे हैं लेकिन मैं उनके सामने एक धूमकेतु की तरह चमका था। उन्होंने कभी सपने में भी नहीं सोचा होगा कि जिसे वो धूमकेतु समझ रहे थे वो एक फुस्सी पटाख़ा निकलेगा जो दस से पंद्रह सालों में शुरू होकर ख़त्म भी हो जाएगा। कितना कम लिखा है मैंने और चुक गया। इसमें पता नहीं किसका हाथ है। अब मैं पहले से ज़्यादा अच्छे से आत्मविश्लेषण कर लेता हूँ और कहना न होगा कि मुझे ये भी समझ आया है कि इसमें थोड़ा मेरे घमंड का भी हाथ है। ये सब बातें मैं सोचना नहीं चाहता और न ही रेणुका चाहती है कि ये सब मैं सोचूँ, इसीलिए उसने मेरे लिए इतनी सारी इधर की किताबें मँगवाई हैं लेकिन जब दिमाग़ उधर चला जाता है तो जल्दी वापस नहीं आता। मुझे घबराहट होने लगती है तो मैं अपनी टी-शर्ट उतार देता हूँ। सीने पर थोड़ी देर हल्के हाथों से मालिश करता हूँ। साँस फूलने जैसी दिक़्क़त होने लगी तो मैंने अपना लोअर भी ढीला कर दिया। सोफ़े पर लेटकर मनोचिकित्सक के बताए अनुसार लंबी-लंबी साँसें लेने लगा और दिमाग़ में उठ रहे विचारों को देखने लगा। रेणुका दूसरे कमरे से आई और मेरी तरफ़ लपकी लेकिन मैंने उसे दूसरे सोफ़े पर बैठने का इशारा किया। थोड़ी देर लंबी साँसें लेने के बाद थोड़ा आराम महसूस हुआ और मैंने फिर से किताब उठा ली। एक और कहानी पढ़ी थी कि मुझे प्रेशर आ गया। मैं उठा और बाथरूम की तरफ़ चला गया।

रेणुका मुझे ऐसी सहमी आँखों से देख रही थी जैसे दिन-दहाड़े कोई भूत देख लिया हो।

मैं बाथरूम में बैठा इधर-उधर की बहुत सारी बातें सोच रहा था जो सोचने के लिए मनोचिकित्सक ने स्ट्रिक्टली मना किया था लेकिन मैं

अपने मन को जितना ही उधर जाने से रोकने लगता था वो उतना ही उधर भागता था। मैंने कमोड पर बैठे-बैठे ही सोचा कि चाहे जो हो जाए, कम लिखा या ज़्यादा, आज तक की ज़िंदगी मैंने लेखकीय ईमानदारी के साथ बिताई है। पहले की कथाओं में पौराणिक स्त्रियाँ अपने सतीत्व से अपने पति की जान बचा लेती थीं तो मैंने ज़िंदगी भर जो ईमानदारी अपने लेखन में निभाई है, अगर मेरा मन साफ़ हो और उसका फल मुझे मिलने वाला हो तो मैं क्या माँगूँगा। अपने ठीक होने का वरदान माँगना मुझे बेहद टुच्चा लगा क्योंकि वो तो मैं हो ही जाऊँगा, सही डॉक्टर से इलाज चल रहा है और मुझे पहले से बेहतर फ़ील भी हो रहा है। दो मनोचिकित्सकों के बाद ये तीसरा इसलिए सही लग रहा है कि ये अपनी नहीं जोतता और बातों को अच्छे से समझता है। तो भी अगर ऐसा हुआ तो मैं रेणुका के लिए कुछ माँगूँगा।

ये मैं क्या सोचने लगा हूँ। जीवन भर इन चीज़ों का विरोध करता रहा और आज ख़ुद ये सब बकवास बातें सोच रहा हूँ। लेकिन क्या पता सारी बकवास में हम कुछ काम की बातें भी छोड़ देते हों! अगर मैंने पूरी ईमानदारी से अपने लेखकीय धर्म का पालन किया हो तो मैं ऊपर सिर उठाऊँ और वहाँ मेरा लोअर न हो। अगर ऐसा एक छोटा-सा चमत्कार हो जाए तो मैं क़ुदरत के इस इशारे को समझ लूँगा और इसे अपने तक ही रखूँगा। मैंने धीरे-धीरे सिर उठाया और हैरान रह गया। वहाँ मेरा लोअर नहीं था। बाथरूम का स्थायी निवासी एक पुराना तौलिया वहाँ टँगा हुआ था जो वैसे तो मेरी नाप से छोटा था लेकिन मैंने किसी तरह उसे लपेटा और बाहर आ गया।

बाहर रेणुका टहलकर किसी से बात कर रही थी।

"ज्ञान जी आ रहे हैं दिल्ली। मिलोगे उनसे?" रेणुका ने पूछा।

"कौन? ज्ञानरंजन? पहल वाले?"

"नहीं, ज्ञान त्रिवेदी, भोपाल वाले।"

ज्ञान त्रिवेदी देश के जाने-माने व्यंग्यकार, उपन्यासकार और भोपाल

में प्रैक्टिस करने वाले विख्यात मनोचिकित्सक। वो यहाँ क्यों आ रहे हैं? रेणुका ने जैसे मेरा मन पढ़ लिया। जैसे क्या, वो मेरा मन पढ़ ही लेती है, ये मैंने कई बार आज़माकर देख लिया है। इसलिए अब बहुत-सी बातें हैं जो मैं रेणुका से डायरेक्ट नहीं कहता बल्कि मन में सोच लेता हूँ। वो मेरी ओर देखकर मुस्कराती है तो मैं समझ जाता हूँ कि उसने मेरे मन की बात पढ़ ली है।

"उनकी कोई प्रोफ़ेशनल कॉन्फ्रेंस है। कमलेश जी ने कहा वो शाम को उनके साथ डिनर यहीं करेंगे।"

"बढ़िया है, इसी बहाने मुलाक़ात भी हो जाएगी।"

मैं समझ गया भले इस डॉक्टर के इलाज से मुझे फ़ायदा हो रहा हो, ये दूसरा ओपिनियन पाने का मौक़ा खोना नहीं चाहती। पता नहीं क्या चाहती है, मुझे आराम होता देखकर भी उसे संतोष नहीं है। शायद वो किसी डॉक्टर से सुनना चाहती है कि मेरा दिमाग़ पूरी तरह चल निकला है और अब मेरे ठीक होने का कोई चांस नहीं है। नहीं-नहीं, वो ऐसा क्यों चाहेगी। वो मुझे बहुत प्यार करती है।

"क्या सोच रहे हो, लोअर तो पहन लो।" उसने कहा और किचन में चली गई।

मैंने सोचा कि उसे बताऊँ कि लोअर न पहनने के पीछे क्या कहानी है लेकिन मुझे लगा कि वो अभी मेरी बीमारी पे इतनी फ़ोकस है कि कुछ भी कहने पर उसे मेरी बीमारी से ही जोड़ देती है। उसे बाद में आराम से बताऊँगा कि भले बतौर लेखक-पत्रकार मेरी ज़िंदगी कुछ ख़ास न रही हो, अपनी ईमानदारी को मैं वरदान से इनकैश करा सकता हूँ।

ये ख़याल आते ही मुझे ख़याल आया कि शायद मैं मूल रूप से ईमानदार नहीं हूँ। अगर ऐसा होता तो मैं इसे अपना कोई ख़ास गुण समझकर इतरा न रहा होता। मैं अपने कमज़ोर पिता की कमज़ोर औलाद हूँ जिन्होंने जीवन भर किसी से घूस नहीं ली, लेकिन मुझे टीचर को पान खिलाकर पास होने को कहते थे। ऑफ़िस से वो ऑफ़िस के रजिस्टर,

गोंद, अख़बार और पेन-पेंसिल लाते रहे लेकिन उन्हें कभी किसी ने बेईमान या लालची नहीं समझा क्योंकि इतनी चोरी समाज में स्वीकार्य थी।

मुझे समझ में आया कि मैं बेईमानी से डरने वाले पिता की वैसी ही औलाद हूँ। मुझे बेईमानी से कोई ख़ास समस्या नहीं है बल्कि मुझे अपने बेईमान समझे जाने से है। ये सोचते ही अपना पूरा जीवन बेमानी लगने लगा। इतना बेकार कि इसे ख़त्म भी कर दिया जाए तो कोई दिक़्क़त नहीं होनी चाहिए।

मुझे ये भी याद आया कि बिन्नू के कमरे में जिस दिन मैंने रस्सी का फंदा बनाया था अगर उसी दिन उसमें झूल गया होता तो आज तक की ये फ़ालतू की मग़ज़मारी जिसका हासिल कुछ नहीं, से बच गया होता। मुझे दुनिया की कोई चीज़ सच्ची ख़ुशी नहीं दे सकती, ये एक अटल सत्य बन चुका है। इसके बाद भी जीते रहना सच में बहुत ज़्यादा बोरिंग और डरावना काम है।

क्या पता आगे अभी और मग़ज़मारी हो। क्या पता अभी भी झूल जाने का सही समय बीता न हो। क्या पता दुनिया छोड़ने का सबसे सही समय यही हो।

अगर हम डूबना भी चाहते हैं तो ये डूबने के लिए सबसे ख़राब समय है

"मानसिक रोगियों के लिए हमारे देश में संवेदनशीलता इस हद की है कि सड़क पर किसी पागल को देखते ही बच्चों के हाथ में तुरंत पत्थर आ जाता है।"

"मैं जितना चतुर को देखती हूँ, उतना मेरा दिल डूबता जाता है। डॉक्टर ने जो दवाइयाँ दी थीं, वो खा रहा है। थोड़ा बेहतर दिखाई भी देता है। मैं ख़ुश होने लगती हूँ तब तक फिर से कोई ऐसी हरकत कर

देता है कि मैं हिम्मत छोड़ देती हूँ। मैंने इसीलिए कमलेश जी को आपसे बात करने को कहा था कि आपके सभी उपन्यास मैंने पढ़े हैं। किरदारों के मनोजगत को आप जितनी बारीकी से पकड़ते हैं, वैसा मैंने और कोई लेखक इधर नहीं देखा। ज़ाहिर है ये आपके अच्छे लेखक होने के साथ आपके साइकियाट्रिस्ट होने की वजह से भी है। आप प्लीज़ कुछ करिए ताकि मैं अपने पति को बचा सकूँ।" मैं रुआँसी हो गई थी कि कमलेश जी ने मुझे हिम्मत बँधाई और पानी दिया। मैंने जल्दी में आधा गिलास पानी पी लिया तो मुझे ध्यान आया ये पानी तो ज्ञान जी के लिए था। मैंने हड़बड़ाते हुए आधे में पीना रोक दिया।

"अरे ये आपका पानी..."

ज्ञान जी भी मेरा हड़बड़ाना देख के हड़बड़ा गए।

"अरे कोई बात नहीं, आप पीजिए।" मैंने उन्हें देखते हुए किसी तरह बाक़ी पानी पिया। थोड़ी राहत मिली।

"आप अपना ध्यान रखिए रेणुका जी, आप की तबीअत भी ठीक नहीं लग रही।" ज्ञान जी काफ़ी देर से मेरी बातें ग़ौर से सुन रहे थे लेकिन अब मुझे पता चला वो मुझे ग़ौर से ऑब्ज़र्व भी कर रहे थे।

"जी मैं ठीक हूँ। मैं चतुर के लिए बहुत डरी हुई हूँ।" अपनी आवाज़ में डर मैं ख़ुद इतना महसूस कर पा रही थी तो सामने वाले कितना कर रहे होंगे।

"उसका पेट दर्द कैसा है ?" कमलेश जी ने पूछा।

"घर में शराब की एक बूँद नहीं, इसकी छिपाई बोतलें भी मैंने कमोड में बहा दीं। उसके बाद से पेट दर्द हुआ भी नहीं लेकिन उसकी हरकतें दिन-ब-दिन डरावनी होती जा रही हैं। मैंने कॉलेज से इसके लिए ही छुट्टी ले रखी है। कल दिन में वो सोफ़े पर लेटा किताबें पढ़ रहा था। मैं किचन में लंच का इंतज़ाम कर रही थी और रह-रह के हॉल में भी देख लेती थी। मैंने देखा कि पढ़ते हुए कुछ सोचने लगा। वो ज़्यादा डीप सोचता है तो पता चल जाता है, उसकी नाक फूलने-पिचकने लगती है और माथा

सिकुड़ जाता है। उसके बाद वो अपना सीना सहलाने लगा और शायद घबराहट होने की वजह से उसने अपनी टी-शर्ट भी उतार दी। मैं उसके लिए पानी गरम करने लगी क्योंकि डॉक्टर ने कहा है दवाई गरम पानी के साथ ही देना। मैंने देखा उसे साँस लेने में दिक़्क़त हो रही है और उसने अपना लोअर भी उतार दिया। मैं पानी लेकर पहुँची तो उसने मुझे इशारे से रोक दिया और चुपचाप बैठने को कहा। उसका कहा ना मानो तो वो आजकल चिल्लाकर मुझसे झगड़ने लगता है इसलिए मैं चुपचाप उसके सामने बैठ गई कि अगर फिर से घबराहट हुई तो पानी से साथ दवाई दे दूँगी। फिर वो आराम से पढ़ने लगा। दस मिनट पढ़ने के बाद वो नंगा ही उठकर बाथरूम गया और थोड़ी देर बाद वहाँ से सिंक पे लटकने वाला छोटा तौलिया कमर पर लपेटकर बाहर आया। मैं इतना डर गई थी कि मैंने उससे कुछ पूछा ही नहीं।" मेरी रुआँसी आवाज़ आँसू गिराना चाहती थी लेकिन मैने इजाज़त नहीं दी।

"पर्ची मुझे एक बार दिखा देंगी चतुर्भुज की?" ज्ञान जी ने विनम्रता से कहा। उनके चेहरे पर जो दृढ़ता और सादगी आत्मविश्वास के साथ तैर रही थी वो मुझे भरोसा दिला रही थी कि ज़रूर चतुर ठीक हो जाएगा। ज्ञान जी पर्ची को थोड़ी देर तक देखते रहे।

"एंटी डिप्रेसेंट दिया जा रहा है, इसके साथ काउंसलिंग भी चल ही रही है लेकिन सबसे ज़रूरी है पेशेंट ख़ुद ठीक होना चाहे। इसके बिना बहुत मुश्किल होती है।" उन्होंने कहा, फिर मुझसे एक-डेढ़ घंटे तक चतुर की आदतों और उसके बचपन के बारे में कई सारी बातें पूछते रहे।

"उसने आपको कभी बताया कि बचपन में उसने कोई ऐसा दृश्य देखा हो, कोई घटना जिसने उसके मन पे बहुत असर डाला हो?" उन्होंने ढेर सारे सवालों के बाद अचानक पूछा।

"उसने अपना पूरा जीवन मुझे खुलकर बताया है, कुछ नहीं छिपाया।" मैंने ज्ञान जी को अख़लाक़ सर और रानी वाली घटना के बारे में बताया तो उन्होंने उसकी पोर्न देखने की आदत को लेकर कुछ सवाल पूछे।

“मैं इसीलिए कल रात नहीं आया कि पहले मैं आपसे अकेले में कुछ सवाल पूछ लूँ, फिर चतुर्भुज से बात करूँगा। कब तक आ जाएगा वो ?” ज्ञान जी ने घड़ी देखते हुए पूछा।

“आ जाना चाहिए दस-पंद्रह मिनट में, ऑफ़िस से निकल चुका है। ऑफ़िस में भी उसका कुछ ठीक नहीं चल रहा। संपादक को एक दिन उसने पता नहीं क्या बोल दिया कि उसके एक कलीग ने मुझे फोन करके बताया कि भाभी जी आप भाई साहब को समझाइए नौकरी को नौकरी की तरह करें। बाद में मैंने चतुर से पूछा कि ऑफ़िस में क्या हुआ तो वो गोल कर गया।”

“सब ठीक हो जाएगा आप परेशान न हों, अपना ध्यान रखें। आप अगर घबरा जाएँगी तो सब गड़बड़ हो जाएगा, चतुर्भुज के लिए आपकी हिम्मत इस वक़्त उसकी हिम्मत से ज़्यादा ज़रूरी है। उसने कभी कुछ आकृतियाँ, कोई इंसान, कुछ भी ऐसा देखने की बात तो नहीं की जो आपको न दिख रहे हों ?” उन्होंने पूछा। मैं सोच में पड़ गई।

“ऐसा तो मुझसे कभी नहीं कहा लेकिन मैं इस बात को लेकर बहुत श्योर हूँ कि आजकल वो मुझसे बहुत-सी बातें छिपा ले जाता है।” मेरी आवाज़ में शायद डर और चिंता इतनी बढ़ती जा रही थी कि ज्ञान जी ने मुझे ख़ुद रोका।

“चाय के लिए आप पूछ रही थीं, बना ही लीजिए। चतुर्भुज भी आते ही होंगे।”

“जी, ठीक कह रहे, बना लेती हूँ।” मैं किचन में चली आई। चतुर को कॉल करने का सोचा, फिर ये सोचकर रहने दिया कि वो आजकल जल्दी कॉल नहीं उठाता और नाराज़ भी हो जाता है। एक्सीडेंट के बाद से मैंने बाइक चलाने को फ़िलहाल मना कर दिया है तो मेट्रो से उतरकर ऑटो से आने में थोड़ी देर तो हो ही जाती है। किचन से मैंने ज्ञान जी को कमलेश जी से कुछ फुसफुसाते हुए सुना जिसमें मुझे बहुत कम समझ आया।

“इस लेवल के डिप्रेशन का अगर सही समय पर सही तरीक़े से

इलाज न हो तो ख़तरा बढ़ जाता है। एक बार इंसान हेल्युशिनेट करने लगे तो उसको वापस लाना बहुत मुश्किल होता है।" ज्ञान जी ने धीमी आवाज़ में कहा था।

"चतुर बात नहीं मानता जल्दी किसी की। मैंने तो बहुत समझाया, आप समझाएँ तो शायद मान जाए। आपका गद्य पसंद है उसको।" कमलेश जी की आवाज़ में भी चिंता थी। मेरा ध्यान उधर होने की वजह से चीनी वाला डिब्बा मेरे हाथ से छूटकर गिर गया और दोनों एकदम ख़ामोश होकर बैठ गए।

मेरी निराशा और क्रूरता की जड़ें देखने के लिए मेरे बचपन तक गहरे खोदना होगा, मैं कोई मुल्क होऊँ या फिर इंसान

आज ऑफ़िस के बाहर पड़े हुए मेरे चेहरे पर जीत का एहसास है।

संपादक के साथ जो मैंने किया, वो निस्संदेह मेरे और भी कई सहकर्मी करना चाहते होंगे लेकिन किसी में इतनी हिम्मत नहीं। मेरा दिमाग़ ठीक नहीं चल रहा और मैं एक मनोचिकित्सक से इलाज करवा रहा हूँ, ये सूचना सबको पहुँच चुकी है और सब मुझसे एक ख़ास दूरी बनाकर चलने लगे हैं। मेरे लिए अच्छा है। इसका फ़ायदा मेरे लिए ये है कि जो बातें पहले मैं डर के सिर्फ़ मन में सोच सकता था वो चिल्ला-चिल्लाकर बोल भी सकता हूँ। इसलिए एक आख़िरी बार मैंने वो काम भी कर दिया जो अपने मन में न जाने कितनी बार कर चुका था। यही करने आज मैं घंटे दो घंटे के लिए ऑफ़िस आया था। संपादक को मेरे इरादे के बारे में ज़रा भी भनक न थी वरना वो क्यों धधकती आग में अपना हाथ डालता।

हिंदुओं की अस्सी प्रतिशत जनसंख्या वाले देश में हिंदू ख़तरे में हैं। किनसे? बरसों से बक़ौल हिंदू ढेर सारे बच्चे पैदा करने वाले मुसलमानों

से, जो इतने बरसों की मेहनत के बाद चौदह से पंद्रह प्रतिशत हुए हैं। जीडीपी गिर रही है, बेरोज़गारी कितने ही दशकों के रिकॉर्ड स्तर पर है, कितने ही फ्रॉड बैंकों से जनता का हज़ारों करोड़ लेकर विदेश भाग चुके हैं, कितनी ही कंपनियाँ दिवालिया होकर बंद हो चुकी हैं, प्रदूषण इतना बढ़ता जा रहा है कि दिल्ली में ऑक्सीजन बार खुल चुके हैं, हत्या-बलात्कार और लूट की घटनाएँ और ज़्यादा और जघन्य होती जा रही हैं, नोटबंदी में सैकड़ों लोग मर गए और सरकार के मुँह से सिंपैथी का एक शब्द नहीं निकला, न ही उस घोटाले का कोई फ़ायदा दिखाई दिया, पुलवामा में किसने हमारे इतने सैनिकों को मारा उसके बारे में न कोई ख़बर है न जाँच का कोई फ़ॉलोअप और आप हमें ख़बरें क्या बनाने को कह रहे? ये जो नेता हर मंच से चीख़कर हिंदू-मुसलमान कर रहे, उनकी कवरेज? चैनलों पर बैठकर डिबेट में हिंदू-मुस्लिम करते हरामज़ादे एंकर और संपादक की कुर्सी पर बैठकर सही ख़बरों को दबाते आप में क्या फ़र्क़ है?

संपादक आगबबूला था। वो मुझे ऐसी गालियों से नवाज़ रहा था जो उसने बरसों से किसी को नहीं दी थीं। आख़िर में उसने मुझे केबिन से निकल जाने को कहा।

"तू पागल हो गया है स्साले, निकल जा वरना उठूँगा तो ख़ुद धक्के मार के बाहर फ़ेकूँगा। निकल बहनचोद।" उसने चिल्लाकर कहा।

केबिन के बाहर स्टाफ़ खड़ा था जो हमारी पिछले पंद्रह-बीस मिनट से चल रही बहस को सुन रहा था जो सामान्य डिस्कशन और बातचीत से शुरू हुई थी। मैंने एक स्टोरी बनाई थी जिसमें सत्ताधारी पार्टी के नेताओं के पिछले छह महीनों के भाषण थे, जो उन्होंने चुनाव जीतने के बाद अलग-अलग मंचों से दिए थे। स्टोरी में मैंने इस बात को रेखांकित किया था कि हमारे देश के युवा बेचारे पढ़े-लिखे कम हैं, जो पढ़े-लिखे हैं भी उनमें उतनी समझ नहीं है कि वे समझ सकें कि नेता उन्हें किस तरह हिंदू-मुसलमान करके असली मुद्दों पर बात नहीं करने देना चाहते।

उनके लिए सबसे ज़्यादा ज़रूरी रोज़गार का मुद्दा है, लेकिन उनका ब्रेनवॉश किया जा रहा है जो उनके भविष्य के लिए घातक है। संपादक ने पहले मुझे प्यार से समझाया था और ज़्यादा ज़िद करने पर मुझे ऑफ़िस से आया लेटर भी दिखाया जिसमें स्पष्ट लिखा था कि केंद्र सरकार को लेकर निम्नलिखित बिंदुओं पर कोई रिपोर्टिंग नहीं की जाएगी। उसने ये भी बताया कि ये चिट्ठी प्रबंध संपादक यानी मालिक ने भेजी है, असली चिट्ठी उनके पास पहुँची है जिसमें उनकी महीने की राशि फ़िक्स कर दी गई है जो बहुत ज़्यादा है। चैनलों के मालिकों को तो इतनी अच्छी रक़म दी जा रही है कि उनकी स्पॉन्सर और विज्ञापनों की आधी चिंता ही ख़त्म हो चुकी है। मैंने संपादक को पत्रकारिता के कुछ इथिक्स बताने चाहे तो वो नाराज़ हो गया और मुझे बकवास बंद करके घर जाने को कहा। मैं आज कुछ सोचकर आया था। मैं अपनी बात तब तक कहता रहा जब तक वो गालियाँ देने वाले स्तर पर नहीं आ गया।

"तुम उठोगे भोसड़ी के तो तुम भी लतियाए जाओगे।" मैंने भी गाली का जवाब गाली से दिया हालाँकि ऐसा मैंने सोचा नहीं था।

इतना कहना था कि संपादक मेरे ऊपर कूद पड़ा। उसने मेरा कॉलर पकड़ा और एक झापड़ मारा। मैं एक तरफ़ गिरा लेकिन उठते ही मैंने उसके ऊपर छलाँग लगा दी और घपाघप दो-तीन सॉलिड मुक्के मारने के बाद उसे खींचकर उसके केबिन से बाहर ले आया।

"नफ़रत की फ़सल बोने वाले कभी कामयाब नहीं होते, अगर तुम्हारे जैसे हरामज़ादे उनकी फ़सल में पानी डालने को तैयार न होते। सूख जाती उनकी फ़सल और कीड़े लग जाते उसमें, लेकिन तुम स्साले उसमें खाद-पानी डाल रहे हो और हम लोगों से भी चाहते हो कि हम भी इसका हिस्सा बनें। हम इस हराम-ज़दगी से ख़ुद को अलग करते हैं।"

केबिन के बाहर पूरा स्टाफ़ खड़ा था और मैं उनके संपादक को घसीटकर मार रहा था।

"क्या सही है क्या ग़लत, ये यहाँ खड़े सब लोग समझते हैं। तुझे

क्या लगता है मेरा दिमाग़ क्यों ख़राब हो रहा है कि मुझे डॉक्टर के पास जाना पड़ा! तेरी वजह से स्साले। तेरे जैसे ख़ून चूसने वाले दलाल जिन्हें न पत्रकारिता से मतलब है, न देश से, न देशभक्ति से, उन्हें सिर्फ़ पॉवर में जो है उसकी गाँड़ चाटनी है। अपना ज़मीर बेचकर तू छाप अख़बार। हम त्रस्त आ गए हैं इमेज मेकिंग करते-करते और लुटेरों की ब्रांडिंग करके। पूछ यहाँ खड़े हर आदमी से वो सिर्फ़ सच दिखाना चाहता है प्रोपगेंडा नहीं।"

मैंने एक नज़र हॉल में खड़े लोगों पर डाली। सबकी आँखों में मेरे लिए सहमति थी। मुझे उनका समर्थन मिला तो मैं और उत्साह में आ गया और मैंने संपादक को एक लात मारी। वो दूर जा गिरा। मैं उसके ऊपर सवार हो गया। संपादक के चेहरे में मुझे मनोज मित्रा का चेहरा दिखा जिसे मैंने संत नगर के उस ऑफ़िस में ऐसे ही पीटा था। मुझे अब लग रहा था मैंने अपनी बेबसी की कुछ भरपाई कर ली है, भले ये तरीक़ा ठीक न हो। संपादक ने सबके चेहरों पर अपनी घायल नज़र डाली और ग़ुर्राया।

"स्सालो, खड़े देख रहे हो न, जिस-जिसने इस पागल की बातों पे सिर हिलाया वो गया।" संपादक ने अपने होंठों पर छलक आए ख़ून को पोंछा और मेरी ओर मुस्कराकर देखा। मैं उसकी मुस्कराहट का मतलब समझ नहीं पाया। समझने के लिए पीछे पलटा तब तक देर हो चुकी थी। इक्के-दुक्के लोगों को छोड़कर लगभग पूरा स्टाफ़ मेरे ऊपर छलाँग लगा रहा था। उनकी आँखों में वही वहशत थी जो कुछ देर पहले मैंने संपादक की आँखों में देखी थी, जब उसे गाली दी थी। उसके बाद की बातें मुझे टुकड़ों-टुकड़ों में याद हैं, ठीक उसी तरह जैसे मनोज मित्रा पर हाथ उठाना मुझे स्पष्ट याद आता है बाक़ी टुकड़ों में।

मेरी आँख खुली तो ऊपर एक बहुत ऊँची बिल्डिंग थी और दूसरी तरफ़ एक ऊँचा पेड़। पेड़ अपनी पूरी ऊँचाई में खड़ा था लेकिन बिल्डिंग के आगे बौना लग रहा था। ये आकाशचुंबी इमारत मेरा ऑफ़िस हुआ करती थी। अब यहाँ से मेरा हिसाब-किताब साफ़ हुआ। मैंने गर्दन घुमाकर इधर-उधर देखा। मैं ऑफ़िस के बाहर वाली पार्किंग में पड़ा हुआ था। मेरे

चेहरे और शरीर पर मारने के सबूत थे और पूरे शरीर से दर्द उठ रहा था। उस दिन संत नगर में मार खाकर गिरे रहने और आज यहाँ गिरे रहने में सिर्फ़ इतना ही फ़र्क़ था कि उस दिन दर्द बहुत ज़्यादा लग रहा था लेकिन आज दर्द का एहसास कोई ख़ास नहीं था। उठने से पहले मैंने सोचा कि मेरा पीएफ़ लेने में अगर संपादक और उसके बाप लोगों ने कोई भी दिक़्क़त की तो मैं सीधा कोर्ट चला जाऊँगा। उठने पर शरीर में दर्द की एक लहर उठी और मुझे ये सोचकर अच्छा लगा कि इस हालत में मुझे बाइक नहीं चलानी। मेट्रो लेने के बजाय मैं सीधा यहाँ से घर का ऑटो कर लूँ, ये ज़्यादा ठीक विकल्प लगा।

घर पहुँचा तो वहाँ ज्ञान जी और कमलेश जी पहले से बैठे थे। वे कल आने वाले थे लेकिन शायद कमलेश जी अपने घर ज्ञान जी के साथ रसरंजन पर बैठ गए होंगे। मेरे अंदर जाते ही भगदड़ मच गई। रेणुका तो जैसे पागल हो गई। वो दौड़-दौड़कर मेडिकल बॉक्स, पट्टी, मलहम, डेटॉल लाने लगी और कमलेश जी को डॉक्टर को फोन लगाने को कहने लगी। मैंने तेज़ आवाज़ में डाँटा और ज़ोर देकर कहा कि मैं ठीक हूँ, सिर्फ़ गाल और होंठ पर चोट लगी है, थोड़ा कमर और पीठ में दर्द है। बाक़ी ऐसी कोई बड़ी बात नहीं कि डॉक्टर को बुलाया जाए। उसने और कमलेश जी ने मुझे मलहम लगाया और सोफ़े पर लेटकर आराम करने को कहा।

सिर्फ़ ज्ञान जी ने मेरी बात को ठीक से समझा। उन्होंने दोनों को पैनिक न होने को कहा और मुझसे कहा कि जब मेरी इच्छा होगी तब मैं इस घटना के बारे में उनको बता सकता हूँ। अगर न चाहूँ तो उनके जाने के बाद मैं अपने इच्छानुसार इसे सिर्फ़ अपनी पत्नी से भी शेयर कर सकता हूँ। उन्होंने बेहद ईमानदारी से बता दिया कि मेरी पत्नी एक सेकंड ओपिनियन चाहती है और अगर मुझे कोई आपत्ति न हो तो वो मुझसे कुछ सवाल-जवाब, बातचीत, चर्चा टाइप करना चाहते हैं। मुझे लगा जैसे ईमानदार वो अपनी रचनाओं में होते हैं, वैसे ही असल ज़िंदगी में भी हैं। एक लेखक को इतना ही पारदर्शी होना चाहिए कि उसके आर-पार देखा

जा सके। जो जितना रहस्य है उसकी रचनाओं में होना चाहिए। लेखक को देखते हुए अगर पाठक को विश्वास हो जाए कि इन रचनाओं का लेखक ये हो ही नहीं सकता, यही लेखक की असली जीत है।

उनसे बात करने में मुझे मज़ा आ रहा था। उनका सेन्स ऑफ़ ह्यूमर कमाल था। मेरी उनसे बहुत जल्दी अच्छी बनने लगती है जो मज़ाक़िया और ज़िंदादिल होते हैं। मैं भी ऐसा ही था। 'था' कहना मेरे लिए कितना अफ़सोसनाक है, आप समझ नहीं सकते।

"मैं समझ सकता हूँ।" उन्होंने गंभीर आवाज़ में कहा।

"देखिए डिप्रेशन से लड़ने का सबसे अच्छा तरीक़ा है कि पहले हम मान लें कि हमें डिप्रेशन है और इसके इलाज की ज़रूरत है। अफ़सोस की बात है कि देश में जो समस्या सबसे विकराल रूप में बढ़ती जा रही है, उसे लेकर हमारे भीतर कोई समझ, कोई संवेदना ही नहीं है।" उन्होंने कहा।

मुझे उनके सामने मानने में कोई उज्र नहीं था कि हाँ, मुझे महसूस हो रहा है कि अब मेरी ज़िंदगी किसी काम की नहीं रही और कोई बात मुझे पहले जैसी ख़ुशी नहीं दे सकती। मुझे नहीं पता ये क्या है, मिड लाइफ़ क्राइसिस, राइटर्स ब्लॉक या डिप्रेशन, लेकिन कुछ तो है, मैं इससे बिलकुल इनकार नहीं कर रहा।

"हम किसी बुख़ार में पड़े मरीज़ से कभी कहते हैं क्या कि ऐसा कुछ नहीं है, आराम से बाहर जाओ, टहलो, घूमो, अच्छा म्यूज़िक सुनो, सही हो जाओगे। पैर की हड्डी टूटे आदमी से कोई नहीं कहता कि ये तुम्हारा वहम है, बाहर जाओ, थोड़ा फ़ुटबाल वग़ैरह खेलो, पैर सही हो जाएगा। लेकिन मानसिक रोगी से हम ऐसी ही वाहियात बातें कहते रहते हैं बिना ये समझे कि ऐसी बातें उसे और बीमार, और हिंसक और अकेला बनाती हैं।" ज्ञान जी बोल रहे थे और मैं जैसे किसी अँधेरे से बाहर निकलता आ रहा था। इसी आदमी की तो ज़रूरत थी मेरी ज़िंदगी में। मैंने आँखों में एहसान का भाव लिए कमलेश जी की ओर देखा। ये आदमी मेरी ज़िंदगी

में कितना ज़रूरी है। जो कुछ अच्छा है इसकी ही वजह से है।

"मुझे छोटी-छोटी बातों पर इतना गुस्सा आने लगा है ज्ञान जी कि क्या बताऊँ। जिन चीज़ों को मैं आसानी से इग्नोर कर देता था वो भी मुझे चिड़चिड़ाहट से भर देती हैं। थोड़ा-सा मन के विपरीत हो जाए, मैं बिलबिलाने लगता हूँ। लगता है जैसे सब कुछ छोड़ के कहीं चला जाऊँ।" मेरा मन हो रहा था उनके सामने पूरा कलेजा खोलकर दिखा दूँ लेकिन बहुत सारी बातों के लिए न सही शब्द मिल रहे थे न सही भाव।

"मैं समझ रहा हूँ। अच्छे-ख़ासे पढ़े-लिखे लोगों को मैंने देखा है, मानसिक रोगों को लेकर उनकी समझ शून्य है। हमने झूठ और दिखावे पर खड़ा एक ऐसा समाज बनाया है जो एक छोटी-सी मोच के लिए तुरंत डॉक्टर खोजता है लेकिन किसी के डिप्रेशन पर उसे समझाता है कि अपने से नीचे वालों को देखो, किस बात पे दुखी हो। कई लेखक जो मनोविज्ञान की कहानियाँ लिखते हैं, समझाते हैं कि उसे संगीत सुनना चाहिए, लोगों से मिलना-जुलना चाहिए जैसे ये गूढ़ बात उसे नहीं पता। कोई ये नहीं कहता डॉक्टर के पास जाओ। रिसर्च है कि 2015 में पूरी दुनिया में 322 मिलियन लोग डिप्रेशन से ग्रसित थे जिसमें से 57 मिलियन यानी अठारह परसेंट डिप्रेशन के मरीज़ भारत से थे। अब ये डेटा हर रोज़ बढ़ रहा है लेकिन हमारी समझ इसे लेकर इतनी बुरी है कि हम इसका इलाज करना तो दूर, अभी ठीक से बात करना भी शुरू नहीं कर पाए हैं। तुम्हें ये जानकर हैरानी होगी चतुर्भुज कि आज की डेट में हर तीसरा भारतीय किसी-न-किसी रूप में डिप्रेशन या किसी मानसिक डिसऑर्डर का शिकार है लेकिन मजाल कि उसके सामने कोई ये बात कह दे तो वो मान ले। कोई मानना नहीं चाहता और यही समस्या की जड़ है। ज़ुकाम-बुख़ार मान लेगा, मलेरिया, जौंडिस के बारे में सबको बताएगा लेकिन थोड़ी एंग्जायटी हो जाए और डॉक्टर की मदद लेनी पड़े तो किसी को बताने से डरेगा। ओवरथिंकिंग करेगा। सोच-सोच के ख़ुद को और बीमार कर लेगा। इस देश को मानसिक समस्याओं पर जागरूक करने की बहुत ज़रूरत है।"

ज्ञान जी लगातार बोल रहे थे और उनकी आवाज़ में ही इतना जादू था कि मरीज़ आधा तो उनकी बातों से ही ठीक हो जाए।

मुझे ख़ुद पर किए गए अत्याचार याद आ रहे थे और रेणुका पर की गईं ज़्यादतियाँ भी। ख़ुद को पढ़ा-लिखा समझदार मानने वाला मैं चतुर्भुज शास्त्री, जब मुझे ये बात मानने में इतना वक़्त लगा तो आम लोगों की बात ही क्या करूँ, जो रोबोट की तरह अपना ज़मीर बेचकर किसी संपादक के नीचे उसका पिछवाड़ा धोने का काम कर रहे। सच में, इस वक़्त को ज्ञान जी जैसे बहुत सारे लोगों की ज़रूरत है। मुझे ज्ञान जी जैसे लोगों की हर वक़्त ज़रूरत है।

"क्यों होता है ऐसा ज्ञान जी?" मैंने संकोच से पूछा। मैं अपनी वजह जानना चाहता था।

"बहुत सारी वजहें होती हैं। तुम्हारी वजहें जानने के लिए मुझे तुम्हारी जड़ तक जाना होगा। तुम्हारे बचपन में कहीं बहुत पीछे इसकी नींव गड़ी मिलेगी। तुम्हें लग रहा होगा कि आज का माहौल और तुम्हारा न लिखना तुम्हारे डिप्रेशन की वजह है लेकिन ये आंशिक सच है। असली वजह कहीं तुम्हारे भीतर बहुत गहरे होगी, ये जो तात्कालिक कारण हैं ये उन वजहों के कैटालिस्ट हैं जिन्होंने तुम्हारी समस्या को ट्रिगर किया। लेकिन दोस्त, समझने वाली बात ये है कि सब ठीक हो सकता है, बस तुम सच को मानकर ख़ुद को ठीक करने की दिशा में आगे बढ़ो।" ज्ञान जी ने मेरे कंधे पर हाथ रखा।

मैं इतना भावुक हो गया था कि कुछ बोल नहीं पाया। उन्होंने मुझे और रेणुका को देखते हुए एक दोस्ताना सलाह दी।

"तुम्हारी काउंसलिंग फोन पर भी हो सकती है अपने डॉक्टर से। मैं भी हमेशा एक कॉल की दूरी पर हूँ। फ़िलहाल जैसा तुमने बताया अपने ऑफ़िस के बारे में कि अब नहीं जाना, रेणुका के पास भी छुट्टी है तो मुझे लगता है तुम्हें बनारस अपने घर कुछ दिनों के लिए जाना चाहिए। अपने माँ-बाप के पास, पुराने दोस्तों के पास। मिलकर अच्छा लगेगा।"

"जी।" मैंने तुरंत सहमति दी। रेणुका मुझ पर इतना सकारात्मक असर पड़ता देख ख़ुश थी।

"बनारस में एक बड़े अच्छे साइकियाट्रिस्ट हैं डॉक्टर झँवर, मेरे मित्र हैं, कभी ज़रूरत पड़ गई तो उनसे मिल सकते हो। और हाँ, रेणुका बता रही थी सोशल मीडिया से डीएक्टिवेट चल रहे हो। मेरा ख़याल है तुम्हें एक्टिवेट रहना चाहिए और जहाँ जाओ, जिनसे मिलो सब वहाँ डालते रहो। बहुत सारे लोग आजकल सोशल मीडिया की वजह से ही डिप्रेस्ड चल रहे हैं लेकिन इसी ने बहुत डिप्रेस्ड लोगों को सँभाल भी रखा है।"

मैं तुरंत अपना मोबाइल निकालकर फ़ेसबुक एक्टिवेट करने लगा तो ज्ञान जी हँसने लगे।

"अरे आराम से कर लेना।"

"आपको फ्रेंड रिक्वेस्ट भी तो भेजनी है, एक बार भेजा था आपने एक्सेप्ट नहीं की तो मैंने नाराज़ होकर रिक्वेस्ट रिमूव कर दी थी।"

"इसमें भी हल्का डिप्रेशन है।" वो मुस्कराए। मैं हँसने लगा। मुझे हँसता देख कमलेश जी और रेणुका भी हँसे। कितनी आसानी से उन्होंने उस समस्या पर बात करना मेरे लिए सहज कर दिया था जिस पर आज तक सहज नहीं हो पाया था।

मुझे अपना पूरा बचपन और इतिहास सामने नज़र आ रहा था। मुझे अपने सामने एक ऐसा मसीहा नज़र आ रहा था जो मुझे फिर से वैसा बना सकता था जैसा मैं हमेशा से होना चाहता था। उन्होंने माहौल को इतना आसान बना दिया था कि हम इधर-उधर की बातें भी करने लगे। ज्ञान जी ने साहित्य सरिता प्रकाशन वाले उपन्यास के बारे में पूछा।

"मैंने मना कर दिया ज्ञान जी, मेरे अंदर से आवाज़ नहीं आ रही थी उस अंत के लिए।" मेरी बात पर वह ख़ुश हुए। कमलेश जी ने शायद उन्हें पूरी बात बता दी थी।

"बहुत अच्छा किया दोस्त, ऐसे इम्तिहान के मौक़े आते हैं एक लेखक के जीवन में। उसको पास होना होता है अपने भीतर के लेखक

को बचाए रखने के लिए।" उनका जवाब सुनकर मुझे बरसों बाद अपने किसी फ़ैसले पर गर्व महसूस हुआ। गर्व और ख़ुशी ये दो भावनाएँ ऐसी थीं जिन्हें लंबे समय बाद मैं एक साथ महसूस कर पा रहा था।

मैं इन भावनाओं में डूब-उतरा रहा था कि उन्होंने मेरे सामने बाहर टहलने का प्रस्ताव रखा।

"हम लोग आइसक्रीम लेकर आते हैं बाहर से।"

मैंने रेणुका और कमलेश जी को कहा और ज्ञान जी के साथ बाहर निकल गया। बाहर निकलते ही उन्होंने मेरी पोर्न देखने की आदतों पर कुछ सवाल पूछे। मैंने अपनी जानकारी में सब सच बोला और ईमानदारी से जवाब दिए। हमने आइसक्रीम ख़रीदी और वापस लौटने लगे। मुझे लोअर वाली अलौकिक घटना के बारे में किसी से बात करने की इच्छा नहीं हुई थी लेकिन ज्ञान जी ने जैसे मेरा विश्वास जीता था, मुझे लग गया था कि उनसे अच्छा इस विषय पर बात करने के लिए कोई नहीं मिल सकता। मैंने उनसे एक अजीब बात कहने से पहले इजाज़त माँगी और भूमिका बनाई। उन्होंने बिंदास कुछ भी पूछने के लिए कहा। मैंने हिचकते हुए घटना बताई।

"आज तक मैंने कभी इन आध्यात्मिक और अलौकिक अनुभवों के बारे में नहीं सोचा बल्कि ऐसी घटनाओं को दिमाग़ी फ़ितूर मानता रहा। लेकिन कल जो मेरे साथ हुआ वो अनोखा अनुभव था। अगर इसे कैमरे में रिकॉर्ड किया गया होता तो ये लोगों को किसी अलौकिक ताक़त में विश्वास करने पर मजबूर कर देता, जैसे मेरा दिमाग़ बार-बार इस पर विश्वास करने को कह रहा है। ये तो किताबें और उनके साथ बिताया गया मेरा वक़्त है जो इस पे पूरी तरह विश्वास करने पर मुझे रोक रहा है। आप जैसा आदमी एक बार सिर्फ़ कह भर दे कि ये विश्वास की ताक़त से हुआ है तो मैं मान लूँगा।" मैंने उन्हें लोअर के सोचने भर से ग़ायब होने वाली घटना बताई। वो मेरी ओर पलटे और गंभीर आवाज़ में बोलने लगे।

"ये तो मैं कभी भी कहीं भी पूरे विश्वास के साथ कह सकता हूँ कि

विश्वास की ताक़त दुनिया की सबसे बड़ी ताक़त है, लेकिन वैसे नहीं जैसे आप समझ रहे हैं, वैसे नहीं जैसे ज़्यादातर दुनिया इसे समझती और मिस-कोट करती है। विश्वास की असली ताक़त ये है कि आप अपने अनुभव के विश्वास को सबसे बड़ा मानें और बाक़ी जितने भी अलौकिक कहे जाने वाले अनुभव हैं, उन्हें अपने पर्सनल तर्क की कसौटी पर कसें। आपके लिए दुनिया वो नहीं होनी चाहिए जो आध्यात्मिक, धार्मिक या साहित्यिक किताबों और लोगों द्वारा बताई जाती रही है। आपकी दुनिया वो होनी चाहिए जो आपने अपने अनुभव से महसूस की है। आप अलौकिक मानने को तैयार रहेंगे तो ज़िंदगी में गाहे-बगाहे आपको ऐसे अलौकिक अनुभव होते रहेंगे, क्योंकि इनके कारण सामने भी होंगे तो आपका दिमाग़ मानने से इनकार कर देगा।"

"तो इसकी वजह क्या थी जो मेरे साथ हुआ?" मैंने सकपकाते हुए पूछा।

"इसकी सिंपल वजह थी कि आपका लोअर पहले से ही ग़ायब था, आपको सिर्फ़ ऐसा लगा कि आपके सोचने पर ग़ायब हुआ है।" उन्होंने रेणुका का वर्ज़न बताया और मैं ये सोच के हैरान रह गया कि इस तरह कितनी ही बार रेणुका ने मुझे पागलपन करते देखा होगा इसलिए उसने ज्ञान जी को सीरियस हो के बुलाया है। मेरे मन में अपने लिए बहुत सारा ग़ुस्सा और उसके लिए बहुत सारा प्यार पैदा हुआ।

"मैं ठीक होने की पूरी कोशिश करूँगा, जो भी करना होगा बताइए, मैं ठीक होना चाहता हूँ।" मेरी आवाज़ में ज्ञान जी ने कमिटमेंट महसूस किया। उन्होंने मुझे गले लगा लिया। मुझे उनके साथ बेहद अच्छा महसूस हो रहा था।

घर सामने था, हम पहुँचने ही वाले थे कि उन्होंने एक कठिन सवाल सामने रख दिया।

"तुम्हें क्या कभी कोई ऐसा इंसान दिखाई दिया जो मर चुका है या फिर कुछ ऐसा होता दिखाई दिया हो जो बाद में तुम्हें समझ में आया हो

कि ऐसा था नहीं, ये सिर्फ़ तुम्हारा वहम था?"

मैं सोच में पड़ गया। ये सवाल जितना आसान दिखाई देता है उतना है नहीं। अभी ये सिर्फ़ डिप्रेशन की बात कर रहे हैं और अगर मैंने इन्हें अपनी उन छवियों के बारे में बता दिया जो मैंने सिर्फ़ अपने मन में देखी थीं, तो शायद ये मुझे लाइलाज समझने लगें। संपादक के बारे में बताने का मैंने सोचा कि उनको कहूँ कि वो मेरे ख़यालों में मुझसे कई बार माफ़ी माँग चुका था और अपनी मजबूरियों का रोना मुझसे रो चुका था पर पता नहीं क्यों मैंने ये बात उनसे छिपा ली।

काश नहीं छिपाता!

मैंने अपनी सारी समस्याएँ और सिम्टम्स गूगल पर चेक किए थे और कुछ समय पहले ही ये समझा था कि दिन भर पड़े रहना, नए लोगों से मिलने की इच्छा न करना, ग़ुस्सा जल्दी आना, आँखें जल्दी भर आना ये सब डिप्रेशन के लक्षण हैं। लेकिन संपादक के मामले में मुझे जो ख़ुद के बारे में पता चला था उसने मेरी नींद उड़ा दी थी। ये मेरे भ्रम भरे दृश्य दिखने की शुरुआत थी जिसकी परिणति मुझे सिज़ोफ्रेनिक बना देने की भी हो सकती थी। मैंने ख़ुद को मज़बूती से तैयार किया था कि वहाँ तक अपने दिमाग़ को नहीं जाने दूँगा। इसीलिए मैंने नौकरी भी छोड़ी और छोड़ने से पहले वो हरकत सच में कर दी जो मैं अपने दिमाग़ में अक्सर सोचता आ रहा था।

ये गूगल जितना मददगार है स्साला उतना ही ख़तरनाक भी है।

लौट के घर आ जाने वालों को कहावतों तक में बुद्धू कहा गया है

रेणुका को मैंने ट्रेन में ही बता दिया था कि वो माँ-पापा से मेरी बीमारी के बारे में कोई बात नहीं करेगी। उनको बेकार में चिंता हो जाएगी और

उनसे होना-जाना कुछ है नहीं। ऊपर से मैं बिलकुल पहले जैसा फिट और फ़ाइन दिख रहा हूँ, ऐसा ही दिखाऊँगा भी। रेणुका ने हामी भरी।

घर में ख़ुशी की बयार आ गई जब माँ-पापा को पता चला कि इस बार हम लोग लंबी छुट्टी लेकर आए हैं जो कम-से-कम पंद्रह-बीस दिन है, आगे बढ़ भी सकती है। माँ ने तुरंत रेणुका को कोने में ले जाकर पूछा कि क्या वो गर्भवती है। रेणुका ने मुस्कराते हुए इनकार किया तो वो पहले नाराज़ हुईं और कहा कि, उन्होंने परसों से हमारे आने की ख़बर सुनकर आने वाले बच्चे के लिए स्वेटर बुनना शुरू कर दिया है। फिर वो ख़ुद ही मान भी गईं कि कोई बात नहीं, अब तुम यहाँ आ गई हो तो मैं बोल-बोल के तुम दोनों से बच्चा करवा लूँगी। रेणुका इस बात पर खिलखिलाकर हँसने लगी।

शुरू के चार दिन मैं घर में ही पड़ा रहा। रेणुका को अकेला पाकर माँ उसे सही समय पर बच्चा कर लेने के फ़ायदों के बारे में भी बतातीं और ये भी कि क्यों यहीं रहकर माँ बनना उसके लिए बेस्ट है। दादा-दादी का होना बच्चे के लिए वरदान जैसा होता है और वो आसानी से पल जाता है। रेणुका भी उन्हें गोल-गोल घुमाकर कह देती कि वो जल्दी ही इस प्लान पर काम करने वाली है। डॉक्टर से मेरी फोन पर काउंसलिंग चल रही थी। ज्ञान जी से भी बीच में दो बार बात की थी। टाइम से दवाइयाँ लेता रहा और शनिवार का इंतज़ार करता रहा ताकि दोस्तों के साथ फ़ुर्सत से मिला जा सके। सब अपने-अपने कामों में इतने व्यस्त थे कि काली को छोड़ किसी के पास दो घड़ी खड़े-खड़े मिलने का भी वक़्त नहीं था। सुबह का नाश्ता हम चारों साथ करते, लंच साथ करते और रात में डिनर के वक़्त माँ हम दोनों को दुनिया भर के रिश्तेदारों के बारे में बतातीं। माँ कभी-कभी रेणुका को मेरे बचपन का कोई दिलचस्प क़िस्सा सुनाने लगतीं। मैं ग़ौर से माँ और पापा के चेहरे को देखता रहता कि मुझे इतना प्यार करने वाले इन बेचारों को नहीं पता कि मुझे अवसाद तक पहुँचाने में इनका कितना बड़ा हाथ है। पापा जब भी खाने के वक़्त टीवी पर न्यूज़ चैनल लगाते, मैं

बहाने से कोई फ़िल्मी गानों वाला चैनल लगा देता या फिर पुरानी फ़िल्म वाला चैनल। एक दिन उन्होंने फिर से न्यूज़ चैनल लगाया तो मैं अपना खाना लेकर अपने कमरे में चला गया। उन्होंने रेणुका से इस पर बात की।

"कोई दिक़्क़त है क्या उसको?"

रेणुका ने बताया कि नहीं कोई दिक़्क़त नहीं है लेकिन न्यूज़ वाले आदमी हैं न, ख़बरों से पक जाते हैं।

"दिन भर वही काम करते हैं तो सोच रहे छुट्टी में कम-से-कम इन सबसे दूर रहें।" रेणुका ने मुस्कराकर पापा को कन्विंस कर दिया और मेरे पीछे कमरे में आ गई। मैं अंदर लंबी साँसें ले रहा था। मैंने खाते हुए पाँच मिनट चैनल ग़लती से देख लिया था और एंकर की उत्तेजना मेरे सीने में फँस गई थी। उसने जल्दी-जल्दी मेरी पीठ मलनी शुरू कर दी और थोड़ी देर बाद मेरी साँसें सामान्य होने लगीं। अब अगर पापा न्यूज़ चैनल लगाते तो मैं मोबाइल देखने का बहाना करता वहाँ से उठ जाता। रेणुका से मैंने वादा लिया था जिसे वो अच्छे से निभा रही थी। मैंने उसे बताया कि जब मैं छोटा था तो पापा अक्सर मुझे दूरदर्शन पर समाचार सुनने को कहते थे ताकि मेरा सामान्य ज्ञान बढ़े। अब मैं उन्हें समाचार चैनल देखने से रोकना चाहता हूँ ताकि उनका सामान्य बोध बचा रहे।

एक दिन माँ ने कोई पुराना क़िस्सा सुनाते हुए डिनर की टेबल पर यूँ ही कहा, "अरे वो जो लड़की थी श्रीवास्तव जी की, क्या तो नाम था... क्या नाम था...?"

"हाँ क्या हुआ उसको?" मेरे मुँह से निकल गया। रेणुका मुझे देखने लगी और मुस्कराने लगी। मैं झेंप गया।

"अरे क्या तो नाम था, अरे एक छोटा भाई था उसका जिसको टट्टी कराने ले जाती थी दिन भर।" माँ दिमाग़ पर बहुत ज़ोर डाल रही थीं।

"अरे खा लो पहले, उसी में लगी ये सब बतियाने।" पापा ने उन्हें टोका लेकिन वो अब नाम याद करने को अपने दिमाग़ की परीक्षा मान चुकी थीं।

"अरे बड़ी लड़ाका थी उसकी माई, क्या तो नाम था... बता रे चतुर तोर त दोस्त रहल..."

"रिंकी।" रेणुका ने जवाब दिया। माँ के चेहरे पर बत्ती जल गई।

"हाँ रिंकिया।" अचानक उन्हें जवाब देने वाला याद आया तो वो थोड़ा चौंकी।

"तुमको कैसे पता रेनू?" रेणुका इस बात पर हड़बड़ा गई।

"अरे यही बताए हैं। आप बताइए न हुआ क्या?"

"अरे होना क्या है, उसके माई-बाप बड़का पढ़ाई करने दिल्ली भेज दिए थे न उसको। वहाँ एमबीए की, नौकरी की। रेलवे के अधिकारी से शादी हुआ है उसका। डीआरएम है, आजकल यहीं ट्रांसफ़र हो गया है, पुल के नीचे बँगला है। जहाँ से मुड़ते हैं न चार नंबर फाटक..."

"अरे माँ हमको पता है डीआरएम का बँगला। अच्छी बात है, अच्छा शादी हो गया उसका। आपको अचानक कैसे याद आ गया?" मैंने यूँ पूछा जैसे मुझे इसमें कोई ख़ास दिलचस्पी तो नहीं है लेकिन बता दो तो ठीक ही है।

"अचानक क्या याद आएगा, हमको तो नाम तक याद नहीं था। एक दिन आ गई ऐसे ही, खटखटाई, हम दरवाज़ा खोले, पूछे क्या बात है मैडम! तो कही कि आंटी पहचानी नहीं? बताई तब हमको याद आया। पूछे कैसे आई तो बोली अपना पुराना किराये वाला घर देखने का मन कर रहा था, वहीं आए थे तो सोचे आप लोगों से भी मिलते चलें। हम बोले अच्छा की बेटा। चाय के लिए बोले लेकिन जल्दी में थी। तुमको भी पूछी, हम कह दिए बहुत बड़ा लेखक बन गया है, अख़बार में नौकरी करता है। नेता-मंत्री लोगों के साथ उठता-बैठता है।" माँ के चेहरे पर ख़ुशी थी। रेणुका बराबर मेरे चेहरे के भाव पढ़ने में व्यस्त थी लेकिन दिखा रही थी कि उसका पूरा ध्यान आलू के पराठे पर है। जितना वो मुझे समझती है, मैं भी उससे कुछ कम नहीं समझता उसे। फ़र्क़ बस इतना है वो अक्सर इस बात का बखान करती रहती है और मैं इस पर ज़्यादा मुखर नहीं हूँ।

शनिवार की शाम मैंने पार्टी का प्रस्ताव रखा तो दोस्तों के उदासीन रवैये से मुझे काफ़ी हैरानी हुई। अमरनाथ ने काली की छत पर बैठने से मना कर दिया तो हम लोग बौलिया के एक देसी बार पहुँचे जहाँ छोटी-छोटी झोपड़ियाँ बनी थीं और बैठने की उत्तम व्यवस्था थी। दलजीत के रवैये पर मुझे आश्चर्य हुआ। मेरे आने की कोई ख़ुशी न हो चलो ठीक है लेकिन हफ़्ते में एक बार दोस्तों के साथ बैठने को लेकर उसने इतने नखरे दिखाए कि मुझे बनारस की प्रचलित गालियाँ देकर उसे कोसना पड़ा। मैं और काली सबसे पहले वहाँ बोतल लेकर पहुँच गए। मैंने काली को बताया कि अमरनाथ ने उसके घर बैठने से मना कर दिया।

"चूतिया है स्साला!" उसकी संक्षिप्त प्रतिक्रिया थी।

दोनों आकर बैठे तो माहौल बेहद शांत था। मैंने सबको बताया कि मुझे किडनी के साथ कई और दिक़्क़तें हो गई हैं। मेरा ट्राइग्लिसराइड, जो क़ायदे से डेढ़ सौ से नीचे रहना चाहिए, हज़ार से ऊपर चला गया है और मैं सिर्फ़ उनके साथ बैठकर उन्हें पीता देखना चाहता हूँ। उन्होंने पहले मेरा मज़ाक़ उड़ाया लेकिन मैं पहले पेग में सिर्फ़ कोल्ड ड्रिंक पीने लगा तो उन्हें मेरी बात पर विश्वास हुआ। अमरनाथ और दलजीत ने एक-दो बार मेरा पेग बनाने की ज़िद की लेकिन काली ने उन्हें डपट दिया कि मुझे डॉक्टर ने स्ट्रिक्टली शराब को हाथ न लगाने को कहा है। वे लोग पीने लगे। माहौल फिर शांत हो गया।

मेरी इच्छा थी कि दो पेग के बाद मैं अपने बचपन के दोस्तों को बताऊँगा कि मुझे ऐसी मानसिक समस्या हो गई है कि मैं उनके पास सुकून ढूँढ़ने आया हूँ। माहौल ने मुझे ऐसी इजाज़त नहीं दी। सब ऐसे बैठे थे जैसे एक अदृश्य दीवार सबके आस-पास खिंच गई हो। मुझे पिछली बार की वजह से कुछ अंदाज़ा था भी लेकिन मैंने ज़्यादा सोचा नहीं था। ऐसी बहसें और लड़ाइयाँ हमारे बीच बचपन से कई बार हुई थीं, हम कुछ तुनकने के बाद दुगने जोश से एक-दूसरे के पास आते थे।

उन्होंने आपस में बहुत औपचारिक बातें कीं जैसे उनकी मुलाक़ात

अभी हाल-फ़िलहाल ही हुई हो। मुझे समझ नहीं आ रहा था मैं क्या बातें करना शुरू करूँ कि हम फिर पुराने दोस्तों की तरह इस वक़्त को जी सकें। मैंने उनके परिवार और इसके बहाने उनकी पत्नियों के बारे में बातें शुरू कीं। इस टॉपिक से धीरे-धीरे माहौल में रंगत आने लगी।

अमरनाथ के प्रेम-विवाह को तीन साल हुए थे और वो प्रेम की बात से सेक्स की बात पर उतर आया था। वैसे भी बचपन की दोस्ती को जवानी में रिचार्ज करने के लिए प्रेम और सेक्स से बेहतर क्या ही विषय मिल सकता है! अमरनाथ चटखारे लेकर अपने सेक्स के क़िस्से बता रहा था। उसकी बातों को सुनकर हम तीनों को लग रहा था कि उससे अच्छी सेक्स लाइफ़ किसी की चल ही नहीं रही।

"तुम्हारे तो मज़े हैं लेकिन ये जब भी तुम करते हो तो दिन में ही क्यों? कभी सुबह कभी दोपहर, रात में क्या करते हो?" दलजीत ने हैरानी से पूछा।

"अबे रात में बीवी की भी तो लेनी पड़ती है।" उसने हँसते हुए कहा और मुर्ग़े की टाँग नोचने लगा। दलजीत हैरानी से उसे देखने लगा। मैं भी उसे देखने लगा कि ये उसने क्या कह दिया। हम दोनों को घूरता देख उसने चिकेन खाते हुए हमारी ओर देखा और मुस्कराने लगा।

उसने बताया कि ये सारे अनुभव उसने अपने भतीजे की ट्यूशन टीचर के साथ किए हैं और वो बेहद गरम माल है। उसके अंदर इतनी गर्मी है कि पढ़ाने के बाद वो हाथ-मुँह धोने बाथरूम जाती है, उतने में ही दोनों छिपकर एक राउंड निपटा देते हैं।

"तेरी बीवी को डाउट नहीं होता?" दलजीत अब भी चौंका हुआ था।

"बीवी को उसका हक़ दे रहा हूँ भाई, उससे कोई बेईमानी नहीं। वो असली प्यार है मेरा।" अमरनाथ की आवाज़ में पत्नी के लिए प्यार और परवाह दोनों थी। काली ने पेग लगाते हुए अमरनाथ को नफ़रत भरी नज़रों से देखा।

"बड़ा भारी दोगला हउवे।"

काली के बोलने पर अमरनाथ भड़क गया।

"और तुम? हर हफ़्ते यहाँ-वहाँ मुँह मारते रहते हो, जिस शहर जाते हो ठेका और कोठा पहले खोजते हो। तुम ज्ञान मत दो भोसड़ी के!"

"हाँ तो? पैसा फेंकते हैं सर्विस लेते हैं, तुम्हारे तरह दोगलई नहीं करते स्साले, दुनिया से झगड़ के बियाह किए अब मेहरारू के पीछे हरामीपना कर रहे।"

"अबे आपन देख, बाप मरल त झाँके तक ना अइले।" अमरनाथ ने कहा। मैं कभी अमरनाथ तो कभी काली को देख रहा था। दलजीत ने बीच-बचाव किया।

"अबे वो जेल में था, कहाँ से आता!"

मैं इतना चौंका हुआ था जैसे दूसरे जनम में अपने दोस्तों से मिल रहा होऊँ। मैं उन्हें अपनी परेशानी क्या बताऊँ, वे सब अपनी परेशानी में इतने उलझे हुए थे कि उन्हें किसी और से मतलब नहीं था। मुझे उनके बारे में कोई जानकारी ही नहीं थी, ऐसा लग रहा था जैसे मेरे सामने तीन अजनबी बैठे हुए हैं जिनसे मैं बरसों पहले कभी मिला था। मैंने फिर से एक कोशिश की ताकि ये सब अप्रिय प्रसंग भूलकर हम कुछ अच्छे पल याद कर सकें।

"अबे ये सब बात हटाओ, कुछ ढंग की बात करो। तुमको क्या हुआ है बे, कुछ ज़्यादा ख़ुशी में नहीं दिख रहे तुम?"

थोड़ी देर सब ख़ामोश रहे। अमरनाथ थोड़ा मायूस दिखने लगा जैसे उसके दो चेहरे हैं और वो एक ही चेहरा बाहर दिखाते-दिखाते भूल गया है कि कहाँ कौन-सा चेहरा लगाना है। वो धीमी आवाज़ में बोलने लगा जैसे दोस्तों के बीच सरेंडर कर रहा हो।

"सब सही था गुरु एक साल तक, उसके बाद बीवी ऐसी बातें करने लगी जैसे हम कोई दरिंदा हैं। बिस्तर पर जैसे ही टच करते, हाथ झटक देती। एक दिन, दो दिन, चार दिन, पाँच दिन, हफ़्ते में एक दिन होने लगा। फिर वो भी नहीं। छूते हैं, चूमते हैं तो कहती है- यही करने के लिए हमको लाए हो? पता नहीं क्या हो गया है उसको! शादी से पहले हमको

छूने नहीं देती थी कि सब शादी के बाद होगा। शादी के बाद भी जब हम चूमते-सहलाते तो लाश की तरह पड़ी रहती थी जैसे मेरे ऊपर एहसान कर रही हो, अब तो वो भी नहीं। स्साला सवा तीन महीना हो गया हम दोनों को, कोई मानेगा? एक बिस्तर पर सो रहे, एक छत के नीचे रह रहे। मेरा कपड़ा धोती है, खाना बनाती है लेकिन रात में बिस्तर पर आते ही बदल जाती है। दिमाग़ स्साला एकदम ख़राब हो गया है। हम जान-बूझकर ट्यूशन वाली से बतियाने लगे कि उसको जलन होगी तो शायद ठीक हो। उसको तो जलन नहीं हुई, ये गले पड़ गई। हमारा भी कुछ ज़रूरत है बे, क्या करें! मन बहुत चिड़चिड़ा होता जा रहा है यार, इसलिए सोचते हैं जो मिल रहा है उसी में मज़ा लें।" अमरनाथ की आवाज़ में थकान थी।

सब ख़ामोश हो गए। अमरनाथ ने अपना पेग जल्दी ख़ाली किया और बाक़ी लोगों का पेग ख़ाली न होने पर अपना अकेले भर लिया। निराशा, हताशा और हाथ में कुछ ख़ास न रह जाने का अफ़सोस उसके चेहरे पर फैलता जा रहा था। दलजीत की शादी को लेकर मुझे कोई ख़बर नहीं थी। काली ने बताया था कि वो जिस लड़की से प्यार करता था उसने किसी और से शादी कर ली लेकिन वो अपने दुख इधर दोस्तों तक से नहीं बाँटता। मैंने एक-दो बार पूछने की कोशिश की लेकिन उसने फिर से बात गोल कर दी।

"हमको ज़रूरत नहीं है शादी की। ज़िंदगी में जितना चोद-भाँगड़ा है उसमें एक और चूतियापा नहीं जोड़ना।" उसने अजीब-सा फ़रमान सुनाया। काली ने उसको ग़ौर से देखा, फिर सिगरेट जलाने लगा।

"तुम बे?" अमरनाथ ने काली की तरफ़ देखा।

"क्या हम?" काली ने चिढ़कर उसकी ओर देखा।

"तुमको तो करना ही नहीं है बियाह।" उसने ताना मारा।

"नहीं, हमारा ये सब चूतियापे पर विश्वास नहीं है, किसी बियाह वाले को ख़ुश देख नहीं रहे।" उसने सभी शादी वालों को ताना मारा। सब मेरी ओर देखने लगे कि मैं शादी के पक्ष में बोलूँगा।

"तुम ख़ुश हो बे?" अमरनाथ ने पूछा।

मैं सोचने लगा। मैं ख़ुश तो बिलकुल नहीं हूँ लेकिन उसमें शादी का नहीं मेरा हाथ है। शादी की वजह से मैं बचा हुआ हूँ वरना कब का ख़त्म हो गया होता। मैंने बताया कि आजकल बहुत एंग्जायटी होती है और डिप्रेशन होने लगा है। किसी ने ध्यान नहीं दिया तो मैंने ज़ोर देकर कहा कि मुझे डिप्रेशन की बीमारी हो गई है और मैं इसके लिए दवाइयाँ खा रहा हूँ। सबने मेरी ओर देखा और अपने हिस्से की सलाहें देने लगे।

"अबे डिप्रेशन-ओपरेशन सब अमीरों का चोंचला है, तुम कहाँ ई सब बकचोदी में पड़ गए?" अमरनाथ बोला।

"बनारस इतना-इतना दिन पे आओगे, साल-साल भर पे भी साथ बैठना, दारू पीना नहीं होगा तो और क्या होगा?" काली ने कहा और इस बार मेरा भी पेग बनाकर मेरे हाथ में थमा दिया। मैं अपनी शुरू में कही बात भूल चुका था या वो छोटी-सी बात इन बातों में कहीं खो गई थी, मैंने गिलास पकड़ लिया और ऊपर उठाकर एक बार चियर्स का इशारा कर सिप करने लगा था।

दलजीत ने थोड़ी दिलचस्पी दिखाई लेकिन उसका पूरा ज़ोर मुझसे सिम्पैथी रखते हुए भी मुझे सिर्फ़ बातों से ठीक करने का था।

"अबे तुम लेखक होके इन सब चक्करों में आ गए। ये सब दिमाग़ी बीमारी ज़्यादातर मन का वहम होता है। पढ़ने-लिखने वालों का चोंचला है ये, किसी मज़दूर को कभी सुने कि डिप्रेशन हुआ हो? स्साले तुम राइटर लोग भी बहुत नाटक फैलाते हो। बात करोगे मज़दूर की, कहाँ तक उसकी मदद करोगे? तो फ़ालतू बीमारी पाल के बैठे हो?" उसने मुझे सीधा देखते हुए ताना मारा। पहले के वक़्त में मुझे ग़ुस्सा आता लेकिन अब मुझे अफ़सोस हो रहा था कि मेरे इतने पुराने और घनिष्ठ दोस्त इस बात को नहीं समझ सकते।

"अबे तो हो सकता है इसीलिए हुआ हो कि बात करते हैं मज़दूरों की लेकिन उनके लिए कुछ नहीं कर पा रहे, तो अफ़सोस में दिमाग़ खेल कर

रहा हो।" मैंने कारणों पर सोचते हुए कहा।

"अबे हटाओ, ये सब डॉक्टर लोगों का बैठे-बैठे पैसा कमाने का धंधा है, इतना सोचेगा आदमी तो थोड़ी जी पाएगा।" दलजीत ने कहा।

"अबे कौन जी रहा है ढंग से? सबकी हालत ख़राब है।" काली ने कहा।

"अबे ठीक है फिर भी यहाँ, उधर पाकिस्तान में लोगों को टमाटर खाने को नहीं मिल रहा, हम लोग कम-से-कम यहाँ सुखी हैं, जो चाहे खा-पी रहे।" अमरनाथ ने संदर्भ से अलग बात कही और मगन दिखने लगा।

"वहाँ कोई टमाटर नहीं खा पा रहा स्साले तो तुम्हारा पेट कैसे भर रहा इस बात से?" दलजीत ने नाराज़गी से कहा।

"हमारा तो भरता है गुरु, वहाँ घुस के 400 लोगों को मारा गया हमको बहुत अच्छा लगा। स्साले पुलवामा में हमारे 40 मारे तो बदला लिया गया क़ायदे से, एक के बदले दस सिर का दावा करने वाली सरकार है, घर में घुस के मारती है।" अमरनाथ की आवाज़ का जोश फिर से वापस आ रहा था।

"भोसड़ी के, एक्को आदमी नहीं मरा है, एक कौआ और दो-चार पेड़ पे गिरा है बम।" काली ने ज़ोर दिया। अमरनाथ भड़क गया।

"हाँ तू गयल रहला देखे न?"

"नाहीं तू गयल रहला मुंडी गिने, कोई चैनल तीन सौ चिल्ला रहा, कोई चार सौ, एक तो स्साला राउंड फ़िगर में हज़ार बता दिया। आदमी एक नहीं दिखा।" काली चिल्लाया।

"अबे जलन मत कर, सरकार से एतना मत जल कि देशभक्ति भी भुला जो। ख़ुशी मनाना चाहिए दुश्मन देश पे बम गिरा तो, तीन सौ मरे हों या चार सौ, जश्न का मौक़ा है।"

"जश्न का मौक़ा तब रहता जब पुलवामा अटैक की जाँच हुई रहती, सही ज़िम्मेदार जो अंदर के ग़द्दार हैं वो पकड़ाए होते। ऐसे सुबह-सुबह

जा के चार ठो बम पटक देने से कुछ समझ नहीं आया सिवाय इसके कि दुबारा सरकार बन गई।"

"हाँ तो बननी ही है सरकार, और है कौन? अब देखना देश कहाँ से कहाँ जाता है।" उसकी आवाज़ में उल्लास था।

"अबे फिर तुम लोग कहाँ से कहाँ जा रहे हो?" मैंने कोशिश की कि ग्रुप में राजनीतिक चर्चा न ज़ोर पकड़े।

"नहीं तुम ही तो कह रहे थे कोई ढंग से जी नहीं रहा। माहौल ठीक नहीं है लेकिन ये बात तो ठीक है कि सरकार तो यही ठीक है। और कौन है सामने?" ये दलजीत था और उसका ये बोलना मेरे लिए बहुत शॉकिंग था। मैंने दलजीत को ग़ौर से देखा। अमरनाथ को लेकर मैं बहुत उम्मीद में कभी नहीं रहा लेकिन दलजीत का ये बोलना मुझे अखर गया।

"मतलब? इस सरकार से तुमको तो प्रॉब्लम थी। नोटबंदी और जीएसटी से तुम्हारा धंधा हिला तो अभी तक जम नहीं पाया है, तुमको भी पाकिस्तान पर बम पटकने से चैन मिल गया क्या?" मैंने पूछा।

"नहीं गुरु ये सब ज़रूरी है, अंदर से थोड़ी इकनोमिकल प्रॉब्लम तो है, महँगाई भी बढ़ रही, रोज़गार वग़ैरह है ही नहीं तो सरकार कहाँ से दे नौकरी? लेकिन ये बात तो दिख रही है कि भारत अब मज़बूत बन रहा है, बाहर भी लोहा माना जा रहा है।" उसने इत्मीनान से कहा। मैं उसे बोलता देख हैरान था। मैंने कभी नहीं सोचा था कि सरकार की नीतियों से हमेशा परेशान दिखने वाला मेरे बचपन का एक और दोस्त इस क़दर अतार्किक हो चुका है कि परेशान भले है लेकिन इस परेशानी के ज़िम्मेदार नहीं ढूँढ़ पा रहा। गिलास ख़ाली होने पर दलजीत ने मेरा अगला पेग भी बना दिया था और मैं उसे भी धीरे-धीरे ख़त्म कर रहा था।

"कहाँ बाहर? बाहर का पूरा मीडिया इसको क्रॉसचेक कर रहा है और यही निकल के आ रहा कि एक भी आदमी नहीं मरा है जैसे उनको पहले से ख़बर थी। कोई सबूत नहीं है कि लोग मरे हैं।" काली ने कहा तो अमरनाथ भयानक रूप से भड़क गया।

"भोसड़ी के, एकदम से ग़द्दार हो गए हो क्या? तुमको भी सबूत चाहिए दिल्ली के सीएम की तरह? अबे देश के साथ खड़े रहो ऐसे समय पे।"

काली पर अमरनाथ के ग़ुस्से का कोई असर नहीं पड़ा।

"भोसड़ी के, देश के साथ खड़े हैं इसीलिए सरकार पर डाउट कर रहे, सरकार को चुन के देशभक्ति करने का ठेका नहीं दे दिए हैं उसको, कि वो जो करे वो देशभक्ति और हम कुछ पूछें तो देशद्रोही।"

मेरा सिर फटने लगा था। अब मुझे ये सब बातें एकदम नहीं सुननी थीं। मुझे घबराहट हो रही थी। शुरुआती बातचीत में मैंने भी हिस्सेदारी करते हुए ख़ुद को ये विश्वास दिलाने की कोशिश की थी कि सब कुछ नॉर्मल है, लेकिन अब मेरा दिल धुकधुक कर रहा था। साँस आने में दिक़्क़त होने लगी थी। मेरे सामने तीन अजनबी हो चुके लोग किसी ऐसी समस्या पर बहस कर रहे थे जिस पर बहस करने के लिए कहीं दूर बैठे लोगों ने एजेंडा बनाकर उस पर काम किया था। उन लोगों में एजेंडा बनाने में भी बहस हुई होगी कि इतना अतार्किक एजेंडा लोगों के बीच जगह बना पाएगा कि नहीं, लेकिन किसी मज़बूत इरादों वाले ने दावा किया होगा कि ये भारत की जनता है, ये कहानियों पर इतना विश्वास करती है कि सैकड़ों-हज़ारों साल से कहानियों के हिसाब से अपनी ज़िंदगी जीती आई है। इसे कहानियाँ दो और ये असंभव से असंभव, अतार्किक से अतार्किक बात पर विश्वास कर लेगी। मैंने अपना सिर पकड़ लिया और लंबी-लंबी साँसें लेने लगा।

"बस करो बे। हम चलते हैं।" मैं उठा तो सब ख़ामोश हो गए।

"बैठो, क्या हो गया? देश का नाम हो रहा है बाहर तो इसमें कुछ विरोधियों को मरिचा लगता है। पाकिस्तान-चाइना दोनों की फटी पड़ी है हमसे।" मेरा हाथ पकड़कर अमरनाथ ने बिठा लिया।

"चाइना में कोई बीमारी चली है साँस की। कोई बीमार दूसरे के मुँह पे खाँस दे तो दोनों मर जा रहे।" दलजीत ने अचानक मोबाइल में देखते

हुए बात बदली।

"हाँ इसको लेकर भी विरोधी नेतवन सब बहुत हल्ला मचा रहे कि सरकार इससे निपटने की तैयारी नहीं कर रही।" अमरनाथ हँसा।

"हाँ, विपक्ष तो डेढ़ महीने से यही रंडी-रोना रो रहा कि केंद्र सरकार चुनावों के प्रचार में इस क़दर व्यस्त है कि इस भयानक बीमारी को लेकर सिर्फ़ ग़लत बयान दे रही है।" दलजीत ने कहा। उसकी आवाज़ और बोलने का लहजा धीरे-धीरे अमरनाथ जैसा हो रहा था। उसने अपने मोबाइल पर एक तस्वीर दिखाई जिसमें छपी ख़बर में प्रधानमंत्री लिट्टी-चोखा खाकर बिहार में होने वाले चुनाव का आग़ाज़ करते हुए बताए गए थे।

"अबे तैयारी तो करनी चाहिए ना, कई देशों में फैल रही है ये बीमारी।" मैंने हाल में पढ़ी एकाध ख़बरों के हवाले से बातचीत में हिस्सा लेने की कोशिश की।

"अबे तुमको अपने नेता-मंत्री पर भरोसा ही नहीं रहेगा तो फिर क्या मतलब तैयारी का! ये देखो गृहमंत्री ने ख़ुद कहा है कि भारत में ये बीमारी नहीं आएगी और अगर आई तो हम इससे निपटने में पूरी तरह सक्षम हैं।" अमरनाथ ने एक बयान मोबाइल पर सामने लहराया जिसे देखने में किसी ने दिलचस्पी नहीं दिखाई।

"अबे वहाँ राक्षस रहते हैं, स्साले साँप-बिच्छी सब खा जाते हैं, ये सनातन का देश है और उस पर हम लोग महादेव की नगरी में बैठे हैं, कोई बीमारी-ओमारी आई तो यहाँ दम तोड़ देगी।" दलजीत ने कहा और उसी पल मुझे दिखाई दिया कि उसका और अमरनाथ का चेहरा एक हो गया है। शायद मुझे चढ़ गई थी। मैं फिर से उठ गया।

"हम चलते हैं।"

"बैठ जाओ बे, हम छोड़ आएँगे तुमको।" काली ने कहा।

"हम चले जाएँगे। तुम लोगों की बात सुन के मेरा मन और ख़राब हो रहा है। तुम लोग के हिसाब से सब बहुत सही चल रहा है हर तरफ़,

हमको ऐसा नहीं लगता। हमको लगता है माहौल ख़राब है। हर आदमी परेशान है।" मैंने घबराहट से कहा। दलजीत ने विरोध किया।

"अबे तुम्हारे हिसाब से माना जाए तो आधा देश ही डिप्रेशन में है, ऐसे थोड़े चलता है।"

मैं उठकर निकलने लगा। मैंने खड़े होकर एक सेल्फ़ी ली जिसमें हम चारों दोस्त अलग-अलग मुद्राओं में थे। काली भी खड़ा हुआ और दलजीत को जवाब दिया।

"अबे चार लोग बैठे हैं और कोई अपनी लाइफ़ से ख़ुश नहीं है, यही होता होगा स्साला डिप्रेशन। ये मान लिया है तो इलाज करवा रहा, तुम लोग भी मानोगे तो कुछ सही हो पाएगा। चलो गुरु, तुमको छोड़ आते हैं।"

मेरा घर वहाँ से दो-तीन किलोमीटर की दूरी पर था। अपना रात दस बजे तक बैठने का प्लान था लेकिन साढ़े आठ बजते-बजते मेरा मन थक चुका था। मैंने काली को समझाया कि वो लोग बैठें और पार्टी जारी रखें, मुझे घर के कुछ सामान ख़रीदकर ले जाना है। काली हमेशा की तरह अपनी ज़िद पर टिका रहा और हम दोनों बाहर खुली सड़क पर आ गए। उसने कहा कि उसकी सिगरेट ख़त्म हो गई है और उसको नीचे लेने जाना ही होगा।

खुले में पहुँचते ही मैंने एक लंबी साँस ली, मुझे अच्छा महसूस हुआ।

"आओ थोड़ा आगे सिगरेट ले के एकाध फूँकते हैं, फिर निकलना।" ये उसकी हमेशा की आदत थी। सबसे विदा लेने के बाद मुझे अलग से छोड़ने आता था और मैं भले सिगरेट पीकर निकला होऊँ, आख़िरी एक और मेरे साथ ज़रूर सुलगाता। हमने सड़क के मोड़ से सिगरेट ली और मेन रोड से थोड़ा हटकर पान की दुकान के बाहर खड़ी पुरानी चौकी पर बैठ गए। थोड़ी देर तक हम चुपचाप सिगरेट पीते रहे। ऊपर जो सब देख-सुनकर मैं निकला था, मेरा मन चुपचाप रहने का कर रहा था।

"इसीलिए हम इन स्सालों से नहीं मिलते। दोस्त-मित्र मिलते हैं अपनी बात करने, ज़िंदगी में सुख-दुख क्या चल रहा है, क्या अच्छा है क्या बुरा

है, आगे क्या करना ठीक रहेगा। जो बात आदमी काम-धंधे वाले दोस्तों से नहीं कर सकता उसके लिए पुराने दोस्तों के पास बार-बार जाता है। ये भोसड़ी वाले एक पेग पिएँगे, दूसरे में न्यूज़ विश्लेषण बन जाते हैं।" काली ने झल्लाए स्वर में कहा तो मेरा ध्यान उसकी ओर गया। उसकी झल्लाहट देखकर मेरे होंठों पर मुस्कराहट आ गई।

"विश्लेषण नहीं बे विश्लेषक।"

"क्या?" वो समझा नहीं।

"न्यूज़ विश्लेषक।" मैंने उसको करेक्ट करते हुए मज़ा लिया। वह तुनक गया।

"अबे तुम भी चूतिया हौ– काम-धाम लंड नाहीं, नहाए के हौ तड़के।" काली ने मेरी बात को हवा में उड़ाते हुए कहा। कहावत मेरी सुनी थी लेकिन मतलब नहीं समझ पाया।

"एकर मतलब का?" मैंने जिज्ञासा दिखाई।

"ना मालूम हौ न तोहूँ के सब कुछ... त ज्ञान मत बघारा... बात समझा।"

बात तो मैं समझ ही रहा था बल्कि ऊपर से देखकर ही आ रहा था। मेरे मन में ख़ुद चल रहा था कि अगली बार आऊँगा तो दोस्तों से एक बार हाय-हेलो कर लूँगा, साथ बैठने पर सब मुझे पागल कर देंगे। काली भी मेरी तरह इन सब चीज़ों से पका हुआ है, ये देखकर मुझे कुछ राहत मिली। हम दोनों फिर थोड़ी देर ख़ामोश रहे।

"तुम स्साला बढ़िया पढ़ लिए। हम लोग सही से पढ़ नहीं पाए इसलिए लाइफ़ का कुछ बना नहीं। दलजीत और अमरनाथ तो फिर भी ठिकाने लग गए, हमारा ही मैटर शुरू से ही गड़बड़ रहा। हमारे बाप बहुत चाहे कि हम पढ़ लें, सही रास्ते पर निकल जाएँ लेकिन बाप को कभी हम सीरियस लिए ही नहीं। इसीलिए ये हाल है। स्साला लग रहा है जैसे बेहोशी में जिए जा रहे हैं। कई काम आजकल अपने बाप जैसे ही करने लगे हैं। लगता है बुढ़ौती में एकदम उनहीं जैसे हो जाएँगे।" काली की

आवाज़ में अब एक ठहराव आ गया था। जैसे वह नीचे इसलिए आया हो कि उसे ऐसे कन्फ़ेशंस करने की जगहें नहीं मिलती हों और यही आख़िरी ठिकाना हो।

"अच्छा किए बे कम पढ़े। ज़्यादा पढ़ लेने से ज़िंदगी और झंड हो जाती है। बेहोशी में जीना सबसे बढ़िया है। बड़े-बुज़ुर्ग कहते हैं न कि ज़्यादा पढ़ लेने से दिमाग़ ख़राब हो जाता है, एकदम सही कहते हैं। पढ़-लिख के देखने-समझने की क्षमता आ जाती है, देखना आ जाता है तो समझ में आता है कि होश में आ के भी हम कुछ उखाड़ नहीं सकते। अपनी तुच्छता समझ में आती है तो और अफ़सोस होता है।" मैंने मायूस आवाज़ में कहा।

"तुम कुछ समझाते हो तो स्साला एकदम क्लियर समझ में आ जाता है। तुम्हारे पास कितना अच्छा चीज़ है कि तुम अपनी बात सामने वाले को इतना बढ़िया से समझा सकते हो। हम लोग तो चूतिया हैं, जीना तो छोड़ो हमको ठीक से सोचना भी नहीं आया।" काली ने फीकी मुस्कान से कहा। मैं भी हल्का मुस्कराया। शराब मेरे सिर पर नाचना शुरू कर चुकी थी।

"आता हमको भी कुछ नहीं। जानते हम भी कुछ नहीं। तुम्हारे सामने बड़ी-बड़ी बात पेल रहे हैं। सब ख़त्म हो रहा है और हम सब ख़त्म होता देख रहे हैं।" मेरी आवाज़ में दर्द था जो काली तक पहुँचा। मैंने आख़िरी कश लेकर सिगरेट फेंकी।

"क्या हो गया बे?" काली मेरे पास खिसक आया और मेरे होंठों में एक और सिगरेट लगा दी।

"बहुत सारा अफ़सोस है। अब हमेशा रहेगा, लगता है।"

"पागल हो क्या? तुमको क्या अफ़सोस है बे? सब सही है।" काली ने एक दोस्त होने का फ़र्ज़ अदा करते हुए समझाया। मैंने काली को कमज़ोर निगाहों से देखा।

"कितने सारे अफ़सोस हैं स्साला! एक रात हम देर से घर पहुँचे। एकाध बियर मारे थे। घर में रेणुका पास आई तो वोडका की महक आई।

हम तो शराब के चोर ठहरे, किचन में प्लेट रखने गए तो खोज निकाले। क्वार्टर में एक छोटा पेग बचा था। यानी तीन तो मार चुकी थी। हम इस पे बात नहीं कर पाए। पी के वो क्या सोचती है हम जान नहीं पाए।" मेरी आवाज़ रुआँसी हो गई थी।

"स्साले तुम पियो तो ठीक, वो पी ली तो गड़बड़!" काली ने कहा लेकिन मैंने ध्यान नहीं दिया क्योंकि उसने ख़ुद थोड़ी देर पहले कहा था कि उसे ठीक से सोचना तक नहीं आता।

"उसका एक एकांत है जहाँ हम नहीं हैं। स्साला पूरी दुनिया में एक उसका ही साथ था जिसमें हमको लगता था कि ये मेरी दुनिया है। सबसे जानी-पहचानी, सबसे सुरक्षित, वहाँ भी एक हिस्सा ऐसा है जिसमें हम नहीं हैं। जीने के लिए इतनी बड़ी दुनिया में एक इंसान को एक इंसान का पूरा-पूरा प्यार चाहिए न बे, कि नहीं?" मैं रो देता लेकिन अगले ही पल मैंने ख़ुद को सँभाला और उठ खड़ा हुआ। मुझे अचानक पता नहीं क्यों बिसारिया काका की बहुत घनी याद आई। मैंने काली को गले लगाया और वहाँ से निकल गया।

"प्यार की कमी से कोई नहीं मरता बे। विटामिन की कमी से मरते हैं लोग।" काली ने पीछे से हँसते हुए कहा ताकि ये सब गंभीर बातें हवा में उड़ जाएँ। हम एक मज़ाक़िया बात से विदा लें ताकि अगली बार मिलते हुए हम वैसे ही मिलें जैसे हमेशा मिलते रहे हैं।

सड़क पार कर मैं तेज़ी से चलने लगा। मैं जल्दी-से-जल्दी कबीर मठ पहुँचना चाहता था। वहाँ गए मुझे कितने ही साल बीत गए थे। इस बीच मैं बनारस आता भी था तो उम्र के घोड़े पर सवार जल्दबाज़ी की ज़ीन लगाकर आता था कि पाला छूकर फिर से सिसिफस वाली चट्टान उठाने भागना होता। हर बार लगता था कि एक दिन की छुट्टी ज़्यादा होती तो मठ जाकर बैठता लेकिन वो छुट्टी तब तक नहीं मिली जब तक ज़िंदगी पर ख़तरा नहीं आ गया।

मठ पहुँचा तो हैरान रह गया कि पूरा स्ट्रक्चर बदल गया था। दीवारें

चारों तरफ़ से उठ गई थीं और एक बड़ा-सा गेट लग गया था जैसे कोई बड़ी रियासत हो। मैं अंदर गया। क़दम लड़खड़ा रहे थे, मुझे पहली बार सिर्फ़ तीन पेग पीकर इतना नशा हुआ था। मेरी आँखें मिचमिचा रही थीं क्योंकि अंदर दो बड़ी लाइट्स लगी थीं। मैं मठ की तरफ़ जाने लगा और मेरी निगाहें परिचित चेहरों को खोजने लगीं। सब नए लोग थे। निरंजन जी कहीं दिखाई नहीं दे रहे थे, न बिसारिया काका। मठ में एक बुज़ुर्ग कुछ लोगों से घिरे बैठे थे। मैंने उनसे कहा कि मैं बिसारिया काका से मिलना चाहता हूँ। पहले सब एक-दूसरे के चेहरे देखने लगे फिर बुज़ुर्ग उठे और मेरे कंधे पर हाथ रखा।

"तुम्हारा नाम चतुर्भुज है क्या?" मैं एक अजनबी के मुँह से अपना नाम सुनकर चौंका और सहमति में सिर हिलाया। वो मुझे लेकर एक तरफ़ जाने लगे। जाने से पहले उन्होंने जो ख़बर सुनाई उससे मेरी बोलती कुछ देर बंद रही।

"बिसारिया को मरे दो-ढाई साल हो गए। मठ के केयरटेकर पंकज जी हैं, उनसे मिलवाता हूँ तुम्हें, बिसारिया तुम्हारे लिए कुछ छोड़ के गया है शायद।"

मैं उनके साथ साथ चलता रहा। एक तरफ़ कुछ छोटी कोठरियाँ बनी हुई थीं। वहाँ पहुँचकर उन्होंने एक दरवाज़ा खटखटाया। दरवाज़ा खुला और एक उनसे भी बूढ़ा आदमी बाहर निकला।

"ये चतुर्भुज है जिसकी बातें बिसारिया किया करता था। उसने कोई चिट्ठी छोड़ी थी ना तुम्हारे पास?" वो बूढ़ा ये बात सुनकर तुरंत अंदर चला गया और दो मिनट के बाद वापस लौटा। उसके एक हाथ में लिफ़ाफ़ा था और दूसरे हाथ में मेरी तीनों किताबें। उसने मेरी ओर बढ़ा दिया। मैंने हाथ बढ़ाया और लिफ़ाफ़ा ले लिया। बुज़ुर्ग वहाँ से चले गए और पंकज जी ने मुझे अंदर से एक लकड़ी का स्टूल लाकर दिया। मैं स्टूल पर बैठा और वो दरवाज़ा खुला छोड़कर अंदर चले गए।

मैंने लिफ़ाफ़ा खोला। अंदर एक काग़ज़ था। मैंने काँपते हाथों से

चिट्ठी खोली और पढ़ने लगा–

प्रिय चतुर्भुज,

ये चिट्ठी हम शाम को लिख रहे हैं जब कुछ कबीरपंथी यहाँ से थोड़ी दूरी पर बैठे गा रहे हैं– नैया पड़ी मझधार गुरु बिन कैसे लागे पार... मठ का नवीनीकरण हो रहा है। अब तुम अंदर आओगे तो पहचान भी नहीं पाओगे, इतना बदल रहा है। तुमसे मिले लंबा समय बीत गया है, तुम्हारी कहानियाँ छपने लगी हैं ये जानकर बहुत अच्छा लगता है। एक बात कहना चाहते थे जो तुमसे आमने-सामने ही करनी चाहिए, लेकिन तुम जब आओगे तब तक पता नहीं हम रहें या नहीं। जीवन भर हम गुरु की खोज में रहे और हमको लगता रहा एक गुरु मिलेगा तो जीवन एकदम सही हो जाएगा। जीवन जैसे-जैसे समाप्त होने वाला रहता है काम की बातें बहुत तेज़ समझ में आने लगती हैं। सारा जीवन कबीर की शिक्षाओं पर जीते रहे, उनको जैसे रामानंद मिले थे वैसा अपने लिए भी खोजते रहे। लेकिन अंत समय एक बहुत बड़ा सत्य समझ में आया है कि बाहर गुरु खोजना एक कठिन खोज है, जो जीवन भर चलने के बाद भी निष्फल रह सकती है। अगर इस खोज को अंदर किया जाए तो पता चलता है कि हम सबके अंदर एक गुरु है जो अँधेरे में रास्ता दिखा सकता है, लेकिन वो दिखाता नहीं क्योंकि उसके लिए एक शर्त है। शर्त ये है कि हम उस गुरु पर भरोसा कर सकें और उसको साफ़-साफ़ देख सकें। हमने साफ़ देखना शुरू कर दिया है और तुम्हें जानकर आश्चर्य होगा कि ऐसी बहुत-सी बातें और उनके कारण इतने स्पष्ट दिखने लगे हैं कि दुख होता है। दुख इसलिए होता है कि जीवन जब ख़त्म होने वाला हो तभी इसे जीने का क़ायदा क्यों आता है! दुख इसलिए भी होता है कि जीवन भर जिन बातों पर कम ध्यान देते थे वही बातें सबसे अधिक महत्त्व की निकलती हैं। प्रेम, स्नेह और मुस्कराहट के साथ जिया गया जीवन ही अर्थपूर्ण होता है लेकिन हमारे चारों तरफ़ इतना हल्ला है कि असली आवाज़ को सुनना बड़े धीरज का

काम है। तुम इस हल्ले को अपने भीतर जगह मत बनाने देना। अपने भीतर बैठे गुरु को खोजना और सिर्फ़ उस पर ही भरोसा करना। उससे तादात्म्य बना लिया तो वो बाहर आकर तुम्हारा हाथ पकड़ेगा और तुम्हें सही रास्ते पर ले जाएगा। अब हम लिखना बंद करते हैं। ये चिट्ठी हम पंकज जी से लिखवा रहे हैं, इन्हें सौ-पचास कुछ दे देना।

तुम्हारा,
बिसारिया काका

मैंने सिर उठाया तो सामने पंकज जी खड़े थे। मैंने पर्स निकाला, उसमें दो हज़ार के दो और पाँच सौ के चार-पाँच नोट थे। मैंने पैसे उनके हवाले कर दिए। उन्होंने पाँच सौ का एक नोट अपने पास रख के बाक़ी पैसे मुझे देने चाहे लेकिन मैंने उनकी मुट्ठी बंद की और उनको प्रणाम किया। उनके साथ मैंने एक सेल्फ़ी ली, फ़ेसबुक पर अपलोड की और वहाँ से जाने को मुड़ गया।

मुख्य द्वार के पास आया तो वो बुज़ुर्ग मोबाइल पर किसी से बात कर रहे थे। मैंने उन्हें प्रणाम किया और जाने की आज्ञा माँगी। उन्होंने मुझे आशीर्वाद दिया। मैंने उनसे फ़ैज़ान के बारे में जानकारी माँगी। उन लोगों ने मुझे साथ बैठने को कहा और बाहर सिगरेट के खोखे वाले लड़के को बुलवा भेजा।

"वो वहीं बाहर अक्सर सिगरेट पीता था, शायद दुकान वाले को पता हो।"

मैं सोच रहा था इनमें से कोई बुज़ुर्ग कबीर गाना शुरू कर देता तो मेरी तबीअत काफ़ी हद तक सँभल जाती। लेकिन गाने वाला उत्साह किसी के चेहरे पर नहीं था। सब सहमे हुए बैठे थे जैसे कोई तूफ़ान आकर उन्हें हिला गया हो। वे लोग फ़ैज़ान के बहाने इधर-उधर की बातें करने लगे।

"फ़ैज़ान को खोजते एक दिन एलआईयू वाले आए थे। हम लोग जानने की कोशिश किए कि कारण क्या है तो बताए प्रशासन की तरफ़ से

बेरोज़गार मुस्लिम नौजवानों का रेकी किया जा रहा है।"

"हाँ, तब से वो लड़का इधर कम ही आता है।"

"वो वैसे भी बिसारिया के मरने के बाद से इधर कहाँ आता है!"

"कबीरबानी हो या कोई कार्यक्रम हो तो आता है सुनने।"

"कबीर जैसा ही फक्कड़ है वो लड़का भी। मज़बूत घर का होता, थोड़ा पढ़ा-लिखा होता तो आज उसके पीछे भीड़ होती।"

"आज की डेट में कबीर भी होते तो ज़्यादा दिन रह नहीं पाते।"

"अरे ऐसे क्यों बोल रहे हो टिपनिया जी?"

"अरे उस समय कबीर क्या-क्या बातें बोलते थे और ठसक से रहते थे। आज बोलते तो पक्का मार दिए जाते।"

मैं उनकी बातें सुनकर घबराने लगा था। सिगरेट के खोखे वाला बाहर से आया। मैंने उससे फ़ैज़ान के बारे में पूछा। उसने बताया कि फ़ैज़ान भाई मदनपुरा के पीछे एक झुग्गी बस्ती में रहते हैं।

"कोई फोन नंबर?" मैंने पूछा।

"नंबर तो नहीं दिए लेकिन उस बस्ती में सब झोपड़ी पे पन्नी हरे रंग की है, बस उनकी पन्नी लाल रंग की है। आप खोज लेंगे।"

मैं डगमग करता हुआ एक रिक्शे पर बैठा और मदनपुरा पहुँचा। पीछे की झुग्गी बस्ती तक पहुँचने में कोई ख़ास देर नहीं लगी। वहाँ सभी हरी बरसातियों में एक लाल रंग की बरसाती अलग से चमक रही थी। मैंने दरवाज़ा खटखटाया। अंदर से जो लड़का निकला उसे मैं देखता ही रह गया। एक आकर्षक छह फ़ुट का गेहुँआ नौजवान जिसके चेहरे पर विश्वास और मज़बूती थी, बाहर निकला।

उसने मुझे थोड़ी देर नहीं पहचाना, यानी वक़्त ने मेरे चेहरे से पुराने सभी निशानों को मिटाकर नए निशान ज़्यादा बना दिए थे।

"फ़ैज़ान?" मैंने कन्फ़र्म किया।

"इत्तेफ़ाक़ से!" उसने इत्मीनान से कहा और अँधेरे दरवाज़े से गली के पीले उजाले में आया, "आप... अरे शास्त्री जी?" उसे मुझे पहचानने

में लगभग एक मिनट लगा। उसने मुझे भींच लिया।

"इतने साल बाद इधर कैसे?"

मैंने उसे बिसारिया काका के बारे में बताया। उसे पता था। उसने बताया कि बिसारिया काका किसी को भी पकड़कर उससे तुम्हारी कहानियाँ पढ़कर सुनाने को कहते थे।

"मुझसे उन्होंने तुम्हारी किताबें कहाँ-कहाँ से ढूँढ़ के मँगवाईं, मैं ही जानता हूँ।" उसने घर को ताला लगाते हुए कहा।

"कहाँ?" मैंने हैरान स्वर में पूछा।

"कुछ पीते-खाते हो या नहीं पंडित?"

उसने मेरे कंधे पर हाथ रखा। मुझे ये बोलने की इच्छा नहीं हुई कि मुझे डॉक्टर ने पीने को मना किया है। मुझे ये भी बोलने की इच्छा नहीं हुई कि अभी मैं तीन पेग दबा के आ रहा हूँ। मुझे ये भी बोलने की इच्छा नहीं हुई कि उस दिन की घटना के लिए मैं अपनी माँ की तरफ़ से तुमसे माफ़ी माँगता हूँ। मेरी ये भी बोलने की इच्छा नहीं हुई कि मैं अपने देश, जो कि तुम्हारा भी है, जो कि मुझे अलग से बताना पड़ रहा है, की तरफ़ से भी तुमसे माफ़ी माँगता हूँ। मेरी ये बोलने की तो ज़रा भी इच्छा नहीं हुई कि उससे और बिसारिया काका से मुझे हर साल कम-से-कम एक बार तो मिलने आना चाहिए था। ये भी बोलने की मेरी ज़रा इच्छा नहीं हुई कि मेरी किताबें ढूँढ़ने और काका को पढ़वाने के बाद एक बार मुझे मेरे नंबर पर फोन कर लेना चाहिए था। मुझे कुछ भी बोलने की इच्छा नहीं हुई और मैं बस मुस्करा दिया।

हम दोनों गंगा के कच्चे किनारे पर बैठे थे। फ़ैज़ान ने देसी का इंतज़ाम किया था। उसने मेरा भी पेग बनाया और चियर्स किया।

"चतुर्भुज भाई की घर वापसी के नाम।" बोलता हुआ वो हँसने लगा। हम पीने लगे। बग़ल में लगी नाव पर उसका एक परिचित मल्लाह अपने में ही थोड़ी मछलियाँ हमारे लिए भी भून रहा था। मैंने उसे बिसारिया काका की चिट्ठी वाला लिफ़ाफ़ा बढ़ाया। उसने एक नज़र देखा और पीने लगा।

"पढ़ा है। लिखने के अगले ही दिन दिखाए थे मुझे। बोले दिनेश जी बड़ी ई, छोटी ई की मात्रा में गड़बड़ करते हैं। तुम्हारी बहुत बात करते थे। बोलते थे चतुर्भुज ग़लत जगह में फँसा सही लड़का है। हम पूछे इसका मतलब भी बता दीजिए तो कहे वो लेखक है समझ लेगा।" वो हँसने लगा। मैंने ग़ौर किया कि बचपन की तरह उसकी हँसी ग़ज़ब की शफ़्फ़ाफ़ थी जैसे वो दुनिया को तुच्छ समझता है। मैंने उससे पूछा कि वो क्या करता है, उसने बताया वो मोटर पार्ट्स का काम करता है और बरसों दूसरों के लिए काम करने के बाद इसी साल उसने अपना ख़ुद का धंधा शुरू किया और वो अच्छा चल रहा है।

"शादी-वादी?" मैंने ख़ुश होते हुए पूछा।

"तीन साल पहले किए, एक बेटी है दो साल की।" उसकी आवाज़ में उसकी बेटी का सुंदर-सा चेहरा भी दिखाई दिया।

"अपना बताओ, तुमको ऐसे तू-तड़ाक से बोल रहे बुरा तो नहीं लग रहा?" उसके इस सवाल पर मैं थोड़ा शर्मिंदा हो गया। मुझे लगा वो बचपन की घटना के लिए ताना दे रहा है। मैं मुस्कराकर अपना पेग पीने लगा।

"हम लोग आठ साल बाद मिल रहे हैं।" मैं हिसाब लगा रहा था।

"साढ़े नौ साल बाद, हम लोग तीन-चार साल ही मिले हैं लगातार, उसके बाद तुम दिल्ली निकल गए। एक-दो कहानियाँ छपने तक तुम काका को सुनाने आए थे।"

"इधर यार टाइम बहुत जल्दी निकल गया। बीच का कुछ पाँच-सात साल तो लगता है फ़ास्ट फ़ॉरवर्ड में चल गया, कुछ महसूस ही नहीं कर पाए और बीत गया।" मेरी आवाज़ में अफ़सोस था। वह फिर हँसने लगा। वो जिस बात पर मुस्करा नहीं पाता था उस पर हँस देता था।

"टाइम तो मियाँ अपने टाइम से ही बीता है, आप का ही टाइम स्पेस गड़बड़ा गया होगा।"

उसकी बात पर मुझे भी हँसी आ गई। मुझे दो टाइप की शराब पीने

से भी हँसी आ रही थी, या शायद नशा हो रहा था, या दोनों मिक्स हो गए थे। जो भी था बहुत सुरीला-सा था। शरीर हल्का होता जा रहा था। कभी फ़ैज़ान की आवाज़ पास से आ रही थी, कभी दूर से। कभी उसका चेहरा मेरे क़रीब दिखाई देता कभी दूर। कभी हवा ठंडी चलने लगती कभी गरम। नहीं, गरम हवा जो थी वो चिलम का धुआँ था। आँख में भी नदी किनारे की धूल उड़कर नहीं आ रही थी, धुआँ लग रहा था। धुएँ के पार एक अलग दुनिया दिख रही थी जो जादुई थी। कहीं अगर किसी से नफ़रत नहीं होती, कोई किसी के भी साथ बिना डर बैठ सकता था, तब की ये दुनिया बड़ी नशीली थी। प्यार में नशा था, दोस्ती में नशा था, दोस्ती और मोहब्बत में वक़्त बर्बाद करने में नशा था। ख़ुद को बीतते हुए देखने में नशा था। यही नशा दरअसल ज़िंदगी थी। इतनी मौतों के बीच जो अपनी उम्र को बीतता देख रहा है वो कितना ख़ुशनसीब है। ये किसकी दी हुई ज़िंदगी है जिसमें इतनी तकलीफ़ें होने के बावजूद आनंद भी है। मैंने उसे हँसते हुए बताया कि मेरी किडनी में दिक़्क़त हो गई है और शराब पीने को डॉक्टर ने मना किया है। उसने मेरा गिलास ले लिया और ख़ुद पी लिया। इसके बाद हम दोनों हँसने लगे। हम देर तक हँसते रहे। हमने देर तक कोई बात नहीं की।

"घर जाने की जल्दी तो नहीं?" उसने पूछा। मैंने बताया कि कहीं जाने की जल्दी नहीं।

उसने कहा, "कुछ घंटे साथ रहते हैं क्योंकि मेरा दो-तीन घंटे यहीं बैठकर आधी रात वाली ट्रेन पकड़ने का प्लान है।"

उसने बताया कि उसकी पत्नी और बेटी लखनऊ में हैं और वो यहाँ काम के सिलसिले में आया है। अक्सर आना होता है इसलिए अपना पुराना कमरा अभी छोड़ा नहीं है। दो घंटे बाद ट्रेन थी जो भोर में लखनऊ पहुँचा देती।

"स्टेशन से कितनी दूर है घर?" मेरे सवाल पर वो मुस्कराया। मुझे लगा था वो हँसेगा।

"आओगे क्या?"

"हाँ, प्लान बनाते हैं। ढंग से बैठते हैं एक दिन।"

"पक्का डन। स्टेशन से दूर है दस-बारह किलोमीटर।"

"ऑटो से जाओगे?"

"नहीं, मेरा बिज़नेस पार्टनर है अभिषेक, उसकी बाइक खड़ी रहेगी स्टेशन के पीछे, एक चाबी मेरे पास रहती है। ले के निकल जाऊँगा घर, दिन भर आराम, फिर अगले दिन धंधे पर वापस।"

"किस पर गई है बेटी?"

वो सोचने लगा। थोड़ी देर सोचता रहा, उसकी बेटी का चेहरा उसकी मुस्कान में नाचता रहा।

"मिक्स है। मेरा और अपनी माँ का बेस्ट फ़ीचर ले के पैदा हुई है।"

उसका फोन आ गया और वो बीवी से बात करने लगा। मुझे अचानक उलटी होने लगी और मैं थोड़ा आगे जाकर उलटी करने लगा। मुझे उलटी करता देख वो फोन काटकर मेरे पास आया और मेरा मुँह धुलवाकर पानी पिलाया।

"तुम तो मेरे घर बाद में आओगे, पहले तुमको छोड़ देता हूँ घर।"

"हमको डीआरएम ऑफ़िस ले चलोगे?" मैंने मुँह रुमाल से पोंछते हुए ऐसे नॉर्मल बोलने की कोशिश की जैसे अभी उल्टी कोई और कर रहा था।

"इतनी रात को ऑफ़िस थोड़ी खुला होगा! वहाँ क्या करना है?" वो मुस्कराया।

"अरे सॉरी डीआरएम ऑफ़िस नहीं डीआरएम के बँगले पर? मेरी एक दोस्त है उससे मिलना है।" मैंने ज़ोर दिया।

"तुम्हारी हालत देखते हुए कहेंगे कि कल दिन में मिलो दोस्त से, ज़्यादा अच्छा रहेगा।"

"कल किसने देखा फ़ैज़ान बाबू! ले चलेंगे तो बताइए नहीं तो ऑटो रिज़र्व करके हम निकलते हैं।" मैंने उठने की कोशिश की और लड़खड़ा

गया। फ़ैज़ान ने मुझे सँभाला।

"चलो-चलो। चलते हैं लेकिन हम दूर रहेंगे। पता चले पकड़े गए तो राज़ खुले कि एक मुसलमान बँगला उड़ाने आया था।" उसकी मुस्कान में हल्का ज़हर था। मैंने नज़रें फेर लीं।

"ऐसा कुछ नहीं है। तुम कुछ ज़्यादा ही निगेटिव हो रहे हो दोस्त। चलो।"

फ़ैज़ान ने एक ऑटो रुकवाया और थोड़ी देर में हम बँगले के सामने थे। फ़ैज़ान ने ऑटो मुड़वाकर थोड़ी दूरी पर खड़ा कर लिया था और वहीं से मुझे देख रहा था। मैंने बँगले का गेट एक बार खटखटाया। कोई आहट नहीं हुई। दूसरी बार जैसे ही खटखटाने जा रहा था कि एक लंबा-तगड़ा सिक्योरिटी मैन अपनी कमर कसता हुआ मेरी ओर लपका।

"ऐ... क्या है बे?" उसने घुड़कते हुए पूछा।

"रिंकी से मिलना है।" मैंने अंदर देखने की कोशिश करते हुए कहा। बँगले का लॉन इतना बड़ा था कि जहाँ तक नज़र जाती थी फूल-ही-फूल दिख रहे थे। बँगले से होकर आ रही हवा में कई तरह के फूलों की ख़ुशबू थी।

"कौन रिंकी?" उसने असमंजस में पूछा। उसका हाथ अब भी पीछे की तरफ़ से मेरे कॉलर पर था।

"डीआरएम साहब की वाइफ़। मेरी पुरानी दोस्त हैं।" मेरी आवाज़ सुनते ही सिक्योरिटी वाला रौद्र रूप में आ गया। उसने मुझे गर्दन से नीचे झुकाया और कोहनी से मेरी पीठ पर घमाघम मारने लगा। फ़ैज़ान ये देखकर ऑटो से भागता-लपकता मेरे पास आया।

"ऐ क्या कर रहा छोड़..." उसने सिक्योरिटी वाले को धक्का दे दिया। वो एक तरफ़ गिर पड़ा। उसने मुझे सहारा दिया। तब तक सिक्योरिटी वाले ने पीछे से आकर हम दोनों को पकड़ लिया। उसका डीलडौल इतना भारी-भरकम था कि मैं तो मैं, लंबा-चौड़ा फ़ैज़ान भी उसकी पकड़ से छूट नहीं पा रहा था। इस ढकेला-ढकेली में सिक्योरिटी मैन गेट के एक तरफ़

लगे लैंप से टकराया और लैंप फूट गया। तभी बँगले से मेन गेट के पीछे से एक मधुर आवाज़ आई।

"घनश्याम, क्या हो रहा उधर?"

सिक्योरिटी वाला इस आवाज़ पर अलर्ट नज़र आने लगा जैसे अगर हमने बँगले की तरफ़ एक भी क़दम बढ़ाया तो वो एक पंच में हमें चित कर देगा। मैंने बाहर से ही आवाज़ लगाई, "रिंकी, हम हैं।"

मेन गेट मेरी आवाज़ पर खुल गया और मेरे सामने सुंदर-सी नाइटी में रिंकी खड़ी थी।

"चतुर्भुज, तुम?" उसने दो बार अपनी आँखें मली थीं। उसने कभी बुरे से बुरे सपने में भी मुझसे ऐसे दुबारा मिलने के बारे में नहीं सोचा होगा।

मैं और रिंकी बँगले के अंदर गेट पे पास खड़े थे। फ़ैज़ान बाहर घनश्याम से बात कर रहा था। घनश्याम को हैरानी थी कि अगर मैं सच में रिंकी को जानता था तो उससे मिलने के लिए मैंने ये वक़्त और ये हालत क्यों चुनी!

मैंने थोड़ी देर में रिंकी को अब तक की ज़िंदगी का सारा हिसाब शॉर्टकट में दे दिया जैसे कोई ड्यूटी पूरी की। मैंने सब बताने के बाद जब उसे बताया कि मेरी किडनी का इलाज चल रहा है और मेरी तबीअत बहुत ज़्यादा ख़राब है तो अपनी ही आवाज़ सुनकर मेरा मन ख़राब हो गया। मुझे लगा जैसे जो भी मिल रहा है, मैं उसे रोक-रोककर बता रहा हूँ कि मेरा इलाज चल रहा है। आज ये तीसरा इंसान है जिसे मैंने ये बात बताई है। कोई मेरे पीछे छिपकर अगर ये सुन रहा होगा तो उसे लगेगा जैसे मैं अपनी किडनी को बचाने के लिए क्राउडफ़ंडिंग कर रहा हूँ। मैं ऐसा क्यों कर रहा हूँ? शायद इसलिए ताकि जब मैं मरूँ तो इनके पास मेरे बारे में बात करने के लिए कुछ रहे। सब मेरे बारे में अच्छी-अच्छी बात करें। लेकिन मेरे जाने के बाद मेरे बारे में कोई अच्छी बात करे या बुरी बात, कोई फ़र्क़ पड़ता है? क्या मैं स्वर्ग-नरक, मोक्ष, मुक्ति मानता हूँ? नहीं। तो क्या फ़र्क़ पड़ता है? झाँट बराबर फ़र्क़ नहीं पड़ता। जीते जी फ़र्क़ नहीं

पड़ रहा तो मरने के बाद क्या पड़ेगा? सवाल ये उठता है कि मैं ये सोच क्यों रहा हूँ? सवाल ये भी उठता है कि... हट स्साला! सवाल ये उठता है सवाल वो उठता है। अंदर स्साला इतने सवाल उठने लगे हैं कि बाहर के सवाल ही ख़त्म हो गए हैं। ये सब सोचता-सोचता मैं हल्का-सा मुस्करा दिया तो रिंकी मुझे देखकर डर गई।

"तुम घर जाओ।" उसने डरी हुई आवाज़ में कहा।

"सब कुछ बहुत ख़राब चल रहा है यार। कुछ भी मेरे पास ऐसा नहीं बचा जिस पे ख़ुश हो सकें, कुछ दूर चला गया और कुछ हम अपनी हरकतों से दूर कर दिए। ये सुन के बहुत अच्छा लगा यार कि तुम मेरे घर आई थी। हमारे लिए ये एक दृश्य बहुत सुंदर है कि जिसके बारे में सोचते थे कि कभी वो पलट के मेरा हाल तक नहीं पूछेगी वो हमको खोजते हुए हमारे घर आई। हम सिर्फ़ इसी बात के लिए धन्यवाद बोलने आए हैं कि इस काली रात में जो ख़त्म होने को ही नहीं तैयार, सब कुछ इतना बुरा भी नहीं है। हम एक इसी बात से मरने की अपनी उत्कट इच्छा को टाल सकते हैं कि तुम हमसे मिलने हमारे घर आई थी। हमारी जान बचाने के लिए धन्यवाद!" मेरी आवाज़ लड़खड़ा रही थी जिसे रिंकी ने महसूस किया। उसने मुस्कराते हुए कहा जैसे किसी पत्रकार को बाइट दे रही हो।

"अरे ऐसा कुछ नहीं है, तुमने बहुत पी रखी है। घर जाओ आराम करो। मैं कहाँ गई थी उधर?"

रिंकी को मैंने माँ की कही बात बताई तो उसने थोड़ी देर हैरानी से कुछ सोचने का नाटक किया और फिर इस बात से साफ़ मुकर गई कि वो मुझसे मिलने की उम्मीद लेकर वहाँ गई थी।

"अरे वो एक रेलवे के क्लर्क ने आत्महत्या कर ली थी। डीएम साहब की वाइफ़ उसकी विधवा से मिलने गई थीं। इन्होंने कहा कि मैं भी फ़ॉर्मेलिटी के लिए चली जाऊँ। वहाँ गई तो देखा हमारे पुराने घर के पास की बात है। वहीं तुम्हारी मम्मी मिल गईं, उन्होंने बुला लिया तो सोचा एक मिनट के लिए मिल लूँ।"

'इन्होंने' यानी डीआरएम साहब ने। सबके साहब। रिंकी के भी साहब। जीवन में कभी मैंने कोई नौकरी करने या अधिकारी बनने का सपना नहीं देखा। एक पल के लिए भी नहीं। लेकिन आजकल दूसरों के बारे में सोचकर चिढ़ जाने का जो दौरा पड़ता है उसमें डीआरएम के लिए इतना सम्मान देखकर मैंने मन में उसे एक गंदी गाली दी। रिंकी मेरे सामने खड़ी शायद झूठ बोल रही थी। शायद मैं ही एक बड़े झूठ में जी रहा था। शायद मेरी पूरी ज़िंदगी झूठ में ही चली है।

मम्मी ने ये नहीं बताया था कि उन्होंने ख़ुद उसे आवाज़ देकर बुलाया था लेकिन ख़ैर, जिसने भी जिसको बुलाया हो, रिंकी की आवाज़, बात करने का लहजा और खड़े होने तक का अंदाज़, पूरी तरह बदल चुका था। उसके सामने खड़े होने में मुझे लग रहा था जैसे मैं किसी बड़े अधिकारी के सामने खड़ा उसका मातहत होऊँ। मैं उसके चेहरे की तरफ़ एकदम नहीं देख पा रहा था और मुझे लग रहा था कि अगर मैं सोचूँ कि यहाँ आने का फ़ैसला सही नहीं था तो ये दृश्य तुरंत एक सपने में बदल जाएगा। मैंने थोड़ी देर इंतज़ार किया कि सपना टूट जाए लेकिन सपना नहीं टूटा। मैं घबराया हुआ बँगले से बाहर निकला। मैं जैसे ही बाहर निकला, रिंकी की आवाज़ आई– "घनश्याम गेट बंद करो और खोलने से पहले देख लिया करो कौन है कौन नहीं।" गेट भारी आवाज़ के साथ बंद हुआ और मैं ऑटो की ओर भागा। फ़ैज़ान बँगले के एक तरफ़ खड़ा सिगरेट पी रहा था। उसने मुझे सँभालकर ऑटो में बिठाया। मैं बैठने की जितनी कोशिश करता, उतना ढहता जा रहा था। मेरा शरीर ठोस न होकर द्रव होता जा रहा था, जिधर रखा जाता उधर ही टेघरने लगता। ऑटो की लगभग पूरी सीट पर फ़ैज़ान ने मुझे लिटाया और ख़ुद कोने में सिमटकर बैठा रहा।

उसने मुझे कब घर छोड़ा, रास्ते में हमारे बीच क्या बातें हुईं, रेणुका से मिलकर उसने क्या कहा, मुझे कुछ याद नहीं। मुझे ये भी याद नहीं कि रेणुका ने उसे बैठने और पानी पीने को कहा था और उसने कहा था कि वो लौटकर आएगा तो फ़ुर्सत से चाय पिएगा।

मुझे सिर्फ़ इतना याद है कि मेरे पेट में नीचे की तरफ़ असहनीय दर्द हो रहा था और मैं घर जाते ही बिस्तर पर गिर पड़ा था।

साधो, देखो जग बौराना

मेरी आँख बंद हुई थी तो पेट में दर्द था। आँख खुली तो पेट और सिर दोनों में दर्द था। एक डॉक्टर और दो नर्सें मेरे इर्द-गिर्द मंडरा रही थीं। रेणुका और पापा डॉक्टर की बात ध्यान से सुन रहे थे। मैंने भी सुनने की कोशिश की लेकिन सुनाई नहीं दिया। देर तक आँखें खोलना मुश्किल था। सिर दर्द से फटा जा रहा था। मैंने अपना सिर दोनों हाथों से पकड़ा और दबाने लगा। मुझे लगा दबाने से आराम मिल रहा है। मैं और ज़ोर से दबाने लगा। जितना ज़ोर से दबाऊँ, उतना आराम मिल रहा था। मैंने दोनों हाथों का दबाव और ताक़त से सिर के दोनों तरफ़ लगाया। मुझे लगा अब किसी भी पल मेरा सिर फट जाएगा। मैं ख़ुद अपने ही हाथों से पैदा हो रहे दर्द से तड़पने लगा।

डॉक्टर ने नर्सों को आवाज़ लगाई और ख़ुद भी मेरी तरफ़ झपटा। मेरे दोनों हाथों को उन्होंने ज़बरदस्ती अलग किया और मुझे बिस्तर पर लिटा दिया।

"नींबू पानी।" मैंने रेणुका की ओर देखते हुए कहा। सब मुझे ऐसे घेरे हुए थे जैसे मैं उठकर कहीं भागने वाला हूँ। रेणुका ने मेरे रिक्वेस्ट पर डॉक्टर की तरफ़ देखा।

"अभी कुछ नहीं, दो बोतल चढ़ जाए, फिर हॉस्पिटल ले चलेंगे आपको।" डॉक्टर ने कहा। मेरी बाँह में पाइप लगा हुआ था और सलाईन चढ़ाया जा रहा था। बाँह देखते हुए मेरी नज़र अपने हाथ पर गई। मेरे हाथ का पंजा एकदम जला हुआ था। ये कब हुआ ? मैं हैरान था। मैंने इशारे से रेणुका को पास बुलाया। वो अपने चेहरे पर दुनिया भर का मातम लेकर

मेरे पास आई। मैंने उसकी तरफ़ हाथ बढ़ाया। उसने एक पल के लिए मेरे हाथ को देखा, फिर मेरा चेहरा देखने लगी।

"कल रात तुमने प्रेस गरम कर लिया था और ख़ुद को दाग़ रहे थे। सिर्फ़ हाथ रखा था तब तक मैंने छीन लिया, मुझे भी लगी।" रेणुका ने अपनी बाँह आगे बढ़ाई, कोहनी के पास एक तरफ़ उसकी चमड़ी जली हुई थी। मैंने शर्मिंदा होकर नज़रें झुका लीं। पीने के बाद मैंने कितनी ही बार उससे बदतमीज़ियाँ की थीं लेकिन ये ऐसी थी जिससे उसे चोट आई थी। मेरा मन हो रहा था कहाँ जाकर छिप जाऊँ। ऐसा पहली बार हुआ होगा कि मुझे ये सब एकदम याद नहीं, एक फ़्लैश भी नहीं। तभी एक नर्स मेरे पास आई और मुझे इंजेक्शन लगा दिया। मेरी आँखें बंद होने लगीं।

आँख खुली तो मैं एक हॉस्पिटल के बिस्तर पर था। कमरे में दो बेड और थे जो ख़ाली थे। बग़ल में एक ऊँची कई मंज़िला टेबल थी जिस पर दवाइयों का ढेर लगा था। सामने टीवी पर शाहरुख़ ख़ान की कोई फ़िल्म चल रही थी जिसमें वो काजोल के साथ था। काजोल शराब पीकर झूमना चाह रही थी और वो उसको पकड़कर कमरे में ले जाना चाहता था। आगे का सीन मुझे हल्का-हल्का याद आ रहा था कि शाहरुख़ किसी बात पर काजोल के बाल पकड़कर उसको कहेगा- 'मुझको ग़लत ना समझना, मैं नहीं बादल आवारा, दिल की दीवारों पे मैंने नाम लिखा है नाम तुम्हारा...' यह फ़िल्म मुझे पसंद है। इसका नाम मुझे थोड़ी देर में याद आ जाएगा। मैंने चैनल बदल दिया। बदलते वक़्त डर लगा कि ग़लती से कोई न्यूज़ चैनल न लग जाए लेकिन बच गया। कोई कॉमेडी शो चलने लगा जिसमें कुछ आदमी भौंडे ढंग से औरत बने अश्लील अंदाज़ में हँस रहे थे। उनके साथ और भी बहुत सजे-सँवरे लोग बैठे हँस रहे थे। इतनी सारी हँसी एक साथ देखकर मुझे घबराहट होने लगी और मैंने चैनल फिर से बदल दिया और वॉल्यूम कम कर दिया ताकि मुझे उधर देखना न पड़े। मैंने चारों ओर नज़र घुमाई कि भागना पड़े तो कहाँ से भागूँगा।

कमरे का दरवाज़ा बंद था और उसमें एक चौकोर शीशा लगा हुआ

था जहाँ से फ़िल्मों में बीवियाँ अपने मरते हुए पति और माँएँ अपने मरते हुए बेटों को देखती हैं। मुझे लगा मैं अब अपनी आख़िरी जगह पर आ गया हूँ और रेणुका मुझे उसी शीशे से मरता देखेगी।

मैंने फटाफट अपने जीवन का लेखा-जोखा किया और समझ में आ गया कि मेरे मरने के लिए ये परफ़ेक्ट जगह और परफ़ेक्ट टाइम है। अब यहाँ से मैं ज़िंदा बाहर नहीं निकलूँगा। मैं बीच में चौकोर शीशे में भी देख रहा था कि वहाँ रेणुका का रोता हुआ चेहरा दिखाई देगा। थोड़ी देर तक मैं इधर-उधर की बातें सोचता रहा और कमरे में कोई नहीं आया तो मैं डर गया। मैं लेट गया और रिमोट उठा लिया। सामने कोई तेज़ आवाज़ वाला चैनल था जिसकी आवाज़ मैंने डर के मारे कम कर दी थी। मैं भी कैसा होता जा रहा हूँ। इतना डरने लगूँगा तो दिमाग़ तो मुझे डराएगा ही। मैंने आवाज़ तेज़ कर दी। कोई महिला एंकर स्टूडियो में चीख़ रही थी। मुझे स्क्रीन पर फ़ैज़ान का चेहरा दिखाई दिया और मैं घबरा गया। मुझे गूगल के ज़रिये पढ़ी वो सारी बातें याद आने लगीं जो मैंने अपने सिम्टम्स खोजते हुए पढ़ी थीं। सिज़ोफ्रेनिया में दिमाग़ ऐसी बातें दिखाने लगता है जो होती ही नहीं हैं। मुझे टीवी पर सामने फ़ैज़ान का चेहरा दिखाई दे रहा था जिसे खंभे से बाँधा गया था। लोग उसे मार रहे थे और उसके चेहरे से जगह-जगह से ख़ून बह रहा था। मैंने दिल मज़बूत करके आवाज़ तेज़ की। मैंने अपने कानों को अपने जान में पूरे होश में रखा था कि विज़ुअल भले मुझे मेरे दिमाग़ के नुक्स की वजह से दिख रहा है, आवाज़ मैं ओरिजिनल सुनूँगा जो कुछ ऐसी सुनाई देगी– और आज प्रधानमंत्री ने अमेरिकन राष्ट्रपति डोनाल्ड ट्रंप के स्वागत के लिए 'हेलो ट्रंप' अभियान का आग़ाज़ किया। आग़ाज़ ये है तो अंजाम होगा हसीं, दीवाने-परवाने मरने से डरते नहीं... आ देख ले है क्या मज़ा... दिल हार के... मानवता एक बार फिर हार गई। ये जो फुटेज आप देख रहे हैं ये उसी भीड़ में से किसी ने बनाया है जिसने इस युवक की हत्या चोर समझकर कर दी। फ़ैज़ान अहमद भोर के अँधेरे में एक दुकान के बाहर खड़ी बाइक को चुराने की कोशिश कर

रहा था। पास के दुकानदार ने देख लिया और चोर-चोर का शोर मचा दिया। इसके बाद लोग अपने घरों और दुकानों से निकल आए और फ़ैज़ान को खंभे से बाँध दिया। उन लोगों ने पुलिस को बुलाने के बजाय चोर को ख़ुद टॉर्चर करना शुरू कर दिया और सूरज उगने तक फ़ैज़ान की मौत हो गई। क़ानून को हाथ में लेने की ये कोई पहली घटना नहीं है, इसके पहले भी... मैंने चैनल बदल दिया। शाहरुख़ सीरियस चेहरा बनाकर कल रात के बारे में काजोल से कुछ वाहियात बातें कर रहा है। काजोल रोने लगी। शाहरुख़ अब सच का सीरियस हुआ। कह रहा था एक हिंदुस्तानी औरत की इज़्ज़त क्या होती है उसको पता है। मेरे जीवन की कहानी में शाहरुख़ ख़ान इतना रहा है कि उसे मेरे मरते वक़्त भी रहना ही चाहिए। अचानक मुझे डर लगा। अभी मैंने फ़ैज़ान की मौत की ख़बर टीवी पे देखी है और अभी चैनल बदला है। क्या मैं सच में चैनल बदलकर किसी न्यूज़ चैनल पर गया था या मेरा दिमाग़ मेरे साथ खेल रहा है। अगर दिमाग़ मेरे साथ खेल रहा है तो मैं ख़ुद को पल-प्रतिपल मानसिक रोगी होता हुआ देख रहा हूँ। मैं इसको महसूस कर रहा हूँ। जैसे रेत घड़ी को पलटते ही सरकती हुई रेत तेज़ी से गिरती है वैसे ही मैं अपने दिमाग़ का पारा गिरता हुआ देख रहा हूँ। मेरे पीछे भूत है क्या? मैंने झटके से पीछे देखा। कोई नहीं है। यानी मैं भूत देखना चाह रहा हूँ और मेरा दिमाग़ नहीं दिखा रहा। क्या इसका मतलब ये हो सकता है कि मैं पागल नहीं होऊँ? लेकिन सिज़ोफ्रेनिया होना अलग बात है, उसका मरीज़ पागल नहीं दिखाई देता। लेकिन मुझे ये नहीं भूलना चाहिए कि मैं ख़ुद को दिखाई देने की बात कर रहा हूँ। ख़ुद को मैं चाहे जैसा दिखाई दूँ, फ़र्क़ नहीं पड़ता। तो दूसरों को मैं कैसा दिखाई दे रहा हूँ, इससे भी मुझे क्या फ़र्क़ पड़ना चाहिए? क्या? घंटा! मैं क्या सोच रहा था और क्या सोचने लगा! हटा सावन की घटा खा खुजा बत्ती बुझा के सो जा, निंटुक ले विंटुक ले मंटी पे खड़ेली अंटी बजा रेली बार-बार घंटी, कुल्हा घुमा के पछिम को पलट ले बहुत हो गया फ़ुट ले वट ले शाना बन... चल... ये चैनल मैंने नहीं लगाया। जिसमें

सब चीख़कर हँस रहे हैं वो चैनल अपने आप भी लग जाता है। फ़ेसबुक-इंस्टाग्राम पर भी मैं नहीं देखना चाहता लेकिन हँसी और भौंडे डांस वाले ढेर सारे वीडियो आने लगते हैं और मैं ग़ुस्से में भी होऊँ तो हँसने लगता हूँ। जब मुझे याद आता है कि मैं ग़ुस्से में था और नाच देखने लगा तो मुझे और ग़ुस्सा आता है लेकिन जो नाच है वो इतना अश्लील है कि मैं छोड़ भी नहीं पाता। मतलब मुझे अश्लीलता पसंद आने लगी है। नहीं, पहले मुझे इसे देखकर भी ग़ुस्सा आता था लेकिन एक ही चीज़ पर ग़ुस्सा आते-आते फिर आदत हो जाती है। मेरी आदतें मुझे मार डालेंगी। ओह! मेरा सिर है कि बम का गोला बहनचोद!

फ़ैज़ान मर गया। मैं उसके मौत की ख़बर वाला चैनल ढूँढ़ लेता हूँ। लेकिन ये दूसरा चैनल है। वीडियो वही है। ख़ून वैसे ही बह रहा है। फ़ैज़ान इस वीडियो में भी नहीं बचेगा। जब हर जगह उसको मर ही जाना है तो इतने चैनलों की क्या ज़रूरत है स्साला। सब एक जैसे भड़वे। चोर फ़ैज़ान अहमद वाराणसी से आया था जहाँ वह मोटर पार्ट्स की डिलीवरी करने गया था। भले ही भीड़ ने उसे रँगे हाथों पकड़ा हो, मैं एक मानवाधिकार कार्यकर्ता होने के नाते इसका विरोध करता हूँ। जनता सड़कों पर न्याय नहीं कर सकती। ये ग़लत तरीक़ा है। आप चुप रहिए, आप जैसे लोगों की वजह से चोरों का मनोबल बढ़ा हुआ है। ये नई जनता है, ये नया हिंदुस्तान है, ये चुप नहीं बैठेगा, ये घर में घुस के मारेगा। मारेऽगा मारेऽगा मारेगा मारने वाला मारेऽगा... ये लड़की पागल है पागल है पागल है... हाउ इज़ द जोश... मैंने चैनल बदल दिया। कहीं मौसम का समाचार नहीं दे रहा था। मुझे बड़े ज़ोरों से मौसम का समाचार जानने की इच्छा हो रही थी। टीवी बंद करने वाला बटन काम ही नहीं कर रहा था। इसको जल्दी-से-जल्दी बंद करने के लिए क्या कर सकते हैं। रिमोट चलाकर मार सकते हैं। अरे स्साला। मज़बूत टीवी है, आजकल के स्मार्ट टीवी। रिमोट नीचे गिर गया और टीवी चल रहा है। मुझे कान बंद करके लेटना पड़ेगा। मैं लेट गया और तकिए से अपने कान ढक लिए। दरवाज़ा भुतहा फ़िल्मों

की तरह चर्र से खुला। हो सकता है दरवाज़ा खुलते वक़्त चैनलों ने जान-बूझकर मुझे डराने के लिए चर्र का साउंड दिया हो।

दरवाज़ा खुला तो मैं काफ़ी डर गया था। आस-पास अपना फोन खोजा था लेकिन जब अपने शरीर को आसमानी रंग के हॉस्पिटल यूनिफ़ॉर्म में पाया तो समझ गया कि मेरा फोन, पर्स सब डॉक्टर ने रेणुका को दे दिया होगा, वो बाहर फ़ॉर्म्स भर रही होगी, पैसों के इंतज़ाम के लिए यहाँ-वहाँ फोन कर रही होगी और डॉक्टर व उसकी टीम ऑपरेशन की तैयारियाँ कर रहे होंगे। डॉक्टर दवा-दुआ वाला डायलॉग बोल चुका होगा।

अंदर घुसने वाला झक सफ़ेद दाढ़ी में था। उसने एक गमछा अपने कंधे पर रखा था और एक माथे पर बाँध रखा था। माथे पर बँधे गमछे में उसने एक मोरपंखी बाँध रखी थी। उसका चेहरा मेरे दिमाग़ में कौंध पैदा कर रहा था कि मैंने उसे बचपन से कई बार कहीं देखा है। मैं पहले उससे मिल चुका हूँ। वो आकर मेरे बग़ल में रखे स्टूल पर बैठ गया और मुझे मुस्कराकर देखने लगा।

"तुम वही हो न जिसने उस दिन मुझे बियर पिलाई थी?" मुझे अचानक याद आ गया। वो मुस्कराया।

'भेष देख मत भूलिए, बूझि लीजिए ज्ञान
बिना कसौटी होत नहिं, कंचन की पहचान।'

मैं एकदम कन्फ़र्म हो गया कि ये वही था। उसकी आँखों में ऐसा विश्वास था जैसे वो मेरे सारे राज़ जानता है। क्या करना चाहिए और क्या नहीं करना चाहिए, ये भी उससे बेहतर कोई नहीं जानता। मुझे इच्छा होने लगी कि मैं उससे लिपट जाऊँ और रोने लगूँ, लेकिन फिर मैंने सोचा कि मैं सिर्फ़ एक मानसिक रोगी हूँ, कोई पागल नहीं। मैं चुपचाप बैठा रहा। उसने अपना हाथ बढ़ाया और मेरा माथा छुआ। मुझे बहुत ज़ोर से रोना आया। ये रोना उस ख़ुशी से बहुत ज़्यादा था जो पहली बार अपनी कहानी को किताब के पन्नों पर देखकर हुई थी।

"मेरा जीवन बेकार चला गया बाबा।" मैंने अफ़सोस भरी आवाज़

में कहा।

"साखी शब्द बहुतक सुना, मिटा न मन का मोह

पारस तक पहुँचा नहीं, रहा लोह का लोह।" उसने मुस्कराते हुए कहा।

"मुझे अपने लिए कुछ नहीं चाहिए था बाबा। एक लालच था कुछ बदल जाए मेरे लिखने से। दुनिया में क्या बदलेगा बाबा जब मेरे घर में ही नहीं बदला। एक भी नहीं बदला। मैं किसी को छू नहीं सका। मेरा लिखा कहीं नहीं पहुँचा।" मेरी आवाज़ में रुआँसापन था।

"मन के मारे बन गए, बन तजि बस्ती माहिं

कहैं कबीर क्या कीजिए, यह मन ठहरै नाहिं।" वह फिर से मुस्कराया।

"मैं क्या करूँ? अक्सर मन करता है सब कुछ छोड़ के कहीं भाग जाऊँ। कुछ भी मुझे संतोष नहीं देता, न प्रेम, न लिखना, न पढ़ना, न मेरे अपने लोग, न मेरा अपना शहर, न मेरे बचपन के दोस्त, मुझे क्या चाहिए मुझे पता नहीं।"

"मैं मेरा घर जालिया, लिया पलीता हाथ

जो घर जारो आपना, चलो हमारे साथ।" उन्होंने अपना हाथ बढ़ाया।

मैं उन्हें देखने लगा। लगा मेरा और उनका जन्म-जन्म का रिश्ता है। मैं जो लिखकर पाना चाहता था और कभी पा नहीं सका, इसका राज़ यही जानते होंगे। ये जो भी हैं, मेरे जैसे लेखकों के गुरु लगते हैं। एक लेखक को अपनी रचनाओं से क्या चाहिए होता है और आख़िर वो लिखता क्यों है, ये बुड्ढा सब जानता होगा, ऐसा इसकी रहस्यमय मुस्कान बता रही है।

मैंने हाथ बढ़ाया और उनके बढ़े हाथ को थाम लिया। खड़े होने में मुझे थोड़ी दिक़्क़त हुई लेकिन मैंने ख़ुद को सँभाल लिया। बाहर निकला तो गलियारे में सन्नाटा था। वहाँ खूँटी पर कपड़े टँगे थे। मैंने जल्दी-जल्दी में आसमानी पोशाक के ऊपर से ही पैंट और शर्ट पहन लिए। बुड्ढा हँस रहा था। उसने मेरी जल्दबाज़ी देखकर गाना शुरू कर दिया।

'साधो, देखो जग बौराना।

साँची कहौ तो मारन धावै झूँठे जग पतियाना।
हिंदू कहत है राम हमारा मुसलमान रहमाना।
आपस में दोउ लड़े मरतु हैं मरम कोई नहिं जाना।'

मुझे डर लग रहा था कि कोई आ न जाए। डॉक्टर या रेणुका, पापा या कोई दोस्त, मुझे किसी से मिलने की इच्छा नहीं थी। मैं बस कहीं भाग जाना चाहता था। कहाँ, ये कभी से भी पता नहीं था। इस बुड्ढे को देखकर लग रहा था कि इसको ज़रूर पता होगा। इसके पीछे-पीछे कहीं भी चले जाना चाहिए। वो गाते हुए बाहर निकला। मैं उसके पीछे हो लिया।

बाहर निकलते हुए मैंने देखा काउंटर पर एक नर्स टेबल पर सिर रखे सो रही थी। एक तरफ़ स्टील की कुर्सियों की लाइन थी। एक कुर्सी पर पापा बैठे थे और सिर ऊपर टिकाकर सोए थे। उनका मुँह खुला हुआ था। वो बहुत कमज़ोर और बूढ़े लग रहे थे। मेरा मन हुआ कि मैं उनका मुँह बंद कर दूँ। फिर चैनलों के हैंगओवर में मुझे लगा कि किसी का खुला मुँह बंद करना शायद अभिव्यक्ति की स्वतंत्रता के ख़िलाफ़ न हो। मैं उनके सामने जाकर खड़ा हुआ। उनके गाल को छूने के लिए मैंने हाथ बढ़ाया तभी एक ओर का दरवाज़ा खुलता हुआ दिखाई दिया। रेणुका हाथ पोंछती हुई बाहर निकल रही थी। बूढ़े ने दरवाज़े पर पहुँचकर मुझे इशारा किया। मैं तेज़ी से बाहर निकल गया।

हम दोनों साथ चलते रहे। बूढ़ा लगातार कुछ गा रहा था और मुझे लग रहा था ये सब गीत मैंने पिछले जनम में सुने थे और सब जानता था, लेकिन मेरी याददाश्त घुलकर ग़ायब हो गई थी। मुझे बस कुछ चेहरे और कुछ पल ऐसे याद थे जैसे रात में छककर शराब पीने पर सुबह यादें टुकड़ों में आती हैं। ऐसा लग रहा था जैसे मैंने पूरा जीवन शराब के नशे में गुज़ारा है और अब सुबह उठकर याद करने की कोशिश कर रहा हूँ तो रात के बस कुछ दृश्य याद आ रहे हैं। मैं चलता हुआ बूढ़े के पास आ गया और उसका हाथ पकड़ लिया। उसने मुझे पलटकर देखा और फिर मुस्कराया।

हम दोनों गंगा किनारे बैठे थे। ठंड की इस रात में कहीं कोई आहट

नहीं थी। दशाश्वमेध घाट ख़ाली था और हर तरफ़ कोहरे की चादर तनी थी। मुझे लग रहा था मैं कई रातों से इसी तरह बाहर भटक रहा हूँ। कल रात मैं इसी नदी के किनारे घाटों से कहीं दूर कच्ची मिट्टी पर फ़ैज़ान के साथ बैठा था। एक-एक दिन में चीज़ें ऐसे बदल रही हैं जैसे जीवन जीवन न होकर अल्पावधि की कोई फ़िल्म हो। या फिर मेरे जीवन में दिन हो ही नहीं रहा, एक के बाद एक रातें ही हो रही हैं। इतने तेज़ बदलाव के लिए मन तैयार नहीं है इसलिए मेरा साथ नहीं दे रहा। अक्सर ख़राब रहता है। या शायद हमेशा के लिए ख़राब हो चुका है।

ओस हम पर हल्की फुहार की तरह गिर रही थी। रात भर घाट पर टहलने वाले कुत्ते भी ठंड में यहाँ-वहाँ दुबके हुए थे। हर तरफ़ के सन्नाटे में सिर्फ़ मेरी रोने की आवाज़ थी जो धीरे-धीरे गूँज रही थी। बूढ़ा मुझे ममता भरी नज़रों से देख रहा था और मेरा मन हो रहा था कि मैं आज जीवन भर का रोका हुआ उसके सामने बहा दूँ।

"किस-किस बात पर रोएगा भगत?" बूढ़े ने मुस्कराते हुए पूछा।

"बाबा, मैं रेणुका से बहुत प्रेम करता हूँ। उसको मेरे बिना जीना पड़ेगा, ये इतना दर्दनाक है कि मैं बिना किसी ज़हर के सिर्फ़ यही सोच के मर सकता हूँ। ये मेरी प्रेम कहानी नहीं है बाबा, ये सिर्फ़ रेणुका की प्रेम कहानी है। मैं ज़िद करता रहा वो प्रेम करती रही।" मेरे सारे अफ़सोस बह रहे थे। बूढ़ा हँसा।

"आदमी और औरत में प्रेम कहानी अक्सर औरत की ही होती है भगत। आदमी जब औरत के बराबर प्रेम करने की कोशिश करता है तो वो मजनू, महिवाल और फ़रहाद हो जाता है।" बूढ़ा मुस्कराया।

मेरे सिर पर बरसों से पड़ा बोझ एक झटके में हट गया। अपनी ज़िंदगी का हीरो मैं हमेशा से ख़ुद को मानकर जीता रहा लेकिन अब मुझे पता चला कि मैं अपनी ही ज़िंदगी में साइड हीरो था। मेरी ज़िंदगी की हीरोइन रेणुका थी और ये हमेशा से एक हीरोइन ओरिएंटेड स्टोरी थी। मैं हल्का महसूस कर रहा था।

"मैंने अपने लेखक होने का कई बार नाजायज़ फ़ायदा उठाया है। लिखता मैं इसलिए था कि मुझे जाति, धरम, भेदभाव जैसी चीज़ों से कोफ़्त होती थी और इसलिए भी कि मुझे ये अच्छा लगता था, लेकिन मैं इस काम की वजह से ख़ुद को विशेष समझने लगा। लोगों की नज़र में विशेष होना चाहता था। पूरी ज़िंदगी ग़लत ट्रैक पर जीने में चली गई। अब लगता है मिले तो एक दूसरा मौक़ा मिले। एक बार मरने की कोशिश की थी। मुझे उसी समय मर जाना चाहिए था।" मैंने बूढ़े से कहा।

"तुम्हें जब लगे कि मर जाना चाहिए, वही ठीक समय है मरने का।" बूढ़ा बोला।

"कहाँ मरना सबसे ठीक होता है?" मैं मुद्दे पर आ गया।

"जहाँ जीना सबसे अच्छा लगता हो वहीं मरना भी अच्छा होता है।" उसने कहा और उतरकर नदी की तरफ़ जाने लगा। सीढ़ियाँ ख़त्म होने के बाद उसके क़दम पानी में धीरे-धीरे उतरने लगे।

"मुझे सबसे अच्छा बनारस में लगता था पहले, अब यहाँ भी मन नहीं लगता।" मैंने आवाज़ ऊँची करके कहा।

"कहीं भी मरने से डरने की ज़रूरत नहीं। काशी से डर लगना चाहिए। जिसको काशी से डर नहीं लगता उसको मगहर से क्या डर!" बूढ़े ने ठंडे पानी में डुबकी लगा दी।

मेरे पेट में फिर से भयानक दर्द उठा और आँखों के सामने अँधेरा छाने लगा। बूढ़ा मुझे गंगा में बुला रहा था। अचानक मेरी समझ में आ गया कि ये मुझे दशाश्वमेध घाट पर क्यों लेकर आया है। ये घाट और ये नदी मेरी ज़िंदगी में इतने गहरे तक समाई हुई है कि इसे मैं अपना सबसे घनिष्ठ कह सकता हूँ। ये घाट मेरे बचपन की यादों का सबसे सुहाना घाट है। बचपन की सबसे ख़ूबसूरत यादें दशाश्वमेध घाट से इस तरह जुड़ी हुई हैं कि मर के भी नहीं अलग हो सकतीं। पापा और माँ के साथ उनकी गोद में दुबका मैं, मौनी अमावस्या या किसी नहान वाले दिन आता तो भीड़ का डर और मेले का उत्साह दोनों मेरे भीतर संस्कार बन के समाता। अक्सर रविवार

की छुट्टी वाले दिन पापा कुछ दोस्तों के साथ नहाने की योजना बनाते और माँ से कहते, 'दसासमेध जा रहे हैं सबेरे, कुछ लाना हो तो बताना।' माँ कहतीं, 'आँवला बढ़िया गिरा होगा तो ले लीजियेगा।' मुझे बड़े होने पर समझ में आया कि माँ वहाँ की सब्ज़ी मंडी में सस्ते बिक रहे आँवलों की बात करती थीं, वे आँवले सड़क पर नहीं गिरे होते थे। पापा दशाश्वमेध से लौटते हुए गूलर लाते, जिसकी सब्ज़ी उन्हें बेहद प्रिय थी। माँ उनकी पसंद को कोसती हुई कहतीं, 'गूलर कैसे आपको इतना पसंद आता है' लेकिन वो ख़ुद भी बड़े चाव से खातीं। दशाश्वमेध मेरे लिए, प्लास्टिक की नीली टोकरी में नहाने के बाद पहने जाने वाले कपड़े रख कर जाती हुई एक औरत की छवि से भी जुड़ा है, जिसकी ऊँगली पकड़े मैं उसके पीछे-पीछे चला जा रहा हूँ और सोच रहा हूँ कि वापसी में लौटते हुए इस बार ज़रूर विश्वनाथ गली से वो पानी वाला स्टीमर लेने की ज़िद करूँगा, जिसके पीछे आग जल रही होती है और वो पानी भरे टब में टिर्र-टिर्र की आवाज़ के साथ चल रहा होता है। बचपन से इस नदी और घाट के तार इस तरह जुड़े कि स्कूल कॉलेज में आवारागर्दी करने की शुरुआत इसी घाट से हुई और शायद यहाँ बार-बार मैं अपने खोये बचपन को ढूँढ़ते आता रहा हूँ।

मेरे माँ-बाप, दोस्त, पत्नी और प्रेमिका, सबसे ज़्यादा वक़्त मैंने इस नदी के साथ बिताया है। मेरी मौत इससे ज़्यादा अच्छी कहाँ हो सकती है। ओह! इसीलिए मैंने गोविंदपुरी गली नंबर सात के उस कमरे में ख़ुद को फाँसी नहीं लगाई थी क्योंकि मुझे गंगा में डूबकर मरना था।

पानी बर्फ़ की तरह ठंडा था। मैं जितना पानी में उतरता जा रहा था, मेरा शरीर अकड़ता जा रहा था। मुझे जीते-जी लाश होने का वो एहसास पता चल रहा था जब मुर्दे के शरीर को बर्फ़ की सिल्लियों पर लिटाया जाता है। मैं कमर तक पानी में उतरा। मेरा पूरा शरीर काँप रहा था। कमर का दर्द वाला हिस्सा पानी में जाते ही सुन्न हो गया। सारा दर्द समाप्त होने लगा। किसी घाट पर भोर का भजन बज रहा था– 'सुबह-सुबह ले शिव का नाम, शिव आएँगे तेरे काम।' जब सिर्फ़ मेरा सिर बाहर रह गया तो

आगे तैर रहा बूढ़ा मेरी ओर पलटा और मुस्कराया। उसने मुझे आँखों से कुछ इशारा किया और तैरता हुआ आगे बढ़ने लगा। मैंने डुबकी लगाई और अगले ही पल मेरा शरीर सुन्न पड़ गया।

मैंने शरीर को शांत छोड़ दिया और पानी के नीचे जाने लगा।

मैं सब ठीक कर दूँगी मेरा प्रॉमिस है, लौंग के तेल वाला प्रॉमिस

सीसीटीवी फुटेज देखने की परमिशन पाने के लिए एक घंटे तक अस्पताल में शोर मचाना पड़ा। स्साले मुझे कह रहे हैं कि बड़े डॉक्टर साहब ऑपरेशन में हैं, उनका सिग्नेचर लगेगा फ़ॉर्म पर तब सीसीटीवी रूम में एंट्री मिलेगी। मैंने काउंटर वाला डेस्कटॉप नीचे गिरा दिया, तड़ से फूट गया। यहाँ मेरा बीमार पति भरे अस्पताल से ग़ायब हो गया, ये हरामख़ोर मुझे प्रोटोकॉल बता रहे हैं।

चतुर बेड पर लेटा चैनल बदल रहा था। दूसरे कैमरे के फुटेज में देखा कि टीवी पर कोई न्यूज़ चैनल चल रहा था। उसने उठने से पहले हाथ आगे बढ़ाया था जैसे सामने कोई बैठा है और उसे चलने को कह रहा है। बाहर आकर उसने पता नहीं किस मरीज़ या स्टाफ़ की पैंट-शर्ट पहन लीं। पापा कुर्सी पर बैठे सो गए थे। मैंने उन्हें समझाया था कि आप घर जाइए मैं सँभाल लूँगी, लेकिन बाप तो बाप होता है। मैं थोड़ी देर के लिए बाथरूम गई थी और वो... ओह ! वो धीरे से दरवाज़े से निकल गया। अगर मैं एक सेकंड पहले निकल आती तो उसे पकड़ लेती। मुझे लगा वो तो अपने वार्ड में आराम से सो रहा होगा। बाहर की फ़ुटेज से साफ़ था कि वो किसी से बातें करता हुआ जा रहा था जो कैमरे में नहीं था। यानी उसकी मानसिक हालत उस ख़तरनाक लेवल पर पहुँच चुकी है जिसके बारे में ज्ञान जी मुझे आगाह कर रहे थे। अब मुझे क्या करना चाहिए ? मेरा दिमाग़

तेज़ स्पीड में चलने लगा। मैंने कमलेश जी को फोन लगाया और उन्हें पूरी जानकारी दी। पापा को मैंने वहीं हॉस्पिटल में रुकने के लिए बोला कि कहीं सुबह होने पर उसे याद आए और वो हॉस्पिटल लौट आए। मैंने बाहर निकलते हुए पहले अमरनाथ फिर दलजीत को फोन लगाया। दोनों में से किसी ने फोन नहीं उठाया। पता नहीं उनके पास मेरा नंबर सेव भी था या नहीं। हमारी शादी की सालगिरह और जन्मदिन टाइप मौक़ों पर ही बात होती थी। मैंने कालिदास को फोन मिलाया। उसने फोन उठाया और उठाते ही चतुर का हाल पूछा। मैंने उसे बताया कि वो आधी रात में कहीं निकल गया है और उसकी मानसिक हालत ठीक नहीं लग रही।

"ठीक तो वो परसों रात भी नहीं लग रहा था इसीलिए कल तुमसे उसका हालचाल लिए थे।" काली ने चिंतित आवाज़ में कहा। उसने तुरंत मुझे लंका थाने मिलने को कहा।

"हम निकल रहे तुरंत, वहीं पहुँचो।"

मैंने बाहर निकल के ऑटो लिया और फोनबुक में देखने लगी कि और किसे कॉल की जा सकती है। हज़ारों नंबरों वाले फोनबुक में ऊपर से नीचे आते हुए एक भी नंबर ऐसा नहीं मिला जिससे अपनी परेशानी बाँटी जा सके। सब ऐसे थे जिन्हें 'और क्या हालचाल' का जवाब 'सब बढ़िया' या 'फ़र्स्ट क्लास' कहकर दिया जाता है। इतनी बड़ी लिस्ट में अगर एक भी ऐसा नंबर न मिले जिस पर फोन करके कहा जा सके कि बस, मैं थक गई हूँ, अब मुझसे नहीं होता तो क्या मतलब? एक भी आवाज़ ऐसी न हो जिसके सामने टूट जाया जा सके कि मैं इतनी मज़बूत नहीं हूँ यार जितनी मुझे समझा जा रहा है, मुझे भी डर लगता है, मुझे भी घबराहट होती है, क्या मतलब ऐसी ज़िंदगी का? मेरी आँखों में आँसू भर आए। लेकिन क्या मतलब है इन आँसुओं का?

जब हम किसी एक के लिए अपनी दुनिया, अपने लोग सब छोड़कर आते हैं तो वही हमारा संसार होता है। तब हमारे ख़याल में दूर-दूर तक नहीं होता कि जिसके लिए हमने अपनी दुनिया को इतना सीमित कर लिया

है, कहीं वो कभी हमारा साथ छोड़ गया तो क्या होगा। हम ख़ुद को कितना भी मज़बूत बनाकर रखें, उसके जाने का डर इतना बड़ा होता है कि सारी ताक़त धरी की धरी रह जाती है। मैं ऊपर से बहुत सँभाल रही थी लेकिन अंदर से मुझे आत्महत्या को लेकर उसका फ़ैसिनेशन और इस माहौल को लेकर चिढ़ बार-बार याद आ रही थी। मेरा दिल दहल रहा था। कहीं उसने अपने साथ कुछ बुरा कर लिया तो मेरा क्या होगा। वैसा इंसान तो कहीं बनता ही नहीं जो किसी को दुबारा मिले। उसको बनाने के बाद ईश्वर ने वो साँचा तोड़ दिया होगा, तभी वो एकदम यूनिक़ है। मेरा चतुर्भुज मेरी जान, वो लिखे या न लिखे, वो प्यार इतना करता है, वो परवाह इतनी करता है कि कोई लड़की उससे प्यार कर ले, उसका प्यार पा ले, फिर दुनिया में उसे कुछ और नहीं सँभाल सकता। मुझे मेरा चतुर्भुज चाहिए, सही और ठीक-ठाक। एक बार वो मुझे मिल जाए, फिर उसे मैं कहीं जाने नहीं दूँगी और एकदम ठीक भी कर दूँगी। वो कैसे अपने लिखने को लेकर इतनी निराशा से भर सकता है ? मैं उसे प्यार से भर दूँगी। उसको बताऊँगी कि वो लिखे या न लिखे, वो इस दुनिया का सबसे अच्छा प्रेमी है, सबसे अच्छा पति है और उसको सिर्फ़ मेरे लिए जीना होगा। कहानियाँ हमारे लिए बनती हैं, हम कहानियों के लिए नहीं बनते कि कहानियाँ न लिखने पर कोई इतना सोचे। मेरी आँखों में ठहरे आँसू गाल पर लुढ़कने लगे। वो कैसे मेरे बारे में बिना सोचे कहीं जा सकता है ? मेरे बिना जो उसकी दुनिया है उसमें क्या है अगर मैं नहीं हूँ ? क्योंकि मेरी जो दुनिया है उसमें उसके बिना कुछ नहीं है।

"क्या हुआ मैडम कोई दिक़्क़त है क्या ?" ऑटो वाले ने शीशे में देखते हुए पूछा।

मैंने कुछ नहीं कहा। वो थोड़ी देर जवाब का इंतज़ार करता रहा फिर ऑटो की स्पीड तेज़ कर दी। लंका थाने के बाहर ही काली टहलकर किसी से फोन पर बात कर रहा था। मुझे देखते ही उसने आगे बढ़कर मेरा हाथ पकड़ लिया।

"क्या हुआ?" मैं घबराई थी लेकिन दिखना नहीं चाह रही थी। मेरा चाहना कितना कमज़ोर था कि मैं जो-जो चाह रही थी, उसका उल्टा हो रहा था। मेरे नहीं चाहने में कितनी बदक़िस्मती थी कि दुनिया में सब कुछ वही हो रहा है जो मैं नहीं चाहती। मेरा दिमाग़ बहुत तेज़ चल रहा है और मैं समझ पा रही हूँ कि चतुर क्यों सोचता हुआ इतना बौखला जाता है।

"जल पुलिस को फोन किए थे, हमारे चेले सब जगह हैं। घाट का एक मल्लाह बताया है एक आदमी डूब रहा था भोर में। वो लोग निकाले।" सामने ही उसकी कार थी। उसने मुझे कार में लगभग धकेल दिया।

मैं नॉर्मल दिखने की कोशिश कर रही थी। काली कार तेज़ चला रहा था। उसने मेरी तरफ़ हाथ बढ़ाया और सीट बेल्ट खींचकर बाँध दिया।

"बनारस में ट्रैफ़िक पुलिस इतनी मुस्तैद?" मैंने अपनी बात से नॉर्मल दिखने की निहायत बेहूदा कोशिश की। कार गोदौलिया की तरफ़ बढ़ रही थी। सड़क ठीक-ठाक जाम थी। मदनपुरा पार करते हुए काली मेरी तरफ़ पलटा।

"एक बात बताएँ?"

मैं उसकी तरफ़ देखने लगी।

"ई स्साला ग़ज़ब आदमी है। बचपन से ही, तुम समझो कि चार-छह लोग बैठे हैं, उनमें से दो कुछ मज़ेदार बात कर रहे हैं, सुनने वाले हँस रहे हैं। उसको लगेगा कि ये काम तो उसका है। वो कुछ ऐसी मज़ेदार बात शुरू करेगा कि लोग पिछला बात भूल जाएँगे। कोई भी महफ़िल हो, उसको लगता था लूटना उसकी ज़िम्मेदारी है। इसके लिए कई बार ऐसा चूतियापा करता था कि सब घबरा जाएँ। अभी हमको पता चला तो मल्लाह को फोन किए जो बचाया था। बोला, भइया जी कोई बड़ा लंठ है, बचाए हैं तो हमसे कह रहा कि अगर हमको गाना नहीं सुनाओगे तो फिर से कूद जाएँगे।' आप जल्दी आइए, हम दो घंटे से 'जब वी मेट' का गाना सुना रहे हैं।"

काली हँसने लगा। मेरे होंठों पर भी मुस्कराहट आ गई। मतलब वो ठीक है। एक बार मेरे हाथ में आ जाए मेरी जान, फिर उसे सीने से लगाकर रखूँगी। कहीं नहीं जाने दूँगी, कुछ नहीं होने दूँगी।

हम पहुँचे तो मल्लाह और चतुर दोनों जल पुलिस के ऑफ़िस में मिले। चतुर वहीं दारोग़ा जी के आराम के लिए लगे एक बिस्तर पर लेटा था और मल्लाह पुलिस वालों को कुछ नोट करवा रहा था। काली लपककर दारोग़ा के पास पहुँचा और मैं चतुर के पास।

"क्या पागलपन है ये?" मैंने उसे हिलाया। वो दर्द से कराह रहा था। मैं चिल्लाने लगी। दारोग़ा और काली दोनों वहाँ पहुँचे। दारोग़ा ने बताया कि एंबुलेंस बुला दी गई है। मैंने चतुर के चेहरे पर हाथ फिराया।

"एक सीक्रेट खोजे आज ही सुबह।" उसने दर्द भरी आवाज़ में पेट को दबाते हुए ही कहा। मुझे उसके बोलने पर हैरानी हुई। कहीं तो कुछ उसमें बदला हुआ था। उसकी आँखें एकदम लाल थीं और उनमें ख़ून झलक रहा था।

"क्या?" मैंने हैरानी से पूछा। उसने चेहरा क़रीब लाने का इशारा किया। मैं उसके क़रीब गई। उसने दर्द को चबाते हुए कहा।

"गाना सुनने पर दर्द ग़ायब हो जाता है।" उसने फिर से अपने होंठ भींच लिए। वो अपार दर्द में था। उसका दर्द अब मेरे अंदर उतर रहा था। मैंने उसकी दोनों हथेलियाँ अपनी हथेलियों से कस लीं। आँसुओं को मैंने आँखों से पहले ही रोक लिया था।

"गाओ न।" उसने टूटी आवाज़ में मनुहार की।

मैं गाने लगी– 'आओगे जब तुम ओ साजना अँगना फूल खिलेंगे
बरसेगा सावन... बरसेगा सावन झूम-झूम के... दो दिल ऐसे मिलेंगे...'

काली की आँखें भी गीली थीं। वो आकर मेरे पास खड़ा हो गया था और भरी आँखों से हम दोनों को देख रहा था। दारोग़ा ने बताया कि एंबुलेंस आ गई है। काली और मल्लाह ने दर्द से तड़प रहे चतुर को उठाया और एंबुलेंस में डाला। मैंने भी मदद करनी चाही लेकिन काली ने मुझे

दूर रहने को कहा। मैंने अपना गाना जारी रखा क्योंकि उसको उठाने में जब मैंने गाना बंद कर दिया तो चतुर के चेहरे पर फिर से दर्द की लकीरें दिखने लगी थीं।

'नैना तेरे कजरारे हैं, नैनों पे हम दिल हारे हैं
अंजाने ही तेरे नैनों ने, वादे किए कई सारे हैं...'

एंबुलेंस में भी मैं गाती रही। चतुर का हाथ पकड़े मैं एक तरफ़ बैठी थी। काली दूसरी तरफ़ बैठा फोन पर लगा हुआ था। उसने अमरनाथ और दलजीत को फोन किया था। चतुर के चेहरे पर हल्की मुस्कराहट थी जो मेरा गाना सुनकर उसके चेहरे पर आती है। मैं गाती रही और इंतज़ार करती रही कि अनंत से भी लंबा महसूस होता ये सफ़र जल्दी कट जाए। चतुर की हथेली ठंडी थी और उँगलियों के पोर ऐसे फूले थे जैसे देर तक कपड़े धोने के बाद मेरे फूल जाते हैं।

हम जैसे ही हॉस्पिटल पहुँचे, वहाँ अफ़रा-तफ़री मच गई। दो लोगों ने जल्दी से चतुर को स्ट्रेचर पर डाला और उसे ऑपरेशन के लिए ले गए। मैंने डॉक्टर का हाथ पकड़ लिया।

"कैसे भी करके इसको बचाना है।" मेरी आवाज़ में ढेर सारे आँसू छिपे हुए थे जिन्हें मैंने बचाकर रखा था कि जब चतुर पूरे होश में पूरी तरह ठीक होकर मेरी बाँहों में आएगा तब उसके सामने ही रोऊँगी। उससे कहूँगी कि यार मैं बहुत थक गई हूँ, मुझे अपनी बाँहों में भरो और अब मेरी हर टेंशन, मेरी हर चिंता को मुझसे दूर कर दो। तुमने प्रपोज़ करते हुए वादा किया था कि हमेशा मेरे साथ चलोगे, कभी हाथ नहीं छोड़ोगे। अब मैं कुछ वक़्त तुम्हारी बाँहों में आराम करना चाहती हूँ। तुम्हारी जान कुछ दिनों तक बिना किसी डर, बिना किसी तनाव के जीना चाहती है।

डॉक्टर ने मेरे कंधे पर हाथ रखा और कुछ देर मुझे देखता रहा। इसके बाद वो चला गया। मैं अपनी हथेलियों में सिर लेकर कुर्सी पर बैठ गई। काली ने मुझे चाय लाकर दी। मैं चाय पीने लगी। ऑपरेशन थियेटर के बाहर लगी बत्ती को देखती रही। कितनी ही बार मैंने कल्पना कर ली कि

बत्ती बुझेगी, डॉक्टर ग्लव्स उतारता बाहर आएगा और मुस्कराकर मुझसे कहेगा– 'मुबारक हो, ऑपरेशन सक्सेसफ़ुल रहा।'

चाय पीकर मैं दीवार से सिर टिकाकर आराम करने लगी। तभी पापा और माँ अंदर आए। काली ने आगे बढ़कर उन्हें रिसीव किया। माँ मुझे पकड़कर रोने लगीं। पापा के चेहरे पर भी डर और उदासी नाच रही थी। मैंने फिर से मज़बूती दिखाई, अपने आँसुओं को कंट्रोल किया और माँ को गले लगा लिया। उनको हिम्मत देने के लिए उनकी पीठ थपथपाई। उन्हें अपनी वाली कुर्सी पर बिठाया। काली ने मुझे दूसरी कुर्सी पर बिठाया और बाहर चला गया।

चतुर मुझे हमेशा कहा करता था कि वो मेरे साथ बूढ़ा होना चाहता है। एक रात जब शराब वाला मामला डरावने लेवल पर नहीं पहुँचा था, वो मुझसे सिर्फ़ दो पेग देने की रिक्वेस्ट कर रहा था लेकिन मैंने बोतल छिपा दी थी। वो मेरे पाँवों के पास लेटकर पाँवों के नाख़ून में नेलपॉलिश लगा रहा था। बीच-बीच में गुदगुदी करता तो मैं सिहर जाती।

"तुम्हारे पाँवों पर एक कहानी लिखेंगे।" उसने मक्खन लगाते हुए कहा था।

"अच्छा, ये सब सुन के मैं नहीं पिघलने वाली।" मैंने स्ट्रिक्टनेस दिखाई।

"अरे मत दो शराब, ये प्यार में बोल रहे हैं। ये पाँव मेरे पास आने के लिए जब चलें तो इनमें कितना डाउट रहा होगा, थोड़े हिचकिचाए होंगे, कभी पीछे जाने का ख़याल भी आया होगा लेकिन आज देखो। ये मेरी तरफ़ चलने के लिए हमेशा बेक़रार रहते हैं। इनसे ही तुमने मेरी तरफ़ पहला क़दम लिया और इनसे ही तुम मेरी तरफ़ आख़िरी बार भी आओगी।" उसकी आवाज़ अचानक बदल गई थी। ऐसे मज़ाक़ वाली बातें करते हुए अचानक इमोशनल हो जाना उसकी हाई लेवल टेक्निक थी जिसमें फँसकर मैं पहले उसे पीने दिया करती थी। बाद में मुझे समझ आया कि ये भावनाओं का ऐसा जादूगर है कि सामने वाले को मैनिपुलेट

करके उससे अपनी बात मनवाना इसके बाएँ हाथ का खेल है।

"ऐसा है मिस्टर चतुर्भुज शास्त्री, ये सब पैंतरे अब नहीं चलेंगे। तुमको लगता है तुम किसी बहाने से अपने मरने की बात करोगे और मैं डर जाऊँगी, पहले की तरह पिघल के तुमसे लिपट जाऊँगी? कोई फ़ायदा नहीं। और पैरों पे कहानी कौन लिखता है?"

"हम लिखेंगे। नवाब पटौदी क्रिकेटर थे, शर्मिला की गोद में छक्का मारकर अपने प्यार का इज़हार किए, शाहरुख़ ने डांस-गाने के साथ गौरी से इज़हार किया था, हमको तुम्हारे लिए कहानी ही तो लिखनी पड़ेगी जानेमन। लिखेंगे ज़रूर। तुमको पढ़ के अपने आप में इतने गुण दिखाई देने लगेंगे कि तुम सोचोगी, ये मैं ही हूँ या कोई और!" उसकी आवाज़ में शरारत थी।

"लिखो न यार। तुम लिखते रहते हो तो लगता है दुनिया में कितना कुछ हो रहा है, नहीं लिखते तो लगता है सब कुछ ख़त्म हो रहा है।" मैं मैनिपुलेट हो गई। मैं अक्सर उससे मैनिपुलेट हो जाती थी क्योंकि उसके बाद उसके चेहरे पर जो ख़ुशी आती थी वो देखना मुझे बहुत प्रिय था। बच्चे को माँ जो चॉकलेट देती है तो वो बच्चे की नहीं, अपनी ख़ुशी के लिए देती है। मुस्कराहट जो चॉकलेट देखने पर उसके चेहरे पर नाचती है। मुझे चतुर के चेहरे पर वो ख़ुशी इतनी अच्छी लगती थी कि मैं उसके बहकाने पर बहक जाती। उसकी बात सोचती कि आज जितने भी पल हम साथ जी रहे हैं उतने ही हमारे हैं, उनको जीते हुए कल के पलों के बारे में सोचना आज से बेईमानी है। जीने में बेईमानी करने वाले कितना भी जी लें, मरते हुए उन्हें कम ही लगता है। अब से सब कुछ बदल दूँगी। कोई मैनिपुलेशन नहीं चलेगी, भले वो अपने अल्टीमेट हथियार, दिनोंदिन बात न करके मुझे कमज़ोर करना चाहे, अब सिर्फ़ मेरी चलेगी। उसको एक अच्छा स्टूडेंट बनाकर एकदम सही कर दूँगी। मैं सोचती रही, एक बात से दूसरी बात निकलती रही। वक़्त मेरे लिए बाहर बहुत धीमा और अंदर बहुत तेज़ चलने लगा था। मैंने देखा दरवाज़ा खुल रहा था। मैं उठी और

दरवाज़े की तरफ़ दौड़ी।

डॉक्टर ग्लव्स निकालता हुआ बाहर आ रहा था। मैं उस तक पहुँचूँ, उसके पहले ही मैंने उसका चेहरा देख लिया। उसके चेहरे पर मुस्कराहट थी।

"काँग्राचुलेशन, चतुर्भुज शास्त्री अब ठीक हैं। आप मिल सकती हैं।" इतनी देर से रोके हुए सारे आँसू यह सुनकर विद्रोह करने लगे। मैं पीछे पलटी। माँ सामने खड़ी थीं, पापा और काली दूसरे डॉक्टर से बातें कर रहे थे। मैं माँ के गले लग गई। माँ भी रो रही थीं। उन्हें रोता देख मेरे आँसू झरने की तरह बहने लगे। हम दोनों एक-दूसरे को गले लगाए ऐसे ही कुछ देर रोती रहीं। मैं माँ से अलग हुई और आईसीयू की तरफ़ बढ़ी।

वो मेरी ओर देखता मुस्करा रहा था। मैंने अपने आँसू पोंछे लेकिन मैं जितना उन्हें पोंछ रही थी, उतनी ही तेज़ी से वो दुबारा चेहरे को भर देते।

"बहने दो न।" उसने मुस्कराकर कहा। उसकी आँखें भी नम थीं। मैं उससे लिपट गई। उसको दोनों बाँहों से ऐसे कस लिया कि अब कहीं जाने नहीं दूँगी। दुनिया इधर की उधर हो जाए, अब ये बंधन कभी नहीं खुलेगा। उसने भी मेरी पीठ पर हथेलियाँ फिराईं। मैंने उसे और कसकर पकड़ लिया।

पीछे शायद माँ खड़ी थीं। उनके सुबकने की आवाज़ मुझे आ रही थी। क़ायदे से मुझे चतुर से अलग होकर माँ को भी उससे मिलने देना चाहिए था लेकिन मुझे अंदर से इतना डर लग रहा था कि मैंने उसे नहीं छोड़ा।

माँ ने मेरे कंधे पर हाथ रखा। मैंने और कसकर चतुर को पकड़ लिया। माँ शायद मुझे उठा रही थीं लेकिन मेरा मन उठने को नहीं हो रहा था। मेरे अंदर जो डर था उसने मुझे सिर से पाँव तक जकड़ लिया था। मुझे लग रहा था अगर मैंने इस वक़्त चतुर को छोड़ा तो फिर कभी उससे नहीं लिपट पाऊँगी। मैंने उसे और कसकर पकड़ लिया।

माँ ने आख़िर मुझे उठाने की कोशिश छोड़ दी और मुझे पीछे से जकड़ लिया। वो अब भी रो रही थीं।

हमारा यार है हममें हमन को इंतज़ारी क्या

तुम सिर से पाँव तक इतनी सुंदर हो कि मैं तुम्हें ज़िंदगी भर देखता रह सकता हूँ। इस सुंदर होने को जितना मैं देखता और समझता हूँ उतना और कोई न देख सकता है न समझ सकता है। तुम्हारा हाथ इतने जन्मों से मेरे हाथ में महसूस होता है कि उसके पहले का याद करने के लिए दिमाग़ पर ज़ोर डालना पड़ता है। लगता है जैसे तुम्हारे आने से पहले मैं जितना भी जिया वो सिर्फ़ जीना सीखने के लिए था, ताकि तुम्हारे साथ जी सकूँ। तुम हँसती हो तो लगता है दुनिया में कोई भूखे पेट नहीं सो रहा होगा। बाँहों में लेकर मेरे होंठ चूमती हो तो लगता है दुनिया में कोई अकेला नहीं है। तुम्हारे पाँवों को सहलाने में लगता है किसी फूलों वाली लता की जड़ों को सहला रहा हूँ जो मुझसे लिपटी हुई हैं। मेरे रोम-रोम में एक सुगंध भर गई है। मैंने आज तक तुम्हें जितना सताया है, उसके एवज़ में एक ख़ूबसूरत कहानी तुम्हारे लिए लिख रहा हूँ जिसे पढ़कर शायद तुम समझ पाओगी कि तुम्हारा होना मेरे लिए क्या है।

"क्या है?" मैंने पूछा। चतुर मुझे देखता सिगरेट जलाने लगा। जेब में हाथ डालने पर भी माचिस नहीं मिली। मैंने लाइटर उठाया और उसकी सिगरेट जलाई। उसे हैरानी हुई। वह मुस्कराया और उसकी आँखें भर गईं जैसे कोई छोटा-मोटा ख़्वाब पूरा हुआ हो।

"तुम्हारा होना मेरे लिए जो भी है वो बताने में ही मुझे सारी कहानियाँ, सारी कविताएँ, सारी बातें, सारी दुनियादारी करनी है। तुम्हारे साथ मैंने ज़ीरो से जीना शुरू किया है। एक ज़िंदगी जो लगभग ख़त्म हो चुकी थी, कुछ दुनियावी सपनों के लिए बस साँस भर ले रही थी कि तुमने आकर सब बदल दिया। तुम्हारे आने पर मुझ उजड़े हुए दयार पर प्रेम के देवता की इतनी कृपा हो गई कि मेरे सोचने-समझने, देखने-सुनने सबका तरीक़ा

बदल गया। सच में, तुमने मेरी बाँहों में सोकर आँखें बंद कीं तो मुझे विश्वास हुआ कि मेरे हाथ किसी काम के हैं। मेरा ख़ुद से विश्वास ख़त्म हो चुका था। तुम उसे ब्लैक होल से वापस लेकर आई और मुझे ऊपर से नीचे तक ख़ुद से नहला दिया। तुम मुझे राख होने से बचा लाई। तुम्हारा प्यार मुझे कभी कुछ नहीं होने देगा मेरी जान।"

चतुर बोलता जा रहा था। मैं उसे सिर्फ़ देख रही थी। मेरी इच्छा थी वो ऐसे ही बरसों-बरसों तक बोलता रहे और मैं सुनती रहूँ।

"ये सब कहीं नोट भी किए हो या ज़बानी याद है?" मैंने खिंचाई करनी चाही। उसने सिगरेट फेंकी और मुझे बाँहों में भर लिया।

"जानेमन नोट वो करना होता है जो अचानक आया थॉट होता है। ये मेरे मन की रोज़मर्रा की बातें हैं जो अक्सर सोचा करता हूँ।" उसने भावुक आवाज़ में कहा। मुझे अच्छा लगा। मेरा मन हो रहा था वो मुझसे छेड़खानी करे। उसने मेरे कंधे पर अपने होंठ रखे और छोटे चुंबन लेने लगा।

"अच्छा! कब सोचते हो?" मैंने इठलाते हुए कहा। उसकी अक्सर शिकायत रहती है कि मैं वहाँ पर भी नहीं इठलाती जहाँ मुझे इठलाना चाहिए। उसे मज़ा आया। उसने अचानक पैंतरा बदलते हुए मेरे कंधे पर काट लिया।

"आह... बदतमीज़, एकदम से कटखने हो गए हो।" मैं फिर से इठलाई।

"तुम्हीं तो मजबूर कर रही।" उसने फिर से हल्के से दाँत गड़ाए और मेरी आँखें एक सेकंड के लिए बंद-सी होने लगीं। मैंने ख़ुद को सँभाला। इतनी जल्दी इसके पैंतरों के आगे हार नहीं माननी।

"कब सोचते हो ये सब बताओ।" मैंने छूटते हुए कहा। मैंने भागने की कोशिश की। उसने मुझे पीछे से पकड़ लिया। अब वो मेरे कंधे पर अपनी ठुड्डी गढ़ाने लगा। मुझे गुदगुदी होने लगी। इसकी इतनी आदतें मेरे अंदर आ गई हैं कि मेरा जीना मुहाल हो गया है।

"तुम जब मेरे हाथ पर सिर रखकर मेरी कमर में हाथ डालकर मेरी तरफ़ चेहरा करके करवट लेकर सो जाती हो तब। उस समय मैं घंटों तुम्हारा चेहरा देखते हुए सोचता रहता हूँ कि मैंने क्या पुण्य किया था कि मुझे तुम मिल गईं। बहुत सारे ख़याल आते हैं– अच्छे भी, फ़ालतू भी।"

"फ़ालतू भी मतलब?" मैं पूछती हूँ।

"फ़ालतू मतलब अगर ऐसे ही तुम्हें एकटक देखता रहूँ और जब चाहूँ तुम्हारे सपने में आ जाऊँ तो कितना मज़ा आएगा।" उसकी आवाज़ में शरारत थी।

"अच्छा, ऐसा क्या करना बचा है मेरे साथ जो सपने में करना चाहते हो?" मैं भी शरारत वाले मूड में आ गई हूँ। ये जब चाहे मेरा मूड चुटकियों में बदल सकता है। उसने अपना पूरा चेहरा मेरे कंधे और पीठ पर रगड़ना और मेरी बाँहों को मसाज देना एक-साथ शुरू कर दिया। मेरी हर कमज़ोर नस हमेशा के लिए इसके क़ब्ज़े में चली गई है। मैं नशे में घुलती जा रही हूँ और मेरी आँखें बंद हो रही हैं। उसने मुझे बिस्तर पर लिटा दिया है। उसने जो सिगरेट फेंकी थी उसका धुआँ कमरे में फैल रहा है।

वो मेरे ऊपर आ जाता है और मेरे होंठों पर अपने होंठ रख देता है। कमरे में धुआँ और बढ़ रहा है। वो मेरी हथेलियों को अपनी हथेलियों में जकड़कर मसल रहा है। अब वो मेरे होंठों को छोड़कर मेरी गर्दन को बेतहाशा चूम रहा है। मेरा नशा बढ़ता जा रहा है। कमरे में धुआँ भी बढ़ता जा रहा है।

"मुझे कभी छोड़ के जाना मत बाबू।" मैं कराहती आवाज़ में कहती हूँ।

"कभी नहीं मेरी गुड़िया।" वो मेरी नाभि को चूमता हुआ कहता है।

मैं नशे में कुछ ऐसे जा रही हूँ जहाँ मेरी बाहर से बंद आँखें अंदर से भी बंद होने लगती हैं।

हर तरफ़ नशा है, हर तरफ़ धुआँ हैं। मैं नशे में हूँ। मैं धुएँ में हूँ।

साधो ये मुरदों का गाँव

काली दरवाज़े पर बेचैन टहल रहा था। उसके हाथ में सिगरेट थी जिसके लंबे-लंबे कश वो यूँ खींच रहा था जैसे उसका कलेजा बाहर होता तो वो उसे धीरे-धीरे जलाने के बजाय तेल छिड़ककर फूँक देता। सामने से अमरनाथ की कार रुकी और वो दलजीत के साथ घबराया हुआ उतरा। दोनों दौड़ते हुए काली के पास आए।

"कब हुआ बे ?" दलजीत ने रुआँसी आवाज़ में पूछा।

"सुबह मिला, तब तक साँस आ रही थी, बोल भी रहा था लेकिन वही किडनी वाला प्रॉब्लम।" काली ने मॉर्चरी की ओर चलते हुए कहा। वहाँ शववाहिनी यानी राज्य सरकार की शव ले जाने वाली गाड़ी में चतुर का शव रखा जा चुका था। एक तरफ़ चतुर के पापा शास्त्री जी खड़े थे। उनकी आँखें भरी थीं लेकिन मर्द होने के दबाव में वो बिना रोए ड्राइवर के आने का इंतज़ार कर रहे थे। काली, अमरनाथ और दलजीत को लेकर पहुँचा तो दोनों ने उनसे मिलकर उन्हें सांत्वना देने की टूटी-फूटी कोशिश की लेकिन किसी से एक शब्द भी नहीं निकला।

ड्राइवर मॉर्चरी इंचार्ज से कुछ बात कर रहा था और बीड़ी पी रहा था। इंचार्ज ने उससे बीड़ी माँगी।

"कै विकेट गिरल हौ ?" ड्राइवर ने हाथ में आ गई एक टूटी बीड़ी को फेंका और दूसरी बीड़ी निकालकर हाथ बढ़ाया।

"पाँच।" मॉर्चरी इंचार्ज ने अपनी बीड़ी जलाते हुए कहा।

"कौनो छत-विच्छत त नाहीं हौ ? गाड़ी क सीट हमार परसों खराब हो गयल रहल।" ड्राइवर ने लंबा कश खींचते हुए कहा।

"दू ठे आत्महत्या हौ, दू ठे एक्सीडेंट, एक ठे मर्डर।" मॉर्चरी इंचार्ज ने लाशों का ब्योरा दिया।

"आत्महत्या बहुत होत हौ आजकल।" ड्राइवर ने चिंता व्यक्त की।

"हाँ सरवा ठंडी-बरसात कुल कम होत जात हौ, गरमी अउर मउत जादा।" मॉर्चरी इंचार्ज ने ड्राइवर की चिंता में अपनी चिंता जोड़ी।

काली देर होती देख दोनों के पास गया।

"केतनी देर में चलबा?" उसने पूछा। ड्राइवर आराम से बीड़ी पीता रहा।

"अब त भइया मर गयल न मरे वाला, अब का जल्दी, बीड़िया पी लेवे दा तईं आराम से।" ड्राइवर ने ठंडे अंदाज़ में कहा। काली मॉर्चरी की साइड में ओट लेकर खड़ा हो गया और दूसरी सिगरेट जला ली। अमरनाथ और दलजीत के लिए भी वहाँ खड़ा रहना और शास्त्री जी की नज़रों का सामना करना मुश्किल हो गया। वे भी धीरे से काली की तरफ़ आ गए। काली ने सिगरेट ऑफ़र की। दलजीत ने मना कर दिया और अमरनाथ ने लेकर सुलगा ली। तीनों की आँखें नम थीं।

"स्साला इतना बड़ा पार्टीबाज़ था कि अभी आ जाए और बताएँ कि तुम मर गए हो तो बोलेगा आओ इसी दुख में एक पार्टी कर लेते हैं।" अमरनाथ ने कहा और एक खोखला क़हक़हा लगाया। दोनों में से कोई नहीं हँसा तो उसे ख़ुद अपने मज़ाक़ पर अजीब लगने लगा। उसकी आँखें भर आईं। उसने आँखें पोंछीं तो काली ने उसे देख लिया। काली ने उसके कंधे पर हाथ रखा।

"स्साला हम लोगों को अफ़सोस करना भी नहीं आता। एक वही आदमी था हम जाहिलों में, हम लोग तो बस..." काली वाक्य पूरा नहीं कर पाया और उसकी आवाज़ भर्रा गई।

"आत्महत्या करने तो नहीं कूदा था न?" दलजीत ने सशंकित आवाज़ में पूछा।

"चूतिया हो क्या? आत्महत्या क्यों करेगा, क्या कमी था उसको?" अमरनाथ ने रुआँसी आवाज़ में भी ग़ुस्सा दर्ज कराया।

"उस दिन बोल रहा था न डिप्रेशन वग़ैरह कुछ..." दलजीत ने कमज़ोर आवाज़ में दलील दी।

“भोसड़ी के, किडनी बोल जाएगा तो किसी को भी डिप्रेशन होगा। बीमारी ले गई है उसको। समझाते तो थे हम लोग भी कि भाई कंट्रोल में रह, सुना एक्को बार!” अमरनाथ नाराज़गी दिखाता रो पड़ा।

“सुनता था स्साला किसी का!” काली बुक्का फाड़कर रो पड़ा। तभी ड्राइवर ने हॉर्न बजा दिया।

तीनों ने आँखें पोंछीं और गाड़ी की तरफ़ लपके। शास्त्री जी गाड़ी में बैठ चुके थे। चतुर का शव पोस्टमॉर्टम के बाद सफ़ेद कपड़े में लिपटा था और ऊपर सील लगी हुई थी। काली शास्त्री जी के बग़ल में बैठने के लिए जाने लगा।

“रेणुका कैसी है?” दलजीत ने पूछा।

“ठीक नहीं है। घाट से उठाए तो रास्ते भर बॉडी पकड़कर बैठी रही और गाना गाती रही। हम इतना डर गए थे क्या बताएँ। यहाँ भी मट्टी से लिपट गई थी, छोड़ने को तैयार नहीं थी। बड़ी मुश्किल से...” काली ख़ुद को नहीं रोक पाया और फिर से रोने लगा। शास्त्री जी ने उसके लिए जगह बना दी थी और उसका इंतज़ार कर रहे थे लेकिन उन्होंने काली की आवाज़ सुनी तो बाहर झाँका।

“अभी हैं कहाँ भाभी?” अमरनाथ ने सहमी आवाज़ में पूछा। शास्त्री जी तब तक उतर आए थे।

“इंजेक्शन दिया है डॉक्टर ने, सो रही है। होश में आएगी तो डॉक्टर एक्ज़ामिन करेगा। बोल रहा सदमे की वजह से हुआ होगा। अभी एडमिट रहेगी कुछ दिन ऑब्ज़र्वेशन में।” शास्त्री जी ने थकी आवाज़ में कहा और काली की पीठ पर हाथ फिराने लगे।

“अच्छा सुनो काली।” उन्होंने मृदु आवाज़ में कहा।

“जी चच्चा।”

“चतुर की अम्मा को अभी मत बताना, उनका तबीअत ठीक नहीं है। कह दिए हैं बाबू दिल्ली चला गया है कुछ काम से। उनको बाद में बताया जाएगा।” शास्त्री जी की आवाज़ में मज़बूती और कमज़ोरी का उदास

कर देने वाला संगम था।

काली फिर से बचपन के दोस्त से एक ज़िम्मेदार आदमी बन गया। उसने बूढ़े आदमी की हिम्मत देखकर आँसू पोंछ लिए।

"ठीक है चच्चा। आइए बैठिए।" काली ख़ुद वैन में चढ़ा और शास्त्री जी को हाथ देकर ऊपर खींच लिया।

"पहुँचो हम लोग आते हैं पीछे-पीछे।" अमरनाथ ने अपने और दलजीत के कार से आने का इशारा किया।

"मणिकर्णिका न ?" दलजीत ने पूछा।

"हरिश्चंद घाट।" काली ने कहा। गाड़ी स्टार्ट हो गई।

"हरिश्चंद घाट एकदम चकचका गया है देखना, ग़ज़ब सफ़ाई रहता है अब उधर।" अमरनाथ के मुँह से निकल गया। दलजीत ने उसे आग उग़लती नज़रों से देखा तो उसे फिर से याद आया कि उसने ख़राब समय पर ये बात बोली है। फिर उसे काली की अभी कही बात याद आई कि हम लोगों को अफ़सोस जताना भी नहीं आता।

वह इस बात पर भयानक अफ़सोस में आ गया।

गाड़ी चली तो ड्राइवर ने मोबाइल से कनेक्ट करके एफ़एम लगा दिया। काली को क़ुदरत के इस संयोग पर आश्चर्य हुआ कि वो यही गाना लगातार तीसरी बार सुन रहा था।

'चंदा को ताकूँ रातों में, है ज़िंदगी तेरे हाथों में
पलकों पे झिलमिल तारे हैं, आना भरी बरसातों में
सपनों का जहाँ होगा खिला-खिला
बरसेगा सावन... बरसेगा सावन झूम-झूम के...'

उसने चतुर के शव की तरफ़ देखा। उसका अफ़सोस और गहरा हो गया कि ऐसे अजीब-ओ-ग़रीब संयोग पर चर्चा वो जिस दोस्त से कर सकता था वो मर चुका है। बाक़ी जो दोस्त हैं उनसे ज़मीन के दाम और ट्रैफ़िक की समस्याओं के अलावा किसी चीज़ पर बात नहीं की जा सकती। सब कुछ कितना तयशुदा है और दुनिया कितनी वाहियात। उसका

मन ख़राब हो गया। क्या रहस्य है कि ये गाना चतुर के मरने के बाद भी क़ुदरत उसे सुना रही है। वो कुछ नहीं जानता-समझता। उनके बीच एक थोड़ा-बहुत जानने-समझने वाला जो था वो चला गया। बेरौनक़ चल रही ये वाहियात ज़िंदगी थोड़ी और वाहियात हो गई। काली के आँसू जो बड़ी मुश्किल से रुके थे, फिर से बहने लगे। अब उसकी ज़िंदगी में कोई ऐसा नहीं बचा जिससे वो कभी भी फोन या मिलने पर कह सकेगा कि गुरु लाइफ़ में पैसा भी ठीक-ठाक है, घर-परिवार की भी टेंशन नहीं लेकिन जीने में मज़ा नहीं आ रहा। सब कुछ मशीनी है, दोस्त हैं जो बिना सोचे बिना रुके, मशीन की तरह जिए जा रहे हैं। उनको पता ही नहीं कि जीने में मज़ा आ रहा या नहीं। कभी ख़याल भी नहीं आता कि एक के बाद एक सेविंग करके ज़मीन ख़रीदने और गहने बनवाने के बीच जो ख़र्च हो रहा है वो सिर्फ़ रुपया ही नहीं है। काली आँसू पोंछने लगा। शास्त्री जी ने देखा तो उसके कंधे पर हाथ रखा और ड्राइवर की ओर देखा।

"बंद कर दो यार रेडियो, अच्छा नहीं लग रहा।" शास्त्री जी की आवाज़ सुनते ही ड्राइवर ने मोबाइल डिसकनेक्ट कर दिया। गाड़ी में सन्नाटा छा गया। काली ने ख़ुद को नियंत्रित करने की कोशिश की।

थोड़ी देर वो चुपचाप बैठा रहा लेकिन उसे अपने कलेजे में एक बवंडर-सा उठता हुआ महसूस हुआ। वो चतुर की बॉडी के पास बैठ गया। उसने चतुर के शव पर हाथ फिराया, फिर अगले ही पल उससे लिपटकर बहुत ज़ोर-ज़ोर से रोने लगा।

उसके रोने की आवाज़ में इतना दर्द था कि ड्राइवर ने एक बार पलटकर पीछे देखा और घबराकर स्पीड तेज़ कर दी।

■ ■ ■